西安石油大学优秀学术著作出版基金资助

U0681602

秀山

易和平 著◎

—— 我在高原

陕西新华出版传媒集团
太白文艺出版社

图书在版编目(CIP)数据

北莽山：我在高原 / 易和平著. —— 西安：太白文
艺出版社, 2020.11 (2022.1重印)
ISBN 978-7-5513-1894-5

Ⅰ.①北… Ⅱ.①易… Ⅲ.①长篇小说－中国－当代
Ⅳ.①I247.5

中国版本图书馆CIP数据核字(2020)第230404号

北莽山——我在高原

BEI MANG SHAN——WO ZAI GAOYUAN

作　　者　易和平
责任编辑　刘　涛　林　兰
整体设计　段　婕　乔宇博
出版发行　陕西新华出版传媒集团
　　　　　太 白 文 艺 出 版 社
经　　销　新华书店
印　　刷　涿州军迪印刷有限公司
开　　本　787mm×1092mm　1/16
字　　数　360千字
印　　张　22.5
版　　次　2020年11月第1版
印　　次　2022年1月第2次印刷
书　　号　ISBN 978-7-5513-1894-5
定　　价　88.00元

联系电话:029-81206800
出版社地址:西安市曲江新区登高路1388号(邮编:710061)
营销中心电话:029-87277748　029-87217872

题　记

在北莽山这块神奇的土地上，朴实的民众见证着时代改革和社会变迁带来的巨变。一个背井离乡的少年，历经磨难，他经历了怎样的悲欢离合？他那脆弱的心灵又承受了多少生离死别？他苦难的人生历程充满了艰辛，他对亲情、友情、爱情有了新的认识，对生活的理解穿越了时空隧道。

也许是冥冥之中的安排，也许是命运的捉弄。他就像一颗蒲公英种子，飘落在这块厚重的黄土地里，吮吸着周秦汉唐的精神文化乳汁，汲取着跨越千年的天地之灵气，顽强地与苦难命运作不屈的斗争，认真地抒写着对生命真谛的追求。

他徜徉在这块黄土地上，咀嚼着历史，思考着未来，思索着人性中最真诚的一面，不断地进行着人生的探索。

引 子

阳春三月,春天的气息越来越浓。

星期六早上,何平起床后拉开窗帘向外一望,一抹灿烂的阳光透过窗户钻进屋里。他推开窗户,一股清新的空气扑面而来,瓦蓝瓦蓝的天空上飘浮着淡淡的云彩。院子里高大的法国梧桐树上,一群又一群的鸟儿在欢声歌唱。在窗户外面安家落户的两只斑鸠,也站在窗台上咕咕地叫着,歌唱这美好一天的开始。

这个春光明媚的时节,非常适合去郊外踏青,何平带上妻子莉莉和女儿童一,准备乘坐班车回到北莽塬上的老家去看一看。

车子驶出了喧嚣的城区,如诗如画的田园风光渐渐映入眼帘。正在拔节的麦苗在春风的轻抚下如波浪般起伏,清新的青草气息扑鼻而来。一块块镶嵌在绿色海洋中的油菜地里,盛开着的金黄色花朵在春风的轻抚下摇曳生姿,忙碌的蜜蜂在花丛中上下翻飞,不断招呼同伴前来采蜜。粉红的桃花含羞地绽开了笑脸,阵阵花香沁人心脾。

下车后,他们沿着乡间小道漫步,尽情领略着黄土地春天的美景。北莽塬上的春风中稍稍带有一丝寒意,和煦的阳光照在何平的身上,心中暖洋洋的。他向远处的北莽山望去,沿着山岭分布的唐代帝王陵墓,依旧静静地矗立在如画般的土地上。山脚下连片的苹果树上缀满了繁盛的花骨朵,呈现出丰收的希望。田间地头到处可见忙碌的人们在打农药、除草、施肥，不时传来他们爽朗的笑声。

在田埂、在地头、在路边，何平看到蒲公英绽开了像小太阳般的笑脸，金黄色的花朵在春风中轻轻摇曳。

何平依稀看见母亲正站在家门口，不断地向村口张望，花白的头发在春风中轻轻飘拂……

北岑山

我 在 高 原

第一章

何平抬起头来,搁下手中的笔,长出了一口气,用眼睛慢慢扫视了一遍整个教室,只见同学们一个个低头忙碌着,安静的教室里只听见钢笔尖在试卷上沙沙的摩擦声。

监考老师那一双明亮的眼睛,带着警惕的眼神盯着左顾右盼的何平,轻轻地走到他的跟前,看着那写得满满的、字迹有些潦草的试卷,几分钟后,只说了一句:"请大家认真答题,仔细检查答卷。"

"哼,难道我偷看了吗?别人的答案让我看,我也未必愿意,也许他的答案是错的。"何平在心里念叨着,却怎么也掩饰不住心中的喜悦。看来这次化学考试准能拿满分,如果真是这样的话,自己多读了一年的书,功夫总算没白费。

升学考试对于每一名毕业生来说,总是一个严峻的考验。在这样的场面中大家难免形态百出:有的人得心应手,提笔一挥而就;有的人抓耳挠腮,半天理不出头绪;有的人心中惶惶不安,唯恐有一点儿差错,前功尽弃;有的人手抖个不停,手心冒冷汗,头上出热汗,心中更是急躁。

墙角真有这么可爱的两位。慧轩几乎趴在桌子上,睁着一双滚圆的眼睛,紧盯着试卷。黑蛋拿到试卷后前后翻看了几遍,不大一会儿竟趴在桌子上呼呼大睡,监考老师赶忙过去把他叫醒。黑蛋揉着眼睛,哈欠连天,在惊奇、迷惑、愤怒的眼神的簇拥下,他懒洋洋地走出考场。

"这黑蛋真是笨,丢人现眼也不找个地方。"何平在心里恨恨地骂了一句。他把整份试卷又检查了一遍,确定没有问题了,悄悄瞟了一下四周,然后把卷子交到讲台上,轻轻地走出考场。

考场外并没有多少考生,班主任杜吉昌赶紧过来问情况:"咋这么早就出考场? 题目难不难?"

"没问题,这次化学差不多能考个满分。"何平自信地仰了仰头。其实,何平的确是过于自信,考试结果出来并不是满分,而是离满分差了几分,都怨他自己当时没有仔细琢磨监考老师的弦外之音。

何平虽不愿意大家议论考试,但还是忍不住走过去插上几句。

"最后那道大题——含有结晶水的硫酸铜,给的数字咋那么烦琐,你们是怎么做的?"一位女同学用手扶了一下自己的眼镜,提出了这么一个话题。大家议论纷纷,没有谁能说出个子丑寅卯来。

"这道大题还不简单? 把含结晶水的硫酸铜换算成不含结晶水的,再把算出来的结晶水质量加到所给的水中,正好是整数。溶质无水硫酸铜也是整数,再应用溶解度定义,答案就算出来了。"何平走过去,一阵高谈阔论,周围的同学不由得发出赞叹声。

"多读了一年就是不一样,这回中专预选考试,这小子绝对没问题。"何平一听心里甭提多高兴了,以说教的口吻对这些可爱的同学说:"考数理化,一定要注意题目中所提供的数字,不要因为它很烦琐、是小数而望题兴叹。只要认真想一下,出题人要你得出的结果绝对是整数。"

同学们的神情是那么迷惑。

"是真的吗?"

"老师以前可从来没有说过。"

"好好审题,越审越乱。"

他们毕竟是初次上阵的新手,对于何平这位同学未免刮目相看,对他的高谈阔论确实奉为圭臬。

慧轩则不停地懊悔自己在连接电路图的时候,到底有没有用钢笔再连接一次。

何平未免要奉送他一句："你是闭着眼睛乱连的？题目要求上写得很清楚：用铅笔连图，本题无分。唉——"他可不能落井下石，拍了拍慧轩的肩膀，笑着又说道："只要明年你知道用钢笔连图就行了。"其实，这也不能全怪慧轩，因为他的眼睛近视得厉害，有些分不清试卷上的线条。

接下来是英语考试，何平仔细地写完了最后一个英语单词，再把试卷认真看了一遍。他对自己的英语水平很有信心，这次即使没有八十多分，也是高低差不离。

考试按着既定安排，继续进行着。

何平看了看黑板上方的钟表，离考试结束还有二十八分钟，这也是初中升高中考试的最后科目——历史考试的最后二十八分钟。"可爱的同学们，在这最后的二十多分钟里，好好努力吧！但愿人人如愿以偿。"他在心里为低头忙碌的同学们祈祷着。

何平认真整理好试卷，收拾完自己的东西，从座位上站起来，习惯性地环视一下四周，然后故意瞟了一下监考老师，交上试卷，轻松地走向教室门口。

走出教室门，何平猛地一回头，与其他同学惊奇的目光相遇，他只是举起右手，紧紧地握了一下拳头，会心地微笑了一下。大部分的考生都是何平同校的同学，命运把大家安排在同一起跑线上，谁会最终上线呢？何平仰头看了看天上毒辣辣的日头，心里不禁发问。

夏日雨天的午后，何平坐在自家的瓜地里津津有味地看《福尔摩斯侦探故事》，二雄急急忙忙地跑来，满脸高兴地说道："哥，你们学校的老师来家里了说是考试成绩下来了。"

何平扔下书，和二雄一起回到家里，看到义克让陪着班主任杜吉昌和教语文的王林一正在院子里说话。义克让和蒲焕群的脸上写满了高兴，何平的心中充满了激动。

"何平，这是中专预选的通知书，十四号去县城参加复试。你把这几张表格认真填一下，明天下午到学校交给我。"杜吉昌说着从包里拿出几张表格交给何平，叮嘱他好好复习准备，不要错过机会。

义克让点着了旱烟锅子里的烟丝，突然想起了什么，他对二雄说："雄娃，赶紧去小卖部买一盒宝成牌香烟。"

杜吉昌接过义克让递过来的宝成牌香烟，迟疑了一下，但并没有点火抽烟的意思。王林一则摆了摆手，明确表示不抽烟。大家寒暄了一阵，蒲焕群热情地挽留两位老师吃晚饭，杜吉昌却一再推托地说："真的不用了，学校里还有许多事情要处理，就不给你们添麻烦了。"

复试前一天，谁也没有料想到下起了大雨，通往城区的道路多处被水淹没，大家站在路口四处张望，镇上的班车迟迟不见踪影。

"这可咋办？下这么大的雨，镇上的班车肯定上不了路。"等车的人七嘴八舌，更加增添了何平心中的烦闷。

"娃考试的事情重要，就是天上下刀子，也得按时赶到。"义克让和同村另一个参加复试同学的家长商议，准备步行前往另一条公路，乘坐其他班车前往县城。

义克让头上戴了个旧草帽，身上裹着一块塑料布，怀里揣着三十多元钱。何平撑起一把旧雨伞，紧跟在义克让身后，父子俩深一脚、浅一脚行走在瓢泼大雨中。一路上泥泞不堪，他们在风雨中走了至少五公里，终于在咸宋公路上等到了前往县城的班车，虽然他们身上都淋湿了，裤脚上也溅满了泥水，但是心情却很愉快。

到了县城，大家分头投奔自己的亲戚，毕竟在城里住旅店要花费不少钱。

"何平娃，我带你去找刘顺爷，看看能不能找个住的地方。"拐了几个胡同，义克让带着何平来到了刘顺家。何平知道，这位刘顺爷也算是本家的一位长辈，但是平常很少走动。在刘顺一家人的询问下，义克让只好说出了自己的窘迫境况。刘顺的儿子尴尬地对义克让说："三哥，咱家里地方也不宽敞，我安排你和侄子去住旅店吧，我出钱。"

义克让连连推说道："这不合适。娃这两天参加中专复试，凑合一下就行咧。"当晚，在刘顺家的客厅里，临时搭了两个铺位。何平倒是睡得很踏实，义克让却是一晚上辗转反侧。

第一天的复试结束后，父子二人拖着疲惫的身体回到刘顺家。大家简单聊了一会儿考试的情况，刘顺的儿子高兴地对义克让说："三哥，我托人在第二十一中学找了地方住,就在复试学校的职工宿舍,很方便。"

义克让万分感激,带着何平来到住宿地。住宿地就在学校临时工住的筒子楼,人员很杂,环境也很嘈杂。其实,从刘顺家到复试学校,步行只需要二十多分钟。

炎炎夏日里,塘库边的大杨树叶子纹丝不动,树干上趴着几只知了,它们在大声叫着,诉说着酷暑难熬。何平坐在瓜棚里,他没有心思看小说,焦急地等待着复试成绩。

吃过午饭后,何平陪着义克让坐在门道里闲谈。这时候,住在西街道的齐望云来到家里。齐望云在镇上的联合中学教书,他在县城也认识不少人。

齐望云接过义克让递上的宝成牌香烟,说道:"老三,何平娃考学的事情我找人打听了,托人查了娃的复试成绩,虽然成绩不错,但是还是没有录取上,有些事情我也说不清。你也不要抱怨咱娃,实在不行还是要继续供娃念高中,或许还能有个大出息。"

齐望云这一出乎意料的消息,使得义克让脸上的笑容顿时消失,何平心中的那点儿自信也是荡然无存。

原来在这段时间里,何平还是那么自信,认为中专录取一定有把握。在这点上,学校的杜老师和王老师也相信,义克让和蒲焕群更是深信不疑,成天笑呵呵的,当村里人赞扬何平的时候,他们也是满脸的惬意。

然而此时何平的心中就像打翻了五味瓶,酸、甜、苦、辣、咸,啥味道都有。悔恨、痛惜、埋怨、自责、羞愧,这一切又怎能让自己摆脱这挥之不去的阴影。何平的眼里没有眼泪,他一向很坚强,任何不幸都不能把他打垮。

何平也会时不时为父母着想一下,在家里,他是长子,备受怜爱,是父母的希望。但他如何才能让父母感到一点点的欣慰?家里还有两个弟弟、一个妹妹,都在上学。田地收入微薄,依靠父母两双勤劳的手,如何来供养四个孩子上学?父母多么希望自己的儿子同其他许多人家的孩子一样,考上中专,这也算是他们的最高目标。这样,他们至少可以减轻一点儿负担,他们不指望自己的孩子能给他们多少回报,只是希望孩子能养活自己就行了。

何平比其他同龄孩子更多地想到这一点,因为他处在一个特殊的位置,自然就有了一点家庭责任感。

何平感受到家的关爱的确太多了。从小他就体弱多病，每次吃汤面的时候，蒲焕群先从锅里捞上一小碗干面给他，然后才给家里其他人盛饭。这样的优待，从何平上小学便开始了。上小学时，何平学习很是努力，几乎每学期都能拿回奖状，村里人没有不夸赞的。三年级时得了一张"三好学生"奖状，结果被二雄拿去叠成纸包子拍着玩。二雄还很有理由地说："这奖状纸很硬，叠纸包子容易赢。"何平为此事情大闹了一场，伤心了好几天。

时光如梭过，岁月似水流。

昨天那个天真、可爱，穿着补丁衣服的小男孩何平，今天已经是一个热爱学习的初中生，虽然学习成绩没有以前那么好，父母依然对他抱有很大的希望。

时光又回到一年前。

对于是否能考上中专，何平和许多同学一样，并不怎么当回事，下课后大多数时间还是玩。他们对于那些议论补习生的话，只当耳旁风。高中学校又不是只招一两个，难道只有下狠劲才能考上？你瞧瞧，多么狂傲的一群少年。

说笑、玩闹是他们的天性，学习也并不是不用功。临近考试，他们确实够用功了，要和补习生们比一比，这是大大的决心。

事情往往会有意外。

中考的时间恰好安排在农忙时节，家里忙，他们也忙，放学回家吃饭，也是简单凑合一顿就行。

下午放学后，何平匆忙赶回家里，因为收音机里播放了天气预报：今天午后局部地区有雷阵雨。家里人都去麦场上忙着碾场，大门上挂着大锁，何平伸手在门墩下摸索了一会儿，大门的钥匙还在老地方。

何平放下书包来到厨房，他揭开大铁锅一看，里面只有一碗剩面，凉冰冰的。"咋没有菜呢？凑合吃一顿算了。"他扒拉了几口剩面，感觉有些噎，拿起暖瓶倒了一碗开水，喝了一口感觉有些烫嘴。他走到水瓮前，直接舀起一缸子凉水喝进肚子，三下五除二吃完剩饭，锁好大门直奔麦场。

晚上，何平的肚子开始咕咕地闹"革命"，可就是不敢让父母知道，怕他们担心第二天开始的中考。

本来就体弱多病,怎能经得起这一番折腾,考试的情况可想而知。他不想吃东西,一进考场就发慌,直冒冷汗。何平的心里是多么焦急:看来,今年是没有希望考上了。

成绩出来了,何平确实没有考上,但是成绩还算可以。邻居义廷盈安慰他说:"何平娃,没考上的也有好多人,好好补习一年,说不定明年能考个中专。"

明年在不知不觉中变成今年。今年又是没有考上,一个比上一年更高一点的目标依然没有实现。

是继续退守再补习一年考中专,还是继续前进上高中?这两种选择搅得何平几夜不能睡安稳。何平也想到了父母的难处,上高中的花销不少:住宿、上灶、日常生活用品等,这些问题都需要用钱来解决。

何平望着父母日渐佝偻的背影,不禁热泪盈眶。在补习的这一年里,家里的重活他几乎没有干过,这都是因为父母说过的那句话:"我们再苦再累也不要紧,只要你努力考上学,为自己寻一个好出路就行了。"这就是读书识字不多、近乎文盲的父母对何平的最高希冀。

在泪光中,何平再一次凝望着义克让那饱经风霜的脸:古铜色、颧骨突出、布满皱纹。在金黄色的麦田里,义克让粗壮的胳膊有力地挥动着,青筋凸起,麦秸在他面前成片地倒下,汗水也掩盖不住脸上的丰收喜悦。蒲焕群那粗糙的双手要为全家六口的吃、穿、洗、用劳作不息,刚放下了饭碗,又要抄起锋利的镰刀直奔田地。这一双手给予孩子们无限的关爱,更多的则是给予何平无穷的力量、真挚的母爱。

何平要为父母弓着的背、粗糙的手奋力拼搏。或许这是一种并不高尚的理想境界,可是这更是一种朴实的、有坚实基础的小小理想。人一定要从小确定远大目标才有出息,但一个连小小目标都不能为之努力拼搏的人,注定是一个无用的空想者。

何平可不愿再去当补习生。表面看来补习生有优越感,其实内心是痛苦的,毕竟是比别人多走了回头路。何平深深地体会到这一点,但他还是一时半会儿下不了决心。村里人众说纷纭,义克让和蒲焕群也一时没了主意。

北芬山　我在高原

"老三，我看还是给娃一个念高中的机会吧！如果实在考不上，那他也不能埋怨谁。虽说供娃念高中有些难，但是咱也不能耽搁娃。"住在斜对面的德文老汉和义克让坐在门前的大树下乘凉，一边说着闲话一边谈论着何平上学的事情。他从口袋里摸出一根黑卷烟，义克让赶紧从口袋里掏出打火机给他点上火。

"五叔，你的话也在理。可是家里要供四个娃念书，也是个难缠事。"义克让吧嗒吧嗒地抽了几口旱烟，浓重的烟雾笼罩在他的头顶。他大声地咳嗽了几声，凝重的表情好像陷入沉思之中。老大上高中要住校，花费肯定不小；老二也要念初中，也得一笔开销；女子和小儿子还在小学念书，花销虽然不多，也总得有个着落。一下子供四个娃念书，对于义克让这样的家庭来说，可真不是个简单事情。

"难题家家都会遇到，娃上学这事情一定得想法子解决。"德文老汉的话还是让义克让思考了好一阵子。

陆续有老师和同学到家里来，他们除了劝说之外，更多的是给何平鼓劲打气。义克让和蒲焕群商量后，终于同意何平去上高中，用同学们的话说：好男儿志在四方。

午饭后，何平躺在床上看小说，蒲焕群推门进来，说道："何平娃，还不抓紧时间睡个晌午觉，后晌和你爸一块儿去村北的坡地干活。这阵子老是下雨，地里的草该是长荒了。"

村子北面有一片不大的坡地，由于存不住水肥，村里人称之为"走水地"，没有人家愿意承包。村里只好给每家每户平均分配田亩，可以不用计算在承包地总数里。这片地不但存不住水肥，而且缺少灌溉条件，种植庄稼也没有多少收成，大多数人家都撂荒了。

这世上哪有不打粮食的土地？义克让有自己的看法：土地就是农民的命根子，这也是老祖宗几辈子人置办下的，就是再薄的田地，只要用心耕种，总是能有一点儿收获的。

坡地一年只能种一季冬小麦或者油菜，夏收之后土地基本上闲着，加之夏季雨水较多，地里的荒草很快疯长起来，清理起来很是费劲，特别是酸枣树难以对付,必须把深埋在地下的根全部刨出来。

虽说是后晌的天气,天上的太阳依旧毒辣,不一会儿的工夫,父子二人已是汗流浃背。

"何平娃,咱先歇一会儿吧! 等凉快了再接着干活。"义克让摘下头上的竹编凉帽,拿在手里扇了几下,然后垫在屁股下坐在田畔上,他从口袋里掏出一盒羊群牌香烟,抽出一根点上悠闲地抽了起来,偶尔也大声咳嗽一下。

何平把锄头放在田畔上,坐在锄头木把上和义克让闲聊起来:"爸,咱这坡地下的大沟看起来很深,村子的人都说这里曾经是一条河,是真的吗?"

何平班上的几个同学家就在坡底下,每次上学都要爬很长一段坡,时间长了布鞋的前面向上翻起,布鞋的后脚掌早早磨穿,家里人只好找一块皮子钉个脚掌。他们总是说:"我们是住在河道里的人,天生就会水,比起你们这些塬上的旱鸭子强多了。"其实,何平多少也算是会一些水,不过是在村子的塘库里练就的本领,学校周边几个村子的鱼塘他都去过。

"这深沟原本就是一条河,名字叫作洨河,后来因为各种原因水流越来越小,基本上算是一个沟渠,不过现在还有河水经年不断地流过。听村里老一辈的人说起,这里面还有一个故事,叫作'碑倒洨河开'。"义克让虽然不识几个字,可是肚子里却有不少故事。他给何平讲起了这个流传很久的故事。

洨河在过去是北塬上大多数村庄的水源,河两岸的村庄也因为这条河流的滋润,一直是土地肥沃、物产丰富、人丁兴旺。没承想,有一年的夏季连着下起了雨,一时间河水暴涨,沿岸许多田地被冲毁,一些村子也被水淹,眼看着就要淹到北山下的帝王陵墓。人们赶紧到王母娘娘庙里祈求祷告,盼着王母娘娘能早点儿派天上的神仙前来解救。

"娘娘庙是不是就是咱这地北头的土庙?"何平指着不远处的一座大殿问道。

"也可能是吧。咱这原先的确有个龙华寺,只不过年久失修只剩下一座破殿。现在的这大殿也是最近几年香客们捐钱重新修建的,不过香火还可以。"义克让慢悠悠地吸了几口烟,仿佛在回想这座寺庙曾经的辉煌。

"王母娘娘受了多年的人间香火,也不能坐视不管人间疾苦。她亲自下到凡间查看灾情,看到情况很是紧急,立即用自己的裙裾从北山上兜起一大捧土,顾不上多想就倒在洨河里,暴涨的洨河终于被治服。王母娘娘临走时,又在洨河的源头立下一块无字碑,并留下一句话:'要想这洨河重开,除非这石碑倒下。'"

天空中飘来一大团棉花云,在这干涸的坡地上投下一片阴凉。何平抬头凝视着,云朵里并没有王母娘娘的身影。她为何不及时降下一场甘霖?这里的人们已经等待许久了。

"'碑倒洨河开',说的就是咱这沟沟里的故事。"义克让的讲述并没有彻底解开何平心中的谜团,他还在反复回味着这个传奇故事。

"这无字碑就立在乾陵,没有哪个后人敢去放倒它,因而这洨河就一直被镇着。"义克让认为老祖宗早已立下规矩,这洨河是不可能再次重生,变成一条真正的河流的。

何平直起腰身舒展了一下僵硬的腿脚,小心地拔掉指头上的几根酸枣刺。他向远处眺望,欣赏着洨河两岸的美景,他的思绪在神奇传说和眼前美景之间来回穿梭。

夕阳西下,落日的余晖洒在这神奇的洨河故道两边,层层叠叠的梯田里,人们还在辛勤劳作,时而也会响起一段秦腔,激昂高亢的唱腔在田野里久久飘荡。

第二章

金秋时节,田野里充满了丰收的喜悦。学校开学的时间快到了,何平的心里有一种说不出的快乐。

蒲焕群忙着为何平准备行李:一床新棉花絮的棉被,的确良大红花被面,家织粗布里子;一床厚褥子;一条家织红蓝条纹粗布床单。母亲为何平收拾好行李,一遍一遍地检查,仿佛他要出远门不再回来似的。

"老三,给娃把行李准备好了吗?"义克让听到说话声,走出家门一看,齐望云带着小儿子猛子站在门前,自行车的后座上也是满当当的。

"老哥,何平娃的行李马上就准备停当,让两个娃做伴一块儿去学校。"俩人圪蹴在门前的石凳上谝开了闲话。

大门口不一会儿聚集了左邻右舍,大家品评着蒲焕群为何平准备的上学行李,又和义克让开起了玩笑。

德文老汉对义克让说:"老三,何平娃是去县城念书还是去周陵念书?好好供娃念书,等娃考上学,你就能跟着享福了。"

"五叔又在说笑我。何平是去周陵上学,去县城的学校念书费用太高,我也有些供不起。"县城学校的各项条件当然要好一些,但是义克让也有自己的难处。天底下哪个父母不想让自己的娃上个好一点的学校?

义克让给德文老汉递上一根大雁塔牌香烟,他接过后夹在耳朵上,依然抽起了自己的黑卷烟。

"何平娃,五爷给你说说咱这周陵中学。周陵中学那可是一所历史悠久的高中,原来叫陕西省周陵中学,是因为学校所在地有周文王和周武王的陵墓而得名。从民国时期一直到二十世纪八十年代,都是咱这塬上各乡村众多学子向往的圣地,我也在这所学校上过学。到了学校后要用心念书,你爸和你妈还指望着跟你享福呢!"德文老汉谈起这所学校,带着崇敬的表情,因为他们这一辈许多人在这所曾经的省级重点高中学习过。

"五爷,我记下了。到学校一定好好念书,也给咱屋里挣个门面。"何平的语气很是坚定,好像那个伟大的目标很轻易就能实现。

何平骑着自行车驮着行李,约上猛子、宇川等同村的几名同学,满怀着喜悦来到学校报到。

学校大门的水泥立柱上挂着第一中学的黑字白底的牌子,时过境迁,曾经的辉煌已经不再,这所学校已经降为市级普通高中。进了大门沿着中轴线,何平看到自南而北依次为文王坊、戏楼、献殿、过殿、后殿,两侧有东西厢房。道路两边是笔直的柏树,放眼远眺,是前后排列的两个大土堆。难道那就是传说中的周文王、周武王墓冢?

校舍大多是古朴的砖瓦房,只有一座两层教学楼透着现代气息。但是,何平依然对这所学校充满了希望,因为这里将是他读书生涯的另一个起点。

同学们大多是来自周围三个县区的农家子弟,也有不少来自城区的学生。据说,这些城里来的学生多是因为县城的学校不愿接收,找人托关系才到这里来上学的。

初次见面,大家感到有些陌生,可是过了没多久,同学们之间便慢慢熟络起来,何平也感到由衷的快乐。在入学之后的几个星期,何平和卫斌、石头、智勇、明俊和宏扬等几位同学通过相互了解,彼此性格相投,成了好朋友。

他们同何平一样性格豪爽,但又有各自的不同之处。大家之所以会成为好朋友,是因为他们有相似的学习经历,机缘使他们走到了一起。

相似而又不同的经历,使他们过早地成熟了一点,对于社会、对于人和事有更深一点的认识,这也是他们经常谈论的话题。

卫斌是何平初中时的同班同学,在初中学习期间,因为忙于应付各种考试,他俩有时一学期也说不上几句话,只是见面打个招呼而已。

这段时间,何平突然发现卫斌每天上晚自习并不是做作业,而是捧着一本厚厚的书,看得津津有味。

何平好奇地走过去,不管卫斌同不同意,一下揭开包着的书皮,仔细一看,原来是大学课本《现代汉语》,语言大师吕叔湘主编。何平看着那镜片后面射出的孤傲,带着嘲弄的目光戏谑了卫斌一句:"未来的研究专家,真是刻苦!"

玩笑终归是玩笑。他们经常在一起讨论李杜的诗文,谈论《红楼梦》《三国演义》,当然了,中外历史、名人逸事也是他们课余谈及的主要内容。

卫斌也感到何平并不是他们所认为的"半瓶子水乱晃"。慢慢地,他把何平当成了知己,把自己珍藏的《徐志摩诗集》《石评梅文集》借给他看。"何平,这两本书你拿去好好研究研究,也学一学他们的才气和浪漫。"何平看着镜片后面那两道戏谑的目光,心中感到有些好笑。

晚自习的教室里还是有些嘈杂声,何平却沉浸在浪漫的诗歌和凄美的爱情故事里。徐志摩是一位浪漫诗人,大作《再别康桥》令何平折服其才气。可是,对于徐志摩、陆小曼和林徽因三人之间的情感纠葛,何平颇不以为然。反倒是高君宇和石评梅的爱情故事深深打动了何平。这对有情人在追求理想和信念的道路上结识,生未成婚,死而并葬,演绎了现代版的"梁祝",在当时已是年轻人传颂的佳话。何平读着石评梅的诗词,感悟着两个人的凄美爱情故事,心中唏嘘不已。

不久他俩和同学们称之为"历史大辩论家"的石头成了好朋友。有一点是相同的,石头也曾经在初三补习了一年,提及这些事情,石头总是感叹说:"唉,过去的事情不提也罢,都是自己不懂事。上初三时,整天在学校捣蛋,学习成绩上不去,害得家里人也不得安宁。"因为石头父亲是学校的老师,校长和班主任碍于情面,所以也不好意思过多管教他。

后来,石头在补习时下定决心好好学习,想考个像样的成绩让其他人看看,他也是个有血气的男子汉。然而命运并没有给石头更多的机会,他的中考成绩仅仅是通过了中专预选线,依然没有被中专学校录取。

北芳山 我在高原

石头性格豪迈，最喜欢结交朋友，身边总围着智勇、大林、宏扬、小蒙等一帮哥们儿。

课外活动时间，教室里开始吵吵了。"走，哥几个，咱去操场踢球去。"班里有着"球星"之称的智勇又在张罗着。智勇学习成绩一般，最喜欢踢足球，尤其在谈论起世界杯赛场上各国著名球星的时候如数家珍，比如马拉多纳、普拉蒂尼、范·巴斯滕、里杰卡尔德、古力特等。何平不会踢足球，更不了解球星的魅力，只有洗耳恭听的份了。

"何平，咱一块儿踢球去，赢了请吃羊肉泡。我看你长跑很厉害，踢球应该问题不大。"在秋季运动会的十公里越野赛上，何平的表现让智勇有些刮目相看。

"大球星，你又在花揽我，就我这短胳膊短腿的身板，哪能比上你们这一竿子大洋马。"何平的话语引得大林、石头、宏杨、小蒙等人一阵哄笑。

智勇，人如其名，在初中打架是出了名的。他其实早就不想上学，想去学开车，可是在城里教书的父亲坚决不同意。他在家里是老小，备受宠爱，有两个哥哥，都有文化，有体面的工作。

"你必须上学！"父亲一句话决定了智勇的道路。

智勇课余时间张罗几个好哥们儿一起踢球，慢慢传授他们一些足球知识。他有时也和大家一起讨论，慢慢地对何平、卫斌等人谈论的话题感兴趣了，可是他懂得并不多，于是有时候便胡乱吹一通，逗得大家直乐。

熄灯前的"卧谈会"上，话题免不了是五马长枪，小道消息胡乱飘。"哥们儿几个，说正事，听班主任说咱们班要重新选班长，我看宏扬当着合适，大家有意见吗？"小蒙突然冒出了这样一个话题，"卧谈会"立马变成了辩论会。

宏扬来自马庄镇，他的堂弟宏力是何平非常要好的初中同班同学。初中毕业时，宏力顺利地考上了师范学校，比何平幸运多了。因为有了这样一层关系，宏扬也慢慢成为何平的知心朋友，他俩的关系一直很铁，经历了多年的考验，依旧保持着密切联系。

宏扬性格豪爽，比同龄人更多了几分成熟，人缘比较好，大家推选他当班长，也算是众望所归。

转眼已到深秋时节，天气越来越凉，许多同学都换上了家里人给准备的新毛衣、毛裤。蒲焕群只给何平准备了一件旧绒衣，那是用义克让穿过的绒衣改的。何平心中难免有些埋怨，他每次出宿舍前，都要仔细查看外套上的风纪扣是否扣严实了，唯恐露出里面的旧绒衣。

"何平，收拾好了吗？咱们快点回家，还能赶上晌午饭。"星期六中午放学之后，猛子、宇川两位好友又来约何平一块儿回家，他们没有去食堂吃饭，这样可以节省一顿中午饭钱。

何平走到宿舍后面的屋檐下，找了一块破布掸了掸自行车座上厚厚的灰尘。这辆自行车很是有些年头了，两个车轮上的镀层已经斑驳脱落，车后座早就不见踪影，一个脚踏板只剩下光轴，后轮上也没有锁具。

"就你这自行车还寄存啥呢？我看你还是到宿舍背后找个地方，随便扔在哪里也没有人拾走，还能省几个存车钱。"自行车保管员的话让何平的内心有些隐隐作痛。

三个人跟随着自行车洪流出了学校大门，骑着自行车沿着碎石子路飞奔着，时不时还玩个双手撒把儿。

回家后在饭桌上吃饭的时候，何平谈起学校的学习和生活情况时，吞吞吐吐地说出想要新毛衣、新毛裤的想法。

蒲焕群迟疑了一下，用征询的目光看了看义克让。义克让放下碗筷，点上了一袋旱烟，在烟雾缭绕中对何平说："娃，这件事我和你妈商量一下，尽早给你置办一身新毛衣、毛裤。"

深秋的阳光还有些暖意，宿舍门前的大杨树叶子已经发黄，落在地上的叶子偶尔被风卷起，打着旋儿飘向湛蓝的天空。中午下课后，何平和同学们有说有笑地走向宿舍，远远地看见义克让和蒲焕群站在宿舍门口，他赶紧迎上前去说道："爸、妈，你俩咋到学校来了？"

"这是给你新买的毛衣、毛裤，你看颜色咋样？"蒲焕群从大包包里往外掏着，出乎意料的是还有一件半旧的军大衣，这下可让其他同学羡慕不已。

"为了这毛衣、毛裤，你爸可是费了一番心思。用咱家里攒下的十斤新棉花，托城里你十七爷找人换了件半旧的军大衣外加一些现钱，家里又添了一些钱，总算给你置办齐了。"蒲焕群的语气虽然平淡，何平的心中却是暖和了

北梦山 我在高原

很长时间。

　　寂静的冬季慢慢来临，夜晚显得特别漫长。在晚上熄灯后的"卧谈会"上，青春的萌动在许多人的心中跳跃，大家对于高中生活充满了无限的遐想和希望。在班级这个大集体里，同窗的友谊也在慢慢地加深。

　　夕阳下的院子里洒落着几道余晖，几只芦花鸡在悠闲地漫步。大椿树叶子几乎掉光，眼看着就要变成秃子头。树干上围上了一圈圈的玉米棒子，好像系上了金腰带。墙脚下的豆秸整齐堆放着，黄豆、红小豆、扁豆已经晾晒好了装入口袋。厨房里飘出了几缕炊烟，空气中夹杂着油泼辣子的丝丝香味。蒲焕群忙碌着为何平准备一个星期的生活必需品：一个玻璃罐头瓶里装着咸菜，切成很细很细的丝，上面浇上红红的辣椒油，很能勾起每个人肚里的馋虫；一个帆布口袋里装满新出锅的锅盔，散发着热气，透着麦子的香味；包里还有几件叠得平整的换洗衣裳。

　　临出家门时，蒲焕群递给何平一张十元钱。何平接过钱后愣了一下，一时半会儿还没有反应过来，他一个星期的菜钱只需要五元钱啊！

　　蒲焕群笑着说："这是两个礼拜的菜钱，你省着点花。"秋收之后农闲的这段时间里，家里没有多少农活，蒲焕群让何平两个星期回家一次，并一再叮嘱他说："好好在学校念书，家里的事情不用你挂念。"

　　何平感受着母亲浓浓的爱意，骑着自行车沿着乡间小路赶往学校。道路两边的秋庄稼早已收割完毕，地里的冬小麦已冒出嫩嫩的小尖，在烟雾的笼罩下，展现着丰收后的又一个希望。堆成垛的玉米秸秆像一个个小山包，那是给牛羊等牲畜准备的过冬饲料和冬天烧火用的柴火。

　　"大家都带了啥好吃食？拿出来看一看。"星期天的晚上，宿舍照例要热闹一番，同学们互相展示家里带来的吃的。

　　"何平，我这里有些饭票，换几个锅盔尝尝，我都闻见馍的香味了。"小杨从床铺下摸出几张饭票塞到何平手里，打开何平的帆布口袋，拿了几块锅盔迅速塞到自己的布包里。城里的同学总是希望用手中的粮票来换何平他们带来的农家锅盔、花卷，甚至馒头。

　　在这清贫但快乐的学习生活中，同学们建立起更加牢固的友谊。一般都是几个要好的同学搭伙,大家分工明确,互相合作。

"何平,你也来加入我们吧,看你那身板,买个饭半天都挤不到跟前。"石头、卫斌、智勇、明俊、宏扬等几个要好的同学也组成了自己的伙食摊子。何平因为个头小,只好负责打开水,智勇和宏扬负责排队买饭,卫斌负责排队买菜。当然,身强力壮的石头和明俊负责排队买热馒头。

这是怎样一个壮观的场面:中午下课铃声一响,同学们纷纷奔向饭堂和开水房。"你挤啥?看把人都挤成肉夹馍了,再往前小心我给你一捶!"因为吃饭的时候人太集中,去晚了只能吃冷馍和剩菜。因此,插队、拥挤甚至打架的情况时有发生,身体强壮的人当然有优势,其中不乏一些故意捣蛋的人。何平经常看到地上被踩得稀烂的馒头、撞撒了一地的饭菜,甚至还有打碎的暖水瓶。有几次,还发生了因暖水瓶破碎导致的烫伤事件。

一些女同学不愿去挤,只好找一些男同学搭伙,感情就这样慢慢地培养起来。

农村的冬季夜晚有些难熬。因为电力供应紧张,学校晚上经常停电,何平和同学们只好点起蜡烛上晚自习,这是大家最不愿意的事情。一方面蜡烛光线太暗,不利于视力的保护;另一方面买蜡烛也是一项开销,一个晚上点一根蜡烛,二三毛钱就烧没了。"那可是购买一份菜的钱啊!"何平在心中暗暗抱怨着。

同桌阿龙是何平学习上的好帮手,他来自另一个乡镇,哥哥从省城师范大学毕业后在镇上的中学教书,算是端上了公家的铁饭碗,这对阿龙有一种激励的作用。

"阿龙,有个事情商量一下。咱俩能不能轮流买蜡烛,一人一个晚上,这样做可以节省一些。如果有剩下的蜡烛头,咱们收集在铁盒里重新炼制,回到宿舍后还可以继续用。"何平打算采取合作的方式解决上晚自习照明的困境。

寂静的漫漫长夜里,每间教室并没有因为经常停电而人影稀少。电灯灭了,蜡烛点起来了。同学们三三两两聚在一起,或者讨论作业,或者交流学习心得。当然也有春心萌动者,只是大家没有太在意。原来烛光下也有浪漫的时光,何平心中未免有些失落。

北蒙山 我在高原

星期六下午是自由快乐的时间,虽然天气比较寒冷,天空却是瓦蓝瓦蓝的,偶尔有几片白云慢悠悠地飘过。石头提议说:"下午没啥事,咱们去爬学校后面的周王陵墓,看看风景散散心。"他们一路上有说有笑,一口气爬到陵墓的顶上。

"大家往四周看一下,这些个土堆堆,都有一长串的故事。"石头开始发挥自己的特长,给大家讲解这周陵的故事。

"就说咱这周陵,据说是西周初期的周文王、周武王陵墓,自宋代以来一直这样流传。"石头的解说还真是有模有样。周文王墓在前,武王墓在后,两者相距五百米左右,这样的帝王陵墓布局非常少见。

何平从文物部门所立石碑的碑文内容得知,这陵墓的高度在四十米以上,可是他们很快就登上墓顶,看上去却没有那么高,也不知道文物部门怎么测量的?何平的心中不禁画了个问号。

登高一望,整个陵区规模还是很宏大的。何平站在陵墓顶上向南望去,一条乡间小路直通到咸宋公路上,这条小路据说是历朝历代的政府官员到周陵祭祀所走的官道。陵墓周边是千亩良田,曾经是供养守陵人及祭祀费用的官地,现在已经改建为一个大型农场。

冬季的田野一片萧疏的景象,冬小麦和油菜静静地埋在土层里,只有陵园西围墙边的松柏林还呈现着一片绿色,就像是陵墓的守护神。

何平向北望去,远处是连绵不断的北山,像一条匍匐着的大蟒蛇,村里的人称之为北莽山。冬季的山上更加荒芜,呈现出黄土高原的本色,山上依稀可见一些大的尖顶,那是一些唐代帝王的陵墓。

何平又向南边远眺,清楚地看见了很远的南山。地理老师在课堂上讲过,所谓的南山其实就是秦岭,秦岭也是中国的地理南北分水岭。雄伟的秦岭,呈现着连片的青黛色,为颜色单调的冬天平添了几分绿意,这可是八百里秦川的大屏障。

他们站在陵墓的顶上,环顾四周,视野非常开阔,大家热烈讨论着,任由思绪自由地飞翔。何平还是感慨古人的伟大:在黄土塬上修建的这些陵墓,虽历经千年风雨的剥蚀,依然挺立着不屈的脊梁。在文王墓前面,何平看到墓前有清代陕西巡抚毕沅所立的"周文王陵"石碑,只是上面的字迹有些斑驳。这些刻在石碑上的文字,明确了这座陵墓的历史价值。他认真研读上面的文字,想要了解那些尘封的历史,却发现上面有许多人留下的"某某到此一游"的字迹,让何平感到大煞风景。

落日渐渐西沉,一排排的杨树在秋风中挺立着身姿,稀疏的金黄色叶子在余晖中闪着光亮。几只野鸽子在空中鸣叫,招呼着同伴们回巢。田野里笼罩着一层薄薄的雾气,远处的村庄上空炊烟也在袅袅升起。

他们原想从学校大门回去,可是要绕一个大圈子。"这天色也有些晚了,我们是不是抄近路回去?"智勇指着高大围墙的一个缺口说。几个人相互对视了一下,心领神会,翻越学校后围墙而入。

北岱山 我在高原

第三章

午后的阳光是暖暖的,吃一碗油泼面便是最好的享受。义克让放下大老碗,点起一锅子旱烟,慢悠悠来到后院。他小心地把晾晒好的各类酒瓶装进麻袋,废铜烂铁也是捆扎整齐放在筐子里。冬季农闲时节,地里的农活一般比较少,义克让便利用农闲时间到周边的村子收购一些废铁、酒瓶子等,分类整理后送到城里的收购站。

这是一个没人愿意干的营生,义克让也认为这是个非常丢脸面的事情,"咱这几辈子也没谁干过这营生,还真有点磨不开面子"。

在农村走街串巷收购废品的基本都是外地人,一些头脑灵活的人采取用废旧物品换一些针头线脑、搪瓷碗盆等生活必需品的办法,甚至可以换取糖果,这样可以吸引孩子们交换更多废品。那些因循守旧的人直接用现金收购,生意简单也好算账。

义克让是下了很大的决心才做这件事情的,毕竟周围各村子都有熟悉的乡党,害怕别人瞧不起。柴米油盐酱醋茶,这哪一样不花钱?家里拮据的生活,迫使他不得不想更多的路子去挣钱。由于没有上过学,他也没有什么像样的手艺,在城里也不容易找到适合的活计。他偶尔也跟着义宏光领头的基建队去城里干活,不过是干个小工,工作强度大,出了不少力气,钱却挣得不是很多。

中午放学后，何平约上宇川、猛子等好哥们儿，没有吃午饭就骑自行车回家了。何平知道，母亲一定做好了可口的饭菜等着他回家，毕竟食堂的饭菜太清淡，他肚子里的馋虫又开始折腾了。

何平端着饭碗坐在门前的石门墩上，听着"老碗会"上的家长里短，有时候也忍不住插上几句话。放下饭碗，何平准备回房间里休息一会儿，蒲焕群对他说："娃儿，你先去歇一会儿。后晌帮着整理一下后院的酒瓶子，明儿个一大早陪你爸去县城的收购站。"

一到礼拜天，何平回家后的一项重要工作就是帮助义克让整理收购的废品，分门别类登记并进行简单核算，因为义克让不懂得如何记账和进行核算。

农村的冬季夜晚很是寂静，偶尔会听到几声狗叫。何平趴在简陋的书桌上看书，蒲焕群推门进来对他说："娃儿，看一会儿书就行了，早点儿睡觉吧，明天早起和你爸一块儿去县城交废品。"

星期天一大早，何平和义克让各骑一辆自行车，载上整理好的废品，前往城里的收购站交售。这是一件何平非常不情愿干的事情，义克让对他说："何平娃，有一句老话说得好：男长十二夺父志。在古代，十二岁已经算是成人了。你现在已经念高中了，我像你这个年纪，北山都进出了好几趟，你也该想着帮家里干些事情了。"

义克让的话语既是批评教育，又是给何平鼓劲。起初，何平还有些胆怯，自行车后座上挂上两个满当当的废品大筐子，车头总是把持不住，好像没有目标似的。公路两边的树木不知不觉向后倒退，何平这才意识到自己已经骑了很长一截路程。

干这件事情对何平来说是头一遭，他最怕的就是路上碰见同学，尤其是怕碰见已经成为社会青年的老同学，担心遭到他们的嘲笑。即便何平有意躲避，一路上还是碰到了几个同学，他们用诧异的目光注视着何平，然后淡淡一笑而过。那样的表情使何平厌恶而又觉得难为情。

好不容易骑到了收购站，何平已经累得气喘吁吁。验货、清点、算账，所有的流程办完，他心里也觉得舒坦多了，不禁自我安慰：我是个男子汉，这件事还是比较容易的，只要有勇气去做。

从收购站出来后，义克让很高兴地对何平说："何平娃，今儿个咱也下回馆子，去吃羊肉泡馍吧！"汤浓肉鲜的羊肉泡馍，勾起了何平肚子里的馋虫。学校的食堂里也卖羊肉泡馍，虽说一份只要一元五角钱，可是何平一次都没有尝过，一顿羊肉泡馍要花费好几天的菜钱。

父子二人来到一家叫作"老王家泡馍馆"的店里，义克让很熟练地对服务员说："伙计，每人三个馍。"不一会儿，服务员端着两个大老碗过来，何平一看，不由得惊叹，碗口比他的脑袋还大。义克让细心地把自己那份每一个馍掰成一粒一粒的，像黄豆般大小，完全沉浸在一种享受之中。

何平却很快就掰完了三个馍，可是大小不一。义克让便指点他说："吃羊肉泡馍的功夫在于掰馍，馍要掰成小拇指指甲盖大小，而且还要匀溜。这样掌勺的大厨一看，就知道是老吃家。不但要多给一片肉，而且火候很到位。要看一个大厨做饭水平的高低，就得看吃完羊肉泡馍后碗里是否只剩一口汤。否则，就是学徒娃做的饭。"吃羊肉泡馍也有这么大的学问在里面，何平不由得佩服父亲的见识。

"伙计，馍掰好了，蒜苗多放一点儿，馍多煮一会儿，口汤。"掰好的馍送进了厨房，服务员把两个小铁牌放在桌上。义克让掏出一根羊群牌香烟点上慢悠悠地抽起来，约莫一根烟的工夫，服务员把热气腾腾的羊肉泡馍端了上来，两个大老碗冒着尖顶，而且每一个还配有小碗。义克让笑着对何平说："这叫带拖挂。吃羊肉泡馍，汤是按份算钱，馍是单独算钱，每个人按自己的肚量大小要馍。下苦力的人一般都多要一个或两个馍，图个实惠。"义克让又从自己的碗里给何平拨了一些，满眼慈爱地说："我娃今儿个出力了，多吃一些。"

吃完羊肉泡馍，服务员又给何平和义克让每人端上来一小碗清汤，这也是最后一道程序。"吃饱，喝好！下次再来！"服务员热情地把父子二人送到门口，又热情地张罗刚进门的客人。

正是饭点时候，泡馍馆的门前人来人往。"爸，这家馆子是不是咱县城最有名的泡馍馆？"何平看到店里的人气很旺，自然会有这样的发问。

义克让说："这是家老店，价钱公道，人也热情，回头客比较多。要说咱这县城最有名气的泡馍馆，那还得数秦风楼。"

何平伸出左手的小拇指开始在左耳朵掏东西。不知是羊肉泡馍吃得冒汗的缘故，还是昨晚的炕烧得太旺，何平的耳病又一次发作了。

何平的左耳朵一遇到感冒、发烧，甚至季节变换，先是耳朵里嗡嗡作响，然后就不断地流脓水。义克让先后带他到好几家医院去医治，甚至去过城里最有名的二院，依然没有得到根治。

"何平娃，是不是耳朵的老毛病又犯了？今儿个天气还早，我带你去找吴军医，让他给你好好看看耳朵。这个人是你十七爷介绍的，据说看耳病有秘方，已经治好了许多人的老病。"义克让带着何平慕名而去。

父子二人来到驻在县城西兰公路边上的一家部队医院。吴军医先给何平简单检查一番，又询问发病的周期和治疗情况，神色凝重地对义克让说："娃的鼓膜出现了大穿孔，在医学上叫作慢性化脓性中耳炎。娃这个情况不是一天两天的时间了，到底是咋造成的？为啥不抓紧治疗？现在把娃的病耽搁了。"

义克让沉默了一会儿，说道："娃的耳朵小时候被人打过，造成了鼓膜穿孔。"

"耳朵让人打坏了！为啥不找他算账？起码也得给娃看病，耽搁了这么长时间。"吴军医有些不满地说道。

义克让叹了一口气："过去的事情不提了，也是自家的人。"

吴军医在病历上详细地记下何平的发病原因，他对义克让说道："娃这病得赶紧治疗，最好是到有名的大医院去做手术，国内一些大医院有这样的设备。"

义克让高兴地问道："哪里的医院可以看好？大概得花多少钱？"

义克让听了吴军医说出的治疗费用后，大吃一惊："要花这么多钱？"

吴军医赶紧安慰义克让，说道："你不要着急。去大医院做手术，当然花钱多。手术也许能很快根治，不过还是有一定的风险。我看，咱还是给娃采取保守治疗吧！"

吴军医给何平配制了一些外用药，同时开了一些口服的消炎药，又反复叮嘱他："药一定要按时服用。如果出现流脓水的情况，先要用过氧化氢清洗，再用医用药棉擦干净，千万不能用脏东西乱掏耳朵。夏季不能去游泳，特别是不能到你们村子的塘库里去游泳，水太脏了，流进耳朵容易感染复发。"

临走时，吴军医又很自信地对义克让说："我看中耳炎好多年了，也治好了许多人的老耳病,不信你可以打听打听。咱娃还年轻,只要坚持服用我配的药,我相信病根一定能断。"

吴军医的话有一定道理。但由于何平比较任性,耳病的治疗刚一有了效果,就忘了继续用药,致使耳病反复发作。尤其是到了夏季,遇到非常热的天气,禁不住同学们的鼓动,隔三岔五就去学校周围村子的塘库里游泳嬉水。左耳里一旦开始流脓水,他就难受得要命。

宿舍前的大杨树上,知了在拼命地鸣叫,又像在诉说着夏季的酷热难熬。中午吃完饭后,大家都在宿舍里休息,翻来覆去也睡不安稳。"这天气太热了,咱们去崔家塘库游泳,谁愿意去,一块儿走。"何平禁不住智勇等人的鼓动,又一次去学校西边崔家村的塘库里游泳,回来后突然觉得耳朵里嗡嗡响。

下午这节课刚好是魏定军的立体几何,何平几乎无法安静地坐着,只好从座位上站起来走到教室后面,站着听讲。魏定军一看,很是惊讶地问道:"何平,咋回事?为啥不坐着听讲?"

何平捂着耳朵说:"魏老师,我头疼,坐着难受。"

"那你回宿舍休息一下,我给你们班主任李建设老师说一下。"得到魏定军的允许,何平赶紧到学校医务室要了一些药棉,因为耳朵里又开始流脓水了。

魏定军老师曾经在何平他们镇上的初中教学,后来托人调到了周陵高中。他讲课很有特色,嗓门很亮,声音具有穿透力,唾沫经常挂在嘴角。因为互相认识,魏老师在课堂上好几次批评何平:"上课走神,不注意听讲。"

他怎么能知晓何平头疼时的感受。

何平认为,魏老师讲课还是很投入的。可是,由于自己的空间想象力太差,学几何总是很吃力。

这才是早上第一节课,何平就开始有些走神,魏定军在课堂上不点名地说道:"咱有些同学,父母在田地里头顶日头,流着汗辛苦劳作,供养着你们上学。再还不好好念书学习,我看你趁早回家驮个筐子卖菜去!"这话深深地刺痛了何平。

这个下午没有安排课程,何平正在教室上自习,宏扬走过来,严肃地对他说:"何平,李老师叫你去他办公室一趟。"李建设老师是他们的班主任,教他们的物理课,平时很严肃,讲课时经常夹杂陕南本地口音,何平很不习惯。

"李老师找我有什么事情?是我上课不认真听讲,还是其他惹麻烦的事情?"何平一路上走着,心里在不断地嘀咕。

很是奇怪,这次李建设很是和气,先是问何平一些家里的情况,然后谈了谈各门课程的学习情况,以及何平对其他任课老师的看法等。何平小心谨慎地回答李建设的问题,生怕有什么纰漏。

李建设语重心长地对他说:"何平,家里供你上学不容易,一定要珍惜上学的时光。我看你咋和班上什么样的同学都走得近?你还是和班上学习好的同学多交流,多参与一下班集体的活动,离那些不求上进的同学远一点儿,以防被他们带坏了。"

李建设的谈话让何平反思了半天。因为他从小就喜欢特立独行,上学后从不参与班里的事务,也不喜欢和老师亲近。从小学到初中,一直到上高中,从没有担任过班干部。即便是加入少先队这样的事情,也是快到小学毕业时才实现,这还得感谢当时的刘校长。刘校长看何平学习比较好,尤其是他每次布置的作文题,何平都完成得非常好,于是他帮了何平一次。

今天李建设找何平谈话,既是关心他,又是批评他。后来,何平才知道,这是父亲托了同村的齐放叔找李建设,希望李建设多关照关照他。齐放在学校教授体育课,他和李建设还算是比较熟悉。

何平的心中好长时间不能平静,父亲的付出的确不容易。因为义克让在村里很少求别人帮忙,除非是自己有迈不过去的坎。

义克让其实和齐放并无多深的交情,平时见面也仅仅是客气地打个招呼。虽说在同一个村子的同一条街道上住着,可是一个在东村,一个在西村,而且还是不同的姓氏宗亲。齐放可能是敬重义克让的品行和为人,在许多方面给何平不少关照:"三哥,娃的事情你放心,我会照顾的。"

齐放上体育课的时候,很是严厉,何平还是比较害怕的。一旦完成动作不到位就要挨批评,但他并没有因此挨打和罚站,何平感到很是庆幸。

"陵召村有人家办丧事,今晚上请人放映新电影,咱几个一块儿去。"星期天晚上,听说学校南边村子里放映新电影,何平跟着大林、智勇等几个要好的

北芳山 我在高原

同学偷偷溜出学校大门去看露天电影。当地农村习俗，家里老人去世，一般会放一场电影，算作一个人去世的纪念形式，也借机活跃一下单调的农村夜生活，一般称作过"白事"。在一些管理较好的村子里，婚丧嫁娶一般由红白理事会承办，厉行节约，庄重朴实，也算是体现了农村的新风貌。

在村子里看电影的时候，总有一些不安分的人借机生事，打架斗殴时有发生，所以学校不准学生晚上外出到周围村子看电影，害怕人生地不熟，惹出事端。当然，学校也会在每个星期六晚上安排放一场露天电影，只是想看新影片得等好长时间才会轮到放映。所以，一旦有新影片在周边村子放映，何平他们总是想方设法偷着溜出去看。

看完电影回来，已经是大半夜，学校大门早已关闭，他们只好翻越学校大门回宿舍。刚进大门一会儿，就看见齐放带着几个高三学生，手里拎着木棒，赶过来截住他们。

"你们几个是哪个班的？"他们战战兢兢地说出各自的班级。齐放严厉的目光扫视了他们一圈，又瞪着何平看了一会儿，说道："最近学校管理比较严，因为经常有外面社会上的小青年进学校惹是生非。我还以为是社会上的小混混翻大门，原来是你们。本事不小啊！回去每人写一份检查，明天交到我办公室。态度不端正的，让你们班主任来好好收拾你们一顿！"

齐放的话让何平担心了好几天，检查是交上去了，但是这次班主任李建设并没有找他谈话。

寒冬临近，夜晚特别漫长，夜深人静后总让人有一种不安的感觉。晚上打架的事情时有发生，有时候场面比较大，后果也很可怕。何平经常在第二天看见几个人头上缠着纱布。智勇告诉大家："晚上只管睡觉，外面不管有多大响动，也不要出去看热闹。"

打架闹事的多是一些留级生，他们都是些老油条了，还有一些是托人情、找关系来学校混日子的学生，不干正事，除了谈女朋友就是惹是生非，真是让人觉得可怜又可恨啊！

元旦快到了，班里准备举办晚会，这是高中生活的第一个元旦晚会，每个班级都在精心准备。晚会的形式比较简单，大家把课桌围成一圈，摆上瓜子、花生、糖果等零食,借来夏长河老师的收录机播放一些流行歌曲。有几个同学唱了几首流行歌曲助兴,何平在晚会上表演了小魔术,这是他跟别人学的小把戏,完全是现学现卖。

"学强也给咱表演一个节目。"坐在角落正在和明俊等人聊得热火的学强,禁不住宏扬的鼓动,站在教室中间亮开了嗓子:"百灵鸟从蓝天飞过……"教室内立马安静下来,谁也没有料到,学强还有一副金嗓子。

"学强在念初中时学过一段时间戏,这基本功还是很扎实的。"宏扬和学强在初中时念同一所学校,他对学强的情况比较了解。

晚会期间,七班的一个刺头过来捣乱。"哥们儿几个,准备家伙把这个瞎尿(方言:坏蛋)收拾一顿!"智勇、石头等几个同学狠狠教训了那刺头一顿,甚至动用了钢筋棍和马棒,双方从此结下怨恨。

临近期末考试,同学们都投入紧张的复习中。晚上一旦停电,教室里立马燃起蜡烛,而且比平常亮了很多,原来喜欢交头接耳闲聊的人也安静多了。

紧张的考试终于结束,一个星期后何平拿着成绩单和班主任的评语回家,义克让看了各门课程的成绩,说道:"各门课的分数都不高,英语成绩还像回事,总体成绩很一般啊。"

义克让看不懂李建设写的评语,他只好拿去请德文老汉看看。"五叔,'百尺竿头,更进一步',这句话是啥意思?"义克让给德文老汉装了一锅子旱烟,点上火递了过去。德文老汉摆了摆手,从口袋里摸出一根黑卷烟。"老三,我吃不了旱烟,劲儿太大。"

德文老汉曾经在私塾里教过国文,他用通俗的语言把李建设文绉绉的评语详细解读了一番。"这评语就是说咱何平娃的学习成绩还可以,不过还得好好下功夫。"何平明显地看到义克让脸上失望的表情。

"我得下功夫好好学习。"何平在一番自责后,暗下决心。寒假里,他在家里埋头完成寒假作业,更多的时间是抱着《平凡的世界》苦读,读到感人之处,也是禁不住热泪盈眶。

北拳山

我在高原

第四章

　　春天踏着轻盈的脚步来了,北莽山上万物开始复苏。在一个草长莺飞、阳光明媚的下午,何平又约上卫斌、石头、智勇等人去攀爬学校后面的陵墓看风景。

　　一口气上到陵墓顶上,何平出了一身臭汗,放眼四周,一派欣欣向荣的景象尽收眼底。绿色的麦苗努力伸展自己娇嫩的身躯,金黄的油菜花吸引着一群群蜜蜂上下翻飞,跳动着欢快的"8"字舞,不断召唤更多的同伴前来采蜜。田间地头不时出现人们忙碌的身影:除草、打药、施肥,期待着好的收成。学校后围墙外的农场果园已是一片花的海洋:雪白的梨花、粉红色的桃花已经率先绽放笑脸,成片的苹果树林里已现出粉嫩的花骨朵。花海被大片绿色的麦田包围着,仿佛给大地铺上了绚丽的花地毯。眺望远处,一座座帝王陵墓静静地耸立着,仿佛在审视着美好时光的轮转。

　　大家有说有笑,尽情领略春日里的无限风光。石头说:"宣布一个好消息,下个星期天咱们班要去春游,去逛兵马俑。"

　　他们一听,马上兴奋起来:"一定要去! 听说那个地方号称世界第八大奇迹。"石头现在是他们的班长,他宣布的消息就等于是班主任李建设的决定。

　　第二天一大早,何平怀着激动的心情回到家里,在饭桌上他告诉蒲焕群说:"妈,我们下个星期天去春游,一个人交二十元钱。"

蒲焕群一听这话，面有难色地对何平说："娃儿，二十元钱可是你几个礼拜的生活费啊！再说了，兵马俑有啥好看的？"

在家门口闲谝的德文老汉听到了，他劝说义克让："老三，娃去春游也是见见世面，再说也是班集体活动，不去参加老师也可能会有意见。我看你还是和掌柜的好好商量一下吧。"

夜晚的小院里很是安静，义克让给黄牛的料槽里添了一些草料，回到房间喝了几口浓茶，点起一锅子旱烟。他对蒲焕群说道："掌柜的，我看还是给何平娃一点钱，出去春游也是好事情嘛。"义克让和蒲焕群商量了好一阵子，蒲焕群终于同意何平去春游。听到这个消息，何平兴奋了一个晚上，睡梦中还在念叨着。

吃完早饭后，义克让带上工具准备骑着自行车去工地，何平自告奋勇要去帮忙。义克让却不同意，说道："何平娃，你姑父给我联系的活又不重，自己能忙得过来，你还是到地里帮着拔草去。"

赵光辉帮忙给义克让在公路段找了个临时工的活，养护镇上到县城的道路，主要是铲草、养护路面、修护排水沟等简单活计，劳动强度不是很大。铲草是每个人承包一个路段，按照米数结算工钱，一米两毛钱。其他零星活都是按照出工天数计算，一般都是公路养护段的道班上通知后才上路干活，工作量也没有多少，因此只能挣一些零花钱补贴家用。

义克让不同意何平去帮忙，更大的原因是怕同学们看见何平在工地上干活，害怕他的面子上下不来。理解了父亲的一番苦心，何平只好扛上锄头，带上镰刀和筐子，随着蒲焕群、二雄、英子一块儿去地里除草，顺便给家里的黄牛割些青草。

春天里，田间地头的青草很多。多给黄牛割些青草，和其他饲料混合在一起喂养，既能省下不少饲料，也能让黄牛上膘快一些。割草对于农村的孩子来说，也是一门必学的功课。放学后，每个男孩都要挎着筐子去田间地头割草。不是给家里的猪、羊等家畜割草料，就是给牛、马、骡、驴等高脚牲口割草料。不但分量要足够多，而且要割它们喜欢吃的草料，不能滥竽充数。否则，倒出筐子里的青草一看，轻则挨训，重则挨揍。

从小学到初中，每到下午放学后，何平回家后第一件事情就是挎着筐子，快速找一个青草茂盛的地方，很快割满一大筐子，压得非常瓷实，然后再和同伴们玩耍。回到家里，何平把压得很瓷实的青草从筐子里往外一倒，顿时堆得像小山包一样，父母没少夸奖他，就连村里人也是交口称赞："这娃心眼实在，眼里有活，干活踏实。"

这也许是何平所能发挥的长处：手脚比较勤快。因为他身体瘦小，重体力活干不了，平常回家只能干割草、拾柴、烧火等简单活计，说起来有些惭愧，不像个男子汉。

终于盼到了春游的时刻。星期天一大早，同学们兴奋地坐着大轿车去逛兵马俑。大轿车是中铁二十局的一辆班车，是东红的父亲帮忙从单位借的，可以不用付车费，为他们省了不少钱。车子一路颠簸着穿越省城，他们在车上却是欢声笑语不断。

秦始皇陵位于临潼区，距省城大约四十公里。兵马俑坑是秦始皇的陪葬坑，位于秦始皇陵陵园东侧一千五百多米处。何平端详了一番，陵园南倚骊山，北临渭水，这样的布局与西汉帝王陵墓和大唐帝王陵墓完全不同。何平认为：古人认为的风水宝地应该是山南、水北，取"全阳"之意。横扫六国、气吞宇内的大秦帝国开拓者为什么选在这里安葬自己呢？何平有些想不明白，也许这与古人迷信风水宝地分不开吧。

何平也听村子里老一辈的人讲过，从骊山到华山地形就好像一条龙，秦始皇陵正好位于龙头眼睛的位置。到底是古代人有"高瞻远瞩"的本领，还是现代人的附会之风过重，何平一时间也弄不清楚。

在景区的大门口，李建设让大家集合起来，请了一位工作人员为同学们讲解秦始皇陵的一些概况。

工作人员介绍说："咱这秦始皇陵一直修到泉水之下，然后用铜汁浇铸加固。墓室中修建了宫殿楼阁和百官相应的位次，并且摆放了数不尽的奇珍异宝。为了防范盗墓者，墓室内设置了许多机关，一旦有人闯入触发机关，就会立即毙命。墓室穹顶上用了许多宝石明珠进行装饰，象征着天体星辰。下面是百川、五岳和九州的地理形势，并灌注了大量水银，象征江河大海川流不息,上面浮着金制的秦始皇棺椁。墓室内点燃着用鲸油制成的'长明灯',陵墓周围还布置了巨型兵马俑阵。这样的陵墓设计,表达了秦始皇'与天地同寿,与日月同辉'的愿望,处处体现了这位始皇帝至高无上的权力和威严。"

"秦始皇兵马俑是世界考古史上伟大的发现之一,这一伟大发现却是偶然发生的。你们知道是谁先发现的吗?"工作人员慢慢揭开了谜底。

"一九七四年的那个夏季非常干旱,咱们陵东的村民在抗旱打井时,偶然发现了规模宏大的秦始皇陵兵马俑坑,经过考古工作者的发掘,才揭开了埋葬于地下的两千多年前秦俑的神秘面纱。从一九七九年十月份开始,在俑坑原址上建立的博物馆陆续开始向国内外游客开放。秦始皇兵马俑陪葬坑,也是世界最大的地下军事博物馆,吸引了众多的国内外游客,影响力逐渐遍布世界各地。"

"同学们,大家排好队跟着我进展厅参观,咱们一块儿了解这世界第八大奇迹。"他们在工作人员的带领下按顺序参观俑坑,认真听她详细的讲解。

参观完毕,李建设带领大家简单吃了午饭。因为还有一些时间,李建设和大家商量决定去华清池景区游览:"同学们自由活动一下,可以自愿选择游览华清池或者去登骊山上的烽火台,门票费用自理。大家记着按时回到坐车的地方。"

何平和宏扬、大林、智勇、石头、阿龙、卫斌等人商量后,决定去爬烽火台,探寻"烽火戏诸侯"传说的由来。

到了售票处,何平一摸上衣口袋,发现刚才装在口袋里的钱不见了。他把全身上下里外的口袋摸了个遍,还是想不起这钱到底是自己弄丢了还是装在了其他地方。看着何平着急的样子,石头问道:"何平,出啥事了?"

"装在口袋的钱咋不见咧!我刚才就在摊位上买了一个工艺品,剩下的钱我记着装在上衣口袋,我还用手摸了几下。这一会儿的工夫咋就不见了?这真是怪事情。"何平还在努力回想当时的情形。

"何平,这钱你是找不回来了。你都给贼娃子指明了装钱的地方,钱早就被人家摸走咧。"智勇的分析话语彻底让何平失去了希望。

"算了,钱丢了也没多大个事。何平,跟着我们一块儿走吧!门票的钱我

033

们想办法。"在石头的提议下,大家争相帮何平凑足了门票钱,免得他带着遗憾回去。何平内心感到无比的温暖,忍不住涌出丝丝感动。

几个人你追我赶爬上骊山上的烽火台,工作人员为他们简单介绍了骊山烽火台的概况,并详细讲解了"烽火戏诸侯,一笑失天下"典故的由来。

这座烽火台是在遗址上复原建造的,曾经是保卫周王朝的军事要塞,目的是站岗放哨、传递信息。周王朝为了防备犬戎的进攻,在骊山一带造了二十多座烽火台,每隔几里地建造一座。如果犬戎打过来,在第一道关口执勤的士兵就会燃起狼烟。第二道关口上的士兵看到烟火,也会立即燃起狼烟。这样一个接一个传递消息,附近的诸侯看到了,就会立即发兵来救周天子。

据老一辈人的说法,西周末代君主周幽王,为博得宠妃褒姒一笑,点燃了烽火,将诸侯戏耍了一回——演绎了最高级别的"狼来了"的故事。当犬戎真正攻到骊山时,周幽王再次下令点燃烽火,可是各方诸侯却无人来救驾。这回,被戏弄的不再是诸侯们,反而是周幽王自己了。于是乎,周幽王被杀,褒姒被掳,西周灭亡。

听着工作人员的讲解,何平站在烽火台上,试图探寻那两千多年前的荒唐一幕,想象着狼烟四起、烽火连天、诸侯忙乱、褒姒一笑、幽王轻狂的场景。

眼看天色已晚,同学们互相招呼着下山,他们在烽火台下集体合影留念,要把这美好的记忆带回去。

春天是万物复苏的季节,太阳也比平时起得更早。天刚麻麻亮,他们就起床了,每个人抱着英语书到大操场上大声朗读课文,这是英语老师夏长河教给他们学习英语的方法之一。

早上第一节课是英语课,上课铃声响起,夏长河推门进来。只见他身着一套黑色巴拿马西装,雪白的衬衣,打着红色的领带,留着港台流行的发型,完全是典型的时代青年装扮,整个人显得帅气极了,简直就是何平崇拜的偶像。

夏长河的英语课讲得很有特色,很受同学们的欢迎。何平等人经常在课余时间去夏长河的办公室,谈论学习、生活,甚至家庭等各方面的话题。尤其在英语学习方面,夏长河给予了他们很大的启示。

"走,咱们去找夏老师聊聊。"晚饭后,何平又约上宏扬、石头、卫夏等人去夏长河的办公室聊天。

在谈及学习英语的话题时,夏长河对他们说:"学习英语也没有什么捷径可走,必须得下苦功夫,多读、多练。早上起来找一个空旷的地方大声朗读,就好像是在用英语和别人交谈一样,不要有什么顾忌,练习发音和语句的连贯性,也就是多灌耳音,慢慢提高英语的语感。"

这虽然是个笨法子,可是何平比较喜欢。因为同学们大多数来自农村初中,英语基础本来就差一些,学习英语还是有一些吃力。有时候,笨法子也有一定的功效,可以促使他们打下牢固的基础,不让他们心存走捷径的想法,踏踏实实地从基础抓起,不断提高英语能力。这个学习英语的方法,何平一直受益匪浅。

"谷雨前后,点瓜种豆。"时光渐入暮春时节,农民们也要在这个时节播下希望的种子。

"掌柜的,今年咱们换个地方种西瓜,村东头的四亩地我都准备好了。"义克让和蒲焕群商量在村东头的承包地里种西瓜。

早在寒假期间,义克让就开始安排何平和二雄每天赶着牛车往地里送牛粪、猪粪等农家肥,开春以后父子三人抓紧时节翻地、埋肥和平整土地。

"咱们今年也弄个新种子试火(方言:试一试)一下。"义克让知道这几年城里时兴大荔西瓜,因此今年的西瓜种子选用了最新品种——新红宝。这次,他也准备学习别人的先进办法,采用地膜覆盖种植技术,可以保证西瓜提前上市。同时,花钱买了一些菜籽饼埋在每个瓜窝里,完全不用化肥,这样,可以保证种出来的西瓜沙甜,口感好,而且耐储存,可以卖个好价钱。

二道塬上接连下了几场透雨,地里的墒情很好,这段时间也是选苗的关键时期,义克让每天都要到地里查看瓜窝子,一旦瓜苗出来就要赶紧放出来,避免产生烧苗现象。由于家里人手不够,何平便邀请石头、宏扬、智勇、卫斌等人星期天到家里帮忙。

星期六下午,何平回家后,高兴地告诉蒲焕群说:"妈,我请了一帮同学来家里帮忙。"

义克让一听,说道:"人家娃礼拜天也要回家,你咋能麻烦人家?"何平说:

北寿山　我在高原

"没关系，来的都是关系非常好的同学，他们明天一大早就来。"

第二天一早，义克让就到镇上割肉、买菜，准备好好招待同学们。蒲焕群对何平说："娃儿，你去找明秀姨来家里帮忙做饭，我一个人忙不过来。"何平知道，明秀姨和母亲来自同一个县，关系情同姐妹，有农活忙不过来的时候，经常互相帮忙。

一帮子同学到何平家来帮忙，很是令街坊邻居羡慕。

义克让在地里指导一些熟悉农活的同学放苗、选苗、培土，其他人则浇水、盖土。

"其实，这种西瓜也是一门学问。这其中，选苗是非常关键的一个环节，要挑选长势好的瓜苗留下，其他全部拔掉，每个窝子里只留一个苗。如果窝子里的所有瓜苗都不行，或者没有出苗，只有重新移栽新苗。"义克让指导大家干活，还不忘给他们讲解这里面的知识。

义克让已经在地里建了一个简易的育苗棚，长势好的瓜苗可以派上用场。何平很是佩服父亲的先见之明，因为村里有人买到假种子，种到地里出苗很差。

义克让对何平说："何平娃，我这叫有备无患。因为每颗种子都不能保证百分之百出苗，如果不提前育苗，等到没有出苗再去补种，瓜即便长成了，也会错过好卖的时节。"

日头刚过了正午，英子就来到地里，她对义克让说："爸，我妈说饭菜已经准备好了，叫大家回家吃饭。"

家里准备的午饭很是简单：一盘葱花炒鸡蛋、一盘凉拌豆芽菜、一盘麻辣豆腐、一盘清油炒辣椒，主食是农家肉臊子面和锅盔馍。蒲焕群看着这一帮半大小伙子吃得津津有味，很是高兴，不停地劝说："娃们多吃一些，咱家的茶饭太简单了，但你们一定要吃饱。"

"姨，咱家的饭菜太好了，我们就不客气了。"宏扬、卫斌等人直称赞饭菜可口，有几个吃得有些撑，以至于下午到地里干活，弯不下身子。

在地里劳动的时间过得真快，眼看着天色已晚，蒲焕群赶紧催他们回学校，怕天太黑了，路上不安全。"娃们，这天色也不早了，你们赶紧洗洗手准备回学校吧！咱家离学校还有五公里，回去晚了老师会说的。"

在落日的余晖下，远处的北邙山显得更加肃穆、庄严，金色的光线洒在唐王陵的顶上，仿佛给它披上了明黄色的外衣，大唐帝王的陵墓越发地透出神秘的气息。

他们骑着自行车，沿着通往县城的乡村小路，一路上欢声笑语不断。何平也是忘却了一天的疲惫，更多的是感受到了集体劳动的快乐。与其说这是劳动锻炼，还不如说是他们回归农村生活的体验。作为农家子弟，若不受稼穑之苦的磨炼，又怎能体会父辈们在黄土地里的辛劳？

小时候，他们诵读《悯农》时稚嫩的声音，此时犹在耳旁响起。随着年岁的增长，何平逐渐品尝出其中的苦味道。

农民们在春天里播下希望，夏季里在大太阳底下挥汗如雨，无非是希冀在秋季能有一个好的收成。

北邙山

我在高原

第五章

　　小麦灌浆的时节,学校组织进行期中考试。成绩在一个星期后公布,何平的历史和英语成绩比较好,唯独物理成绩比较差。

　　班主任李建设又找他谈话:"何平,这次的物理考试是怎么回事? 平常学习很一般的同学,这次的成绩都比你好。如果这样下去,你的希望不大。"何平也说不清楚原因,反正一上物理课,他总是思想抛锚,抓不住李老师讲课的重点内容,课后复习也是效果不明显。

　　石头看见这个情形,有些嘲弄地对他说:"何平,我看你就不是学理科的料,干脆念文科算咧!"

　　这个话说得其实有些早,他们还没有到文理分科的时候。再说了,每年高考录取的理科学生毕竟还是多于文科学生。真正去念文科,能否考上大学? 何平一脸的茫然。

　　何平还是很认真地向李建设做了保证:"李老师,我一定下大功夫学习物理,不懂就问。"其实,他从来就没有问过李建设有关物理学习方面的问题。因为何平觉得李建设并不喜欢他这样的学生,他也并非李建设心目中的好学生。这样的心理对抗影响了何平好长时间,尤其是在推选班干部的时候,李建设从没有提及何平,以至于他整个高中生涯,几乎没有热情去参与班集体事务,总是待在他们几个人组成的小圈子里。

学习的节奏是不紧不慢的,他们也在想办法活跃课余生活,下课后一帮人去大操场踢足球,或者爬到文王陵、武王陵顶上看风景。

课外活动时间,他们又在大操场踢了一场球。休息的时候,智勇说道："我们村子附近的石人、石马很有特色,你们有没有兴趣去看一看?那里有一个古代的墓正在开挖,墓道里还有壁画,据说非常好看。"大家商量了一下,决定星期六下午就去,反正路程并不远,离学校十几公里。智勇所说的地方就是唐顺陵,以石走狮和独角兽而出名。

顺陵其实并不是大唐帝王陵墓,而是女皇武则天之母杨氏的陵墓,远离唐代帝王陵墓群,处于泾河南岸的塬上。这样的布局在何平看来很是奇怪,为何这座陵墓孤零零落在这里?杨氏去世的时候只能以王妃的礼遇安葬,等到武则天称帝改国号为大周后,才追封其母为孝明高皇后,将墓改称为陵。

他们去游览顺陵,主要是想看一看陵墓前的石刻和墓道里的壁画。

由于这个陵墓的名气不是很大,几乎没有游人前来参观,但景区倒是设立了一个管理所,主要是管理这里的文物发掘工作。

"你们是周陵学校的,来这里了解一些唐代的历史文化,那很好。我带着大家参观一下,围挡着的地方不准随便进去看。"工作人员听说他们是来观摩学习的,很是热情地为大家做讲解。

"咱这顺陵现存的石人、石羊、石走狮、石莲花座、华表顶、天禄等石刻有三十多件,其中,一对石走狮和天禄是咱这里的宝贝疙瘩。"

在顺陵的神道两侧,何平看到了一对石走狮,左边为雄狮子,右边为雌狮子。其中,这雄狮的造型甚是雄伟,它身高大概四米,体型庞大,头上披着一圈鬃毛,眼睛向外突出,硕大的鼻子高高隆起,宽大的嘴巴半张着,露出锋利的牙齿。整个雕刻气势磅礴、威武有力,特别是它高高突起的健壮胸肌和向前迈步的腿足部分,完全有阔步而行的动态。

"咋样?咱这对狮子很有气势吧!"工作人员一脸自豪地说道,"这对石狮整体比例匀称,富有质感,是咱们唐代诸陵中现存形体最大、最具代表性的石刻,因而被誉为'中华第一狮'。"

何平近距离观看这一对形态逼真的石狮子,很想抚摸一下雄狮子那雄壮有力的身体，却仿佛听到它发出的吼叫声。

工作人员带领他们来到陵前："这就是大家说的独角兽。其实它的学名叫作天禄。"何平仔细观察神道两侧分布的这一对天禄，左边是雄兽，右边是雌兽。天禄身高达四米，身长也是四米，身宽两米左右。它的头好像是鹿首，身体却像牛一样，并且生有双翅，双翅上雕有美丽的卷云花纹，它的足像是马蹄，下垂的尾巴与石座相连。

"天禄在古代被认为是瑞兽，在《汉书》等一些文献中又称此兽为'獬豸'。"工作人员的讲解还是很专业的。这对天禄是顺陵中最富有神韵且最温和的石雕，因为它们的外形看起来酷似鹿，因而又被称作"天鹿"，又因头上只长有一个角，俗称"独角兽"。

他们在陵园游览了一圈，还是有些意犹未尽，出来后看着天色尚早，突然发现附近的村子里有一座教堂。智勇说："旁边那个村子里有一半的人信教，村情和民风都很好，咱们要不要过去看一看？"好奇心驱使他们去一探究竟。

教堂的外观并不完全像何平在影视剧中看到的那样，而且还增添了一些中国的元素。话又说回来，整个建筑还是很宏伟的。

"建造这么一座教堂要花不少钱吧？"对于何平的疑问，教堂的管理人员笑着说："盖教堂的钱大部分是信教的村民捐助的。"

何平很是敬佩村民的虔诚，因为信教的许多人仍然住在土坯房里，却能为修建教堂自愿捐款。信教的村民主要分布在街道南边的村民小组，家庭和睦，邻里友好，基本上没有小偷小摸、婆媳不和、夫妻吵架、邻里置气等现象。

临到他们要离开村子，管理人员又送了他们几本《圣经》，叮嘱他们一定要好好读一下。

因为这里离家不远，卫斌和何平商量一块儿搭伴回家看一看。"那行，你俩顺道回家一趟，我们几个就直接回学校了。路上小心点儿。"他们在咸宋路丁字路口分别，沿着石子路感受着春天的夕照。

镇子的集市早已散了，街道上稀稀拉拉的没有几个人。何平看到夕阳中铁塔投下的长长的影子，他提议说："卫斌，咱俩歇一会儿，我想好好看看咱这铁塔。"他停下来看了看铁塔上歪在一边的宝葫芦尖顶，思绪仿佛回到了那神奇的传说之中。

寒冬腊月里，镇上照例要举办一年一度的"冬至会"，邀请了县城的剧团前来唱大戏，何平缠着父亲一起去看戏。走到镇子上，何平突然看着那铁塔有些惊奇，他忍不住向义克让提出自己心中的疑问。

"何平娃，咱这塔叫作千佛塔，是整体用铁水浇铸的，据说在过去也是数一数二的独特佛塔。塔身每一层的外面都有佛像，总数大概有一千个，只可惜大多数的佛像在过去被撬掉。这千佛塔周边原本是铁塔寺，这寺庙后来又改造成中学，现在只留下这个孤零零歪着头的塔了。"义克让的语气里透着一种无奈。

"千佛塔的塔顶据说是在明代关中大地震时震歪的。那次大地震，关中地区许多县一大半的城墙、寺庙、县衙和民房倒塌了，死了几十万人，实在是太惨烈。咱这塬上倒是影响不大，千佛塔的塔顶虽说被震歪了，可是这几百年还是一直在上面。"义克让还是感念上苍的眷顾，虽说也是经历了许多天灾，北莽塬依然是块风水宝地。

"算黄算割，算黄算割。"农场边的大树上，鸟儿开始在不停地叫着，预示着小麦快到搭镰收割的时节，又一个丰收季即将来临。到底是什么鸟在预报好收成？没有人能说出它的名字，就连见多识广的德文老汉也说不上来，可是村里的老一辈人都能听懂鸟儿的话语。

学校开始放"农忙假"，这是塬上农村学校的惯例。因为许多老师的家里也有责任田，而且学生放假回家还可以帮家里干活，用一句时髦的官方语言就是：参加劳动锻炼。

同学们的村子基本上分布在二道塬上，大多数麦田处于宝鸡峡灌区，小麦成熟的时间要比头道塬的小麦晚个四五天。不过，种在慢坡地里的麦子已经成熟，也该到了收割的时候。

星期六中午放学时，巧莉拦住宏扬说："我家的麦子已经搭镰收割了，你能不能找几个男同学去帮我家收麦子？"

宏扬找大家商量了一下，好歹也要帮巧莉家一天忙。第二天一大早，何平、宏扬、石头、智勇、阿龙、卫斌等人骑着自行车一路说笑，奔赴目的地。

巧莉家的麦田有一多半属于慢坡地,虽然也能浇水灌溉,但是由于地形的影响,浇地的水往往存不住,也就是人们常说的"走水地",土地的表面肥力因为水流冲刷而减弱,长出来的庄稼往往成色很一般。

吃罢早饭,他们一帮子人随着巧莉父亲去地里干活,巧莉、巧莉妹妹和巧莉妈则留在家里为大家做饭。有这样一支生力军组成的队伍去收割麦子,很是令村里人羡慕。其实,他们之中并没有几个人干农活在行,尤其是割麦子不在行,不但割麦子的速度慢,而且麦茬留得很高,一会儿就有人喊腰酸腿疼。

"叔,你歇一会儿,让我试火几下。"智勇自告奋勇和巧莉父亲轮换着割麦子。割麦子的工具称作"钐子",好像一把特大号的镰刀,一刀下去就割倒一大片。用"钐子"割麦子那可是一个技术活,技巧和力度如果掌握不好,容易伤到小腿。

大家看着智勇挥舞着大"钐子",在金黄色的麦浪中劈波前进,不由得发出赞叹之声。这技术活只有智勇一人可以胜任,其他人只有看热闹的份了,他们只好去帮忙打捆、运输。

正午的阳光毒辣辣地晒在身上。由于天气太热了,他们脱掉长袖衣服,麦芒不一会儿就扎得每个人浑身火辣辣地疼。巧莉父亲赶紧劝说大家:"娃们,都穿上长袖,把领口、袖口扎紧,要不然麦芒扎着难受,而且身上容易晒脱皮。"

一整天的高强度劳动使得他们快要散架了。晚饭倒是很丰盛,但是巧莉妈还是不停地自谦:"咱家的饭菜太简单了,大家一定要吃饱。"

晚饭后,月亮慢慢爬上树梢,农村的夜晚渐归寂静,偶尔也传来几声狗叫、鸟鸣。他们骑着自行车,身上的长袖衫子敞开着,在晚风吹拂下呼呼作响,月光下的身影很是飘逸,慢悠悠地沿着咸宋公路赶回学校。大家回到宿舍倒头就睡,就连传统的睡前"卧谈会"也不开了。

夏收时节对于农民来说,是一个非常关键的时期,人们称之为"龙口夺食"。这个时节要抓紧时间抢收、抢种,抢时间把成熟的麦子收割回来,碾场、晾晒、装仓。同时,还要抓紧时间播种秋季作物。否则,一场大暴雨下来就可能导致颗粒无收,或者延误农时,秋季庄稼赶不上趟。

田间地头都是人们忙碌的身影,大人们在地里挥汗如雨,大一点的孩子则帮忙打捆、搬运。如果家里男劳力不够，还得请北山麦客或者甘肃麦客来收割麦子。乡村道路上，架子车、牛车、马车、拖拉机等组成运输大队，运回来的麦捆子堆在各家的麦场上，一个个麦垛子像小山包一样，上面盖着塑料布。学生娃们也能派上用场，他们在田间地头或者跟在车子后面捡拾麦穗，一部分上交班主任，收集起来卖了当作班费；一部分交给家里换取零花钱，可以买冰棍、杏、梅李、沙果等零嘴。每个学生娃在农忙假期间都有任务，完不成任务的孩子就经常去偷已经堆在麦场的麦子。

看着热火朝天的劳动场面，何平的心中也有些按捺不住，由于身单力薄，他只能干一些省力气的活：白天往地里送茶水、送饭，晚上看护麦场。

"阿黄，一块儿走，今晚咱去守夜。"晚饭后，何平带上手电筒，牵上大狼狗阿黄去麦场守夜。他躺在简易的窝棚里，眼睛瞅着深邃的星空，心中突发无限遐想，默默地编织着美好的梦想。麦垛里偶然会有蝈蝈发出的鸣叫声，引得阿黄一阵狂吠。麦场不远处，一台脱粒机在狂吼，人们还在灯光下忙碌着，为本来宁静的夜晚平添了几分喧闹。

夏日的太阳刚一露头，蒲焕群就起床做早饭。"今天天气不错，抓紧时间碾场。"吃罢早饭，义克让招呼家里所有的劳力去麦场摊场子，把麦捆全部摊在麦场上晾晒。

正午时分，头顶的日头毒辣辣，晒得人身上冒油。义克让戴着藤编的凉帽，挥舞着大铁杈把麦秆再翻一遍，保证麦秆都晒透。待日头偏西后，义克让叫上一辆拖拉机拖着大碌碡来回碾，然后再安排一家人起场。

义克让和蒲焕群在前面用铁杈把麦秆挑起来，何平和二雄跟在后面推着尖叉车把麦秸秆堆在场边，混在麦糠里的麦粒和麦糠一起堆在场中央。

"掌柜的，起风了，咱抓紧时间扬场。"看到有大风吹来，义克让抓紧时间迎风扬场，蒲焕群在下风口用大扫帚清扫麸皮。这就是北莽山上延续千百年的碾场模式，进步之处在于拖拉机代替了牛、马、骡、驴。虽然也有脱粒机和大功率风扇可以派上大用场，可是电费太贵了，一般人家用不起。

夏收时节，家家户户都抓紧时间抢收成熟的麦子，因为这个时节经常下大雨。上了地理课何平才知道，这叫作季风雨。有时候一场大雨袭来，这一季的收成可能就全泡在水里了。如果实在忙不过来，各家就采取相互协作、互相帮工的形式。今天我家收麦子，请你家的人来帮忙；明天你家里要碾场，我家的人去帮忙。更多时候是大家族里各家各户相互协作。

何平家和二大（方言：叔父）、三大家是连畔子种地，碾麦场又是几家公用，大家相互协作，集体劳动，吃大锅饭，浓浓的亲情在劳动中不断加深。

义克让两口子也和一些关系较好的乡邻建立了协作关系。何平和二雄也经常被义克让指派着去帮王明秀收麦子，有时候也帮齐战民碾场。他们也时常到何平家来帮忙，大家相互之间换工，淳朴的交情也在一步步加深。这种劳动形式在这塬上普遍存在，这也可能是集体劳动的传承吧！

麦子晾干装进了粮仓，秋季庄稼全部播下种子，这夏收的工作才算是基本结束。

"五叔，今天终于是忙完了。今年的收成还算不错，可以歇一阵了。我只是吃摸（方言：把握）不准，今年的忙罢会还唱不唱戏？"义克让蹲在门前的石凳上，抽着旱烟和德文老汉开始闲聊。

农忙的这段时间里，蒲焕群很是辛劳，她的脸上呈现出更多的疲惫，汗水将脸上的尘土画出一道道印痕。每天忙完了田间地头的农活，她回到家里后又要操持家务。

"今天咱吃炸油饼。"大油锅支了起来，蒲焕群在案板上忙着擀饼，何平帮着烧火，诱人的香气勾起了每个人肚子里的馋虫。为了改善一下家里人的伙食，蒲焕群用新压榨的菜籽油炸了一筐子油饼，也算是犒劳一家老小。

"何平，把这包油饼带上，回到学校也让同学们尝一下。"返回学校时，蒲焕群为何平收拾行李，还不忘让他带上一大包油饼回学校，也让几个好哥们儿尝尝。

第六章

宿舍前的大杨树上,知了们聒噪了很久。终于熬到了放暑假的时候,何平满怀喜悦的心情期待着早日回家,班主任李建设通知他们说:"同学们,放假前必须预交下学期的课本费。"

何平回到家里告诉蒲焕群:"妈,班主任李老师通知我们,学校要求提前交下学期的课本费。"

蒲焕群停下了手中的活计,迟疑了一下,无可奈何地对何平说:"娃儿,你爸还没有去镇上缴公粮,家里暂时没有多余的现钱。这一年来,你上学花钱也多了。况且,弟弟和妹妹都要上学,家里实在供不起。要不,下学期你就不要去上学了。"

何平一听母亲的话语,简直有些不能相信,眼泪就忍不住流了下来。蒲焕群所说的确是实情,要供四个孩子上学,对任何一个农村家庭来说都是不小的负担。尤其对何平这样的家庭来说,负担更是沉重。

何平陷入复杂的矛盾之中,十分不情愿放弃对于理想和未来的追求。他只好和母亲软磨硬泡。

夜晚的小院里有些不平静,乘凉拉闲话的乡邻陆续回去睡觉。义克让抽着旱烟,还在劝说蒲焕群:"掌柜的,还是让何平娃继续念书吧!家里再有困难也不能耽搁娃念书,乡党们的好心咱也要领一下。"义克让的话令何平的心中久久不能平静。

蒲焕群从大板柜底层里取出二十元钱，数了好几遍交给何平。何平接过母亲递给的二十元钱，感觉有些沉甸甸的。他也知道，最近刚忙完夏收，收割麦子、打场需要花钱；种秋粮，买种子、买化肥要花钱；瓜田里灌溉也要花钱。家里的各项开支多了，可是夏季公粮还没有缴售，家里基本上没有剩下多少现钱。

何平暗暗下定决心，暑假里一定想办法打零工，为自己挣一些钱。可是暑假里适合他干的零工并不多：骑车子走街串巷卖冰棍，忙活一天也挣不了几个钱；去村上的建筑队当小工，能挣一些辛苦钱，就是活太重，身体吃不消；去村办的砖厂干活，劳动强度虽说有些大，但是可以找一个适合自己的活计。何平躺在床上想了半个晚上，决定还是去砖厂干活。

第二天，天刚蒙蒙亮，何平就赶紧起床，简单洗漱一下，急匆匆赶到砖厂占了一辆平板车。这是一个运送泥砖坯的工种，技术含量低，而且不需要太大的力气。村里的人到砖厂干活，一般没有固定的规定和要求，相对来说，自由度比较大。只要愿意去干活，只需每天一大早到管事的人那里领活即可，或者每天早早去，自己主动占一个出力较少的工种。而且干一天活，按工种计一天工钱，月底统一结算。

拉平板车的多是一些年轻小伙子，有许多人是何平小学时的同学，有些人还是他初中时的同学。这些老同学大都不再上学，到砖厂干活就是他们最方便的工作，砖厂在某种意义上也成为他们成家立业的财富来源地。

随着城镇建设的快速发展，以及农村人盖楼板房的需求，砖块——这个最为普通的建筑材料，却为广大农村提供了不少商机。在这二道塬上，从渭河北岸一直到北莽山脚下，几乎每一个村子都建有砖厂。有实力的村子还建起了水泥厂、白灰厂等，虽说生产规模都不大，但是效益都还不错。烧制砖头的黄土随处可取，制水泥和白灰的石料可以从北山里开采，煤炭可以从邻近的铜川矿区运来。得天独厚的地理条件，促进了村办建材厂的快速发展，尤其这砖瓦厂几乎是村村普及。

村里的年轻小伙子通过在砖厂或其他厂子干活，五六年的光景就可以盖起楼房，再干上几年就可以攒下娶媳妇的钱，这样的人生轨迹也是父辈们为年轻人设计好的。如果年轻人上学没有盼头，父辈们总是一句话："娃，咱这书不念了，去砖瓦窑拉架子车去。"这句话就决定了一个人的命运。

何平到砖厂干活，还是引起了不少人的议论，大家以为他不再上学，尤其是一些初中的同学总是问何平这样的问题。

午饭后的这段休息时间还是很惬意，何平和慧轩坐在砖厂的屋檐下闲聊："何平，是不是念不下去了？要是还能念，继续努力。砖瓦窑这下苦活，你可干不了。"

何平只好简单地回答："我暑假里也没啥事情，就是来这里锻炼锻炼。"

何平所干的工种十分枯燥。每天一大早就要去占平板车，一定要挑一辆顺手的车子，可以省不少力气。他一趟一趟运送做好的泥砖坯，低着头大幅度迈着疲惫的双腿，脸上的汗水一道道流下，滴在腾起的尘土里。

何平那摸惯了书本的手上没有老茧，几天下来，双手磨出了许多血泡。蒲焕群看着何平的双手，心疼地说道："娃儿，干不动就回来吧，你下不了这苦。"

何平决心坚持干下去，不能让别人看笑话。他手上的血泡磨破了一个，又重新长了一个，刚开始还感觉到钻心的疼，几天后磨破的地方慢慢起了一层薄茧子皮，何平也慢慢适应了。

夏天的午后，太阳还是毒辣辣的，在砖厂干活的人一般不上工，一直等到日头偏西不太晒的时候才开始干活，以避免中暑。午饭之后，大家陆续来到砖厂边的阴凉处休息，抽烟，打扑克牌，下象棋，或者玩纠方、狼吃娃、媳妇跳井等乡村游戏。

何平一般不参与，他只是在一旁观阵，有时也和黑蛋、慧轩等人闲扯，回忆他们曾经的学习时光。大家还是鼓励何平继续上学，毕竟待在农村的出路太少。尤其对于何平来说，身单力薄，不是干下苦活的料。何平慢慢咀嚼同学们的话语，体会出其中包含着许多无奈。

静静地坐在树荫下，何平在心中想着：不能把自己的人生目标定位在砖瓦厂，一定要走出村子，去看看外面的世界。

看着砖厂一排排的泥砖坯默默地站立在大太阳下，享受着火热阳光的炙烤，何平不由得涌起无限感慨，他在心中为这些土坯子写下几句赞歌：

备受挤压的黄泥巴

切成一个个土块块

几经风吹　日晒　雨淋

走进火的天堂

练就一身钢筋铁骨

只有一个心愿

和伙伴们紧密相连

共同垒起一座座大楼

何平感觉自己也许就像那泥砖坯一样，终究会成为一块烧制成型的砖块。是走进城里变成高楼大厦的一分子，还是成为农家垒猪圈墙的一分子？这难道就是命运给予自己的安排？如何抉择？他眼望瓦蓝瓦蓝的天空，扪心自问。

"何平，发啥瓷呢？开工了，赶快去占个好板车。"慧轩招呼何平抓紧时间上工。

白天的劳累不可能令何平有更多的精力思考，只有寂静的夜晚才有自由遐想的时间。

夏天的晚上，何平和二雄轮流去瓜田守夜。吃罢晚饭，他牵上大狼狗阿黄，拿着手电筒，又赶到另一个岗位上。

夜晚的田野里一片寂静，西瓜们躲藏在瓜蔓下悄悄地生长着，草丛中偶尔传来几声蛐蛐的叫声，惹得阿黄一阵儿狂吠。义克让曾经对何平讲过："西瓜在生长的季节，晚上可以听到声音，那是西瓜在长个头。这个时候，如果水肥充足，西瓜的斤两就很足，而且口感沙甜。"

何平躺在瓜棚里，舒展一下有些酸痛的腿脚和手臂，眼望着深邃的夜空，看着满天闪烁的星光，不由得回想起上初中时写的一篇小说《愁·喜·筹》。那时候，他们刚刚开始练习写小说，语文老师给大家布置了一篇作文：写一篇贴近农村生活的小说，题目自拟。何平的这篇文章，老师看了以后很是称赞，在班上当众讲解了一番，然后又向《中学生文学》杂志推荐，结果不了了之。

砖厂的活计是阶段性的，只有当所有的泥砖坯全部晒干进入窑里烧制，他们才能开始新一轮的工作,在此期间有三五天休息时间。在这难得的休息时间里,何平便跟着义克让在瓜地里干活,既能给父亲打个下手,顺便也学着干一些简单的活计。

"何平娃,今儿个早上凉快,咱爷儿俩一块儿去瓜地里看看。"早上起床后,趁着太阳还没有升高,天气比较凉爽,义克让带着何平来到瓜地里干活,并且给他仔细讲述种植西瓜的一些工序。

侍弄西瓜的活很是累人,而且义克让对每道工序要求很是规范,不能图省事省略任何一道。他对何平说:"何平娃,俗话说得好,人哄地一时,地误人一季。"这简单的话语中也是蕴含了深刻的道理。

种西瓜也不是个简单活,还是有一定的技术含量。从西瓜出苗以后,就要开始投入人力。首先是压瓜蔓,就是要把瓜苗从向上生长转变为水平伸展,并在瓜苗根部培上土,把瓜蔓成长的空地平整好。随着瓜蔓的不断生长,每隔二十厘米左右压上土块,保证瓜蔓沿着直线水平生长。其次是掐花。就是当瓜蔓开花之后要选择长势好的瓜蒂留下来,其余的都掐掉,尤其是根花一定要掐掉。根花是瓜蔓上的第一朵花,结出的西瓜俗称"根瓜",一般都长不大,而且还截留了大量的养分,所以要坚决弃掉。每一个瓜蔓上一般只留一个瓜蒂,最多留两个,这样才能保证西瓜的品质和产量。再次就是要经常掰权,防止主蔓上长出太多的支权,避免养分分散流失。最后的工序是翻瓜。等到西瓜长到快要成熟的时候,把每一个西瓜翻转一下,把靠近地面的部分翻过来面向阳光照晒,避免瓜瓤中出现白芯现象,保证整个西瓜的品相良好。当然了,其间还要经常进行除草、浇水、防病虫害等。

"侍弄西瓜的活都这么复杂,看来农村里的这饭碗也不好端啊!"何平的心中悟出了一些浅显的道理。

义克让头上戴着镂空的柳编凉帽,圪蹴在地里认真给何平示范一道道工序,时间久了就坐在地上伸展一下酸麻的双腿,然后用力揉捏膝关节,把双腿放在阳光下暴晒,然后敷上晒热的黄土面。

"爸,你的腿病又开始犯了?"何平关切地问道。

"这是我的老毛病,年轻的时候落下关节炎的病根,一直没有根治。好在

北寿山

我在高原

我有自己的土方子,用这个办法可以拔一拔腿里的寒毒。"义克让点燃了旱烟,慢悠悠抽了几口烟,给何平讲述起那一段难忘的岁月。

义克让的关节病是冬季里得上的。那时家里的粮食不够吃,义克让背上一些棉花、家织土布,和村里一帮人搭伴偷偷进北山换粮食。由于北莽塬地处渭北棉粮主产区,给国家上缴的任务比较重,而且城里分布着五六家大型棉纺织企业,因此当地的棉花生产任务远大于粮食。一般人家都有多余的棉花,粮食却是不够吃,如果家庭人口多而劳力少,吃不饱肚子的事情便经常发生。农家里多余的棉花可以纺线,然后染上不同的颜色织成粗布,可以用来制作床单、门帘、被面子,甚至可以裁剪成粗布衣服。

物物交换是那个时期农民们的简单市场行为,一般都是交易双方议定一个规则,分别换取各自需要的东西。这些交易都是偷偷进行的,如果被队上或者村上的干部发现了就会没收一切。

"总不能让人饿肚子吧!寒冬腊月也得想办法搞点粮食。"义克让吐了一口烟,凝重的脸笼罩在烟雾之中,仿佛回到了那个刻骨难忘的冬天。

寒冬腊月的一天,呼呼的冷风刮在脸上生疼,义克让从北山换了一些粮食准备回家,路过洨河时发现有人在桥头检查。他只好绕道走,脱下鞋袜,卷起裤腿,蹚过结冰的河水。回家以后在热炕上焐了半个晚上,早上起来腿脚还是冰凉的。

年轻时的磨难摧残了义克让的身体,他那高大的身躯已略显佝偻,花白的头发更加衬托出苍老。他抽着旱烟,戴着草帽,俨然一个农村老头的形象。其实,义克让的年纪正当壮年,只是岁月的痕迹已经过早地深刻在他古铜色的脸庞上。看到父亲的这个状况,何平的心中有些酸楚的感觉。

义克让对于自己的瓜田充满了希望,因为水肥比较充足,而且夏天没有下连阴雨,西瓜的长势非常好。"今年应该有一个好收成!"义克让在瓜田转了几个来回,很是自信地说道。

西瓜收获的时节,在县城工作的义承学帮着联系一家单位前来收购,买回去的西瓜用来给本单位的职工发福利。

"何平娃,你十七爷给咱联系一家单位收西瓜,去叫上你二大、三大过来帮忙。"这很是令何平感慨,当一个城里人真好,尤其是当一个吃国家粮的人真幸福。

一位女干部带领几个人在地里挑选西瓜,他们都喜欢选一些个大滚圆的瓜,义克让则带领家里人在地头过秤装车。女干部特别喜欢地里几个长相非常好的西瓜,何平也知道,那可是地里的"瓜王",是义克让特意留作来年的瓜种子培育瓜苗的。这几个西瓜,何平每天都要照看一遍,生怕被人偷走,或者被獾偷吃了。看着女干部恋恋不舍的表情,义克让只好同意她的要求。何平把两个"瓜王"抱去过秤,义克让却摆了摆手。何平极不情愿地把心爱的"瓜王"抱到驾驶室。女干部很是感谢,一再说:"这两个西瓜我单独付钱。"然而,她并没有从自己口袋掏一分钱。

暑假即将结束,何平准备返回学校,在砖厂领工的齐孟远把他的工钱单独结算清,直接送到家里:"三哥,这是何平娃的工钱,我想娃快开学了,肯定着急用钱。"

何平后来才知道,齐孟远照顾了他一些,工钱单独造表,又让义克让签字代领,怕何平无意中说漏嘴,免得其他人有意见,何平的心中很是感激。

中午的饭桌上,一家人有说有笑,尤其是夸赞何平第一次挣到了工钱,二雄却向义克让提及自己不想继续上学的想法:"爸,我不是念书的料,还是回家算咧。"

其实,二雄仅仅是读完了初一,这样就放弃了,算是彻底告别了读书生涯。暑假期间,二雄一直在建筑队当小工,人也晒黑了、变瘦了。何平的心中有一股说不出的难受滋味。

何平知道,二雄能做出这样的决定,一定是思想斗争了好长时间。毕竟,兄弟姊妹四个都在念书,这对于任何一个普通农村家庭来说,都是一个不小的负担。

义克让和蒲焕群在夜里谈论了好长时间,最终还是同意了二雄的想法。"娃既然下定决心不念书,明天我就去找人让咱娃学个手艺。"义克让去找建筑队的工头:"大毛,二雄娃交到你手里,你给咱多操点心。"

义克让恳求他好好培养二雄,让二雄学做泥瓦匠,如果能学到一门手艺,

北寿山
我在高原

将来也有一个好的出路。

齐大毛满口答应："放心吧三哥，娃到我这里，不出三五年就能出师。"

开学报到的日子，二雄的一帮同学来家里劝说。二雄一直坚持说自己不是念书的料，劝大家好好学习，不要拿他做榜样："大家的好意我领了，我准备去基建队干活，没准将来还能成个好匠人。"同学们一看劝说无效，只好说了一些鼓励的话，尤其是一位女同学和二雄单独说了好长时间话，最后她还是满脸失望而去。

第七章

　　周陵农场的苹果树上露出了许多红彤彤的笑脸,金灿灿的秋梨隐藏在郁郁葱葱的叶子底下。秋季的校园里迎来了新的学期,原本是令人高兴的事情,何平却发现班里少了几个熟悉的面孔。宏扬托人转到了县城的二中,小杨也转到了二中去念书。他俩的学习成绩一直不错,能转到县城的重点中学也是件高兴事。让何平不能理解的是,班里几个县城来的成绩一般的女同学也全部转到了县城的中学。何平的心中难免产生进城念书的想法。

　　"娃儿,咱家能供你在周陵念书已经费了好大的力气,再说进城念书又得找人托关系,还得花不少钱,咱家也没有几个能帮上忙的亲戚。"蒲焕群的话基本上否定了何平进城念书的念头。

　　何平躺在炕上想了一个晚上,他也慢慢体会了母亲话语中饱含的艰难。"算了,还是老老实实在周陵念书吧! 不能再让家里作难了。"

　　校园里的树叶子开始慢慢变黄,随着阵阵秋风撒落在屋檐下。农场里的苹果梨子已经送到县城的供销社,秋季庄稼也早已收割完毕,冬小麦还只是露出了小尖尖,一层薄薄的烟雾笼罩在深秋的田野上。这是一个深秋的下午,何平放学回到家里,蒲焕群对他说:"娃儿,你姑前几天来家里说要帮着咱家开豆腐坊,明天你跟着二大去县城买机器吧。"何平一听非常高兴。义彩莲资助了一笔钱,准备给义克让买一台电动磨豆机。

这几年,农村的个体经济进入大发展的繁荣时期,村子里有一定经济实力的人家都在开办实体经济,有人家开起了私人诊所、理发店等,也有人家开办了挂面加工店、面粉加工店、饲料加工店、豆腐坊等小作坊,基本上都是小规模经营,老板和员工都是自己家人,纯粹是家庭经营模式。

早上起来,何平抓紧时间吃完早饭,跟着义克选来到县城的农机公司,经过一番打听和反复比较,终于选定了一台立式电动磨豆机。"二大,这台机子应该不错吧?"何平对于农机的确是知之甚少。

"何平娃,这是一台最新出产的机器,操作简单,占地面积小,而且加工力很强。"义克选的解释很有专业性。

义克让在后院里搭建了一个简易棚子,买了一口大杀猪锅,垒起一个大锅灶,在家门口用玉米换回几口大水瓮,又从田间地头捡回来一截破水槽和几块大石头。

义克让没有举行开张剪彩仪式,只是燃放了一串鞭炮,豆腐坊就这样开了张。这个消息对于村子里的人们来说,也算是一个大新闻。毕竟义克让是一个没有多少文化的朴实农民,经营能否成功还是个未知数。

义克选、义克荣也来家里帮忙,小院里一时充满了浓浓的亲情。街坊四邻有来帮忙的,当然也有来看热闹的。义克选一边调试机器,一边讲解操作流程。

第一锅豆浆终于出锅了,义克让用纱布仔细过滤以后盛在大水瓮里,防止有烧煳的锅底和杂物混在豆浆中。待豆浆的温度合适后,义克让开始点卤水。不一会儿的工夫,雪白的豆腐脑冒着腾腾热气,散发出诱人的豆香味。义克让请前来帮忙的街坊邻居吃豆腐脑,给每个人盛上一大碗,放上盐、醋、酱油、调和水,再淋上一勺油泼辣子。

"三哥,你这豆腐脑还不错,味道嫽扎咧。"住在西隔壁的义廷盈尝着豆腐脑,对义克让的手艺赞不绝口。

义克让掏出一盒大雁塔牌香烟,撕开包装纸,给抽烟的乡邻每人敬上一根烟。德文老汉笑着说:"老三,你这豆腐坊开张了,好歹也得给大伙买盒金丝猴。"

义克让笑着说："五叔,咱这生意刚开张,还不知道往后咋样。等我赚了钱,一定给大伙买'84猴',带过滤嘴的。"义克让自个儿装上一锅子旱烟,抽了几口,说道:"等我这第一锅豆腐做好后,我叫娃给每家送一块尝尝。"

今天制作好的几板子豆腐很快就卖出去了,义克让充满了信心,吃完午饭又开始了磨豆腐的准备工作。

深秋的夜晚格外地寂静,何平家的后院里却是灯火通明,一家人又开始忙活了,义克选、义克荣也时不时抽空过来帮忙。

其实,制作豆腐的工艺流程并不复杂。可是,义克让对每个环节要求却很严格。黄豆先要精选和清洗一遍,滤掉混在其中的小石子、土坷垃、豆荚皮等杂物,去掉干瘪、裂口、发霉的豆子。精选的黄豆放在大瓮中用温水浸泡,待到豆子泡涨到一定程度时,开始放入机器中磨制豆浆。磨好的豆浆用白纱布过滤一遍。这道工序完全可以省略,因为磨豆机已经实现了豆渣和豆浆自动分离。但机器即便再能干,还得手工来验证。义克让仍然坚持人工过滤一遍,担心机器中的滤布有时候会出现小缝隙,有豆渣混入豆浆中。豆浆在大铁锅烧开后,在盛入大瓮时再用纱布过滤一遍,等到温度合适了开始点卤水。

蒲焕群也是个干活很细致的人,她将每一个长方形木模子清洗干净,然后铺上雪白的细纱布。义克让很细心地将点好的豆腐盛在每个模子里,再包好纱布,最后在上面压上一块大石头。点好的豆腐必须放在木模子里压制定型,一般经过四五个小时即可。义克让却坚持压制十二个小时,目的是把豆腐中多余的水分充分压出,这样制成的豆腐就很瓷实,几乎可以用秤钩子直接挂起来称量。

看着义克让忙碌的身影,何平也想上去搭把手。他两只手抱起一块石头压在模子上,可是还没有搬几块大石头,他的腰就有些直不起来。义克让看着他的窘相,笑着说:"何平娃,你的腰劲儿不足,这重活你干不了,还是帮你妈泡豆子去吧!"

义克让给剩下的豆腐上压上大石头,伸了伸腰杆,并用两个拳头捶了一番,然后从腰里抽出旱烟,圪蹴在炉灶旁点起一锅子烟。他对何平说:"何平娃,做豆腐可是个下苦力的活。这世上有三件最重的活:撑船、打铁、磨豆

北寿山　我在高原

055

子。你娃哪一件都拿不起。"

义克让这话的确不假。撑船这活计义克让没有干过，原因是村子周边没有大的河流，唯一的一条洨河现今只是条小水沟。打铁是义克让在生产队时期从事过的最累的活，可是能多挣一些工分。义克让在生产队开办的铁匠铺里，干的也是最出力的活——抡大锤。

"娃，你是不知道，爸在铁匠铺抡一天大锤，胳膊就肿得抬不起来。我在生产队时期，那可是把力气出扎实了。"在炭火的熏烤下，义克让的衣袖冒着热气，他的脸庞泛着红光，仿佛沉浸在难忘的岁月里，不时地发出感慨声。

磨豆子的活同样累人，生产队时期，主要是靠牲口推石磨，有时候也靠人力，劳动强度非常大。

义克让磕了磕手中的烟袋，神情凝重地对何平说："何平娃，爸年轻的时候是身大力不亏，生产队的重活基本上都干过。在饲养室里待的时间最长，拉水、铡草、拉土、垫圈、起粪等这些重活我都干过，等你们长大后，一定要脱掉这层皮。"随着时代的发展，机械逐渐代替了人力和畜力，就连磨豆子也改用了电动机，而且效率非常高。

"做豆腐也是个良心活，弄不好的话，乡党会戳咱脊梁骨。"义克让一边说着，一边揭开一个豆腐模子的纱布，用手指按了按，看看豆腐是否压瓷实。

义克让这番话其实是隐含着做豆腐的行话，就是"一斤黄豆可以做出几斤豆腐"，这里面也有默认的行规。有些作坊采用葡萄糖或者其他试剂点豆腐，做出的豆腐产量高，利润很可观，可就是做出来的豆腐含水多，买家有意见。有些人掺黑豆，这样可以降低成本，结果做出来的豆腐品质就差一大截。义克让依然坚守自己的经营原则，黄豆一定要选用成色好的，坚持用卤水点豆腐这一传统工艺方法。他认为，这样做出来的豆腐，才有真正的豆腐味道。

自从家里开办了豆腐坊，蒲焕群也比以往更加忙碌。她每天早早起床，先是把豆渣和饲料混合好，送到猪圈喂饱大猪、小猪；然后检查每个大瓮中浸泡的黄豆，如果泡涨了赶紧捞出来，没泡涨加入温水继续泡，保证豆子按时加工；接着开始烧水、做饭，帮助义克让整理好卖豆腐所需的物品。

等义克让吃完早饭，出门去卖豆腐，蒲焕群又开始收拾院子，并做一些磨豆子的准备工作。她把磨豆子机认真清洗一遍，木模子全部洗刷一遍，纱布和豆腐包布也要清洗晾晒。

蒲焕群的双手由于长时间在冷水和热水里反复浸泡，已经裂开了许多小口子，但她只是简单地用医用胶布粘上，也没有去卫生所看一看。何平看到母亲那满是裂口的双手，心中涌起一股酸楚。

蒲焕群瘦小的身子在院子里来回忙碌着，她也在筹划着自己的营生。由于冬季里豆腐的需求量大，所以产生的豆渣也很多。豆腐坊刚开张的时候，大多数豆渣被村里的一些养殖户买回去作为饲料用。

"他爸，我看咱是不是也多养几头猪，反正咱家豆渣有的是。抽空把后院的猪圈扩一下，地方也能宽展一点。买猪娃子的事情就让他三大去集上跑一趟。"蒲焕群和义克让商议着，准备扩大家里的养猪规模。她又托义克荣在集市上买来十多只品种优良的猪娃，用豆渣和饲料混合喂养，也算是多种经营，提高一下家里的经济收入。

在农村普通家庭，养猪、养羊、养鸡等对家庭主妇来说，也是补贴家用的一个重要途径。蒲焕群当然希望扩大规模，尽量多养一些猪，这样收入就会多一点儿。

蒲焕群养猪的方法还是沿用四川老家的传统，把饲料和一些菜叶子放在大锅中煮熟，一天的食分三到四次喂。这样的方法有一定的科学道理，可以保证养分被猪充分吸收。

冬天里午后的阳光是温暖的，小院里弥漫着悠闲的气息。几只芦花鸡在墙根下追逐嬉闹，阿黄趴在过道里打着盹，时不时睁开眼睛向院子里张望。蒲焕群收拾完厨房里的锅碗瓢盆，又来到后院里查看。大猪、小猪吃得肚子滚圆，伸展着四蹄躺在烂泥上晒太阳。蒲焕群悄悄走进猪圈，她开始给猪捉虱子和跳蚤，并用手慢慢梳理皮毛。何平慢慢明白了，母亲的这个法子可以使猪安静生长，避免猪在圈里因烦躁而闹腾。

由于惦记着家里的活计，星期六中午一放学，何平也顾不上约宇川、猛子一块儿回家，自己骑着自行车回到家里，吃完午饭就开始帮父母干活。他主要是帮义克让记账,有时候还要到各家各户去收账。大家都是街坊乡邻,许多人来买豆腐并不带现钱,称好豆腐后就说一句:"把账先给咱记上,有空到家里来。"

义克让收拾停当后出门卖豆腐,他推着板车沿街喊一嗓子:"换豆腐咧!"那声音很是有秦腔韵味。碰上熟人难免要闲谝几句,结果是大半天的时间才能卖完豆腐。大多数人家喜欢用实物支付,比如用玉米、黄豆等一些粗粮来抵现金,毕竟农村人家的现钱比较短缺。大家都习惯了这样的交易方式,一般都是按照行情约定一斤黄豆换多少豆腐,或者一斤豆腐换多少玉米。因此当地人一般都叫换豆腐而不叫卖豆腐。

"娃儿,有时间的话,你也驮一板子豆腐出去转村子换吧,光靠你爸在咱们村子换,每天也挣不了多少。"蒲焕群鼓励何平利用节假日时间到周边村子去换豆腐。

静静的夜晚,何平躺在炕上反复思量,他心中确实有些犹豫不决。说实在话,何平主要是怕遇见同学,尤其是上高中后周边许多村子都有同学,别人看见了自己在换豆腐,他的面子上下不来。经过反复的思考,何平还是决定试一下。"我好歹也算是个男子汉了,该是为父母分忧的时候了。"他在内心为自己鼓劲。

何平愿意出去换豆腐,义克让听了很是高兴,于是教他如何认秤,辨别秤杆上每一个星点代表的斤两;如何进行实物支付的换算;如何辨别黄豆和玉米的成色。义克让特别叮嘱他说:"何平娃,到村子里换豆腐时,找人问路说话嘴要甜,待人接物要和气,还得留意每个村子的行情。"

吃过早饭,何平骑上自行车驮上一板豆腐出发了。他一路上忐忑不安,只顾闷着头骑车子,并不敢向四周张望。穿过了几个村子,何平来到浚河北岸一个人口较多的村子——骆村,这个村子没有他的同学,于是他在一条大街道的十字路口上停下来,四处观望。

这时候,一位叼着旱烟的老大爷走过来,笑眯眯地问何平:"小伙子,卖啥呢?"

何平赶紧回答:"哦,老叔,我在这儿换豆腐咧!"

老大爷简单问了何平一些情况,很是感慨地说:"娃也不容易啊! 你换豆腐咋不吆喝呢？旁人还以为你在逛街道咧。"

在老大爷的指点下，何平打开豆腐包，切开一块放在最上面，并切了一小块请老大爷品尝，感觉一下口味如何。老大爷尝过后，不断称赞着说："你这豆腐瓷实，口味好，品质也不错。"

何平最终还是没能放开嗓门吆喝，老大爷倒是热心地向街坊四邻介绍，不一会儿有几家人拿着盘子或大碗前来称豆腐。何平很不熟练地为每家切豆腐、称秤，每秤都是高高的，大家很是高兴，并不住地夸赞他："这娃心眼实诚，是个好小伙子。"老大爷在一旁招呼人，并帮忙记下每家所称豆腐斤两。等到收账的时候，他还在一旁查看，防止有人耍小心眼。

一板子豆腐很快就所剩不多，留下的都是一些边角，没有人家愿意要，以为压得不瓷实。

何平要把剩下的豆腐送给老大爷，老人家却摆着手说："你这娃把我老汉看成啥咧？出门在外，谁都不容易，能帮一把不值得感激。就这吧，你把剩下的都给我称上。"何平给老大爷称好豆腐，当然也让了一些斤两。老大爷直夸他会来事，一再坚持留他吃午饭。何平推辞说："家里还要我早点儿回去帮忙磨豆腐，晚上还要接着干活。"

收拾好东西，何平准备回家，老大爷对他说："娃，出门在外，人一定要活道些，嘴要放甜一些，不要害怕。咱农村人大都实诚，不会哄你。隔些日子，再到咱村来，多带一些豆腐。"

老大爷最后语重心长地说道："娃，我看你不像个下苦力的人，有机会还是要好好念书，农村人的饭碗不好端。啥时候端上国家的饭碗，你娃就有出息咧。"

何平走出村子，感觉到心情轻松了许多，原先的一些顾虑全都烟消云散。

冬日的田野里是萧疏一片，冬小麦已进入冬眠期，上面覆盖着薄薄一层雪或者一层薄冰。村子里的炊烟在袅袅升起，远处的北邙山在薄雾中隐约可见。田间地头，人们在忙着修整农田、运送土肥、浇水冬灌，偶尔传来几嗓子粗犷的秦腔。

何平推着车子走到无人的旷野处，忍不住放开喉咙喊上几嗓子："换豆腐咧！换豆腐咧！"声音在田野里四处飘荡，仿佛有人在应答似的。

何平感念黄土地农民的憨厚和朴实，佩服他们的勤劳和勇敢。汶河北岸的土地多是一些小丘陵，坡地很多，但是人们把这样的土地修整得像层层梯田，错落有致，而且每层都修了灌溉用的水渠。有了灌溉条件，薄地就会变成丰产的良田。即便是一些无法修水渠的陡坡地，人们也投入精力修整一番，种上耐旱的作物。

临近期末考试，李建设给大家开了一次班会，强调了这次考试的重要性，他语气严肃地说道："这次考试的成绩将作为明年文理分科的重要依据，希望每个人做好准备，考出好成绩，准确找到自己的学习定位。"

何平一直认为文理分科还是很遥远的事情，没想到现在却是迫在眉睫。同学们都开始认真准备，晚自习时教室里静悄悄的，要是遇到停电，教室里便是烛光一片。

"这可咋办，找谁商量呢？"何平却为着念文科还是读理科苦恼了好几天。念文科，高考录取的比例太低；念理科，虽然高考录取比例高一些，但是他的物理成绩太差了，属于瘸子腿，会严重影响总成绩。还是各门功课都齐头并进吧。何平一时半会儿也不能确定自己的方向。

"哥们儿，请教一下这个难题。"一旦有空，何平便向卫夏、军红等几个理科方面比较好特别是物理科目成绩拔尖的同学请教。何平总是觉得，他和李老师有很大的距离感。这种近乎逆反的心理长时间困扰着他，以至于从入学到现今，几乎每次考试物理科目都成绩低下，一直不理想。

虽然何平内心很喜爱文学，但并不意味着他就是念文科的好材料。尤其像地理、历史科目需要记忆的内容很多，何平也没有十足的信心和把握。而理科方面，化学科目的成绩还算可以，生物科目的成绩较好，数学科目的成绩一般。

"看来只要狠下苦功夫，把物理科目的成绩提起来，念理科还是有一定前途。"何平也在为自己暗暗鼓劲。

紧张的期末考试结束后，同学们收拾好行李各自回家，何平也期盼着一个充实的寒假生活。

第八章

    天寒地冻的北莽塬上，田地里的活计很少，何平的寒假生活安排得很充实，他的一项重要任务就是到周边各个村子去换豆腐。

    何平利用星期天在周边各村都转了一遍，骆村、大王庄、小王庄、辨义村、王家堡等村庄都留下了他的身影，他也逐渐熟悉了每个村庄的风土人情。农村人有句俗话：十里不同俗。这话说明了地域文化的差异，同样一句话，在这里可能受听，在其他地方可能遭到白眼。

    吃完早饭后，蒲焕群帮着何平收拾好东西。"妈，差不多行了，路上我会当心的。"他骑着自行车驮上两板子豆腐，怀着愉快的心情奔向各个村庄。

    寒冷的冬季里，农村的时令蔬菜很是稀少，即便有做小本生意的人从渭河南岸的蔬菜产区贩运一些蔬菜来卖，可是因为价格高，买的人家并不多，反而对于豆腐、粉条和白菜、萝卜等本地菜的需求量很大。

    转了两三个村庄，还没有到吃中午饭的时间，何平所带的两板子豆腐已经全部卖完。他整理好豆腐板子、包袱布、杆秤，扎紧装有玉米、黄豆的布口袋，认真清点了口袋里为数不多的现钱，骑着自行车飞快地赶回家里，何平几乎闻到了蒲焕群为他准备的一大碗油泼面的香味。

    临近年关，各家各户对于豆腐的需求逐渐多了起来，义克让和蒲焕群更加忙碌。在这个节骨眼上，义克选和义克荣等人有空也过来帮忙，帮着收购黄豆,或者帮忙磨豆子。王明秀抽空也来帮蒲焕群做饭,一时间,这个不太起眼的小院里人进人出,一派忙碌的景象。

义克让制作的豆腐不但口感符合大家的饮食习惯,而且品相非常好,周围村庄的很多人家都来定做两三板子。"老三,我这里有十几斤豆子,你给咱做几板子豆腐吧!"也有一些比较细法(方言:勤俭节约)的人家带着自家的黄豆来做豆腐,只愿意出一些加工费,义克让也并不计较,都是乡里乡党,吃亏占便宜不好论断。何平觉得,父亲这一点很值得自己学习。

腊月二十三,俗称过小年,村子里的年味逐渐浓了起来。天蒙蒙亮,何平叫上卫民、黑蛋等伙伴做帮手,大家吃了蒲焕群精心准备的早饭,拉上架子车带上十几板豆腐去各村叫卖,农村人对于过年很是看重,小年一过就开始准备了。打扫所有的房间,用白灰或者黄土粉刷墙壁;拆洗被褥,浆洗衣裳;置办年货,为大人小孩扯布料做新衣裳;购买干菜、水菜,割肉。大人忙碌着,小孩子期盼着。

冬季里绿色蔬菜少而且价格高,许多人家便买回大量的豆腐制作各种菜品,炸豆腐、腌制豆腐、熏豆腐干等。豆腐的一大用途是作为馅料用来包包子,每家每户都要在年前蒸大量的包子、馒头,保证在破五(正月初五)之前不用发面了。此时包子的作用很重要,如果过年期间家庭主妇不想做饭了,总是说一声:"谁饿咧,拿几个包子馏一下。"

等到吃中午饭的时间,何平和小伙伴们才转了三个村子,带来的十几板豆腐就卖完了。何平收拾好所有的东西,扎紧装满黄豆和玉米的口袋,又仔细清点了一下手中的现钱,他的脸上露出满意的笑容:"哥几个,今天的收获不错,现钱都收了一大笔。走,准备回家。"

村子里各家的院子飘起了热腾腾的蒸气,馅料的香气和麦面的香气弥漫在街道上,诱人的气味不住地钻进何平的鼻子。每家除了蒸各种馅料的包子和大白面馒头,还要蒸一些花馍。花馍是过年期间走亲戚的重要礼品之一,比较讲究的人家很是看重这样的事情。如果过年期间有重要的亲戚要走访,或者恰逢嫁姑娘、娶媳妇等重大事项,必须蒸大量的花馍,要是自家不会蒸,还得请一些手巧的人来帮忙。制作花馍的程序并不复杂,主要是造型设计要费一番功夫。制作的十二生肖花馍，一般送给长辈亲戚；小鸟、小动物造型的花馍送给有孩子的亲戚；几层高的大花馍，一般是新媳妇回娘家时给父母的礼物。

关中道上各个地方的花馍做法并不相同，即便是同一个区域，也是分为西府的讲究、东府的讲究、河南岸的讲究、河北岸的讲究。现如今，有些人家要请村里的巧手媳妇或者大娘来帮忙蒸花馍，因为年轻媳妇大都不愿意学习这门手艺，而是喜欢像城里人一样，走亲访友带上盒装的礼品，显得有面子。

炉膛的火焰很旺，何平时不时往里面填一些树枝、硬柴。锅上的蒸气噗噗地发着响声，放在锅里防止烧干锅的瓷瓦块嗒嗒地作响。刚出锅的花馍摆在案板上，冒着腾腾的热气。每一个花馍都是一件工艺品，每个花馍所代表的文化传统都很值得他了解学习。何平看着蒲焕群在细心地制作各式各样的花馍，心中对母亲充满了崇拜。蒸花馍、擀面条、纺线织布、裁剪缝制、剪窗花等农村人认为巧媳妇必备的手艺，蒲焕群这个外乡人也在不断地努力下学会了。

这些好的传统在新生代的年轻媳妇中慢慢传不下去了，许多人不愿去学，认为没有多大意思。她们普遍认为：商店里有现成的包装精美的礼品，精纺的各类布料，漂亮的成衣，印刷精致的年画，何必劳神去学那些老古董。

"传统的东西快丢光了，实在是可惜！"何平感到有些遗憾。

收拾完毕磨坊，蒲焕群脱下湿漉漉的棉鞋，坐到热炕上暖和一下冰冷的双脚。她对何平说："娃儿，我和你爸商量了，过年准备回一趟老家，带着你一块儿回去。"蒲焕群想要回娘家，而且要带上何平一同回老家看看，对于何平来说这可是个好消息。

回娘家，对于每一个出嫁的人来说，都是一件非常重大的事情，即便是上了年纪的老奶奶，时不时也要儿孙套上马车或者用自行车驮上回娘家看看。这种思乡的情结，即便是经历了漫长的岁月，也是无法割舍的。

蒲焕群已经有五年时间没有回娘家了，强烈的思乡之情不时流露出来。尤其是周边村子及同村的姐妹回娘家所带回的信息，更加促使蒲焕群想回娘家看看。对于一个远在他乡的人来说，非常渴望经常回去探望父母，与兄弟姐妹拉拉家常。然而这个愿望实现起来并不容易，路途遥远暂且不论，来回

北莽山
我在高原

的路费和其他开销也是一笔不小的开支。前几年因为家里经济条件较差,回一趟娘家的确不容易。这几年,随着经济条件的改善,回娘家的事情已经不算困难。

蒲焕群却有一件犯难的事情,因为她还没有一件像样的出门衣裳。蒲焕群向义克让提出自己的愿望:"他爸,我想买一件呢子大衣。"蒲焕群想要置办一件呢子大衣,因为经常来家里串门的一些好姐妹,几乎人人都有一件呢子大衣。

"啥?呢子大衣?那衣服不实用,而且还不好收拾。"义克让并不同意。蒲焕群为这件事伤心掉眼泪,难过了好几天。

"呢子大衣看着面面光,穿在身上一点儿都不受用。"在义克让看来,呢子大衣有些贵,而且北方的冬季穿呢子大衣并不防寒,还不如棉袄暖和。可是,蒲焕群坚持要实现自己的愿望,何况好几年没有回老家,总得有一件像样的衣裳吧,这样才显得体面一些。漂亮的衣裳是每一个女人永远不变的追求。

"老三,我看还是给娃他妈准备一件像样的行头吧!人家毕竟是回娘家,穿得体面一点儿也是挣面子的事情。"德文老汉抽着卷烟,义克让则圪蹴在石凳上默默抽旱烟,仿佛在认真筹划这件事情。最终,义克让还是同意了蒲焕群的要求,他觉得十多年来亏欠了蒲焕群太多。

由于这段时间豆腐坊的活实在太忙,义克让一时半会儿脱不开身,只好托齐战民到县城为蒲焕群买了一件黑色呢子短大衣,这也是蒲焕群一生中义克让为她置办的最为贵重的衣裳。

蒲焕群抽空到集市上给何平扯了几米巴拿马布料,这种布料是羊毛混纺的,质地非常好,价格当然也很高。蒲焕群没有自己动手为何平缝制新衣服,专门请邻村的董裁缝为他缝制了一套中山装。

回娘家,对于这些远嫁到北莽塬上的外乡人来说,当然是个大事情。蒲焕群又约了几位要好的姐妹,大家各自带上自己的孩子,准备正月初二到县城坐火车出发,并约定时间在火车站会合。

蒲焕群抓紧时间为家里人准备过年期间的吃食。蒸了几锅馒头和各种馅料的包子,等凉了以后放在瓦瓮中,可以保存半个月。包了两簸箕羊肉馅饺子,夜晚时放在院子里冻上,想要吃的时候放在锅中直接一煮就可以。蒲焕群考虑到义克让不会做面条,特意到压面店里压了一箱子干挂面。其实义克让最不喜欢吃挂面,他认为手擀面比啥吃食都香。

何平兴奋得一夜睡不着觉,第二天他早早起床,推门一看有些傻眼,天上下起了鹅毛大雪,路上结起了许多冰溜子。计划的事情不能轻易变动,义克让用自行车推着行李送蒲焕群和何平到镇上的汽车站。义克让一路上并没有太多话语,反倒是蒲焕群在不断叮嘱他:"他爸,要管好娃们,按时做饭;娃们的衣服要穿暖和一些;记着按时给大猪、小猪喂食,不要饿瘦了。"

春节时节,火车上的乘客很少,偌大的车厢显得冷冷清清。但是何平他们一帮孩子却很高兴,好几个还是头一回坐火车,新鲜劲十足,火车每停靠一个站,他们都要下车去看看。大人们在火车上拉家常,孩子们则从这个车厢窜到那个车厢,相互打闹,周围的人虽有些不满,但也不好意思制止。毕竟是小孩子们第一次出远门,兴奋得有些过头。

傍晚时分,火车在秦岭脚下一个小站长时间停靠,何平和宇川等几个伙伴下车看个究竟,原来是在更换火车机车头。因为要翻越秦岭山脉,火车的动力不足,只好用两个车头,一个在前面拉,一个在后面推,翻过秦岭之后,后面的机车头再卸下来。这种现象比较奇特。

火车沿着隧道蜿蜒而上,何平和宇川等伙伴特别兴奋,大家分别计数火车穿过的隧道个数,看谁的数目比较准。"蜀道之难,难于上青天!"这句话如果没有身临其境,是不可能有深刻体会的。可想而知,当年建设宝成铁路的工程难度应该非常大。那还是何平小时候刚能记事的时候,义克让曾给他讲过:"何平娃,咱这先一辈人去四川经商,在路上行走一个来回需要一个月时间,实在是不容易。"现如今发生了很大的变化,自从宝成线建成了电气化铁路,一天半的时间即可到达。

半夜时分,火车停靠在绵阳车站。蒲焕群、刘桂珍、王明秀、张爱琴等人赶紧把各自的孩子从睡梦中叫醒,整理好行李走出车站,大家商量着下一步怎么去南部县城。

"这个县城咋这么气派啊!"何平看到大街上灯火通明,街道两边是一排排的高楼，尽显现代化的气息，感觉这比他们县城气派多了。绵阳是四川的重要工业城市，分布着许多大型工业企业，其中许多还是军工企业，因而城市的规模较大，建设水平要比何平所在的县城高一截子。为了节省费用，蒲焕群和她的姐妹们商议不去住旅店，直接到长途汽车站的候车室休息。凌晨的候车室里冷冷清清的，因为没有暖气，何平感觉更加阴冷。

天麻麻亮，他们一行人坐上第一班开往南部县城的长途班车。孩子们已经没有兴奋劲，伴随着车子的一路颠簸，很快就进入了梦乡。新奇感没有了，累了、饿了、冷了，车里因为沿途不断有人上车，慢慢暖和起来，何平在长途车上睡得很沉。

中午时分，车子行到一个小山口，蒲焕群带着何平提前下了车。临下车时她和几位姐妹约定返回的时间，到时候在广元火车站会合，一同买车票回家。

"娃儿，这是一条回家的近道。"蒲焕群这样解释为何提前下车，何平一时想不明白，母亲为何没有选择在前面的镇子下车。

终于要到老家了，何平伸展了一下酸麻的双腿，背起大包小包的行李和礼品跟在蒲焕群身后。他行走在田间小路上，放眼四周看到的却是另一番田园风光。这里的山很低矮，既不能同北邙山的庄严肃穆相比，更不能同秦岭的伟岸隽永相提并论。这里的山是清秀的，水是清澈的，天空却是雾蒙蒙的，看不见太阳。一块块麦田在小山坡上错落有致地分布着，中间夹杂着小块的油菜地，田间地头栽种着豌豆、白菜、萝卜、甘蓝、小青菜等蔬菜。村庄里的住户是散落分布，没有院墙包围，完全不同于关中平原上整齐的村落格局，缺少了一些恢宏气势。家家户户的房子是清一色的青瓦白墙，房前屋后种着大片的竹林。这样的美景就好像是从画上落到地上一样。这样的景致，比起北方冰天雪地的萧疏景象，更加呈现出一片绿意盎然和勃勃生机。

蒲焕群的老家处于川东地区，地理环境比不上成都平原那样优越。可是，在何平看来，这样一个山清水秀的地方，应该是一块人间福地。

蒲焕群一边走，一边给何平介绍舅舅家的一些情况。舅舅家在一个四面环水的小山村，小河上没有渡桥，蒲焕群带着何平乘坐小木船摆渡过河。船工很热情地和蒲焕群打招呼："这是何平娃儿？都这么大了，长高了不少。听说书念得不错啊！将来一定有出息。"

在那个没有院墙的场院里，何平看见大舅一家人在焦急眺望。蒲焕群决定回老家的时候，特意交代何平给大舅写了一封信，告诉具体的出发时间。由于路况等方面的原因，他们直到下午时分才到家，难怪舅舅一家人焦急，以为路途上出现了其他变故。

听说何平和蒲焕群到了，大舅、二舅和三舅家的人都赶了过来，一大家人在一起有说不完的话，蒲焕群已有五个年头没有回娘家，见到亲人自然忍不住落泪。何平的外公和外婆均已去世，娘家的兄弟姐妹自然是蒲焕群最近的亲人。舅舅一家人的热情逐渐冲淡了何平心中的拘谨，他也慢慢认识了表哥、表弟、表姐、表妹等一大帮同龄人。大舅在场院里摆上酒席，大家吃了一顿大团圆饭。

"舅舅这里的风俗习惯，为何与北莽塬上的差别这么大？"何平心中有很多的疑问。蒲焕群带何平到各家去走亲戚，到每家照例要吃一顿饭，走了几家，何平已经有些吃不消。当地人待客，饭桌上的酒水是必不能少的，虽然只是村子里商店出售的自酿散酒，喝多了也是撑不住的。由于不熟悉一些礼节，每当有人过来敬酒，何平都是一大碗酒一口喝下，他唯恐礼数不周，怕别人笑话。大家还以为何平酒量很大，纷纷前来劝酒，他最多一次喝了五大碗，睡了整整一天。何平的这一壮举，也成了大家茶余饭后的笑谈。"年少无知，惭愧惭愧！"他也感到有些好笑。

在娘家的这段时间，蒲焕群的心情非常愉快，兄弟姐妹各家全部走了一遍，甚至几个侄子家也去看了看。大家在一起拉家常，叙说往事，谈论各家的境况。谈到高兴处畅快淋漓，说到伤心事也泪流满面。

在这个没有留存儿时记忆的小山村里，何平倒是过得很开心。今天去走亲戚吃酒席，明天又随表弟表妹去镇上赶场，看电影、看演出、玩游戏。何平慢慢喜欢上了远房亲戚家小表妹，他俩常在一起打闹，听录音带唱流行歌曲，讲述学校里发生的有趣事情。

北莽塬上早已是白雪皑皑，这里却是阴雨连绵。好不容易盼到了晴天，浓浓的大雾中却寻不见太阳的身影。这一天，又下起了蒙蒙细雨，蒲焕群陪着嫂子们在屋里说话闲聊，其他人围在堂屋的炉子边玩纸牌。何平和小表妹在小屋里听流行歌曲，他看着小表妹粉白的小脸上，几个小黑痣透着几分调皮，几乎到了嘴边的话咋也说不出。也许是李玲玉的歌曲给何平鼓了劲，他终于鼓足勇气说道："秀儿，愿不愿意跟我回去，我们俩在一起？"小表妹害羞了，脸一下子红起来，弄得何平很是尴尬。

义克让曾经对何平说过："你远房大舅家有个表妹，年纪和你差不多，希望能带到咱家里来。如果能结亲更好，若是结不了亲，也可以给她在当地找个好人家。"

远房舅舅家所处的川东地区，人多地少，经济较为落后，许多人家的女子都远嫁到关中地区。对于父亲的提议，何平想了好几天，今天终于鼓起勇气表达了心愿，但是小表妹的心思到底如何，他不知道。

返程的时候大家都是依依不舍，蒲焕群也很是难过，只好约定过几年再次回家看看。小表妹最终还是没有答应何平的请求，他心中隐约有一种说不出的痛。

临别时，大家一再鼓励何平好好念书，争取考上大学，为母亲争个面子。各家各户为蒲焕群准备了不少土特产：腊肉、腊肠、熏鱼、蚕豆，甚至大米。蒲焕群一再道谢，并不断推辞说："东西太多了，火车上人也多，不好带。"

蒲焕群怀着对家乡的无限眷恋之情，带着何平一起踏上了回家的路程。家乡的亲人们也许想不到，这是蒲焕群一生中最后一次回娘家，这次也是谁也料想不到的诀别。

第九章

教室外的大杨树上,几只喜鹊喳喳叫着,明媚的阳光从窗户上的破旧玻璃透射进来。在这个晴朗的下午,教室里开始吵吵嚷嚷,因为学校决定开始分科教学,每一个人可以自愿选择报名,分科将按照每个人的成绩做出最后决定。

"是念文科,还是念理科?"何平心中犹豫不决。

考虑到自己的成绩状况,何平做出了艰难的选择。两天后的一个早上,何平走进文科班教室,小玉很是热情地招呼他:"何平,欢迎你来到咱们班,你的座位在我左边一排。一会儿王老师就来了。"小玉现在是文科班的班长,对于文学充满了憧憬。何平静静地坐在教室里,等待着新上任的班主任王文远给他们训话。

何平眼睛瞅着桌子上的课本,但是一个字也看不进去,他的内心还处在矛盾之中。何平也听到了同学们对于文科班的看法:只有那些实在念不了理科的人,才会到文科班,觉得好混一些。但他可不是这样认为的。

何平崇拜许多中外文化名人,这些人在他的心目中占据重要的地位。比如苏联的大作家高尔基、法国的大文豪雨果、匈牙利的著名诗人裴多菲……如果站在文学的角度来看,何平特别崇拜毛泽东。这位伟大的领袖从中国传统文化中汲取了丰富的营养,创造了许多气势磅礴、颇具现实意义的伟大诗作。那富有高昂的斗志和革命乐观主义精神的《七律·长征》，蕴含领袖风采的《沁园春·雪》，也只有毛泽东那样的伟人气质，才能写出那样豪迈的诗词。

何平的骨子里还是喜欢文学的。在上初中的时候，他从宇川家里借了许多文学书籍，了解了一些中外文学大家，虽然只是知晓一些皮毛，但是他的文学兴趣增长了不少。

一阵清脆的铃声打断了何平的思绪，新任的班主任王文远快步走进教室。他站在讲台上，慢慢地放下手中的讲义，用手扶了扶架在瘦挺鼻梁上的变色近视眼镜，然后看了一下教室里的每一个人。

"同学们，我先自我介绍一下。本人省城师范大学历史系毕业，只不过比你们年长几岁，多学了几年知识。作为你们的老师，我也感到自己才疏学浅，希望大家今后在教学方面多提建议和意见，像朋友一样坦诚。"

班主任王老师的开场白，一下子拉近了他与同学们之间的距离。何平也感到心中充满了希望。王文远接着讲道："作为你们的班主任，我有义务对你们负责，希望你们能很好地遵守校纪校规，使我们这个班集体充满青春活力，充满蓬勃生机，为自己的青春年华编织七彩花环。"

这一番言语其实算不上新鲜词句，只不过是老调重弹罢了，但何平还是希望王老师能为他们文科班带来新鲜空气。

"念文科还是念理科，与每个人的志向和爱好有关。虽然一些人心存偏见，瞧不起念文科的人，但我们不必去理会他们。我们还是要坚持走自己的路，让他人羡慕去吧！至于以后能不能取得成就，主要还是要靠自己的奋斗。作为文科学生，你们应当有更为远大的理想和追求。当个文学家、政治家、外交家、律师、历史学家，等等，都可以成为我们文科生追求的目标。希望在座的各位同学认真努力，在不久的将来，我们当中也出一个这样或者那样的'家'。谢谢大家！"

一阵热烈的掌声，为王文远的精彩"就职演说"画上了圆满的句号，这段话可以称得上精辟而富有强烈的感召力。

王文远并不着急为他们讲课，只是就历史这门课的学习做了一番简单的阐述，并且提了一些具体要求。

听了王文远的开课第一讲，何平的心中有许多念头闪现。他希望自己在不久的将来，顺利踏上成为一个"大家"的道路。他渴望成为一个文学家，以鲁迅为榜样，因为鲁迅代表了劳苦大众的心声。鲁迅的小说《阿Q正传》是何平在观看影视剧中接触到的，严顺开饰演的阿Q给他留下了深刻印象。等到在课堂上学习这篇文章时，他又有了更加深刻的认识。在影视剧里，何平只是了解了表象，现在通过书本的学习和老师的讲解，他更加深入了解了阿Q这一形象的时代背景和内涵。对于《论雷峰塔的倒掉》这篇文章，何平甚至可以背出其中某些段落，他甚至深切同情追求幸福自由生活的白娘子和许仙，憎恨封建道德卫道士的代表人物——法海。何平非常敬佩鲁迅先生"韧"的战斗精神，他更是仰慕鲁迅先生嬉笑怒骂皆成文章的才气。读了《药》《呐喊》以后，何平认为，拯救和改造一个民族的灵魂胜过一切。这种认知支配了他以后的许多行为，不管是幼稚的，还是成熟的。

何平坚定了念文科的信心，他满怀喜悦回到家里，告诉蒲焕群说："妈，学校开始分科了，我准备念文科。"

蒲焕群停下了手中的活计，沉思了一会儿，说道："娃儿，分科的事情我也不懂，只要你认为合适就行。我看你好像数学、物理的成绩一直不行，念文科是不是容易一点，不用考数学和物理？"

何平只好耐心地给蒲焕群解释文科的高考科目和理科的高考科目有何不同，以及最近这几年学校文科生和理科生的上线情况。

"娃儿，你这么一说我也大概明白了。看来念文科也不容易，你还得好好下功夫，家里的事情不用你操心。二雄去你望远叔的纸箱厂上班了，也算是找了个轻松活。"听到母亲的这番话，何平也是信心十足。尤其是听到二弟也有了好的前程，他也感到很是欣慰。齐望远和亲戚在太平镇合伙开办了一家纸箱厂，最近也在招人手，义克让便托齐望远好好培养一下二雄。

春天的气息越来越浓，石头在班里宣布了一个令人振奋的好消息："同学们，听说省城的大学生要来给咱们上课。"

省城师范大学的大学生要来学校实习，这个消息让何平他们兴奋了好几天。

"同学们，咱们快点搬凳子到牌楼前集合，罗教授今天要给我们上数学课。"石头催促大家抓紧时间集合,按照划定区域摆好凳子。实习带队老师是罗教授——一位浑身散发着浓厚的书卷气息的数学教授。为了提高大家学习数学的兴趣,罗教授在学校的牌楼前广场上进行了一次示范性讲课。罗教授用诙谐生动的语言,将立体几何的一些晦涩定理表达得通俗易懂,何平可算是开了眼界,原来枯燥无味的数学课也可以像评书一样讲得如此精彩。何平不但佩服罗教授深厚的教学功底,更是希望能有一位像他一样的老师来给自己上课。如果这个愿望可以实现,自己的数学成绩也可以快速提高。何平的这个愿望是多么美好。

实习的大学生为班里带来了更多的活力,也带来了外界的许多信息。尤其是他们对于大学美好生活的描述,更是勾起了班里每个人心中强烈的念想。何平梦想着有一天,也能和他们一样进入大学校园学习,这也是每一位高中生的理想。

"咱们几个商量一下,搞个班集体活动吧!"为了活跃大家的学习气氛,何平和石头、卫斌等几个要好同学商议,决定在班里开展一次大学生和高中生的对话活动,他们拟订了当前的一些热点话题,同时也包括了和实习大学生进行高考经验交流。

这是一场没有邀请老师参加,完全是由他们自发组织的活动。他们在教室里布置好会场,大学生坐在一边,何平和同学们坐在另一边,看起来还真有些双方对话的架势。

对话活动的气氛非常热烈,有时候为了某个敏感话题,大家争得面红耳赤,对峙好半天。何平虽然也是这次活动的组织者之一,也准备了好几个问题来供大家探讨,却终因怯场而没有提出来。

星期天晚上,何平和卫斌、石头、智勇等人去实习大学生的宿舍聊天。李班长和何平聊了好长时间,他指出了何平性格中的一些不足之处,特别提醒何平:"做任何事情,都要勇于表达自己的意愿和想法,不能让机会从眼前白白消失。"这句话让何平思索了好几天,慢慢体会到其中的含义:原来自己的性格中存在着优柔寡断的一面。

校园外农场里的果树上已经挂满了青涩的桃子、苹果和梨,大片的麦田里露出了些许金黄色,在这个春夏相交之际,校园里悄悄萌动着一些躁动的气息。"李老师,我想回到理科班。"何平向李建设谈了自己的困惑和想法。李建设语重心长地对他说:"何平,多余的话我也不说了,我知道你还是有些浮躁。如果是下决心要念理科,下周一来上课吧!"

在同学们的诧异眼光中,何平又坐到了理科班的教室里。他的这一举动令小玉很是吃惊,虽然她佩服何平的勇气,还是忍不住要劝说一番:"何平,我认为你念文科的出路要宽一些,你却主动选择一条弯弯路,一定会吃不少苦头。"

"路是自己选择的,是自己一时的冲动,还是目标的遗失?"何平也曾经动摇过。但既然走到了这一步,再反复那可不是男子汉的作风。何平很快投入紧张的学习中,主动和军红、阿龙他们交流,想尽快弥补自己在理科方面存在的偏科现象。何平上课认真听讲,课后用心复习课堂笔记,遇到不懂的问题,虚心向成绩好的同学请教,但就是没有向上课老师请教,这也许是他性格中执拗的一面吧!

夏收时节,学校安排放"农忙假",何平只好回到家里准备帮忙夏收。校园里瞬时清静了许多,曾经躁动不安的气息也逐渐消散。

半夜时分,突然电闪雷鸣,天上下起了瓢泼大雨。这个时节恰好是季风气候,下雷阵雨是经常的事情,不过很快就会结束。

第二天早上,天空放晴,蒲焕群叫何平赶紧起床:"娃儿,趁着早上凉快,和你爸一起到村北的坡地收麦子。昨晚下了场大雨,等着大太阳一晒,麦子一开口,就会全落到地里。"

义克让肩上扛着一把大钐子,腰上别上旱烟锅子,何平和二雄拉着架子车,父子三人来到村北的坡地。

雨后的北莽塬上呈现出一幅美丽的画卷,晴朗的天空中,几朵白云慢悠悠向北莽山方向飘去,唐王陵的顶被雨水清洗得更加秀丽。平地的麦田里,麦穗子已经透出金黄的颜色。层层叠叠的坡地里,麦子已经可以搭镰收割。

义克让挥舞着大钐子在前面收割麦子,何平跟在后面打麦捆,二雄则把麦捆子装到架子车上。"娃们,咱们歇一会儿吧。"义克让割完了一畦子麦子,坐在地畔上抽起了旱烟。

二雄却有些心痒痒，拿起大钐子学着割麦子。"雄娃，手拿钐子的力道要匀称，要注意换腿，小心刀口剐到左腿。"义克让有些放心不下，站在一边给二雄做指导。

何平看着远处的北莽山，他又向义克让提起了自己心中的一个疑问："爸，在地理课堂上，老师给我们讲起了咱这关中地区的地质变化，尤其说到明朝的关中大地震，对咱北塬上的土地和北山也造成了很大影响。"

义克让抽了一口烟，慢悠悠地说道："老一辈的人说是王母娘娘用北山的土填平了浇河，可能只是传说故事。也许是受关中大地震的影响，咱这塬上本高大的北山也好像被震得变低了。北山上的唐王陵倒是没受啥影响，难道不是老天爷保佑的？"义克让还是认为这块神奇的土地有上苍保佑。

"爸，村北的浇河是不是因为大地震的影响，才会变成现在这个样子？"何平试图用课堂上所学的知识来解开心中的谜团。在地理课堂上，老师也给他们讲过地震发生后对当地的影响，原本一马平川的平原会出现许多大裂缝，有的地方会突然出现一个山丘，有的地方会下陷变成深深的沟道。山谷也会产生很大的鸣响声，山体也会发生一些变化，河流也会出现断流，有些河段还会壅塞淹没周边的农田和村庄。

"何平娃，看来你在课堂上也学了不少东西。北山和浇河的变化应该和大地震有关。如果你有空的话，还是去问一下你五爷，他看了不少书，比你爸知道得多。"

村里各家各户赶着好天气，抓紧时间收割成熟的大麦、小麦等庄稼。收获的麦子碾场、晾晒以后及时向乡镇粮站缴售公粮。

大杨树上的知了在拼命地叫着，树叶在骄阳的炙烤下无精打采。教室的地面上虽然泼了几盆水，空气中依然浮荡着逼人的暑气。

"这鬼天气把人都快热日塌了，咋还不放假呢？"每个人都在抱怨着。好消息终于等来了，学校决定提前放暑假，何平也期待着快乐的假期生活快点到来。

何平原本打算暑假里继续到村办砖厂干活，可是义克让和蒲焕群都不同意,他们说:"我娃好歹也算是一个文化人了,咋能去干那些下苦的活。"

夏季天气非常炎热,豆腐不耐储存。因此,义克让做的豆腐比较少,无须家里其他人帮忙。家里今年也没有种植西瓜,主要是考虑同一块地不能连着种植,必须间隔一两年再种西瓜,以防止出现腐烂病。秋庄稼正在田地里快乐成长,地里的农活也不是很多。

"如此看来,这个暑假里的活计还真不好安排。"何平不禁有些作难。这时候,他陆续得到一些新信息:听说黑蛋这阵子卖菜呢,每天早早就回来了,比在砖瓦厂干活轻松多了。

村里的一些儿时伙伴开始走村串巷卖菜了,据说一天的收入也很可观,要比在砖厂干活挣得多,而且干活很自由,劳动强度也不大。何平找到黑蛋、卫民等几个要好的伙伴打听情况,问了一些卖菜方面的具体情形,并希望他们能带自己一块儿干。

何平把自己的想法告诉蒲焕群:"妈,明天我想和卫民他们一块儿去卖菜。"蒲焕群和义克让商量了一下,很快就同意了何平的想法,他们认为这个活还是比较适合何平,自行车和菜筐子都是现成的,家里也有好几杆秤,不用再置办其他行头。

夏季的太阳出来得比较早,天刚麻麻亮,何平就约上卫民、黑蛋等几个伙伴出发,骑上自行车,驮上两个大筐子,奔赴渭河南岸的蔬菜批发市场。菜市场里人头攒动,熙熙攘攘,有开着大卡车干长途贩运的大卖主,有蹬着三轮车在城里卖菜的个体户,更多的是骑着自行车卖菜的小贩。每个人都在精心挑选蔬菜,大声地和菜农讨价还价,有时候还闹得脸红脖子粗。由于何平才开始入行,他只能跟在卫民、黑蛋等人后面学习,挑选了农村人喜欢的韭菜、豇豆、茄子、西红柿等价格较低的蔬菜。

出了菜市场,他们来到渭河边上,将批发来的蔬菜重新进行整理。有些捆扎整齐的蔬菜,看起来卖相很好,其实里面掺杂了一些品相较差的,必须择出来重新分类整理,否则不好出手。有些蔬菜连根带泥,必须重新进行清洗整理,以保证外表清洁,而且显得水灵。这卖菜的第一课,就让何平学到不少东西,他很是佩服菜农们的精明。

北茶山　我在高原

经过一番清洗整理之后,何平发现一些蔬菜基本上没有卖相,一生气全部扔掉了。黑蛋劝阻他说:"何平,这些菜好好清洗一下,包扎成小捆可以便宜一点卖掉,实在卖不了,带回去自己家里人吃。"看来,这里面的学问还真不少,这些学问让整天坐在学堂里的何平惊叹了许久。

他们一行人赶在交警上班前,快速穿过城区,来到头道塬的坡底下。从县城到塬上要爬很长一段坡,坡底下有一些农民牵着骡马在等候拉坡。拉坡的价钱一般是三轮车五元、自行车两元。何平本来还想节省两元,自己推车子上坡,卫民劝他说:"你不行,这坡太长了,上到坡顶要花不少时间。就算是推车子上去了,你的劲也都用完咧!"

经管骡马拉坡的多是一些老汉,这些人在农村里也算是能人。按照老一辈人的说法,这骡马属于高脚牲口,野性比较大,一般人驯服不了。

义克让虽然常年在生产队的饲养室干活,但是一直没有学会驯养骡马的本事,他总是感叹着对何平说:"何平娃,这高脚牲口不好拢管。"因此,家里一直喂养黄牛。黄牛比较温驯,力气大,耐力强,可是一旦发起犟脾气来,那也是惹不起。骡马等高脚牲口用来拉犁套车可比黄牛强多了,最起码工作效率要高一大截子,农闲时节用来拉坡更是不在话下。

坡底下,一位老大爷牵着一匹枣红色的高头大马,新剃的光头上戴着一顶藤条编的凉帽,鼻梁上架着一副茶色石头眼镜,嘴上叼着一根卷烟,古铜色的脸庞上冒着汗油。他大声地吆喝着何平加入他的队伍:"来,小伙子,到我这里来,你们人多可以便宜点。"何平架不住老大爷的热情,选择加入他的车队。看着加入队伍的车子比较多了,老大爷认真检查了每辆车子的挂钩是否拴牢,然后整理好队伍准备出发。人力三轮车、自行车等组成的长长队伍,宛如一条长龙在缓缓游动。老大爷不时扬起手中的长鞭,优美地在空中划出一个圆弧,鞭哨的清脆响声在空中不断响起,领头的枣红色高头大马听到指令,带领着队伍浩浩荡荡冲向坡顶。

上到坡顶,何平、卫民、黑蛋等坐在路边的凉茶摊上喝茶、休息、吃干粮。凉茶每杯一角钱,看起来很是诱人,但是味道很一般。经管凉茶摊的多是老大妈或者小学生,看见有人上坡,他们就不停地吆喝:"喝凉茶咧,解渴得很,一毛钱一杯。"老大妈摆凉茶摊挣钱主要是补贴家用,而学生娃们摆摊纯粹是为自己挣一些零花钱。

稍事休息,他们准备奔赴各个村庄,开始今天的买卖。"这样吧,咱们分开走,菜的价码尽量一样,要不然就砸了行情。"卫民、黑蛋和何平一起约定好各样蔬菜的价格,各人之间的价格尽量不要差异太大。每到一个村庄分头进入各条街道,尽量不要重复。

村子里,此起彼伏的叫卖声响起:"卖菜了,新鲜的河南菜来咧!"听到吆喝声,家庭主妇们慢慢围了过来,开始对各样菜进行一番评头论足,然后再进行讨价还价。好在何平还有卖豆腐的功底,应付起来还是比较容易。何平把自行车支在一个十字路口,看着一群妇女围着菜筐子挑菜。她们拿起一捆菜,打开以后精挑细选,何平很是不理解。这每一捆菜他都择好了,连泥也清洗干净了,基本上没有挑拣的必要。

"看来,择菜就是主妇们的天性,你不让她们干,她们还不乐意。"何平的感到有些好笑。忙活了一阵子,每个人选好自己想要买的菜,然后是眼睛盯着何平称秤,当然秤要称得高高的。比较难缠的人,临走时还要搭上几根豇豆或者一撮韭菜。这让何平感到有些不可理喻。

十字路口渐渐安静下来,买菜的主妇们渐渐散去,地上留下了许多菜叶子,几只母鸡在一只公鸡的带领下,怯生生围了上来抢啄,时不时发出咯咯的叫声,似乎在呼唤更多的同伴前来。

夏日的天空瓦蓝瓦蓝的,正午的阳光毒辣辣地直射下来,驱散了山上飘下的凉气。

何平大声吆喝着,转了几个村子已是嗓子冒烟、汗流浃背。快到午饭时间,家家户户的炊烟袅袅升起,主妇们开始在厨房里忙活,何平已经闻到了饭菜的香味。他从布口袋里摸出一块锅盔,咬了几口觉得难以下咽,今天出门有些匆忙,也没有带白开水。筐子里的菜基本卖完,就连可以解渴的黄瓜和西红柿也是所剩无几。剩余的菜要么降价处理,要么带回家自己吃或者送给左邻右舍。

"何平,今天能赚几个钱? 感觉咋样,是不是比在砖瓦窑要轻省?"黑蛋问起何平今天的收获和感受。大家在一个村口会合，相互讨论起今天的行情，然后骑上自行车飞快地回家。何平此时已是饥肠辘辘，恨不得能长一对翅膀飞回家，端上一大碗母亲做的手擀面，红红的油泼辣子浇在上面，那感觉真是嫽扎咧！

午饭后，何平在家里美美地睡了一个午觉。

盛夏时节，庄稼都在快速生长，地里的活计半天就可完成。夏天的日头又特别毒，村里人一般要休息到下午四五点钟才下地干活。

何平每天上午出门卖菜，吃过午饭后一直睡到四五点钟才起来。有时候他去地里帮着除草，或者去给黄牛割草；有时候他也帮义克让磨豆子。夏季天气热，义克让每两天才做一次豆腐，量也不大，当天卖完即可。

骑车子卖菜对何平来说虽然是一件轻松活，可是这里面的许多学问值得他好好琢磨：每天一大早就出发赶到菜市场，打听各方面的信息，包括当日的批发行情、最近几天城市集贸市场和农村街道的行情变化、当季蔬菜的上市情况、反季节蔬菜的上市情况等。如果了解信息不全面，批发的高价菜在农村可能卖不动，那就赔大发了。如果批发的蔬菜和当地的大路菜同步上市，就要多花一番力气。批发菜时要练就一双火眼金睛，市场上鱼龙混杂，有些人是二道贩子，在他们手里批发菜稍不留神就会上套；有些人是老油条菜农，他们一般喜欢骗熟人，尤其喜欢骗何平这样的毛头小伙。

"何平，我看大辣椒最近受欢迎，咱们合伙批发一袋子咋样？"在卫民的提议下，他俩批发了一大袋子新上市的大辣椒，等到打开仔细一看，发现里面掺杂着许多破裂的菜，有些甚至已腐烂变质。

"这些瞎尿货，敢给我上套！走，一块儿找他去！"自认为精明的卫民这次失算了。他们在市场上转了几圈，批发菜的贩子早就不见踪影了。这个失算害得他们两人当天的汗水几乎白流。

"何平，啥话不说了。咱俩二一添作五，一人认一半。卖不了的菜拿回去自家吃，权当是买了个教训。"卫民免不了宽慰何平一番。

可话又说回来，卖菜还算是一件轻松活。何平每天的任务在午饭前基本完成，下午的时间比较宽裕，还可以帮家里干不少活。有时候，自个儿实在太累了，或者遇着下雨天，他就在家里休息，从宇川家里借一些小说看。有些小说虽然很早就读过，但再看一遍诸如《水浒传》《西游记》《红楼梦》《三国演义》等古典名著还是另有一番心得。《今古传奇》等文学刊物上连载的《飞狐外传》《清宫风云录》《七剑下天山》等武侠小说，权当是消遣的精神食粮。

蒲焕群喊他吃饭，他还沉浸在故事之中。义克让推门进来，看见何平还窝在床上，有些不高兴地说："何平娃，你妈叫你吃饭，都喊了好几声，听不见？"

"爸，我刚才看小说，有些入迷了。"何平赶紧放下书，从床上下来穿上鞋子，准备去厨房端饭。

义克让看了看何平胡乱摆在桌子上的小说，若有所思地对他说："何平娃，这些闲书还是少看一些，有些内容看多了没有啥好处。"义克让并不反对何平看小说，只是告诫他说："咱民间有句俗语，叫作'少不读水浒，老不看三国'。你要好好把握。"

义克让的话语也有一定的道理。不管是小说里的描写，还是影视剧的演绎，《水浒传》讲述的都是梁山好汉的英雄壮举，各路英雄豪杰大多以侠肝义胆的形象出现，虽然"路见不平一声吼"的豪情总是让人觉得痛快解气，但是仔细一看却发现，倒在好汉们刀下的贪官污吏和恶霸地痞固然不少，可是好汉们滥杀无辜的场面并不鲜见。

在这个快乐的暑假里，何平的许多休闲时间都沉浸在故事里，他的心中是否有了更多的收获？

北寿山　我在高原

第十章

食堂前的广场上人群逐渐散去，几只麻雀在地面上搜寻着残羹剩饭，机警的眼光向四处张望。校园里秋风习习，秋日的阳光热情慢慢减淡。"走，咱们出去转一转，随便散一下心。"高三的学习生活是非常紧张的，每个人都铆足了劲，希望在过独木桥时抢先一步。他们的课外文体娱乐和闲聊明显少了许多，晚饭之后的散步也是一种休闲方式。

何平约上军红、卫夏、卫斌、石头、智勇等人爬到陵墓顶上，讨论最多的话题依然是每门功课的学习情况，也讨论一些各自班集体里有趣的事情，舒缓一下紧张的神经。学校的好教师不断流向城里，这几年的高考上线率也在逐年下降，这种现实给他们每个人都造成了很大的心理压力。同学们都在拼命学习，大量地做一些从县城中学甚至省城中学传回来的复习题。

现实毕竟是无法逆转的，学校的优秀教师不断流失这一现象根本无法改变，何平也感到未来的命运存在很大的变数，一些有门道的同学纷纷转到了城里的中学。

"听说我们期中要进行分班考试，不知道大家准备得咋样?"卫夏的这个消息令原本吵闹的宿舍顿时安静了下来，睡觉前的"卧谈会"立即转移了讨论话题。学校决定下大力气改变被动局面，把优秀的教师集中起来带尖子班。全部的高三应届生将重新编班，以期中考试成绩为依据组建三个理科尖子班和一个文科尖子班。这样的消息无疑是一个重磅炸弹,在他们中间引起了极大的震动。

他们将面临高考前的一次大考验。

每个人的心里都很明白,如果没有好的老师带领大家,要想顺利跨过独木桥,希望很是渺茫。大家心里也赞同学校的决定,每个人都投入备考之中。

晚自习结束的铃声响后,教室里还有两三根蜡烛亮着,同学们的苦读精神使何平很受感染,他也渐渐加入苦读的行列。宏扬已经转学到县城二中,何平在学习方面又少了一个好帮手,他便和军红、卫夏、阿龙等人组成学习小组,经常在一起讨论问题。

很多时候,卫夏喜欢一个人躲在一旁学习,不太愿意加入他们的讨论,何平在心里对他有些看法,认为卫夏有些不合群:"学习好又有什么了不起的!"

可是话又说回来,虽然大家都是朝夕相处,甚至住在一个屋檐下的好朋友,但是在学习方面,大家又都是竞争对手。一个人胜出了,另一个人必然会被淘汰出局。即便不是生死存亡,起码也意味着有人可能鲤鱼跃龙门,有人可能一辈子面朝黄土背朝天。

秋天到了,校园里很是凉爽,何平却陷入焦虑之中,他考虑到自己的理科功底比较差,尤其是物理课的成绩太差,要想顺利进入尖子班,的确是有一定的难度。虽然离考试还有四个星期,但要弥补自己在物理方面的差距难度太大了,何平的心中怎能不焦急!不过,他还是听到了好的消息,这次选拔只看总成绩,几乎与高考录取的情形相似。好在自己的化学功底比较好;生物的成绩较好,几次考试都接近满分;数学成绩虽然一直没有多大起色,但也不至于拖后腿;语文、英语、政治等基本属于中等偏上。

何平全面分析了一下自己的学习现状,决定发挥自己的强项,尽量保证总成绩上去。至于瘸腿的科目不做过多的投入,因为他相信奇迹不会在自己身上发生。看来,何平还是有一些自知之明的。

每个人都在暗中较着劲,他们在课余时间的闲谝明显少了许多,即便是晚上回宿舍,"卧谈会"也是开了几分钟就没有声音了。好像每个人都信心十足,彼此之间却又有着很强的戒备之心。

北荟山

我在高原

何平很不以为然："不就是尖子班的选拔吗？进了尖子班就一定能考上大学?"他在心中存了很大的疑问。谁也不敢打包票,老师不能打包票,学校也不敢给大家一个承诺。

紧张的期中考试终于结束了,谢天谢地！这样折磨人的学习暂时可以缓解一下,他们几个人又一次爬到陵墓顶上,对着无人的旷野大声呼喊,长长地松了一口气。

期中考试成绩很快公布了,何平竟然进入了榜单,他和一些补习班的同学一起编入理科尖子二班,这多少让何平感到有些欣喜。"何平,这次考试还不错,好好努力希望一定很大。"何平回过头一看,小玉笑盈盈地站在布告栏旁边。她也进入了文科尖子班的名单,何平也赶紧送上祝福的言语。

何平满怀高兴地回到宿舍,发现卫夏坐在床边一个人发呆,他只好安慰卫夏："你这次考试可能太紧张了,没有发挥好。不过没关系,在普通班也能考上,不要有啥难受的。"卫夏这次竟然没有考好,他很是失落,几次找班主任李建设说情,希望能进入尖子班学习。

"卫夏,我能理解你的心情。但是我也没有办法,名单是学校定的,而且所有应届生在同一个标准下选拔,不存在偏谁、向谁的可能。"李建设的话让卫夏失去了信心。

何平的心中还是有一些伤感。他认为卫夏毕竟在理科方面还是有实力的,而像自己这样一个三心二意、文不精理不通的人,竟然能选拔进入学校的尖子班,这对卫夏实在是一个不小的打击。何平并没有多少喜悦之情,他只是感觉侥幸而已,并不断告诫自己："这次选拔考试有很大的幸运成分。"

何平高高兴兴地回到家里,告诉父母自己入选理科尖子班的消息。蒲焕群掩饰不住高兴之情,说道："娃儿,你能进尖子班那可好了,这下考大学是不是把握就大一些?"但何平无法给母亲一个明确的答案。

从学校目前的实际状况来看,高考上线人数在逐年下滑,即便进了尖子班学习,能不能考上还是很难说。义克让可不这么认为,他很自信,逢见相熟的人就说："何平娃现在已经进入尖子班,就是砸锅卖铁也要供我娃上学!"

何平突然感到自己肩上有了沉重的担子。作为一个识不了几个大字的普通农民,父亲供他上学的唯一心愿就是要他考上大学,也好跳出这个农门,实现命运的改变。

村子里每年都有人考上大学,一个人考上大学,全家人在村子里也有脸面。如果大学毕业能分配到一个好单位,那更是全家人的幸福。

何平陷入了巨大的压力之中,仿佛身负家庭兴旺的重担,他明白了这责任的重大,这是和家庭兴衰紧密相连的重任。农家子弟要想实现身份的转变,除了上学这一条出路外,没有其他更好的途径。

"书中自有黄金屋,书中自有颜如玉。"这是义克让经常对何平讲的一句话。义克让的文化水平不高,这句话也可能是从戏文中听来的。义克让的一大爱好是看秦腔和听秦腔。农村人家逢过白事或者老人过大寿,一般都要请人唱秦腔。有钱的人家会请县城的剧团来唱大戏,一般家庭则请农村的自乐班唱戏。唱大戏可是农村的盛事,外甥请舅家人、媳妇叫娘家人,一时间周围四乡八镇的人都会赶过来看戏。

最大的盛事当然是镇上逢着农历日子举办的过会。逢集过会时一般要请县城剧团唱戏,有时候还请省城剧团前来演出,也算是活跃农村文化气氛。演出的剧目都是大家喜欢看的秦腔传统戏,有时候也有演出豫剧。演出海报早早就贴在各村的布告栏上,如《李彦贵卖水》《卷席筒》《火焰驹》《三娘教子》《赵氏孤儿》《三滴血》等。除了演出传统剧目,有时也演一些新编戏曲,如眉户剧《梁秋燕》。

吃罢早饭,义克让收拾好行装,推着飞鸽牌自行车走出家门,他热情地招呼德文老汉:"五叔,走,咱逛会去。听说请来了县上的剧团,不知道有没有任哲中的唱段。"大家相互约定同去看戏,逛市场,吃小吃,买东西。

何平对于秦腔剧目不是十分了解,但是有些戏中有关落魄书生和富家小姐的爱情故事却深深打动了他。虽说这些故事只是戏文里的演绎,但现实生活中又有多少美满的爱情故事?经典剧目虽然也有爱情故事,但是主要讲述的却是家族兴衰、贵人相助、状元及第、洞房花烛夜。人物悲欢离合,命运大起大落,还好故事的结局都是圆满的。

这些经典的戏文中讲述的爱情故事,令何平羡慕不已。剧目中蕴含的人

北斗山 我在高原

生哲理,也让他深思了好久。

他们的教学进度在不断地加快,许多课程要提前结束,以便腾出大量时间复习备考。课余时间,何平与同学闲聊的时间明显少了,谈论最多的话题是谁又从哪所学校搞到了最新的复习题或模拟试题。

学习的气氛虽说很是紧张,星期六下课后何平还是希望早点回家,可以吃几顿母亲做的可口饭菜,也能让紧张的大脑休息半天。在饭桌上,蒲焕群对他说:"何平娃,现在学习很重要,家里的事情你也帮不上多少忙,还是在学校复习功课吧!"

星期天下午何平返回学校时,蒲焕群照例为他准备好一布袋锅盔馍、一罐头瓶油泼辣子拌的咸菜或酸菜,当然还有一个星期或两个星期的菜钱。

天气渐入深秋,义克让依然每天做几板子豆腐转村去卖,农闲时间则到公路养路段干些零活。

懒洋洋的日头升起了一竿子高,几缕阳光洒在小院里。吃完早饭,义克让收拾好工具准备上路干活,何平也想前去帮忙。义克让抽了几口旱烟,对他说道:"何平娃,你现在的任务是好好念书,等你实在念不下去了,这活有你干的份。"当然,这话是义克让有意激何平的。义克让怎么可能希望自己辛辛苦苦供养何平上学,再让他回到农村,重复和自己一样的生活呢?

紧张的学习之余,何平也找原同班的同学聊天。吃过中午饭,看着天气有些暖和,何平没有回到阴冷的宿舍休息,不由自主地走到文科班的教室,准备找石头、卫斌等人聊天。

"何平,又来我们班找人闲谝? 坐这儿吧,咱们先聊一会儿。"小玉抱着一本书坐在凳子上晒太阳,热情地打着招呼。何平犹豫了一下,最终还是大大方方地坐在板凳的另一端,两个人漫无目的闲聊一通。何平很是奇怪,他竟然发现自己和小玉谈得很投机。小玉现在在文科尖子班,平时见面的机会不是很多。

他用余光偷偷看着小玉,脑海里回想起刚刚入学的情形。那时候的小玉有些特别,留着齐耳短发,着装也很周正,好像影视剧里民国时期女学生的造型,平时也不是很活跃,一副文静的样子,又非常像港台剧里的女主角。现在仔细看一下,感觉变化还是不大,依旧还是那么清纯。

小玉是学校子弟,她父亲是语文教师,一直给高三毕业班上课,据说讲课水平很高,可惜没有给何平上过课。这次调整后,他主要承担文科尖子班的语文课教学。

何平和小玉除了聊一些前两年上学的趣事外,主要话题还是彼此的学习情况。她很不理解何平为何选择读理科,她认为何平在理科方面的优势不大,有严重的偏科现象,高考时肯定会拖后腿。相反,她认为何平是一个浪漫的理想主义者,学文科将来会有大成就。何平认为,这也许是小玉对自己较为中肯的评价,至少来自异性的评价他还是第一次听到。但现实是无法改变的,他不可能走回头路,再次回到原点重新开始。

"同学们,眼看着就到元旦了,咱们是不是搞个晚会,大家也找个机会聚一下。"何平和小玉、石头、智勇等几位原同班的同学商议,准备搞一个元旦联欢会,主要邀请入学时的同班同学参加,转学到县城的同学也要叫回来,老班长宏扬当然也不能落下。他们积极准备这次联欢会,这毕竟是高中生活的最后一次元旦联欢会了。每个人都买了大量的明信片,图案主要是港台一些偶像明星,小虎队、张学友、刘德华、郑智化、谭咏麟、周润发等,当然还有甜妹子李玲玉。何平特别喜欢李玲玉唱的歌,尤其是有关爱情的歌曲。

何平在学校大门前的摊贩那里精心挑选明信片,回到宿舍后他在每张明信片上写下对每位同学的美好祝愿,寄托那一份难以忘怀的真情。

元旦联欢会之前,他们在学校的大门口合影,邀请了原来的班主任李建设、教英语的夏长河、教历史的王文远。教语文的席自立老师调回了县城,听说到政府给领导当秘书,一时半会儿没有联系到。一些同学半途辍学回家,因此到场的人不是很全,何平不由得有些伤感。这张珍贵的合影照片,何平一直保存着,时不时拿出来看一下,回味一下曾经的难忘岁月。

元旦联欢会的气氛很是热烈,有才艺的同学纷纷展示自己的才艺,但是节目主要是唱歌,《橄榄树》《信天游》《小草》《水手》等流行歌曲一首接一首,就连一直很是内向的娟子也为大家唱了一首《一剪梅》。她说道:"我自己没有希望上大学了,祝愿其他同学好好努力。我下学期也不准备来学校了,家里已经为我找好了对象。"

听到这里,何平感到一阵难受。本来农村的女孩子能念到高中的已经是少数,一旦考不上大学,就得赶紧回家找一个对象,否则年龄大了,就找不到好对象了。他很是感慨命运的不公平,农村家庭供养男孩上学舍得花力气,一次考不上,继续补习。若是还考不上,继续再来。不管补习几次,总是要尽量完成这个任务的。女孩子就不行了,因为终归要嫁出去,没有哪家的父母肯花费大量心血。

"何平,你也不能光坐着听别人唱歌,上去也给大家表演一个节目。"何平虽然认为自个儿五音不全,还是架不住大家一番逗乐,怀着激动的心情说:"同学们,我这人唱歌不咋地,大家千万不要给我鼓掌。"他即兴为大家唱了一首《黄土高坡》。这是一首黄土高原上流行的歌曲,也是众多农家子弟为命运而奋斗的战歌,欢快的旋律,豪迈的气势,催人奋进。

北岑山

我在高原

第十一章

　　春天的气息越来越浓,紧张的学习生活一天天进行着。高考预选的结果在一个星期后公布,出乎意料的是阿龙竟然落选,这个消息让何平感到有些震惊。阿龙平时学习很努力,成绩一直处于上游,这次预选竟然没有通过,实在令何平想不通。预选结果公布后,落选的同学打包好行李回家,阿龙黯然收拾好自己的行李离开宿舍,何平的心中有了一种不可名状的苦楚。几天后,他和卫夏、军红、联峰等几位关系要好的同学去找原班主任李建设,希望他出面给校领导说一下,争取给阿龙一次参加高考的机会。

　　经过李建设的多方努力,学校同意阿龙报名参加高考。听到这个好消息,何平很是兴奋,他赶紧去找联峰商量:"李老师说学校同意阿龙参加高考,你带我去阿龙家里,咱们一块儿劝他回来参加考试。"

　　联峰和阿龙同在一个村子,他虽然在理科普通班学习,这次却很顺利地通过了预选,成绩也不错。两个人骑着自行车行走在碎石子铺就的四号公路上,联峰给何平简单谈了阿龙家的情况,等他们到了阿龙家,天已经完全黑了下来。

　　听到他们的来意后,阿龙父亲并没有立即表态,只是不停地抽着旱烟,偶尔也剧烈地咳嗽几下。在浓重的烟雾中,何平看到一个普通农村父亲过早衰老的脸庞,深深的皱纹如刀刻般,花白的头发更加显现出生活的艰辛。磕了

北寿山

我在高原

087

一下烟袋锅子,阿龙父亲吐了一口痰,说道:"连预选都通不过,还有啥指望!肯定是在学校没用心念书。啥都不要说了,你们几个还是回去吧!"何平听到这话,感到身上一阵凉意,这等于是宣布阿龙的上学生涯到此为止,不可能再有回旋的余地。

"爸,你咋能说这话,我看还是有点希望。"阿龙的哥哥把父亲拉到一边,父子二人争执了半天,结果依然无法改变。

何平一时半会儿不知道如何安慰阿龙受伤的心。看来这个打击对于阿龙父亲来说太过突然,的确有些让老人家接受不了。看到这样的情形,何平和联峰不便久留,也没心思留下来吃晚饭,何平只好去联峰家里宿一晚。

何平躺在联峰家的炕上,身上盖着联峰嫂子的新被子。他和联峰聊了许多有关阿龙个人和家庭的情况,感叹命运真是捉弄人。论学习能力,仅仅一个预选不可能难倒阿龙,也许是压力太大的缘故。但是他们平时也看不出阿龙有什么思想负担,天天都是一副乐天派的样子,即便是大家有意取笑他,他也是毫不在意。阿龙的父亲也许是失落至极,觉得在村里直不起腰杆子,脸上不光彩,心里肯定不畅快。何平和联峰躺在炕上胡乱谝了一通,他俩也想不出更好的主意,昏沉沉进入梦乡。

高考预选后,学校又做出了一个大动作,凡是预选达到一定分数的学生重新进行编班,不管是补习生还是应届生,不论是尖子班还是普通班的,全部按成绩混合编班,组建了两个理科强化班和一个文科强化班。学校下大决心,为各个强化班配备了最强的教师阵容,各门课程的任课教师大多由教研组组长担任,有些课程由骨干教师负责。十分凑巧的是,学校这次安排小玉的父亲教授理科强化班的语文课。

同学们为此躁动了一个多星期。因为他们好不容易建立起的融洽学习环境再一次被打破,每个人都要面临重新调整的局面。

大杨树的叶子慢慢变绿、变大,暮春的浓厚气息弥漫在这个古朴的校园里。一个星期后,何平逐渐适应了新的学习氛围,他结识了一些补习同学,经常和他们一块儿讨论学习中遇到的问题,有时也会为一个学习方面的问题争得面红耳赤,但并没有削弱对各自的认可度,他们坚持着自己的思想和观点。何平自知自己的数学、物理等科目基础不扎实,但是对于一些知识难点却有独特的见解,这常常令一些成绩很好的补习生折服,于是他也有一些飘飘然。

重组的加强班学习气氛更加紧张。每隔几天就要进行单科测验,然后是成绩分析;再来一轮突击做模拟题,然后再次测验;两三个星期来一次全科目模拟考试。如此车轮战术搞得何平筋疲力尽、疲于应付。他对于许多难点、重点并没有消化吸收,对一些难题的解题技巧还没有达到融会贯通,只是一番生吞活剥,一股脑儿咽到肚子里,慢慢地消化。

夜深人静,何平躺在床上,眼睛盯着天花板,认真思考:题海战术一定是取胜的法宝吗?囫囵吞枣式的练习能否提高应考能力?他不得而知。他感到自己就像一台机器,指令下达了,就要不停地运转。认真思考的时间几乎没有,他逐渐有了一丝危机感。

时间的脚步越来越快。六月初,第十四届世界杯在意大利亚平宁半岛拉开战幕,喜欢足球的男同学们更是激动万分。上晚自习的时候,总有几个人在悄悄嘀咕:"今晚有场精彩比赛。走,找个地方看球去。"

学校里有些老师家里买了二十九英寸大彩电,但是他们又不能主动去老师家看电视,只好溜出学校去镇政府看球赛。有时候遇到精彩的电视剧和球赛播出时间冲突,经管电视的老头却不肯让步,气得智勇、石头他们在背地里狠劲地骂:"不就是看个大门、管个电视,装什么大尾巴狼。给了个麦秸秆就当拐杖了,瞎尿人。"

小玉的父亲是位老球迷,也是一个喜欢热闹的人。每当有精彩的比赛,就把大彩电从屋里搬到自家的小院子,邀请同学们一起观看,那场面甭提多壮观了。院子里是黑压压一片,每个人抻长了脖子,遇到精彩的镜头,一阵子喝彩,遇到失误的场景,也是一阵叹息,好像在为自己的球队鼓劲一样。其实,世界杯的赛场上,还没有看到中国队的身影,大家只是为自己喜爱的球队加油罢了。

"何平,今晚有八强赛,咱们一块儿去小玉家看电视。"何平经不住大林的鼓动,也想找个理由给自己放松一下。何平来到小玉家的院子外,却没有勇气走进去,他怕见到那个熟悉的身影。

北春山 我在高原

"什么时候才能看到我们中国足球队走到世界杯的赛场上？十年之后还是二十年之后？"何平觉得自己这个天真的想法有些可笑，中国男足冲出亚洲都不容易，更何谈走到世界杯的赛场上。

紧张的世界杯比赛终于结束，他们在课余时间还在为一些球队的得失争论不已。当然，每个人看问题的角度不同，结论自然也会不同。只要是比赛，就会有输赢。胜利者风光无限，失败者黯然离去。但是不能一概以成败论英雄。"在比赛中我们看到什么？从中我们又学到什么？"何平扪心自问。

面对即将到来的传说中的"黑色七月"，何平又将如何应战？这也是一场单打独斗的淘汰赛，结果一定很残酷。"我是顺利地走过这独木桥，还是一路上跌跌撞撞爬过去？靠什么？自己的实力，坚强的意志，不服输的精神。"

何平独自登上文王陵的墓顶，他放眼四周，欣赏着农场的风景。苹果树上已经挂满了青涩的果子，成熟的麦子早已收割完毕，平坦的麦场上，晾晒着颗颗饱满的麦粒。这是一个喜获丰收的季节，农民们的脸上写满了丰收的喜悦，又再次忙碌着把秋天的希望播种在肥沃的田野里。

何平的收获季节即将到来，他是否做好了充分的准备？

决赛的时刻终于到了，这是何平第一次走进高考的考场。周陵中学的考生全部安排在县城四中考点，监考教师也全部是四中的教师。总之，考生和监考教师全部交错安排，避免出现舞弊情形，确保每个人有一个公平、公正的考试机会。当然，每一位监考教师都会认真负责，绝无可能给其他学校的考生留下什么可乘之机，毕竟高考也是学校之间的竞争，谁家的学生上线人数多，学校会受到上级表彰，教师会得到奖励，所以谁也不会降低监考要求。

"大家带上被褥和洗漱用品到中山街小学集合，安顿好了统一去看考场，熟悉考场环境。"为了保证同学们能按时参加各科考试，学校联系到考点旁边的中山街小学作为住宿休息点。何平带上被褥和同学们提前一个下午来到住宿的地方，他们把教室里的小课桌拼起来当床，每间教室安排一个班，男女生当然也要分开。每个班配备两名带队教师，负责保管同学们的证件，监督大家按时休息，按时叫醒大家起床，协助办理其他事项。部分考生家长出于对孩子的爱护，也来主动帮忙承担一些服务工作。条件好一点的家庭，将孩子接到考点附近的宾馆住宿。义克让和蒲焕群并没有陪着何平去县城,怕给何平增加心理压力。

高考在严肃的气氛中进行着,县城各相关部门甚至公安机关也积极行动起来,在考点周围拉起了警戒线,清除学校周边的小摊小贩,考点门口安排人员执勤,进行交通管制,等等。焦急的家长们在警戒线外等待,每个科目考试一结束考生们出来,立即围上去询问。

第一场考试科目是语文,何平感觉还算顺利,但是接下来的几场考试严重打击了他的信心,尤其是数学科目情况更糟。一些平时易如反掌的题目,何平思考半天攻不下来,一些平时很熟悉的知识点无法正确运用,反倒是最后一道大题吸引了他的注意力,看似比较容易入手,结果浪费了半个多钟头,还是得不出完整的结论,他不由得乱了阵脚。走出考场后,何平还在懊悔不已,不是对自己不应该的失误纠结半天,就是和其他同学讨论考题。李建设赶紧制止他:"何平,下了考场要及时调整,不要再讨论考过的科目,以免影响情绪。"

三天的紧张考试终于结束,何平买了一套各科目的参考答案回家准备估分。蒲焕群关切地问道:"娃儿,考得咋样? 题目难不难,能考多少分?"何平一时无法回答,只能简单地说:"有几门课没考好,我先对一下答案,估一下分数。"

其实,分数有什么好估的? 自己做过的每道题目都很清楚,所谓估分,只不过是再一次验证自己的得分点,避免出现大的偏差,影响了志愿填报。何平把自己关在房间,认真看每个科目、每道试题的参考答案和评分标准。他每看完一个科目,就要伤心半天,尤其是看完数学和物理的参考答案和评分标准,心里凉透了。他总是在一些难题和提高题上投入大量的精力和时间,却没有取得多少得分,反而浪费了时间和精力。而一些基础知识和基本应用考题却没有认真应答,白白丢了好多分。

"460分左右。"何平的这个估分结果令义克让很是失望。他也从别人口中得知,最近几年的录取最低分数线都在500分,何平估的分数要想上线还是有些悬。

"爸,按照我的估分,我想把志愿填低一些。"何平同义克让商量之后,他草草地填报了志愿,重点放在本市区几所大专院校上,上本科绝对是没希望,他也不敢有什么奢望。

焦急的等待持续到月底,高考的成绩公布,大专最低控制线490分。何平赶紧去学校领取成绩通知单,拿到成绩单一看,心中有些拔凉拔凉:总分403,数学成绩最差,只有48分。

何平知道,数学科目的满分可是120分,这样的成绩让他无法面对父母期盼的目光,他感到了强烈的失落和沉重的压力。他们这届应届生的高考成绩普遍不高,唯一够大专控制线的是平时学习成绩平平的小玲同学,她最终被哈尔滨工业大学的专科录取,也算是应届生的唯一骄傲。奇迹还是年年都会有,这届的补习生却有二三十人达到了重点大学的控制线,这不由得让何平佩服不已。

在这个满怀希望的夏天里,家里却充满着沉闷的气氛。义克让的眉头紧锁着,默默地抽着呛人的旱烟。蒲焕群的心情也是沉重的,坐在门墩上半天不说一句话。住在西隔壁的义廷盈前来劝慰:"三哥、三嫂,你俩想开一些。何平娃第一次参加高考,有可能没有发挥好。还是让娃再补习一年吧!你看咱村子,能一次考上的娃不多,好几个还不是补习了几年才考上?"此话绝非虚言,何平的一位堂兄永鹏,也是连续考了三年,才终于踏进了南方冶金学院的大门。义廷盈在县城的师范学校当电工,经历的事情也多一些,他的一番劝说令义克让有了一些想法。

三年前的一个场景仿佛在何平的眼前闪现。酷暑的中午时分,大太阳高高挂在当头,田地里几乎看不见人们劳作的身影,何平坐在瓜棚里看小说,听到不远处有人大声在哭,他走过去一看,原来是永鹏坐在塘库边哭。何平劝慰了好半天才弄清楚,永鹏哥这次又落榜了,这已是第二次高考失利,难怪他哭得如此伤心。

永鹏在塘库边坐了一整天,何平只好一直在旁边陪着他,害怕他想不开。两家的瓜园凑巧紧挨着,他们的任务就是白天黑夜看护瓜园。在这期间,永鹏陆续给何平讲了一些有关高考的事情,并且把他高考的复习资料也给了何平,鼓励他在高考的路上努力。何平只是没有想到,就因为没考好,一个大男人就哭得那么伤心。

何平不敢主动向父母提出补习的想法,只好躲到瓜园里看园子,也好回避村子里一些人的闲话。毕竟这次考试成绩太差,无法说出口,几乎让义克让完全丧失信心。平常爱说爱笑的义克让见了熟人也没有更多话语,只是简单寒暄几句。

义克让坐在门墩上闷头抽烟,德文老汉安慰他说:"老三,娃这次可能没发挥好。咱大人还是要尽心供,娃实在念不下去了,回来务农也不错。我觉得,还是给娃一次机会吧!他要是不争气,那也只能回家赶牛过后半辈子。"

在这段难熬的时间里,何平白天在瓜园里悉心照料西瓜,晚上独自睡在瓜棚里守夜,只有大狼狗阿黄陪伴着他。

这是一个炎热的夏季夜晚,月亮还没有升起来,只有无数的小星星在天空中闪烁。清凉的风儿把白天火一般的燥热吹散,令人感到无比凉爽。这时候,展现在眼前的是一幅美丽的农村瓜田夜景图。

一个郁郁寡欢的青年在守望着丰收在望的瓜田,一个个大西瓜躲在厚厚的叶子下面,若隐若现。家里的大狼狗忠实地陪伴在他身边,不时地发出几声警告般的嗷叫。

此时此景,不由得使何平想起鲁迅先生的文章《少年闰土》中描写的场景。在皎洁的月光下,此时,此地,却没有那狡猾的獾,更不会有可爱的闰土。

何平躺在支在露天地里的简易床上,享受着北莽塬上夏季风儿的轻拂,那是缺乏温情,更谈不上柔情的抚摸。时而有几只蚊子嗡嗡地吹着号角向他进攻,脸上、胳膊上、腿上的一个个红点,是蚊子留给他的纪念。何平抬起头来,看着繁星满天的夜空,那么深邃,那么遥远,无数的星星填满了他孤独的心。

何平的大脑在飞快运转,一切的胡思乱想表明了他内心的空洞,是高考落榜的无情打击,还是自己意志消沉的表露?他要重新调整正确的航向,艰苦的征程还在等着自己。扬起理想的风帆,他将驾驶着探索的航船在无穷的星河中前进,寻找自己的梦想。

可爱的小星星,一定会欢迎这个满怀着梦想的青年。

感念风调雨顺的好时节,地里的西瓜长势非常好,义克让又去城里找义

北莽山 我在高原

承学帮忙联系单位前来收购。"老三，你放心。今年的西瓜收成好，我想办法给你联系一个大单位。"义承学和县城法院院长同是鸽子爱好者，他去找院长帮忙解决义克让的困难。

天上的日头还没有转到正中，何平听到地头传来机器的突突声，他走出瓜棚一看，县城法院的一辆大卡车开到了地头。

义承学带着一位领导模样的人来到义克让跟前，介绍说："老三，这位是咱法院办公室的赵主任。"

赵主任扶了扶鼻梁上的眼镜，也没有接义克让递上的金丝猴牌香烟，他从口袋里拿出一包硬盒的大重九牌香烟，递给义承学一根，犹豫了一下，又抽出一根递给义克让，义克让连忙接过别在耳朵上，不住地称谢。

赵主任在义克让的带领下，在瓜地里头转了一圈，他说道："单位准备给职工搞点福利，每人发一些西瓜。临来时领导特别交代，一定要挑好的，要保熟、保甜，瓜不好可不给钱。"

义克让满怀信心地说："请主任放心。我种的西瓜远近闻名，都是好品种新红宝。瓤子很沙，口感也好。给地里上的都是油渣，没有上化肥，保证品质好，我切个瓜你们先尝尝。"

义承学陪着赵主任等几个人在地头树荫下吃瓜、抽烟，义克让在地里认真挑选品相好一点的西瓜，义克选、义克荣等几家人前来帮忙搬运、过秤、装车，王明秀则帮着蒲焕群在家里做饭。西瓜装好车，每斤按照三毛钱结算，价钱还算可以，一大卡车西瓜卖了近两千元。义克让高兴得合不拢嘴，不停地说感谢的话。吃完饭临走时，义克让又送给他们每人一个南瓜，说道："拿上吧！这是咱地里套种的，也算是土特产，拿回家尝个鲜。"

剩下的西瓜由于品相不一，好几个客商来地里看了看，嫌挑选起来麻烦不愿收购。碰巧的是，齐望远提供了一个信息：北山里没有人家种西瓜，可以把剩下的西瓜拉到那里去卖。

齐望远的大拖拉机最近一直去北山拉砖再送往城里，去的时候是空车，可以帮忙把西瓜捎过去。齐望远在邻村承包砖厂，由于城里的需求量大，自己砖厂的砖这段时间有些供应不上，只好去北山脚下的砖厂拉砖送到城里的工地上。

齐望远和义克让是至交，因此没有要拉西瓜的运费。"咱是啥关系,还要啥运费? 反正二蛋去拉砖的时候是空车,顺便捎带一下费不了几个油钱。"

"何平娃,吃罢晌午饭休息一下。后晌叫上你二大、三大,咱们一块儿去地里装车,明早咱就进北山。"等到日头快要落山时,义克让招呼几家人前来帮忙挑瓜,够斤两的西瓜全部装上了拖拉机。

第二天一大早,父子二人坐上拖拉机向北山进发。大拖拉机在崎岖的乡道上一路颠簸,何平吃的早饭都快要吐出来了,上了几道坡,又下了几道坎,已经可以清楚地看见北山上的唐王陵。

司机二蛋对义克让说:"三哥,唐王陵后面有个村子,咱那里有个熟人叫栓牢,我把西瓜拉到那个村子给你们卸下,我就去拉砖。今儿个最好把瓜卖完,要不然还得住一个晚上。"

拖拉机一路突突地到了山脚下,何平却看到一片乌烟瘴气。

山脚下,开办了许多采石场、白灰窑和砖瓦窑,好一派繁荣的景象。农村经济搞活以后,乡镇企业、村办企业、个体经济都很红火,大多是从事低水平的原材料加工和简单制造,有名气的大企业屈指可数。

在何平的村子及周边村子,几乎都有烧白灰的窑和砖窑,整天是烟雾弥漫,尤其白灰窑的气味更是呛人。烧砖可以就地取材,但要挤占大量农田。烧白灰需要从北山拉石料回来,还得从铜川等地拉煤。村子里一些经济条件好的家庭都买了小四轮拖拉机跑运输,也有几家买了大型拖拉机。拖拉机农忙时在田地里忙活,农闲时可以搞搞运输挣些钱。这样的挣钱机会使得一些家庭早早进入万元户的行列。

北山脚下,大大小小的拖拉机一辆紧接一辆,满载着砖块、石头、白石灰运往各个村镇和附近的县城。二蛋驾驶着拖拉机一路盘旋绕到唐王陵后面的一个不大的村子,帮忙把西瓜卸在栓牢家的院子里。

村民们围过来询问价钱,一时半会儿说不到一块儿去。栓牢把义克让拉到一旁,低声说:"三哥,我看咱们还是按整堆计算,不论西瓜个头大小,也不过秤了,六百元说定。咋样?"

义克让考虑了一会儿，觉得还是可以。毕竟人生地不熟，要是自己卖，还不知道啥时候才能卖完。

"太感谢了！这晌午饭就不用准备了。咱家里还有事情，我和娃还是趁早赶班车回去。"这买卖很快就交割完毕，义克让没有留下吃午饭，只是说家里还有急活，要早点赶回去。义克让问清楚了回去的坐车路线，并一再道谢。

父子二人迈着轻松的步伐，沿着盘旋的山路走走看看。道路两旁几乎全是苹果园，低矮的果树上了挂满了苹果，许多果子用纸袋套着，看不清真面目。何平向地里干活的人打听才知道，这里的土地比较特殊，不适合种庄稼，适合栽种苹果，而且由于日夜温差比较大，苹果的品质特别好，在省内甚至其他省份都有好口碑。

何平比较好奇，详细询问了苹果的品种，了解到这里比较好的苹果品种是引进的红富士，红富士又分为矮化、乔化、长枝、短枝等不同类别。也有人家栽种本地品种秦冠苹果，其特点是产量大，但品质一般，所以栽种的面积不大。

何平身上背着麻袋，麻袋里还装着一杆大秤，路上不断有人问他："小伙子，收早熟果子不？啥价钱？"

何平只好笑着说："我来这儿是卖西瓜的，也是随便看看，不收果子。"

父子二人走到山脚下的叱干镇，每人吃了一碗羊肉泡馍，歇了歇脚。等他们走到汽车站，正好赶上最后一班去省城的长途车，省去了到县城转车的麻烦。车子开到离村子还有两公里多的一个岔路口，义克让请司机临时停车，并一再道谢，虽然他们的车票买的是到前面的马庄镇。

等到父子二人走到家门口时，已是月上树梢。何平躺倒在炕上，一觉睡到日头上了三竿子高。

第十二章

夏季炎热的夜晚很是难熬，何平爬上平房顶上乘凉，一个人对着深邃的天空发呆。漆黑的夜空中繁星点点，空气中却无半丝凉风。回顾这三年的高中学习历程，他深深为自己无数次虚荣自大而自责。无数往事从心头涌起，如同过电影般闪过，他经历了一个怎样的历程？一时竟无从说起。

孤立无援萦绕在何平的心头，挣不脱、扯不断的愁丝紧紧地把他网住。他犹如困兽般愤懑，却找不到发泄的对象。

何平回首自己走过的道路，有些地方留下的只是模糊的记忆、混沌的幻影。虽然有些地方是清晰的，也不算是条完整的路，跳跃的步伐总比不上一步一个脚印实在。他在叹息，许多宝贵时光如流水般逝去，又有谁能把自己从迷茫的梦中唤醒？

"我要再次拼搏！"每当有好心人关心何平，问他是否认命时，他总会这样回答。

失败对何平来说已不是第一次，每次失败之后没过多久他总会获得成功。他很是得意于自己的幸运，认为这就是天命如此。

每当想起父母温暖的话语，何平真想找个没人的地方大哭一场。

父母的心和他的心永远是相通的。何平认真回想一下，自己的失败，对于父母的打击并不比自己少，哪个父母不希望自己的孩子出人头地，自己也

097

能在众人面前挺起腰杆。父母永远不会期望从孩子身上得到多少回报，只要孩子有个好出路，自己就算是完成任务了，绝大多数父母的心愿莫过如此。

"我要拼搏！"他要为自己的前途奋争，也是为了慰藉父母亲拳拳爱子之心，这种爱几乎超越了血脉。十八年的辛酸为的又是什么？

他要燃起青春的火焰，让它迸发出无限的热情和力量，浇筑自己的整个身心，推动自己向前奋斗。何平的热血在逐渐沸腾，但他的头脑却在慢慢清醒。要实现一个伟大的目标，并非一朝一夕。三百六十五个日日夜夜的奋斗并不是凭借一时的热情迸发，要有卧薪尝胆的决心，要有勇往直前的锐气。埋下头，一步一个脚印，实实在在，不声不响，稳稳地追上前去。

何平坚定了补习的信心。义克让和蒲焕群的意见仍然不一致，时而也听到村里人的一些闲言碎语："成绩太差了，还补啥习？咱几辈子人念书，也没见几个有出息的。"

当然了，也有人不断给义克让鼓劲："老三，我看还是给娃一次机会吧！娃也不容易。"义克让和蒲焕群为此争执了好长时间，最终还是决定继续供何平上学，让他去补习一年。

"三哥，咱还是多找几个关系，给何平娃联系一个好一点的补习学校吧！实在不行，我帮你联系师专的附中，只是我们附中的教学质量一般，可能会耽搁娃。"义廷盈又一次给义克让提建议，并帮忙梳理在县城工作能说上话的关系。

义克让忙活了好几天，不断托人在城里好一点儿的中学找关系，联系何平上补习学校的事宜，来回奔波，人也显得有些憔悴。

天刚放亮，义克让顾不上吃早饭就骑上车子出发了，他带上一大堆红薯、嫩玉米等去城里找关系。看着父亲来回奔波辛劳的样子，何平感到心中无限愧疚。

听说县城四中的补习班教学质量高，义克让又四处托关系。可是，四中的补习班只招收高考成绩450分以上的学生，分数不够一律不要，就是本校毕业的学生也不行。义克让托了几个关系去说情，结果还是碰了壁。

正当一家人不知怎么办才好时，义克荣提醒说："大哥，咱村的明育叔在省城的师范大学工作，曾经当过历史系的书记。据说他的同学和学生很多在县城的教育系统工作，看看能不能帮上忙。"

"明育叔已经退休好几年了，也不知道说话还管不管用？现在也管不了那么多，只有去碰碰运气吧！"义克让虽然想到了这里，心里还是存着几丝希望。

吃罢早饭，何平把义克荣提供的义明育的详细住址抄在一张纸上，小心地装在上衣口袋里。他又到瓜地里从预留种瓜里挑了两个大西瓜，准备亲自带到省城去找义明育帮忙想办法。

父子二人从镇上坐车到县城，坐上59路长途车到省城的大庆路汽车站，又换乘103路电车到钟楼，然后再坐215路公交车到师大的家属院下车。公交车上人头攒动，车厢里闷热的空气让人喘不过气。两人抱着大西瓜一路上下车，不时引来别人奇怪的目光。义克让就是个实诚人，认为从家里带去的东西才能表达心意。大热天，抱着大西瓜上下车实在不方便，累得父子二人满头大汗。

义明育开门看到义克让父子二人的狼狈相，很是责怪了他一番："老三，来就来了，还拿啥东西。你看把娃也累得满头汗。"

义克让简单说明来意，义明育沉默了一会儿，说道："老三，说老实话，咱娃的分数的确是差一些，如果想上好一点的补习班，可能有些难度。这样吧，我在县城是有一些关系，我现在就给他们打电话问一下，看能不能帮上忙。"义克让和何平坐在客厅里很是不安，喝了一些茶水，吹了一会儿电风扇，感到身上的汗水逐渐消退。过了一会儿，义明育对义克让说道："老三，我联系得差不多了，你回去后找一下四中负责补习班的张毓琴老师，看能不能把娃的名报上。"

义明育要留他们吃午饭，义克让赶紧辞谢说："五叔，咱家里还有一大堆事情，我还要早点儿赶回去处理，娃的事情给您添麻烦了。"

第二天一大早，义克让拿着一大堆土特产，带着何平一起辗转找到张毓琴家里。张毓琴听义克让讲明来意后，很是为难地说："我只是负责人之一，我们学校的补习班是民盟支部出面承办的，而且要求高考分数在450分以上。这件事情有难度，娃的成绩的确太差，我得同支部负责人刘启超老师商量一下。你们最好也找一下刘老师。"父子二人怅然而归。

义克让一直为何平上四中补习班的事情四处奔波。何平原本想去村里的砖厂干活,可是又怕一些人异样的目光和冷嘲热讽,只好跟着卫民、黑蛋骑车子到渭河南岸的蔬菜批发市场贩一些菜转村卖,好歹也算是为自己挣一些学费。

"何平,咱这卖菜的活,你这未来的大学生还想长久干下去? 你好歹也是石碌礁拉到半坡上,怎么也得努力一回吧!"黑蛋的话语乍一听些许有点讥讽,但是也有激励的味道。

的确,这卖菜的活对何平来说已是熟门熟路,而且还有大量空闲时间帮家里干活。这难道就是自己未来的道路吗? 何平也在扪心自问。

门前大桐树上的知了声渐渐稀少,酷热的三伏天即将结束,何平终于听到好消息。义克让通过在四中教书的齐孟春帮忙,找了刘启超好几回,终于办妥了何平在四中补习的事情。或许是多方关系的缘故,又或许是义克让的诚心感动了他们。

"太好了,这个事情终于有着落了。也不知道军红、大林他们有何打算。"何平不知道义克让说了多少好话,赔了多少笑脸才终于联系上补习班。何平为此高兴了好几天,一有空就骑车子到关系好的同学家串门,看看大家各自都有什么打算。

大多数同学还打算努力一把,也在托人找关系联系好一点的补习学校。卫夏到二中补习;大林到四中补习;联峰、巧宁到五中补习;宏扬没有在二中继续补习,却选择去五中补习;军红嫌找人麻烦,直接在周陵中学报名补习。宇川去了国棉七厂的附中补习,有些出乎何平的意料。文科补习班只有国棉一厂的附中办得好,宇川为何有这样的选择?

有些人干脆直接放弃,打算另找他途。智勇决定去学开车,打算以后跑运输;石头准备冬季去参军,想着在部队好好锻炼,争取考军校,圆自己的梦想;卫斌的父亲是本村的乡镇企业家,想让卫斌回来帮自己经营,可是卫斌不想放弃自己的理想。

"为何没有小玉的消息? 她是继续补习,还是另有其他打算?"好几次话到嘴边,何平也没有勇气向熟悉的同学打听小玉的信息。

"何平,咱俩陪着大林去一趟娅子家。"军红刚聊完同学们的近况和各自的打算,就带着何平去给大林帮忙。

上学时,大林就和娅子的关系不一般,这一点班里的同学都知晓。娅子的父亲看到大林一帮人来到家里,可能也明白了其中的缘由。

他态度冷淡地说:"我已经给娅子联系好了,准备让她接我的班。多余的话你们也不要再说了,回去好好念书。"大林的一番口舌还是白费,他们一行人怅然而归。

何平能到四中上补习班,的确让义克让费了九牛二虎之力,能说上话的关系基本找了个遍。何平的高兴劲还没有过去,又一个难题摆在他的面前:由于四中位于城市中心区,校园面积太小,没有学生宿舍。他要么投亲靠友,要么在城边租房子住。这也是大多数农村子弟在城里上学的难题之一。

"老三,娃在学校住宿的事情我可以帮你。"非常凑巧的是,齐孟春在学校里有一间空房子,可以解决何平的住宿问题,只是这个小房间要住四个人,何平没有办法选择。能在学校里找到住宿的房子,对于何平来说已经很不容易,而且上课、上自习都非常方便,免了来回奔波之累。

高考补习班提前开课,蒲焕群为何平收拾好行李,嘱咐他一定要用心学习。何平满怀喜悦之情来到学校,办理完毕报到手续,看到布告栏里自己被分到理科补习一班,班主任就是张毓琴,她教授语文课。

"张老师,我的听力不太好,排座位时能不能把我排在前面?"何平因为左耳的中耳炎一直看不好,听力不是很好,便向张毓琴提出安排自己坐在前几排。

张毓琴听了以后,很是严肃地对何平说:"咱们这里排座位是凭分数,分数高的同学可以在前三排任意挑选座位,分数差的只能坐在后几排。"何平一听觉得形势还是很严峻啊!

等到正式开课,何平才发现整个教室满满当当的,第一排课桌距离讲台只有二十多厘米,班里有六十七个人,他的座位在倒数第三排。

张毓琴第一次班会的话题很是严肃:"同学们,咱们补习班的规矩我先给你们讲一下,那就是排座次。每个人的座位并不固定,期中考试结束后,还要依照同样的规则重新排一次。"

成绩不好的只能靠后排坐,这对于每个人来说都是很大的压力。每天走

北芥山
我在高原

101

进教室，何平总感到头上顶着一块大石头，压得他有些喘不过气。这就是竞争性的学习环境，每个人都在努力拼搏，每一次测验都不能出差错，每一次的考试都要把握好。如果位置在不停地向后退，老师会逐渐放弃你，同学们也会慢慢忽视你。

补习班的学习非常紧张，何平逐渐有些神经衰弱，晚上老是想事情，白天上课精神劲明显不足，他很是苦恼。

"走，咱一块儿回家吧！"中午放学后，他约上心红、立平等住在一个宿舍的同学一起回家。他们骑车子来到头道塬坡底下，为了能节省一点拉坡的钱，只好推着自行车爬上漫漫长坡，等上到坡顶已是气喘吁吁，只好把自行车停靠在路边休息片刻："歇一会儿吧！把人累成马咧。"

何平享受着秋风带来的阵阵清爽，欣赏起塬上秋天的美景，他从书包里拿出本子和笔，理了理繁杂的思绪，不由得文思涌动。立平突然过来抢过何平手上的本子："我看一下，写的啥好东西。是不是写给哪个女同学的？"他拿着本子，装模作样地大声念了起来，全然不顾何平的愤愤之情。

火热的夏季走过

秋风迈着轻盈的步子走来

秋风是那么善解人意

清凉而不乏热情

任凭凉风吹落我失落的心

那颗飘忽不定乱动的心

无绪的杂念

无影的幻想

随风儿飘去

留下大梦后的清醒

在秋天收获的季节里

依旧是秋天的风

我却只得到了微薄的恩赐

秋风里

飘荡着那白白逝去时光的影子

我伸手无法抓住

秋风

凉爽　快意

我心头猛然一震

天凉好个秋

　　"哎哟！咱这屋里还埋没着一个大诗人，真看不出啊！"心红的戏谑引起一阵哈哈大笑声。

　　熟悉的小院里静悄悄的，阿黄听到门口的脚步声立马热情迎上，围着何平嬉闹一番。回到家里，何平向父母讲述了开学初的一些学习情况和生活情况，也谈了自己的思想压力。

　　义克让听了以后，沉默一会儿，说道："何平娃，有压力也好，在好学校高人多的是，人上有人嘛！不要总以为自己很行，相比较你还是比人家差一大截，不下苦功夫，肯定不行。"蒲焕群更多的是问他一些生活方面的细节，叮嘱他在学校学会好好照顾自己，要吃饱饭，钱要省着花，不能和同学们比吃穿等。

　　秋阳渐渐西斜，几道金光洒在院子的小花园里。蒲焕群为何平收拾好吃食、几件换洗的衣裳，还有两个星期的生活费。在城里上学花销大，蒲焕群每周给何平的生活费也比以前多了一倍。当何平接过母亲递给的生活费时，他感到眼角有泪水在悄悄滑落。

　　星期一下午第一节课是李步一的政治课，也许是内容有些枯燥，坐在后几排的几个同学开始打瞌睡，何平也被传染了，眼皮子开始打架。突然，李步一停止了讲课，教室里的空气一下子凝固了，足足有五分钟。他表情严肃地说："你们这些高四学生、高五学生，甚至高六的学生，可以认为我这门课不重要，可是高考成绩中依然是算分的。这门课的一分，有时可比数理化科目中的一分来得容易一些。你们可能不信，我把话撂到这里，高考后见分晓。"

北芬山

我在高原

看来,李步一这次的确有些生气。任何一门课的上课老师都认为自己的课很重要,每门课的分数在高考成绩中占据同样的分量。李老师生气是可以理解的,有些学理科的同学总认为政治课不重要,在高考中没有多少增分点。殊不知,有时候政治试题中,同一个论点用不一样的语言表达,可能得到不一样分数。而数理化等讲究一是一、二是二,没有变通的可能。

每门课都很重要,一门都不能忽视。每一门科目的得分也都很关键,一分都不能丢啊!在高压的学习环境下,每位老师都非常重视自己所承担的课程,反复强调重要性。学生们岂敢忽视,每个人的神经都绷得紧紧的。

什么时间才能放松一下?那只有吃饭的时间。因为学校没有学生食堂,要上灶只能去教工灶,不但每月要交管理费,而且饭菜比较贵。

天刚麻麻亮,心红就爬起来招呼大家起床:"起了,抓紧时间洗脸、刷牙、上厕所。"单身楼的生活设施太简陋,起得晚了就得排长队等着、憋着。

洗漱完毕,何平趁着管理人员还没有上班,偷偷到开水房打了一暖壶开水,回到小房间里简单对付一下早饭——锅盔馍就着自带的咸菜。

午饭和晚饭何平则是跟着一帮同学去学校周边的厂矿企事业单位职工食堂吃,最方便的去处还是学校对面的国棉一厂职工食堂。国棉一厂是著名的大型纺织企业,职工食堂的饭菜可口,而且价格很便宜,可就是饭票和菜票不容易买到。

"我一个伙计在纺织机械厂上班,我找他帮忙买些一厂的饭票。"县城的地方不大,他们找各种同学、朋友甚至同学家长帮忙总有办法搞到。

国棉一厂的职工食堂就开在生产区的大门旁,方便职工上下班吃饭,特别是方便倒班的职工上下班吃饭。

何平每天和一帮子同学去职工食堂吃饭,还可以欣赏另一道美丽的风景:下班铃声响起,生产区的大门一开,一大群戴着白帽子、穿着雪白工作服的纺织女工如潮水般涌出,这些女工被他们戏称为"织女"。在一身朴素的装扮下,每个女工都显得美丽动人。何平难免有些胡思乱想:"等我大学毕业参加工作了,一定到这里来找一个织女。"

可别小瞧这些白衣织女,许多人看似娇小苗条,饭量却是惊人,她们每顿吃的饭要比何平多一倍。何平慢慢了解才知道，每名织女在上班时要照看几台织布机，在车间里来回穿梭，劳动强度非常大，很是耗费体力。如此看来，她们的工作也很辛苦。

工厂的职工食堂，卖饭菜的师傅都待人和气，饭菜的量也给得足。可是一看到他们这些学生娃来打饭，饭菜的量就很一般。不过，他们去的次数多了，情况慢慢有些好转。因为许多本厂子弟也在食堂吃饭，父母都忙着上班，腾不出时间做饭，孩子们只好吃食堂。

吃饭的时候，他们喜欢和织女们坐在一张桌子上，可是总遭到织女们的白眼，谁会喜欢和他们这些衣着寒酸的穷学生同桌吃饭？

有时候，也能遇到喜欢他们的织女，大家在一起吃饭的时候，聊一些时髦的话题：电影院最近上映的新片，文化宫的最新活动，最近流行的歌曲，新出版的小说等。

这些漂亮的织女大多是普通工人，有些是从县城和农村招工来的，有些是接父母的班进来的，也有少数人是中专毕业分配来的。她们也有崇高的追求，工厂俱乐部前面立着赵梦桃塑像，而赵梦桃就是她们心中一直敬仰的人物。赵梦桃小组是她们的精神团队，这个团队的历任组长就是每个织女心中的梦想。

下课铃声一响，何平拿上饭盒赶到学校门口，等着和大家一起去吃午饭。在去国棉一厂食堂吃饭的过程中，他们几个来自农村的同学逐渐形成一个小圈子：何平、立平、心红、东亭、大林。虽然他们并不在同一个班，大家在吃饭的时候却可以互相交流学习情况，有时候也闲聊一些其他话题：哪个单位周六晚上放映新录像；哪个单位的生活区可以随便去打开水而且不收钱或者不要票；哪个单位食堂的伙食比较好。

"这是刚子，我们的班长。"东亭指着身旁一位戴着茶色眼镜、身体有些敦实的男同学对何平说。

何平看了看刚子，突然想起在港台电视剧中看到过的一位演员，忍不住笑了起来。刚子也是很奇怪，他问道："何平，你笑啥呢？我俩以前见过吗？"

"哦，我想起来了，是刘青云。刚子，你俩长得太像了。"何平的思路从港台剧里转了回来。

"何平,你这话就不对,应该说是刘青云长得像我。"长相憨厚的刚子,说起话来还很幽默。

何平的生活逐渐形成了规律。每天中午和晚上,按时到国棉一厂食堂吃饭,晚上则去纺织器材厂家属区打开水。有时候去国棉一厂职工澡堂洗澡,有时候去纺织器材厂职工澡堂洗澡,不过得提前搞到内部洗澡票。这些澡堂基本不对外营业,只有本单位的职工和家属凭票才能去。他们每次去洗澡,总要编一些话语来应付管理人员。

"何平,听说今晚器材厂放新片子,咱一块儿去看看。"立平从纺织器材厂打了一暖瓶开水回来,顺便提供了一个好消息。周末是难得的休息时间,何平偶尔也去国棉一厂俱乐部看电影,更多的时候去纺织器材厂看免费录像。如果刚好放映武侠连续剧,一星期有好几个晚上都要去纺织器材厂看录像,白白浪费了好多时光。

县城的秋天比不上北莽塬的色彩绚丽,累累果实收获以后,人民路上的梨树叶子很快枯黄,几阵秋风吹过,落下一地的叶片。课外时间,何平他们又有了一个安排,那就是看北京亚运会的赛事。如果当天有精彩的赛事,他们一帮同学便想办法到熟识的老师家看比赛,或者去纺织器材厂看比赛,看完比赛有时候还要在一起讨论一番。

何平和立平回到宿舍,还在讨论着北京亚运会闭幕式的盛况。心红推门进来,看着他俩兴奋的样子,忍不住问道:"何平,你俩是不是去看亚运会转播了?"

"我俩刚看完闭幕式。这次我们是双第一。金牌183枚、银牌107枚、铜牌51枚,高居金牌榜和奖牌榜首位。这成绩多带劲!"这是在自己的国家举办的第一次综合性的国际体育大赛,也是亚运会诞生以来四十年间第一次由中国承办。

同学们沉浸在无限喜悦之中,这时候,何平也产生许多联想:我们国家的体育已经冲出亚洲走向世界,什么时候才能登上世界体坛霸主的宝座?我们的经济实力在逐渐增强,我们国家的影响力也在逐渐扩大,什么时候我们国家也能举办一次奥运会?

现实毕竟是残酷的,对于他们这些农村来的学生而言,如果考不上学,不但无颜面对家中父母,而且所学知识未必有用场。说是要提倡科学种田,年轻人在广阔的农村天地也大有作为,但在同世俗和传统思想的斗争中,难免有人会被碰得头破血流。

严峻的现实迫使何平树立坚定的信念。父母无限期待的目光,使他心中涌起澎湃的浪潮。一个生活没有目标的人,是可悲的行尸走肉;一个没有进取心的人,只能成为奴隶的化身。他要征服世界,而不是让世界征服自己。勇敢地做一匹黑马,向心中向往的乐园奔驰。

夜晚的小屋里静悄悄的,心红、立平、永劳等人在认真地做着模拟题,每个人都在暗暗使劲。何平的心中也只有一个信念:尽我所能,燃烧沸腾的热血,让理想不再成为美妙的幻想。不畏惧前进道路上的艰辛,时刻准备着最后的冲刺,做一匹黑马。

北蒙山　我在高原

第十三章

秋收时节,城里的中学却没有放"农忙假"。中午一下课后,何平便叫上立平一同回家:"立平,咱们回家看看吧,这阵子家里忙秋收,也不知道情况咋样。"

他俩没有去一厂的食堂吃饭,直接骑上自行车赶紧回家。两人推着自行车气喘吁吁地爬上二道塬,立平说道:"何平,咱俩歇一会儿吧!"

两个人坐在路边一边休息,一边欣赏着塬上的秋景。秋天的丰收景象尽在眼前,雪白的棉花绽开了笑脸,红扑扑的苹果压弯了枝头,金黄色的玉米棒子努力地探出脑袋。

"娃儿,后晌和你爸一块儿去北坡种麦。"蒲焕群一边给何平盛饭,一边布置下午的活计。吃完午饭后,何平和义克让一起赶着黄牛去村北的坡地种麦子。

田野里已是一番秋收秋种的繁忙景象,大人们在忙着掰玉米、挖秸秆、采摘棉花、分等级筛选苹果,孩子们也在地里帮忙,但更多是在田间地头打闹。北坡地里只能种一季庄稼,主要是种冬小麦。坡地在小麦收割后便一直撂荒着,三四个月的光景便是荒草丛生。义克让赶着黄牛翻地,何平和二雄跟在后面清除杂草,平整土地。

"娃们,咱歇一会儿吧!"义克让把黄牛身上的笼套解下来,让黄牛在坡地上随意吃草,他坐在地畔子上摸出一根大雁塔牌香烟点上悠闲地抽了起来。何平擦了一下脸上的汗水,直起腰杆休息一下,远眺金色阳光照耀下的北芒山，他欣赏着黄土地上的奇特景观，心中唱出了美好的赞歌。

"秋收一季粮，来年心不慌。"德文老汉抽着黑卷烟，站在门口看着忙碌的大人小孩，嘴里念叨着。秋天是一个收获喜悦的季节，也是一个播种希望的季节。农民们在秋季里收获着丰硕成果，同时把来年的希望埋在即将到来的漫长冬季里。

何平在家里忙了不到两天时间，还没有完全从丰收的喜悦中回过神来，便又匆匆回到学校。

学校的日常教学虽然非常严格，但是他们也有自由活动的时间。因为没有硬性规定必须在教室上晚自习，所以大多数同学选择在宿舍自习，有些家在学校周边的同学则喜欢每晚到教室上自习，学校也没有安排老师检查，给予了他们完全自由的学习空间。虽说是自由的学习时间，但大多数同学并没有放松对自己的要求，什么时候熄灯铃声响起，上自习的同学才会离开教室，有些同学回家后还要学习到深夜。

吃过晚饭回到宿舍闲聊了一会儿，何平照例背上书包去教室上自习。走进教室一看，偌大的教室里只有很少几个人，何平也感到气氛有些沉闷，每个人都在闷头自习，大家相互之间很少交流。他拿出一套数学模拟试题，走到讲台上在黑板上演算起来。

"哎哟，咱们未来的数学家上讲台了。"何平回头一看，强莉一脸笑容地站在一旁打趣他，右边的浅浅酒窝里一颗黑痣在调皮地跳着。

"小强，这道题我一直搞不懂，你来给我讲一讲解题思路。"何平满脸认真地对强莉说。

"何平，你能不能别叫我小强？再说了，人家是女生，你就不能叫好听点？"强莉那胖乎乎的圆脸上露出几丝不快，可是表情还是那样顽皮。

虽然在一起上课已经两个多月，何平还是与大多数同学有些疏远，他总是自惭形秽，没有勇气主动和大家交流。唯有强莉给何平留下了美好的印象，她的外表看起来有些大大咧咧，喜欢和男同学开玩笑，对于何平这样一个性格孤僻之人，她也是喜欢亲近，不时开个玩笑，毫不在乎何平的看法。

天气越来越凉，在教室里上晚自习的人也日渐稀少，何平有些懒怠，晚上去教室上自习的次数越来越少，他大多数时间在住宿的小屋里学习，这个小屋被他戏称为"众宝园"。

虽说是园，可只有斗室一间，简单的四张板床、三张桌子，雪白的墙壁上没有任何装饰物。虽说是"众宝园"，其实没有什么真正的宝贝，只有四个书生，三大一小，最调皮捣蛋的是小活宝。

这园中只有书，书就是他们的宝，向左一看是数理化，向右一看同样是数理化，桌上散放着、手上捧着。当然也有专业课外辅导书：《中学生语数外》《数理化》等。偶尔也会有一些杂志：《读者文摘》《世界军事》《兵器知识》。还有就是《射雕英雄传》《神雕侠侣》《飞狐外传》等一些武侠小说。这些书籍有些是从地摊上买的盗版书，有些是立平从学校门前的书店租来的。

朝南的窗外一块四角天，白天阳光淡淡，夜晚星星闪闪。窗下一个小花园没有花草的芳香，只有植物淡淡的气息悄悄飘进来。

每到夜晚，临窗坐下，一杯水，一本书，一支笔，几片纸，开始读不完、写不尽、算不清的梦幻。寂静的夜空，没有了白天的喧闹，他终于可以静下心来和可爱的欧几里得、笛卡尔长谈。他们说的内容有时令何平如坠云雾，他只有硬着头皮去啃，啃这些费牙的硬骨头。

烦了，去找英文先生轻松一下。随意翻找几张卷子，几十道题目摆在眼前，略一思索，挥笔唰唰几下便可完成。

牛顿、伽利略也算是老朋友了。跟他们探讨运动规律最来劲了。要不请教奥斯特，探讨那神奇磁场的魔力。再有好奇心，倾听爱因斯坦的光子理论也是趣味十足。

化学朋友也不少，今天讨论物质的性质，明天可能就是元素的周期性规律，再去看物质反应的奇妙变化，那可不是想象中的面粉变面包。

有些单调了，找几位文学大师聊聊，巴尔扎克尖锐讽刺资产阶级守财奴，鲁迅先生横眉冷目嬉笑怒骂皆成文章，马克·吐温大师的幽默诙谐话语，杰克·伦敦与狼之间的生死搏斗，徐志摩、席慕蓉的诗歌、抒情散文，这些都令他陶醉。

当邮电大楼的钟表敲响十一点的钟声，何平在心中轻轻送走所有的朋友。倒上一盆热水，惬意地泡泡脚，钻进舒适的被窝，一夜无梦到天亮。

课余时间，何平喜欢和几个军事迷同学聊天，向他们借阅印刷精美的《世界军事》《舰船知识》《兵器时代》等军事类杂志。他们讨论的话题也很宽泛：美国的舰队和苏联的舰队各有什么特点；航空母舰为何称为浮动的国土；中国何时才能建造自己的航母，组建强大的远洋航母舰队；探讨美国的F-16、苏联的SU-27、米格-29等战机的优缺点；夸赞号称"空中美男子"的国产歼-8Ⅱ战斗机的优异性等。

尔乾和高阳是铁杆的军迷，两个人的奋斗目标是成为一名战斗机飞行员。四中也是"招飞"的学校之一，如果过了"招飞"这一关，高考分数过了二本线，就有机会被北航、南航或者部队的飞行学院录取，这的确是一个上大学的捷径。何平自认为先天条件不足，这条路基本与他无缘。他只是热衷于参与讨论，拓宽一下自己的知识视野，尽管这些并不是高考的内容。

回到宿舍，何平看见立平正抱着一本小说看得津津有味。他翻过封皮一看，原来是《飞狐外传》。"这几天有些心烦，借几本武侠的书看看。等我看完这章，让你也过过瘾。"立平害怕何平立马抢走，赶紧给他许了个愿。

其实，在紧张的学习之余，读一读武侠小说可以让紧张的神经暂时舒缓一下。有时候，男同学们更喜欢在一起讨论武侠小说，几乎每个人都有自己喜欢看的书目。学校门前有一家书店，武侠小说被租借得最为频繁，立平光顾的次数当然不会少。

何平比较喜欢读金庸先生写的武侠小说，有几部经典作品已经看了四五遍。上初中的时候，何平偶然从宇川家里看到了《飞狐外传》和《雪山飞狐》。当时这些作品只是在文学期刊上连载，每当看完这期内容，他就期待下一期的精彩内容。尤其是同名的电视剧《雪山飞狐》播出后，更是吸引了何平的注意力。细究其令何平感兴趣的原因，不外乎细腻的语言描写、丰富的人物情感、跌宕起伏的故事情节等，最令何平着迷的是小说中所塑造的许多经典人物和他们的故事。

"何平，熄灯睡觉了，看个小说还这么用功？明早上起不来我可不管，上课迟到了小心张老师收拾你。"心红的一声提醒把何平从武侠小说的情节中拽了回来。

北卷山 我在高原

111

窗外夜色沉沉，单身楼上的住户们早已进入梦乡，何平的脑海中还在像过电影般闪现着不同画面，今晚又将是个难眠之夜。

操场边的大白杨树叶子逐渐枯黄，平淡的日子在一天天慢慢滑过，快节奏的学习并没有让何平的成绩取得太大的进步。紧张的期中考试结束了，成绩公布以后又开始重新排座位，何平的座次排在倒数第五排，也算是有一点小小的进步。

班主任张毓琴老师又找何平谈话，这次的话题非常严肃，她郑重地对何平说："这次考试各科成绩都很一般，除了化学和语文的成绩稍有起色外，其他各科均进步不大，得下硬功夫，多和成绩好的同学交流。"

何平也知道，张老师一直对他寄予厚望，每次考试自己还是不由自主背上了沉重的思想包袱，唯恐考不好，愧对父母。结果是想得越多，成绩反而越糟糕。何平不知道自己如何才能从这样的心理阴影中走出去，他也不敢主动向张老师谈自己的心理感受。

烦闷的情绪影响了何平，一连几个星期，他有些放纵自己。"小宝，咱们去打一会儿乒乓球。"中午休息时间，何平便早早去操场上的乒乓球台子边占位置，叫上宿舍里的小宝一块儿打乒乓球，一直到下午的上课铃声响起才肯罢手。

何平有时也邀上立平、心红一块儿打比赛，一打就是一两个钟头。课余时间，他喜欢向班里的乒乓球高手讨教，缠着他们多多练习。其实何平的乒乓球水平很是一般，以前在初中时还算可以，现在和同学们一交手，感觉自己就像是一个初学者。

"何平，打完这局赶紧走吧，一会儿就要上课了。"立平看了看手腕上的电子表，催促何平赶紧结束战斗。

打乒乓球分散了何平大量的精力，下午上课他总是感觉精力不济，上下眼皮子总想打架，课堂听讲的效果当然也好不到哪里去。晚上也只是完成当天布置的学习任务，懒得动手和动脑。其余时间他要么邀上立平、小宝等人去纺织器材厂看免费录像，要么去学校门口的书店租一本武侠小说看到半夜。

没过多长时间，何平就厌倦了这样的生活。事后想起来总是悔恨自己浪

北寿山
我在高原

费了大量宝贵时间干了一些无聊的事情。

"是不是找个时间找张老师好好聊一聊?"何平在操场上独自徘徊,他也想找张毓琴好好谈谈心,可是一直没有勇气付诸行动。

"这是我编写的作文训练手册,你们下去好好练习。"张毓琴走进教室,又开始了她的系列作文训练,她专门编写了一本练习各种类型高考作文的小册子,要求他们每周完成一篇模拟作文。作文的题材很是广泛,如看图作文、给定一段材料写作文,或者给定题目写作文等,不过大多数的作文还是属于议论文的范畴,这也是张老师总结这几年高考作文的经验所得。

星期三早上第一节课的上课铃声响起,张毓琴抱着一大沓子测验试卷走进教室。"这节课我们先开始作文点评,下面我讲解一下几名同学的习作。"张毓琴开始了自己独创的作文点评教学,这是一个很有效果的教学方法,可以促进同学们之间相互学习,提高大家写作文的积极性。何平的作文《反论失败是成功之母》得到了张毓琴的表扬,认为他立意比较新颖,虽然观点有悖常理,但是论据充分,有一定说服力。何平听着张老师对自己作文的点评,心中难免有些小激动。

张毓琴告诫他们说:"作文的立意虽然讲究亮点,但是一定要符合高考作文的考核要点和评分标准。有些好的写法可以借鉴,但不能过分强求个性突出,避免造成无谓的丢分。这样的写法如果碰到包容开放的阅卷老师,可能会得到高分。但如果阅卷老师严格按照评分标准按部就班,那可就要吃大亏。"张毓琴的话有一定的道理。高考作文的评判是有一定标准的,毕竟这是一个相同要求下的作文水平考量,过分地强调写作个性,很有可能得不到高分。

星期五下午最后一节课的下课铃声响起,张毓琴推门进来宣布了一个好消息:"同学们,明天下午组织大家去政府礼堂看一部神秘的电影,片名叫作《阿姆斯特丹的水鬼》。看完以后,每个人写一篇影评,下周三上课时交上来。"

《阿姆斯特丹的水鬼》是荷兰一九八八年推出的经典恐怖电影,该片以"惊悚、悬疑"作为看点,吸引了许多观众的观影兴趣。影片的故事情节扑朔迷离、扣人心弦。何平看着电影院前的海报,力图了解这部影片背后的故事。

电影院里的气氛很是凝重,何平的神经也绷得紧紧的。故事发生在荷兰

北芬山 我在高原

113

的著名港口城市阿姆斯特丹,这座城市内运河交错,水网密布,神秘的杀人凶手可能就掩藏在水下。影片的第一个场景是一名妓女走出酒店搭乘了一辆出租车,出租车司机强迫这名妓女完成所谓的"生意",他给出的条件是免除车费。这名妓女被迫完成性交易,并被司机中途从车上推下。

"看来这名妓女的生活其实也是非常悲惨的。"看到这里,何平甚至有些同情这名妓女的遭遇。这名妓女后来在河道旁边漫步,突然被一双手拉入水中,几天后打捞出的女尸已经被人用匕首扎成了筛子。

陆续又有一些人在河边漫步时被杀害。连续发生了好几起残酷谋杀案,一时间引发全城恐慌。警方根据线索确认这些凶杀案是同一个人所为,随即展开调查。男主角警察艾里克负责调查这起连环杀人案,艾里克和其朋友水警约翰根据调查推测,把调查范围划定在潜水员的圈子。在调查过程中艾里克认识了美丽的女主角劳拉和她的朋友马丁。整个调查过程疑云重重,他们准备了驱鲨药、水下枪等大量用具,并使用了赛艇等工具寻找凶手。调查过程中女主角几次险些被袭击,她并不知道凶手就在自己身边。

劳拉终于从一个小细节上锁定凶手,几经波折凶手终于出现,原来凶手竟然是自己的好朋友马丁。

"杀人凶手竟然潜伏在自个儿身边,这是多么恐怖!"何平的手心有些微微出汗。

马丁曾经是一名潜水员,在从事一次危险化学药品打捞时不幸被毁容,结果政府没有给予他任何补偿金,他的心理因为受到不公正对待而发生扭曲,开始想方设法报复社会,随即开始了疯狂的杀人历程。

"这是典型的弱弱相残啊!"何平为这个凶手感到悲哀,同时也憎恨其扭曲的心理和残忍的行为。

从这个层次上理解,影片的主题深化了,凶手马丁最根本的犯罪动机是得到社会正常接纳的欲望。由此可以看出,所谓的资本主义人权根本就是虚假的面具,嗜血的资本家把人变成鬼,这是多么可笑的讽刺。凶手是可恨的,其实也是可悲的。他没有勇气向资本家这一强者讨要公平,而是选择欺辱更弱的弱者,甚至连生活在最底层的妓女也不放过。也许,他认为即便是社会最底层的妓女也比自己活得有尊严。凶手报复社会的心理很是值得人们深思。

张毓琴让他们每个人从不同的认识角度出发,写一篇关于这部电影的影评作文,题材限定为议论文,要有自己的观点和思想认识。

何平很快提交了自己的作文,张毓琴看了以后大加赞赏:"何平的这篇作文还是有些亮点,我给大家点评一下。"

张毓琴把何平的作文和其他同学的作文一起在班上点评,分别指出各自的优缺点,并要求大家今后主动加强这方面的训练,自觉提高写材料作文的水平。

张毓琴的训练计划在有条不紊地进行着,其他科目的老师也有各自的训练方法。尤其是临近期末考试,他们的学习节奏进入快车道,每天的日程安排得非常满,上课时间是老师讲解,课外时间组织大家做模拟试卷。晚自习他们还要完成大量的练习题,当然全凭个人自觉,老师并不全程监督。

何平也在慢慢摸索适合自己的学习方法。午饭或者晚饭后的空闲时间,他便去书店或者报刊亭买一些参考资料:《中学生数理化》《中学生语数外》等。何平对《中学生语数外》比较感兴趣,经常将其中介绍的一些解题方法抄写在笔记本上,并进行分类整理,有时候还进行同一类题不同解题方法的对比分析,逐渐积累学习心得。多半年下来,他竟然记了厚厚一本,有空的时候就拿出来仔细看看。何平希望通过这样的学习方法大幅度提高自己的数学成绩。

"同学们,这节课我们专门讲解错题。请大家把上周的数学模拟测验试卷拿出来。"教他们数学的是李定国老师,他从省城的师范大学毕业没几个年头,戴着一副无边框眼镜,浑身散发着浓厚的书卷气,课也讲得非常好,同学们亲切地称他小李老师。李定国虽然资历较浅,但能被学校安排到补习班上课,说明还是有一定功底的。

李定国在黑板上列出了上周测验最后一道大题的三种正确解法,右手扶了一下鼻梁上的眼镜,慢条斯理地说道:"同学们,其实学习数学的窍门就是要多做题,多练习。见多识广,遇题不慌。"

小李老师曾经对何平讲过:"我每次上课前,自己也要做练习题,这样才会让大家理解透彻。"

何平慢慢地了解到小李老师做练习题不仅仅是为了上好课,他还在积极准备研究生考试。李定国白天要给两个补习班上课,晚上备完课还要复习到深夜。

何平在水房里洗漱完毕准备睡觉,看着小李老师的宿舍灯还在亮着,心中很是佩服他的学习劲头。

临近期末考试,来教室里上晚自习的同学比平时明显多了许多,何平在宿舍里也有些坐不住。学校一直没有要求学生集中上晚自习,对毕业班的学生也不做要求,全凭学生自觉。一些家在学校周边的同学还是喜欢到教室学习,毕竟这里的气氛和家里不一样。

县城的冬季依旧是寒风刺骨,夜晚时分尤其感觉寒气逼人,教室里没有安装暖气,上自习的同学都穿着厚厚的棉衣。何平看到强莉手上戴着露出五个手指头的毛线手套,他感到有些好奇,也盘算着买一双,可是一想:自己好歹也是个男子汉,这点儿冻还能经受得起。

坐在这冰冷的教室里,何平回想起初中上学时的情景。北莽塬上的冬季更加寒冷,刺骨的寒风带着呼啸声从教室的破烂窗户灌入,有时候雪花也会翩然而至。何平的五个手指头几乎年年冻伤,肿胀得几乎不能弯曲。每当晚上回家睡在热炕上,冻伤的地方奇痒难耐,用手一挠就破了,经常流脓水。

县城学校的条件要好一些,起码教室的门窗都是完整的,不用担心冷风和雪花。在教室里坐得久了,手脚就会变得麻木,同学们便到楼道里活动一下。搓搓手、跺跺脚,相互之间玩一种踢脚的游戏,活动一下僵硬的腿脚。

在寒夜中的教室里上了几次晚自习,何平便有些动摇,他想到了宿舍里温暖的气息。可是,在小屋里学习,相互之间难免闲聊,好些时光就是这样白白流逝的。何平只好暗下决心坚持在教室里上自习,磨炼一下自己的忍耐力。

下晚自习回到宿舍,何平约上立平、心红等人拎上暖瓶,骑上自行车直奔纺织器材厂生活区,趁着看大门的大爷不注意赶快溜进去打开水。冬季时节,开水的用量比较大,厂里也管得比较严,开水票也不容易搞到,他们只好发动各种关系解决这一难题。开水打回来可以舒服地享受一回,在洗脚盆里倒上半盆水,然后放上几根辣椒秆。冰冷的双脚放进去,一股暖流顺着双腿慢慢流到脑门,别提多舒坦了。用辣椒秆泡水洗脚这个土方子,还是何平从村里一些老年人那里学来的。

北莽塬上的冬季特别寒冷,大多数农村家庭舍不得花钱买炭生炉子,取暖的唯一方法就是坐在火炕上。小孩子们天性好动,不喜欢回家就坐炕上,因而冻手冻脚是经常的事情,更为奇怪的是手脚一旦出现冻疮,每年的冬季必然复发,不容易根治。有人就想出一些土方子,用辣椒秆泡水洗手脚,或者用大麦的麦苗泡水洗手脚。

星期天回到家里,何平到处找辣椒秆,义克让取笑他说:"何平娃,我看你是个富贵命,可是咋就生长在咱这穷家。"义克让很是奇怪,其他人的手脚不是经常冻伤,唯独何平几乎年年冬季手脚全部冻伤。

何平也奇怪自己的身体咋就这么娇贵,别人只是因为天太冷偶尔冻伤,可是他整个冬季都在忍受冻伤的折磨,即便是到了县城还是如此。手指头关节处冻破后流脓水,城里的同学一看就瘆得慌,何平只好到学校医务室要一些医用胶布把伤口包起来,免得吓着女同学。

城里学校的条件要比农村学校好一些,何平却发现自己的耐冻能力反而下降了。"难道自己也逐渐由一棵生长在北莽塬上的小草退化为温室中的花朵了吗?曾经坚韧不拔的意志又去了哪里?"这几天,何平苦苦思索着,努力在心中寻找答案。

何平想到了语文课上曾经学过的一篇文章《孟子·告子下》中有这样一段话:"故天将降大任于斯人也,必先苦其心志,劳其筋骨,饿其体肤,空乏其身,行拂乱其所为,所以动心忍性,曾益其所不能。"

他曾经为自己树立了远大的志向,将来一定要出人头地,难道就一定要经历这样的肌肤磨炼?也许每个人都要经受种种考验和磨炼,这是一个公平竞争的时代。谁能坚持到最后,才是真正的强者,才是真正的胜利者。何平不希望自己还没有爬上坡就跌倒不起。

距离期末考试还有两个星期,何平逐渐进入复习备考的状态,及时调整自己的生活和学习节奏。原本借阅的武侠小说全部归还到书店,怕稍不留神

北莽山　我在高原

便看到深更半夜,影响学习。

　　早上起床后,何平就去楼道或者操场上背诵英语单词、时政要闻、文学知识、生物概念等,增强记忆力,大声朗读英语课文和古文篇章,提高自己的语感。有时候也背诵一些化学元素特性甚至反应方程式,这也是他与别人学习化学方法的不同之处。

　　星期四的化学课上,王泰恒讲了几句开场白,他突然说道:"这节课咱们做个小测验,下课铃声一响就交卷子。"何平拿到试卷一看,不由得倒吸一口凉气,好多题看起来熟悉,可是一时半会儿找不到下手的地方,这次测验有些难度。教化学课的王泰恒是化学教研组组长,人长得瘦高瘦高,说话慢条斯理,经常会蹦出几个幽默的词语,逗得大家开怀一笑。

　　星期六早上第一节课,王泰恒开始进行测验讲评,他表情严肃地说道:"有些同学平时总认为自己学得不错,看看这次的成绩吧! 全班竟无一人及格,这下服气了吧! 每个人好好看一下自己的试卷,下面听我仔细讲解。"看来,王老师这次有意出了一份难度很大的测验题,就是为了杀一杀一些同学的傲气。何平拿到发回的试卷一看,成绩虽然只有58分,他却有些沾沾自喜。

　　王泰恒接着说道:"同学们,其实学习化学也没有多大窍门。我看许多同学很是舍得在背英语单词、读英语课文方面花时间,可就是不舍得在其他科目的需要牢固记忆的知识点方面投入精力。要是用你们学习英语的劲头和方法来学习化学,我想,你们的成绩提高一点应该问题不大。"

　　王泰恒的话也有一定的道理,化学元素、反应物、酸碱平衡、反应方程式、化学名词必须牢记。何平对配平化学反应方程式尤其在行,不管多么复杂的方程式,他在心中默念几分钟便能很快得出答案。

　　"虽然这次测验的题目有些偏、难、怪,但是咱们班还是有一位同学成绩不错。"王泰恒在课堂上特意表扬了何平,希望他能把配平化学方程式的诀窍和同学们交流交流。就凭这一点,许多成绩好一点的同学也对何平刮目相看。

　　复习的时间总是枯燥的,何平的脑袋里每天装满了单词、语法、课文、名词解释、时政、数学公式、化学元素、生物知识、物理电路等。对于物理课,何平一直苦于找不到适合自己的路子,成绩总是上不去。"这也许就是同学们常说的致命瘸腿吧!"何平有些自嘲地自言自语。

为了缓解大家紧张的学习气氛,张毓琴又一次组织大家去看电影,这次是在工人文化宫看新上映的影片《妈妈再爱我一次》。

"又安排集体看电影啊! 还得写篇劳神的影评。"尽管同学们对安排集体看电影很是期待,但是写一篇观后感可不是人人都愿意完成的任务。

这是一部伦理悲剧片,故事改编自我国台湾民间故事《疯女十八年》。该片的故事情节比较简单,讲述的是精神病科医生林志强留学归来,正要展开精神病院的业务,偶然发现院中一名病人竟是他失踪十八年的母亲秋霞! 原来,当年母亲秋霞与父亲林国荣真心相爱,可惜林母以秋霞身家不清白为由坚决反对,一对苦命鸳鸯被无情拆散。林国荣在母亲的压力下,不得已另娶妻子娟娟。已经怀孕的秋霞只好到乡下投靠姨母,一个人生下志强后辛苦照顾,母子二人感情极佳。

数年后,林国荣之妻娟娟经证实不能生育,为了延续林家的香火,林母软硬兼施,用尽办法要志强离开母亲回到林家认祖归宗。秋霞几经内心挣扎,终于答应。看到这个片段,何平的心中竟然有些起伏不定。

年幼的志强因思念母亲经常偷偷回到乡下找母亲。一次风雨之夜,志强躲在庙外避雨,秋霞等人遍寻不着。等到第二天早晨找到时,志强已是奄奄一息昏迷不醒。可怜的秋霞因伤心欲绝而精神错乱失足跌下楼梯成为疯妇,被送进精神病院。

十八年后,志强终于找到了亲生母亲,可是母亲却不认识他,当他唱起幼时的儿歌《世上只有妈妈好》时,重新唤醒了母亲尘封多年的记忆。

在看电影的过程中,不时有人发出抽泣声,何平也有好几次泪流满面。他走出电影院才发现,几乎每个大人的手里都攥着泪湿的手帕。一部苦情戏能获得如此之广的观众共鸣,这确实让何平感到有些意外。

"志强"和"母亲"的扮演者都不是很美,电影讲述的也不是爱情而是亲情,而且叙事平淡,没有任何花里胡哨,但是它符合人们当时的心理需求。因为观众看了太多的港台动作片,需要调剂一下口味,这种伦理悲情剧刚好满足了观众的需要。

北芬山 我在高原

看完电影以后，何平也就理解张老师为何推荐大家看这部片子了。无非是教育他们珍惜亲情，尤其是感念母爱的崇高和伟大。一想到这里，何平的心中久久不能平静。

期末考试结束后，何平期待着一个快乐的寒假。张毓琴走进教室，看着大家期待的目光，表情严肃地说："我知道大家都着急放假休息，不过你们还得坚持几天。学校通知所有的毕业班和补习班还要补课一个星期。"他们的美好愿望又一次落空，原本想调整放松一下，好好过一个轻松的寒假，现在看来又得绷紧弦了。

一周的寒假补课时光不知不觉就过去了。同学们虽然人在教室里，可是心思早已飞出了校门，补课的效果并不明显。大多数人想早点回家，会一会老同学；有些人也想来年转移阵地，借此了解一下其他学校的情况；有些同学还想联系已经上大学的老同学，向他们讨教一些高考时的经验，顺便也了解一下大学的美好生活。

何平回到家里，向父母报告了这学期期末考试的成绩情况。义克让听了以后，淡淡地说了一句："成绩还可以，就是进步不明显。"

离过年没有几天时间了，家里的豆腐作坊比以往更加忙碌，何平又一次操起自己的老本行，转村去换豆腐了。

第十四章

北莽塬上的年味还没有散尽,何平又得提前返回学校补课。"何平,咋这么早就回学校去? 不是过完十五才开学吗?"村里人已经习惯过了正月十五才算过完年。

说是安排补课,每个人坐在教室里听课,可是心思还沉浸在过年的气氛里。晚上本是自主复习的好时段,何平也不再去教室里上自习,因为偌大的教室里空无一人。

"走,咱们也去放松一下。"何平邀上立平、心红、大林、东亭等几个要好的同学一起上街看灯展。学校门前的人民路是县城的主干道,沿街的机关事业单位和厂矿企业全部按要求布置灯展,这也是迎接元宵佳节的一项重要庆祝活动,年年都有任务,每个单位都精心准备,唯恐落在别人后面。

人民路上一片灯火通明,熙熙攘攘的人流从西流到东,又从东流到西。人们一边看灯展,一边表达着各自的看法。

"娃他妈,你看,供电局的这个灯造型有新意,真是嫽扎咧!"一对中年夫妇站在展台前评头论足,发表着各自的意见,"娃他爸,我看,还是一厂的展台有特色,人物造型都出彩。"

街边的小摊也吸引了不少大人小孩的注意力,小贩们的吆喝声此起彼伏,为华丽的夜空平添了几分市井气息。

他们随着人流看灯展，顺便也去工人文化宫看热闹。工人文化宫的节日气氛更加浓厚，舞厅里青年人出双入对，电影院里场场满座，台球桌旁围满了叼着香烟的时髦青年。他们一帮学生娃口袋里钱不多，只好去猜猜灯谜，猜中了可以得一些小奖品。灯谜的形式多种多样，有猜字谜、猜成语、填诗词、对对联、猜地理名称、猜历史人物等。

转了一圈，他们的收获也不少。"这两个字谜我已经知道谜底了。哦，还有这副对联的下联，我基本上对上了。"何平忍不住心中的高兴，猜字谜、对对联还算是他的强项。

东亭也不甘落后："这个谜语是猜一句唐诗，应该是刘禹锡的名句。"

立平也猜对了两个地理名称："这几条谜语有啥难，不就是猜地名吗？我立马就能给出答案。"

"你们别光顾着夸自己，听听我猜的这个成语咋样？"大林也猜着了一句成语。

"大家快来看，我这条谜语是猜一句成语，我知道答案了，你们不要跟我抢。"小宝也是兴奋异常，他虽然年纪小，竟然也猜中了一句成语。

他们撕下写着灯谜的红色、黄色、绿色等各色纸条，兴冲冲地找管理人员兑换奖品。经过一番核对评点，他们几乎都猜中了，可是在兑换奖品的时候，却发生了小争执。大家协商后，兑换了三瓶啤酒和几张早场的电影票，又凑钱在街边买了些零食，回到宿舍一番闹腾到深夜。

正月十五是个热闹的好日子，也是传统文化表演的大日子。县城里照例举行大型庆祝游行活动，俗称"耍社火"。每个乡镇街道都有表演任务。牛拉鼓在前面开道，拖拉机拉着一面直径四米左右的牛皮大鼓，四个壮汉抡着大鼓槌，敲出震天的"咚咚"响声，后面长长的游行队伍里有大头娃娃、走竹马、跑旱船、扭秧歌、走芯子等，县城各单位的花车也夹杂其中，呈现着传统与现代的文化交织。

镇上决定，由何平村子的走芯子打头引领本镇的花车游行队伍。何平也知道，村里的芯子在方圆十里很有名气，一直以出奇制胜、创意大胆而名扬北莽源。走芯子的主题大多选取哪吒闹海、三娘教子、白蛇传、三打白骨精等经典戏文,芯子一般架在拖拉机或者三轮车上,用钢筋焊接骨架,高度可达三四层楼高,上面是青年男女装扮的各种人物造型,而且叠成两层甚至三层,芯子顶上一般要站着一个小孩,外面再用幔布围起来,旁人一看还以为是人叠人组成,惊险异常。围观的人群中不时有人发出惊呼声:"小心! 看上面的娃快跌下来了。"

一年之计在于春。正月十五一过,这年就算是过完了,农民们也开始春耕生产和一年的新打算,上班的人也安心工作,何平的心思总算收了回来,逐渐进入正常的学习状态。

这学期的教学安排与上学期大有不同,每门课都安排两节连上,内容以讲解模拟题和专项训练为主。

"这学期的时间非常紧,每位同学自己制订一个复习计划,一定要有针对性,不能随随便便弄一个应付我。"班主任张毓琴要求他们每个人制订一份复习计划,主要针对各自的弱项进行加强训练,力争在未来三个月的时间里有所突破。

何平为自己制订了一份详细的各科目训练提高计划,语文方面重点加强阅读理解题型的练习和作文训练,他也经常去国棉一厂门前的报刊亭买一些报纸和杂志,积累一些时政热点方面的写作素材。学习英语只有采取笨办法,每天早上到操场上背诵单词、朗读课文,每周完成两套模拟题。数学方面紧跟老师的进度,每周做一套练习题。化学和生物不需过多投入精力。物理课学习一直困难,投入的精力不少,可是收效不明显,看起来不能强求,顺其自然吧! 政治科目需要记忆的东西太多,不用制订什么计划,还是按照李步一的要求准备。

复习计划制订得很是详细,和课表一起贴在床头边的墙上,何平每天晚上睡觉时都要看一眼,睡梦中也时常念叨;早上醒来再看一眼,振作一下精神。

眼看着农历二月初二就要到了,何平心中惦记着母亲做的馍豆豆,他很想回家看看,顺便散散心。

北莽塬上一大讲究:二月二,吃豆豆。一想到这里,就勾起了何平肚子里的馋虫。

二月二就是指经过漫长的冬眠,百虫开始苏醒。"二月二,龙抬头,蝎子蜈蚣都露头。"德文老汉抽了一口卷烟,念了几句流传在北莽塬上的俗语,又给何平讲起了这里面的传说。

古时候关中地区久旱不雨,玉皇大帝命令东海小龙前去降雨缓解旱情。这小龙年少贪玩,一头钻进泾河里玩耍不再出来。这时候,有个小伙子来到河边搅浑河水,逼迫小龙出来降雨。小龙从河中露出头来与小伙子较量,后来被小伙子击败,只好前去降雨。

村里老一辈人说过,二月二又称作"春龙节"。据《说文解字》记载:龙,鳞中之长,能幽能明、能细能巨,能长能短,春分而登天,秋分而潜渊。这大概就是"春龙节"习俗的最早记载。

过二月二的时候,各地也普遍给食品名称加上"龙"的头衔。吃水饺叫吃"龙耳",吃春饼叫吃"龙鳞",吃面条叫吃"龙须",吃米饭叫吃"龙子",吃馄饨叫吃"龙眼"。

"龙须面咋还跟二月二有关? 不就是村里的压面机压成的细挂面吗?"何平想到了小院里挂在一排排细竹竿上的挂面,没想到也有一个很洋气的名称。

"你这娃,甭打岔,听我好好给你说。"德文老汉吐了一口浓烟,又开始搜罗肚子里的故事,"在这一天,各地的其他习俗也很多,起床前,先念一番:二月二,龙抬头,龙不抬头我抬头。起床后还要打着灯笼照房梁,边照边念:二月二,照房梁,蝎子蜈蚣无处藏。有的地方妇女不动针线,怕伤了龙的眼睛;有的地方停止洗衣服,怕伤了龙皮。"

听着德文老汉的讲解,何平不由得结合地理知识,粗浅地分析认为:农历二月初二恰好在"惊蛰"前后,这时候大地开始解冻,天气也逐渐转暖,农民们告别农闲,开始下地劳作。因此,盛行于民间的"春龙节",在古时才会称作"春耕节"。这一天如果龙还没有醒的话,那轰轰隆隆的雷声就要来唤醒它。

当然,这天还有一项重要的事情,那就是剃头。老汉和小孩子要剃个光头,年轻人要理个时髦的发型,讨个吉利。

"何平娃,今个就谝到这里吧! 一会儿我也去剃个头,去晚了人就多了,得排好半天的队。剩下的故事让你爸给你说。"德文老汉笑着说道。

二月二这一天，村子里家家户户都要炒豆子，街道上弥漫着炒麦面馍豆豆、玉米豆豆、黄豆和爆米花的香气，大人小孩的嘴里也是咯嘣咯嘣地响个不停。

"其实，这里面也有一个美丽的传说。"义克让的肚子里也是装了不少的奇闻趣事，"相传，武则天当了皇帝，玉帝便下令三年内不许向人间降雨。但掌管天河的龙王不忍心看着百姓受灾挨饿，偷偷降了一场大雨。玉帝得知后，便将龙王打下天宫，压在一座大山下面。山下还立了一块碑，上面写着：龙王降雨犯天条，当受人间千秋罪。要想重登灵霄殿，除非金豆开花时。

"人们为了拯救龙王，到处寻找开花的金豆。玉皇大帝这个人也怪得很，咱这凡间哪有这个宝贝？明显是刁难人啊！"义克让说到这里，嘴角上也有了许多唾沫星子，看来很是有些愤愤不平。

"到了第二年二月初二这一天，人们正在翻晒金黄的玉米种子，猛然想起，这玉米就像金豆，炒开了花，不就是金豆开花吗？于是家家户户爆玉米花，并在院里设案焚香，供上'开花的金豆'，专门让龙王和玉帝看见。龙王知道这是百姓在救它，就大声向玉帝喊道：'金豆开花了，放我出去！'玉帝一看人间家家户户院里金豆花开放，只好传了一道圣谕，召龙王回到天庭，继续给人间行云布雨。"

义克让的讲解有些像评书，也许是他生活阅历的积累，也许是他的即兴发挥，何平听得津津有味。

午后的阳光暖洋洋，父子二人圪蹴在大门前的石凳上嗅着飘散在街道上的炒豆子香味，沉浸在美丽的传说中。

从此以后，咱这民间形成了习惯，每到二月二这一天，家家户户就爆玉米花，支起大铁锅炒豆子。炒豆子的时候大人小孩还念着：二月二，龙抬头，大仓满，小仓流。

"有的地方在院子里用灶灰撒成一个个大圆圈，将五谷杂粮放于中间，称作'打囤'或'填仓'。其寓意是预祝当年五谷丰登，仓囤盈满。"

北莽塬上的传统爆玉米花场面很是壮观，儿时的记忆在何平的脑海闪现。一个简易的炭炉子上架着一个小锅炉形状的转锅，大师傅一手扯着风箱，一手匀速地摇着转锅，并不停地看着压力表，等到压力表的指针指到合适

北莽山 我在高原

125

的刻度,大师傅吆喝一声:"一旁的人快闪开,马上就要放炮了。"

围观的大人小孩赶快躲到一边,小孩子则双手捂住耳朵。只见大师傅将转锅架在连着布口袋的笼前,快速扳下转锅的阀门手柄,只听得嘭的一声巨响,然后是白烟四散,爆好的玉米花便装满了一大口袋。如果再放上白糖,爆米花的味道甭提多甜美了。

炒豆子的讲究比较多,有炒玉米豆子、炒黄豆、炒馍豆。炒玉米要有一定的技巧,把金黄色的玉米粒放在大铁锅里上下翻炒,要掌握好火候,不能炒焦了。如果再加上一些黄土,炒出的玉米豆子就很酥脆,但是吃起来总有一股子土腥味。炒黄豆比较简单,就是把挑选好的黄豆放在大铁锅里上下翻炒,待到豆子开裂了就可以出锅,放凉了就可以吃了,一颗一颗放在嘴里发出嘎巴的声响,很是费牙,吃多了还会放臭屁呢。

各家各户的生活水平还是有差距的。比较讲究的人家喜欢炒馍豆,先将发好的白面烙成七分熟的薄饼,再用刀把薄饼切成小拇指甲盖大小的方块,然后把方块放在大铁锅里上下翻炒,不断地淋上菜油,再加上一些食盐和花椒粉,炒出的馍豆不但颜色金黄,而且味道咸香可口。馍豆主要是用来送给至亲好友品尝,也算是加强感情联络的一个重要礼品。

蒲焕群为何平装了几塑料袋炒黄豆和馍豆,并叮嘱他说:"娃儿,带到学校里让老师和同学们都尝一尝,城里人喜欢这些吃货。"

何平回到学校,见到同学第一件事,就是互相品尝对方的炒豆子。妈妈们的手艺不一样,豆子口味就各不相同,玉米豆子很少,许多同学嫌土气,不好意思拿出手。大部分都是有甜味的爆玉米花,有的则是原味的黄豆,当然还有咸味的馍豆。城里的同学大多是从商场或者街上买现成的炒豆子,品种单一,大家还是喜欢农村同学带来的炒豆子。

在二月二这个有口福的时节里,上课的老师也显得特别大度,常常是上课铃响了,全班的学生还在闹哄哄互相传递豆子,每个人的嘴里都填得满满的,这一刻他们仿佛都变成了小老鼠,嘴里嘎巴嘎巴地响着。

教室讲台上也放满了同学们送的豆子,一个小纸袋一个小纸袋地装着,都是趁着还没有开始上课的时候偷偷放在讲台上,聊表一下各自的心意。老师也不知道是哪个同学放的，自然就都笑纳了，讲课之前先拿几颗尝一尝，说一声："味道真不错。"坐在下面的同学听到后心花怒放。

"拿人家的手短，吃人家的嘴软。"王泰恒随手捏起几颗馍豆尝了尝，还不忘开开玩笑，教室里的气氛一下子活跃起来。既然吃了同学们的豆子，王泰恒对大家的一些调皮捣蛋也就装作看不见了。

王泰恒在讲台上一边写板书，还不忘顺手捏几颗馍豆。同学们的嘴里自然也闲不住，前后左右座的豆子都得尝个遍，因为王老师在现场，他们自然不敢太过放肆，等下课铃声一响，王泰恒刚一出教室门，他们就开始了豆子品尝大会。

有些男同学喜欢恶作剧，有意哄骗女同学多吃黄豆，结果教室里不时有异响，然后就看见有人捂着口鼻四处查找气味来源，不时引起哄堂大笑。

快乐的日子总是短暂的，何平的学习生活又一次进入快车道。

开春时节，北莽塬上渐渐迎来新的希望。冬小麦才开始起身，奋力伸着懒腰。塘库边的柳树抽出细细的新条，果树的枝头也有不少嫩芽。冬闲的土地已经整理完毕，家里的农活也不太多，蒲焕群叮嘱何平说："娃儿，好好在学校学习，不用每个礼拜天都回家，每周的生活费会托人捎给你。"何平也认真按照自己制订的学习计划完成各项任务，每天上课重复着枯燥的做题、讲题、模拟测验。

三个多星期很快就这样过去了，何平已经有些疲惫。

春天的脚步越来越快，转眼间进入暮春时节，北莽塬上又一次呈现出绿意盎然的田园风光。星期六中午放学后，何平约上东亭、心红、立平等人骑着自行车沿着咸宋公路回家。他们推着自行车上到二道塬上，停下来休息片刻。

何平大口吮吸着春天的气息，舒心地欣赏着春天里的美景。麦苗已经开始拔节，青草味道直扑他的鼻腔。连片的麦田像绿地毯一样铺在西汉帝王陵墓的脚下，麦田里高大的墓冢越发显得庄严肃穆，千百年的风雨侵蚀依然不能削弱它们伟岸的身姿。夹杂在麦田里的油菜花正在怒放，油菜花的浓香令他如痴如醉，辛劳的蜜蜂在花海中忙着采蜜，不时跳着漂亮的"8"字舞，招呼更多的同伴前来采蜜。果园里的花儿已经开败，苹果树、梨树、桃树的枝头挂

北莽山 我在高原

127

满了青涩的果实，顶上还残留着花朵的印痕。

何平深深陶醉在如诗如画的美景中，压抑在心头的烦恼逐渐消失在春天的美景中。他回到家里，蒲焕群惊讶地问道："娃儿，不是让你在学校好好念书，咋就回来了？是不是有啥事情？"

何平说："没有啥事情，就是想回家看看。这段时间脑子有些麻木。"蒲焕群走进厨房，为何平盛了一大碗油泼辣子蘸蘸面，这是农家最普通的午饭，也是关中道上人们的最爱。

义克让换完豆腐回家，看到何平回家了，不免埋怨一番："不是让你礼拜天在学校好好念书，咋就回来咧？家里的事不用你操心，你只管操心自己的学习就行。"

义克让接过蒲焕群端来的一大碗蘸蘸面，他用筷子挑起一根面尝了一口，有些不满意："掌柜的，把辣子和醋端来，味道有些淡。"义克让吃完面，掏出烟袋锅装上一袋烟点上火慢悠悠地吸着，在烟雾缭绕中，他那布满皱纹的古铜色脸庞更显苍老。

义克让问了何平最近的学习情况，叮嘱他一定要用心学习："何平娃，是不是快要预选了？这也是关键的一次考试，把劲儿鼓足了，一定要考个好成绩。"

何平很自信地说道："爸，预选肯定没问题，考个500分还是有把握的。"何平的保证令义克让很满意，他仿佛已经看到了新的希望。

"那我就放心了。你在学校一定要把自个儿照管好，需要营养品只管去买，钱不够问你妈要。"义克让的话令何平心中涌起一股暖流。

义克让可能是听别的家长说过，复习阶段很是费脑子，需要"太阳神口服液"等营养品来补充，报纸上、电视上经常也有这样一些广告宣传。

何平却不信这些，他认为那只是商家的广告宣传，最多只能起到心理安慰的作用。蒲焕群也想托人在县城的医药公司买一些营养品，可是一打听价格，太贵了，只好每周让何平从家里带一些鸡蛋，也算是给他补充一下营养。

吃罢午饭，抽了一袋烟，义克让休息片刻后又到豆腐坊里忙活，淘洗黄豆、刷洗锅、清洗磨子。何平想要去帮忙，义克让却不要他插手。何平只好挎上筐子、拿上镰刀去田间地头给家里的黄牛割青草。

张贴在教室里的倒计时牌一天天地更换数字,数字越来越小,他们接受考验的时刻逐渐逼近。预选在轻松的气氛中结束,每个同学都是一副满不在乎的样子,只当是一次全科目模拟考试。

预选考试成绩在两星期后公布,他们班没有人落选,这也是意料之中的事情,可是何平的成绩却只有450分。拿到这样一份成绩单,何平感觉到自己的脑袋嗡嗡嗡地响了几下。"不可能吧?怎么会这么一点儿成绩!"他几乎不相信自己的眼睛。

第二天下午,张毓琴召集大家开了一次班会,简单分析了这次预选的题型和难易程度,同时又通报了市区各学校的成绩分布情况,主要是预选成绩500分以上的考生分布情况。她表情严肃地说:"同学们,这次预选虽然对你们来说不是什么难事,可也算是一次对学习的检验。咱们班有些同学还是重视程度不够,成绩很不理想,不知道是你们学习跟不上还是不用心?希望你们认真反思一下。考得好的同学也不能放松对自己的要求,我希望你们的目标是冲击一本。"

班会结束后,张毓琴把何平叫到教室外面,狠狠地批评了他一通:"何平,你看看自己的成绩,这多半年来进步太慢呀!这样下去,估计高考时很难上线。多余的话我也不想说了,好好回去反思一下。你令我很失望。"张毓琴的批评犹如重锤一样敲击在何平的心头,他低头不语,甚至不敢抬头对视她那严厉的目光。

一连几天,何平沉浸在失落之中,心中充满了无限烦闷。他在不断反问自己:我难道就这样沉落下去了吗?一次打击就让我丧失了斗志吗?不能,坚决不能!

夜深人静时分,何平放下手中的笔,整理好桌子上散乱的模拟试卷,一个人来到操场上散步,他对着无限深邃的夜空,抒写着心灵的深刻反思:

沉落

是一杯苦涩的酒

喝下去心灵得到暂时解脱

129

解脱不了心中无限纠葛

沉落

不会创造新的自我

只能埋没甘于命运的我

沉落

只能给弱者精神上的一丝快乐

勇敢者从不畏惧沉落

举起锋利的达摩克利斯之剑

劈开那沉降下来的黑暗

沉落

是弱者舒适的摇篮

没有奋争的神经紧张

只有无忧无虑的消磨

消磨在沉落的旋涡中

沉落

是一首歌

唱出弱者心灵深处的哀鸣

强者不惧沉落

把它看作前进道路上的一次缓冲

第十五章

何平推着自行车无精打采地走进小院，院子里很是安静，正在打盹的阿黄听到熟悉的脚步声，立马迎上前来围着他撒欢。义克让没有问他这次高考预选的成绩，何平难免有些奇怪。"难道父亲对我信心十足，认为我这次一定能考出好成绩？"他的心中犹豫不决，是否告知父亲真实情况？他虽然在内心告诫自己，但是却陷入深深的自责之中。

经过一个多星期的状态调整，何平重新回到紧张的轨道上，每天按部就班地完成各项学习任务。

夜深人静时分，何平完成了当天的复习任务，一个人来到寂静的操场上散步。他一方面调节麻木的神经，另一方面也是短暂的锻炼。

曾经对未来所憧憬的一切，却被现实无情地击碎。望着深邃的夜空，何平又一次反思自己。

"赶快丢掉幻想，重新正视前面的征途，前进的航向不能偏离。必须振作精神，抛掉心灵上的大小包袱。"冥冥之中，仿佛有一个声音在他耳旁响起。他人为地给自己加上了沉重的包袱，总是想着用最好的成绩回报父母，这是一个多么固执的偏见。父母并没有给他过多的压力，只是希望他通过刻苦努力为自己寻找一个好的出路，仅此而已。

父母都希望自己的儿女能跳出"农门"，进城做一个令乡邻羡慕的城里

131

人,这也许是大多数农家人的朴素追求。想到这一点,何平的心中有了一些释然。何平所做的一切努力,都是为了自己美好的将来,父母并没有将他们的意愿强加在他瘦弱的身躯之上。

天空中偶尔落下几滴雨点打在脸上,冰凉的雨点让何平打了个激灵,把他从无限发散的思绪中扯了回来。该是熄灯上床休息的时候了,明天繁重的任务还等待着他。

淅淅沥沥的雨一下就是几天,满天洒下无边的雨帘,一缕一缕的雨丝,从无边天际落下来,连绵不断,像蚕丝般晶晶亮。何平的浪漫诗意又一次被激发,在简陋的书桌上铺开一张白纸,他写下了发自内心的赞歌:

是谁将你尽情地挥洒,让初夏的风把你织成散乱无章的网,横竖交错都是柔软的雨丝。

太阳因为你而悄悄地躲避,无边天际为你敞开广阔的胸怀,让你在她的怀中欢快地歌唱、跳跃。沙沙地,你拍打着树叶,树叶为你奏响轻快的乐曲。有时你直冲下来,在地上撞得头破血流,白亮亮地四下溅开,一个个小水泡是你欢乐的舞步。

你为什么不肯停下来?你难道永不疲倦吗?你乘着暴怒的风,向大地俯冲下来,把一腔快乐尽情地倾诉,洒向青黄色的田地、刚露头的幼苗、新生的树芽儿。

你是如此多情般带着善意的祝福,把自己无私的爱献给世间所有生灵万物。它们都会感激你吗?它们都十分赞许你吗?你藏起了它们热爱的太阳,让无限茫然充塞它们的心田。你给予它们的热情太多,以至于它们装不下,甚至吐出来。

正在苗壮成长的幼苗,需要阳光给予无穷的力量;嫩绿的树叶需要阳光为自己提供更大的动力;将要成熟的青黄色麦苗,更加需要火热的太阳提供能量。而你,柔弱的雨丝,给予它们太多的深情、太多的溺爱、太多的关怀。这只能给它们的心灵压上难以去掉的负担,柔柔如丝般的深情牵住了理想的心,使它们为了报恩而不敢有一丝懈怠。它们活得太累了,不需要你再次倾诉柔情。他们将永远铭记你那无以回报的恩情。

雨还在淅淅沥沥地下着,那让人揪心的日子在一天天临近。我不禁要问你——柔柔的雨丝,你何时才能不再倾诉你的柔情,让我和它们一起在阳光里走向彼岸?

"何平,又在写什么大作?快拿来看一下,让我给你好好把把关。"看着何平埋头在书桌前奋笔疾书,心红忍不住凑过来看个究竟。何平快速地将几张写满潦草字迹的纸张塞进桌兜里,害怕别人抢走似的。

"咱不用看了,肯定是写给哪个女同学看的,咱就不要凑热闹了。"立平抬起头来,脸上露出一丝不怀好意的笑容。雨夜中的小小宿舍里,平添了几分欢笑。

黑板旁边的倒计时牌上,数字在一天天无情地变小。何平每天看着一个新的数字显现在上面,他仿佛感到身后有一个人手拿鞭子驱使自己快步前进。

何平不敢放松对自己的要求,学习之余的闲暇也严格控制起来。星期天休息时间,何平也很少回家了;父母也不希望他回家,叮嘱他抓紧时间好好复习准备,家里一切无须他操心。

"何平哥,我听说器材厂今晚放映新录像,你带我一块儿去看吧!"小宝又在央求他。学校周边的厂矿单位每周有新的录像放映,何平最终抵住了自己的好奇心,唯恐陷入剧情之中无法自拔。

休息时间唯一可做的事情就是打乒乓球,但何平的球技很是一般,总是争不到上台子的机会。午饭之后可是个好时机,这时候大多数同学都回家吃饭、休息,操场上总会有几个空闲的水泥乒乓球台。

小宝人小鬼大,吃完午饭,他又叫上何平一块儿去打球:"何平哥,走,咱俩去练几盘。"何平自知球技不如这个小家伙,可是拗不过他的软磨硬泡,还真有些磨不开面子。

乒乓球台上你来我往，虽然何平拿出了看家本领，结果还是输得多赢得少。难能可贵的是，何平有一股不服输的心劲儿，约定的局数打完了，他还要继续进行较量，从不发脾气摔拍子推台子。在这简陋的水泥乒乓球台子上，何平也经常看到这样的情形：一帮人正打得兴起，总有个别人输得不服气，结果闹得不欢而散。

午饭后，只要天气情况良好，何平总要去打几局乒乓球。有时候也拉上立平、心红等人一块儿打比赛，直到打得满头大汗、气喘吁吁才作罢。经过这段时间的训练，他发现自己的球技竟然提高了不少。

打乒乓球也是个体力活。有时候打得兴起，竟然忘乎所以，直到下午的上课铃声响起，何平才匆匆忙忙赶到教室，他为此挨了班主任张毓琴不少批评："玩几局就行了，你以为自己还能成为运动员？好好把心思用在学习、复习上吧！"

星期天的校园里静悄悄的，何平耐不住寂寞，便骑上自行车去二中、五中找同学聊天，相互交流一下复习的情况，打探一下各个学校的最新举措，相互交换模拟试题，探讨各个科目今年的考试重点等。

县城的各个学校都有自己的法宝，各科教师也在不断总结，力图提高对于当年高考的重点和难点的预测能力。何平和同学们相互交流还是有一些益处，起码他可以获得多方面的信息。

操场上的大杨树上，"算黄算割"的鸟叫声告诉大家，又到了每年的夏收农忙时节。何平回到家里准备帮忙干活，可是父母不同意。他们认为何平的主要任务是在学校复习，而不是回家帮忙夏收。乂克让满是汗水的脸上透着坚定的表情："何平娃，咱家里的事情不用你操心，我和你妈实在忙不过来，会找几个麦客帮忙割麦。你明天就回学校去。"

乂克让的决定容不得有丝毫的改变。看着蒲焕群忙碌的身影，浸透汗水的衣衫上也沾满了麦芒，凌乱的头发上满是麦秸秆和麦糠，何平感到自己的鼻子有些发酸。

这几天，何平太紧张了，以至于每晚只能睡五六个钟头。可怕而又期待的高考时刻使他睡不安稳。

夜深人静,学校不远处邮电大楼的钟声清脆地送来零点的提示,昨天已经走了,新的一天已经来临。多少个夜晚都是这样度过的,多少个白天又都消逝在茫茫题海之中。

明知无味,还要一个劲地吞咽;明知随时都有可能溺水,但是他还要拼命去泅渡。

谁说青春是美丽的? 他看到的却是苍白的脸、布满血丝的眼、过度疲劳的心。没有欢歌笑语,没有青春的激情和热烈奔放。他所拥有的只是书本、练习题、模拟试卷……这就是何平心中的沉思。

为什么一定要走这样一条通往成功的道路? 多年来形成的传统,乡亲们的希望,父母眼中的期待,永不放弃的理想。为了自己的理想、父母的心愿,他要一往无前地走下去,不管面对多么沉重的打击,不管有多少次伤心的失败,都不能扑灭心中燃烧的希望之火。

何平躺在床上,眼睛盯着天花板,深深地思索着,回想起周围许多人的落榜经历。他是不是也会成为一个可悲的失败者? 三天无声而又激烈的角逐之后,他会得到答案。

是成功,还是失败,在此一举。

自己要抓紧时间的双手,和它一起赛跑,一同追赶明天早上升起的太阳。一分一秒的跳动,拨动生命的琴弦,弹奏拼搏的战歌,歌唱饱含汗水的拼搏,歌唱充满忧郁的心灵,歌唱那苍白的脸庞,歌唱布满血丝但精气神十足的眼光。

何平深深地思考着,思索如何获得一种彻底的解脱,不再做补习生。

三天的高考总算熬过去了。夜晚时分,何平和立平、心红等人在宿舍里认真对照参考答案估分。

"毕咧! 这一年的辛苦算是白付出了。"立平把参考答案往书桌上一扔,躺在床上开始发呆。何平看完各个科目的参考答案后,也感到心里凉透了,怎么会是这样的结果? 几个人面面相觑,谁也没有多说一句话,每个人的脸上写满了失望的表情,屋子里的空气仿佛一下子凝固了。

这又是一个不眠之夜,再一次上演着几家欢喜几家愁的情景剧。

第二天早上,他们默默无语地收拾好各自的行李,然后找班主任张毓琴领取高考志愿表。

教室里早已是叽叽喳喳一片，同学们都在议论各个科目的考试情况，小心地打探其他人的估分情况，可是何平没有心情参与其中。他甚至不敢正视张毓琴询问的目光，只是简单地回答了一句："张老师，这回没有考好，估分很一般。"

何平拖着疲惫的身子无精打采地回到家里，蒲焕群看到他满脸失望的表情，很快就明白：今年的希望又将再一次落空。

何平实在无法找到合适的话语来回答父母的关切，他只是淡淡地说："今年的题有些难，没有发挥好。"

义克让圪蹴在门槛上，默默地抽着旱烟，他没有追问下去。何平把自己关在屋子里，他很想放声大哭一场。

"没事，今年没考好，明年咱接着来。"义克让还不忘安慰何平。这时候，何平却感到自己的心情在一点点跌入谷底。

夜晚时分，父母屋里的灯光一直亮着。何平不知道他们在说着什么，只是断断续续听到义克让的哀叹声和大声咳嗽。他想：父母此时的心情应该比自己更加难过。

一连十几天，何平很少走出家门，害怕看到街坊四邻询问的目光。在煎熬的等待中，何平拿回了自己的成绩单，看着那可怜的数字，心中不断地流泪。

这个假期注定是一个难熬的暑假，何平一个人躲到瓜田里，主动承担了日夜看护瓜园的重任，白天在瓜田里干活，干些除草、翻瓜、打杈、浇灌等活计，一日三餐由三强送到地里。晚上住在简陋的瓜棚里，只有家里的大狼狗阿黄陪着他度过几多不眠之夜。

夜晚的瓜田里十分安静，偶尔听到草丛里几声蛐蛐的叫声，阿黄警觉地竖起耳朵，四处看了看又趴在床下。何平一个人对着夜空发呆，嘴里不住地念叨着，阿黄是他唯一的忠实听众，有几次它也听烦了何平的絮叨，发出几声汪汪汪的抗议。

白天的大太阳底下，何平正在瓜田里忙碌着，住在他家对面的义宏武正好也到地里干活，义宏武询问了一下何平的高考情况，顺便也安慰和鼓励了几句："何平娃，咱眼光看远一点，今年没考上，明年接着来。干啥事都要有恒心，不能再让你爸你妈看不到指望。"

何平没有去同学家串门的心情，唯恐受伤的心灵一次次遭受打击，同时也陆续听到一些同学分数上线的消息，何平在心中默默地祝福他们。

"你们总算是迈过这道坎，先一步迈入大学门槛，明年我一定要赶上。"何平对着夜空遥祝他们，同时也坚定了自己的信念。在瓜棚里昏暗的手电筒灯光下，何平写下了自己对理想的追求。

八月下旬的一天，何平一个人到县城联系补习班。转悠了大半天，他最终还是硬着头皮去找张毓琴。何平谈了自己的想法，张毓琴免不了要说教他一通，不过还是欢迎他继续到四中补习。在张毓琴看来，何平在一年时间里没有取得更大的进步，还是基础较差造成的，狠下一番功夫还是能赶上。同时，张毓琴也列举了一些其他同学的事例鼓励他。

走出学校的大门，何平又一次看了看门口张贴的高考录取喜报，心中不免怅然一番。

"何时才能在上面看到自己的名字？我一定要实现这个愿望。"何平在心中对自己说。

北秀山 我在高原

第十六章

何平走进了理科补习一班的教室，张毓琴不再担任他们的班主任，何平难免有些失望。

星期一第一节课是何平基础较好的英语，他也没有料到，自己有了另一番意外的收获：痛苦的反思。

上课铃声响起，走进来的是位神情严峻、雷厉风行的中年男教师——冯超群。他开口一句："你们这些高四学生。"闭口又一句："有些高五、高六的学生。"这话直接戳到何平心中的痛苦之处，他好像一个总怕被别人揭露隐私的人一样，对这些话语特别敏感。

"是，那又怎么样？"他玩世不恭地回了一句，冯超群可能听见了这话，他盯着何平看了好一阵。

再次走进补习班的教室，何平心中的痛苦谁人知晓？即使脸上玩世不恭的表情也不能掩盖失落的心情。曾经一同补习的同学，许多人高高兴兴踏上坦途，走进了令人向往的大学殿堂。留给他自己的，只是如此多的自责："为何一次次错过，错过幸运之神的垂青？"

"我这人说话不好听，可是说的都是实话，我也爱骂人。"冯超群在讲课间隙，又突然转换话题，当然是说教的内容，"说难听一点，是你们自己出钱来这儿挨骂的，谁要是不愿意听，任其自便。补习生多的是，补习班也满城都有，各讨方便。"

讲着讲着,冯超群突然话锋一转:"有些人的神经好像有些麻木了,到现在还打不起精神,早上第一节课还打盹,我不知道你交几百元钱来做什么?"

何平隐约感到冯超群这番话就是在说自己,而且冯超群在开始上课时就有意点了他的名。何平心中猛地一惊,他意识到自己是多么可悲、可怜。

"也许有人认为,反正今年考不上还有明年,明年考不上还有后年。不要想得太好了,再过几年,你就是想补习,可能也没地方补了。今年的好机会错过了,明年就不可能再有了。机会不会时时都有,还要靠每个人的努力。我也会尽自己的一份心,把每个人的英语成绩提高一截。最后祝愿咱们班七十八人全部都能考上理想的大学。"冯超群语重心长的教诲,令何平好长时间难以忘却。

在四中的补习时光中,冯超群是他交谈较多的老师之一,除了请教学习内容,还涉及理想信念、生活目标、人生追求等。吃完晚饭后,何平约上心红、立平等人又去冯超群的小院里,向他讨教英语的学习方法,顺便聊一聊学习和生活。

"是的,人生怎能一次次错过?"走出冯超群的小院子,何平还在内心回味着刚才的探讨话题。

再也不能这样虚度时光,要充实每一小时、每一分钟,让生活充满新的活力,让青春绽放七彩光芒,照亮人生的前进征途。

不能再次错过,错过得之不易的二百八十个日日夜夜。真心发誓,用眼泪灌溉庄严的誓言,不能再一次错过幸运的降临。脚踏实地,一步步走向成功的彼岸。

人生岂可一次次错过美好的时光?

在理科补习一班,何平的身边还是有几个好朋友:东亭、大林、燎原,令他高兴的是刚子也编到他们班,并且担任了班长。

"同学们,从这学期开始,我将担任你们一班的班主任。"新任的班主任是杨延煜,河南三门峡人,教授物理课,讲课时操着一口略带方言的普通话,被立平私下称为醋熘普通话。

杨延煜讲课倒是很认真，板书也非常工整。有这样优秀的物理老师应该是幸事，但何平却依然提不起学习物理的兴趣，有几次他想主动找杨延煜谈心，但是最终一次也没有去。

难道又是自己的逆反心理在作祟？何平因此苦恼了好一阵子。

补习生活虽然枯燥无味，但也充满了欢乐，因为有许多熟悉的同学陪伴。他们经常在一起讨论学习，下课时谈笑打闹，敢于对各科老师的讲课评头论足，俨然一副老书生的派头。

何平比较佩服教授语文课的金鹏老师，他讲课很有感染力，深受同学们的喜爱。

上课的铃声响起，金鹏快步走上讲台，从大布包里拿出一沓讲稿，然后在包里摸索一阵拿出一盒烟放在讲桌上，并抽出一根烟点上。只见他左手夹着香烟，右手拿着粉笔在黑板上飞快地书写，讲到兴奋时，习惯性地捋一下大背头，不一会儿头发上满是粉笔灰和烟灰。

金鹏的板书实在有些潦草，许多同学记笔记很是费气力。金鹏的烟瘾的确大，上课时几乎烟不离手，尤其是当他讲到兴奋时，烟是一根接着一根地抽，坐在前排的同学可是遭了罪，女同学更是叫苦不迭。

星期二上午第一节课是金鹏的语文课，这节课主要讲古代诗词赏析，这些内容在近几年的高考题中频频出现。这节课，金鹏讲得很是投入，左手习惯性地在讲桌上摸香烟，结果拿起一根粉笔塞到嘴里，惹得全班同学哄堂大笑。

在金鹏身上，何平仿佛看到了知识分子的狂放不羁。他如果换上长衫，再佩戴一副黑框眼镜，活脱脱一个影视剧中常见的民国时期文人形象：不修边幅、激扬文字、指点江山。

何平甚至有时幻想，有朝一日他是否也能像金老师一样站在讲台上，面对台下一双双渴求知识的目光，尽情展示自己的才华，认真完成传道、授业、解惑的重任。想到这里，何平仿佛看到了未来，他的心中充满了热切的希望。

补习生活虽然平淡无奇，但这其中也有不少有趣的琐事。"走，去一厂食堂咥饭去。"中午放学后，何平和立平、心红、大林、燎原、刚子等人去国棉一厂的职工食堂吃饭，晚上偶尔也去学校周边各厂矿单位的俱乐部看录像。

"哥儿几个，把手上的模拟题放一放，做了一天的练习题脑袋都木了。走，咱几个去练几局。"星期六晚上，大林又来约请立平、东亭等人一起去工人文化宫打台球。

夜幕下的文化宫里人头攒动，电影院的售票窗口排起了长龙，台球案子边也围着许多着装时髦的小青年。经营台球的老板一看他们这帮穷学生来玩，很是不情愿，因为他们的水平实在不敢恭维，打一局黑八都要花费一个小时，更不用说玩一局斯诺克得浪费多少时间。

老板劝说道："你们想打台球就早上来吧，空闲的台子多，可以给你们算便宜点，打一局黑八只收五毛钱。晚上就不要来了，你们总是占着台子，打得又慢，影响我做生意。"

"这纯粹是说辞，哄碎娃呢！"何平从老板的语气中明显感受到了歧视。星期一到星期六的早上他们都有课，哪有时间来玩？如此看来，只有星期天早上有可能来玩几局。

娱乐终究会荒废人心。有时玩得太多，难免会影响正常的学习，但是何平依然对打台球热情不减，有时也会主动约上几个人打几局。

在共同学习的这段时间，何平和刚子走得比较近，渐渐成为知心的好朋友。刚子的父亲在省城一家纺织厂上班，家也在省城。何平很是奇怪刚子为何不在省城上补习班，而是一个人回到县城上学，毕竟省城有许多名气很大的补习学校。这其中的缘由，刚子一直没有告诉何平，他也不好意思过多地问个究竟。

刚子是个热心肠的人，为人仗义大方，性格豪爽。他对班集体的事情很是上心，也乐于帮助同学，这样的班干部在补习班很是少见。补习班的同学来自各个中学，相互之间很难融洽相处，没有谁会对班集体的事情真正关心。

中午放学后，何平和刚子一路说笑着去职工食堂吃午饭，走到了食堂的窗口前，他一摸口袋，发现饭票不够用了。

刚子看着何平尴尬的样子，从口袋里摸出几张饭票递给他，大方地说："是不是饭票、菜票不够用了？拿我的去用，咱兄弟俩不用客气。"听到这样的话语,何平的心中涌起一股暖流。能有一个交心的好朋友的确是人生幸事。何平为自己能有这样一位好兄弟而感到高兴。

"这次国庆节放假不安排上课,大家也好好放松几天。"国庆节放假三天,学校没有安排补课,他们也迎来了一段难得的休息时间。

有一个月时间没有回家了,何平很想回家去看看。"立平、心红,咱们回家去。难得放几天假,好好休整一下。"他们一路说笑着推着自行车上到二道塬,把自行车停靠在路边休息片刻,顺便欣赏一下这塬上的秋景。

一幅丰收的图景又一次展现在北莽塬上。秋风习习,何平尽情陶醉在美景之中,看着如此迷人的秋天景色,他不禁有些思绪万千。

"何平,你又开始发瓷了,有啥好的诗句,说出来我们也欣赏欣赏。"心红看着何平发呆的样子,有意打趣他一番。

"哥儿几个,听我给咱豪放一回。"何平放开喉咙大声地歌唱,唱出了对丰收喜悦的赞叹。

"春困、秋乏、夏打盹,睡不醒的冬三月。"忙着秋收秋种的人们只有在午饭时间才能休息一下。大泡桐树下的老碗会正在热闹地进行着,德文老汉的一句谚语引起大家的讨论。一年四季对于勤快的农民来说,根本不存在偷懒的理由。

秋天是个容易倦怠的季节。一连好几天,何平都没心思上课,上晚自习静不下心来复习功课,晚上睡得早,早上也起得迟。如此下去,他怕是真的要再一次落榜了。

夜幕降临在校园里,何平坐在宿舍里发呆,忽然想起别人对他的许多忠告。难道这样消极等待下去就能考上大学?怕是大白天做梦。赶紧振作起来,剩下的时间不多了。是的,时间的确不多了,现在已是十月下旬,距离明年高考只有二百来天了,时间就是成绩。

"分,分,学生的命根。"这话不能说完全没有道理。想要苦熬二百多个日日夜夜,争取百十来分的进步,谈何容易!靠侥幸、撞大运,只可惜福星与自己无缘。靠什么?只能靠自己一分一分去挣、去拼。

睡觉前,何平心中暗暗发誓:"明天一定起大早。"第二天早上,何平望着窗外明媚的阳光，依然躺在床上。可怕的惰性啊！这也许是黄土地上的人普遍存在的惰性，或许是他们这一代人的通病，更多的是他的劣根所在。

起早贪黑，这个十分简单的命题，比起那些想破脑袋的数理化习题，可谓再容易不过了。

战胜惰性，战胜自我。不光是口头上说说，更多的是付诸行动。

上课一听老师讲课——"哎，这些都知道，讲了不知多少遍了！"是否真的弄懂了，全都掌握了？好像大概没问题了！他总是自以为是地想。

"动一下笔头，不能光带着两只耳朵进教室，好记性不如烂笔头。"冯超群经常苦口婆心地给他们讲。

何平总是给自己找各种借口："哎！太简单，不值得动笔，一听就会了。就那问题还需要动笔？"可悲的惰性、顽固的劣根，这也许是屡次失败的缘故吧！

现在想通了，立即就改过自新，从明天开始吧！不，应该从现在做起。世上的事情不会总是等到明天，今天的尾巴就是明天，抓住这个尾巴，别让它溜了。

"这么多练习题，今晚肯定做不完，有的是时间，明天接着来。"这就是何平惰性的表现之一。如何战胜懒惰，何平想了几个晚上。思路有了，今天的任务不完成，决不上床睡觉，哪怕是凌晨时分也不停下。这也许有些愚笨吧，但是，何平认为战胜惰性的好方法，就是自个儿给自个儿下达任务，下死命令。

下晚自习的铃声响起，何平收拾好复习资料回到宿舍，他不经意翻看自己一年前做过的旧习题，赫然发现几道习题竟然同高考的题目属于同一类型，真是怪事情，当初自己怎么没有认真做这些题呢！细想起来，正是眼高手低的思路在作祟，对这些习题根本没有认真对待，最多只是一眼扫过，大概有个印象。原因何在？自己的惰性在作怪。

"由此可见，惰性实在可恶！"何平扪心自问，大多数同自己命运相同的人也有这样的体会，只是个人的感受不同而已。

"大处着手，小处着眼。"这句话的意思何平明白，别人未必知其真意。高难度的题目才值得动手，却往往是费尽九牛二虎之力，经过个把钟头的消磨，勉强拿下，得分无几，适得其反。简单题目，眼睛一瞥，寥寥几笔，就算了事。可是隔几天仔细重做一遍，互相比较一看，不觉傻了眼：有些忘了标记单

北岑山

我在高原

143

位,有些得出了非标准模型。直拍脑袋,连叫可惜。

"战胜自我,战胜惰性。"非一日之口头呐喊,从现在做起,坚持不断,并非难事。何平独自一人在夜深人静的操场上漫步,心灵又一次进行着深刻的反思。深邃的夜空中没有星光闪烁,厚厚的天幕上透不出一丝亮光,偶尔看见一个红点不断闪烁而过,他原以为天上出现异象,仔细一想,那红点一定是飞机的尾灯,晚上的航班又将在离家不远处的机场上降落。

夜空中突然一道亮光闪过,远处偶尔传来几声闷雷。"这个时候怎么还会打雷?"何平有些茫然。深秋时节,一般不会有雷雨天气出现,今天的天气还真有些反常。

这时候,何平忽然想起金鹏曾经给他们布置的一道作文题《昙花一现》。此时此景,何平顿时有了新的灵感,他快步回到宿舍,拿出纸笔写下心中的感悟:

我崇拜昙花

更赞赏闪电

昙花一现

绽放迷人的生命之花

把娇美艳丽的影子

映在你我心田

我赞赏闪电

只在生命的一瞬间

释放大量的热情

射出耀眼的光芒

把整个生命燃成一团烈火

送给你炽热的恋情

第十七章

　　下课铃声响起,同学们纷纷拥出学校大门,校园里顿时安静了许多。他们收拾好东西准备去国棉一厂职工食堂吃午饭,何平提议说:"哥儿几个,咱回周陵去转一转,咋样?"他约上东亭、大林等人一同回到周陵中学看一看。

　　他们一路上说说笑笑,推着自行车上了二道塬。塬上一派深秋萧疏的景象,麦田里的麦苗努力挺立着的尖尖,为秋日平添了几分绿意,天空中笼罩着一层薄薄的雾气,远处的村庄上空飘着阵阵炊烟。

　　他们找到了依然留在周陵中学补习的军红、卫斌等几个同学,大家一起在学校的学生食堂吃了一顿午饭。食堂前的大广场上,已经没有了往日热闹的景象,稀稀拉拉几个学生在窗口排队。食堂的午饭很是简单,无外乎大烩菜和热馒头。他们围在一起一边吃饭,一边交流最近的复习情况。

　　"饭吃饱了,咱们去陵上转一转。"吃完午饭后,大家一块儿爬上学校后面的周陵顶看风景。再次俯视着曾经熟悉的校园,何平的脑海中不由自主闪现出那个熟悉的影子,她现在又在哪所学校呢?

　　深秋的农场里也是一片萧疏的景象,果树的叶子早已枯黄,地上厚厚的落叶任凭风儿刮起,在空中打着旋儿四处飘落。天空中大雁排着"人"字形的队列飞过,预示着寒冷的冬季即将到来。领头的大雁不断发出鸣叫声,招呼着同伴们保持队形。

北蒙山 我在高原

这时候,何平突发奇想:人要是能长出一双翅膀,那该是多么美妙的事情,想到哪里去就飞到哪里。他的思绪仿佛跟着大雁飞向了远方。

大家回顾着曾经的美好时光,禁不住感慨万千。一些熟悉的老师离开学校;有些同学已经进入令人向往的大学校园深造;有些同学则在另一条道路上追寻着自己的理想家园;还有一些像他们这样的,抱着坚定的信念不撒手,费劲巴力也要闯过那独木桥。

"总说命运掌握在自己手中,可现实却是如此无情,大多数时候命运的航向并不是自己所能掌控的。"何平自言自语着,思绪不知道飘向何方。

日头渐渐西斜,深秋的阳光也没有了往日的激情。他们在周陵顶上抒发着各自的感想,畅谈着对于美好明天的渴望。未来的道路依然充满了未知,既然选择了这条路,看来只有坚定地走下去。

"一年不成,再来一年;两年不成,再来两年。"何平想起教英语的夏长河老师曾经给他讲过的一个故事。

有两位同学关系非常要好,而且来自同一个村子,他俩在周陵中学一起上了三年高中。高中毕业后,其中一位王同学经过一年补习后顺利考入省城的师范大学。而另一位李同学却是屡考屡败,更为严重的是李同学有严重的偏科现象,英语成绩每次都很差,不是十几分就是二三十分,这令李同学伤透了心,好几次都打算放弃参加高考。在省城上学的王同学不断地给李同学写信,鼓励他要有信心,不能轻言放弃。王同学大学毕业后恰好分配到周陵中学,这样,李同学脸上有些挂不住了,打算去别的学校补习。王同学硬是劝说李同学留下来,而且让李同学住到自己的宿舍,一有空就帮助他补习英语,就连日常的交流也试着用英语。功夫不负有心人,经过一年多的努力,李同学的英语成绩有了不小进步,终于顺利考上了大学。这个故事在校园里传了好久,他们一直被作为榜样来鼓励大家。

校园依旧秋意浓浓,曾经的美好记忆散落在满地的黄叶上。夏长河早已离开学校,这个校园里还能留下多少熟悉的身影?

趁着大家闲聊的空当,何平向军红悄悄打听小玉的情况。"我也好长时间没有看见小玉了,听说家里给她联系上了委培。"听到军红提供的这个信息,何平内心不免有些怅然若失。

补习班的课程一般安排两节课程连上，课间的休息时间老师也不愿意放过。"这堂课咱们不讲内容，分析一下模拟考试。"杨延煜给他们上了两节试题讲解课，主要是讲解上周物理模拟考试的情况。

"每一次考试都是对学习效果的检验。有些同学却是眼高手低，喜欢攻克难度较大的题目，对于基础知识和基本能力方面的考题敷衍了事，抓不住得分点。我要求这些同学下去认真复查自己的试卷，好好反思一下。"杨延煜特别指出个别同学总是粗心大意，不认真对待模拟考试，认为考好考坏都无关紧要。

"我再强调一下，做试题时一定要认真对待，尤其是遇到难度低的题目时要更加细心认真，能得的分一定不能轻易丢。认真两个字说起来容易，做起来并不容易，你们每个人都要牢记。"杨延煜的话点到了何平的痛处，作为一个老资格的补习生，他有时会自然而然流露出一些满不在乎的表情，这样下去很是危险。认真这两个字对于每个人来说都不是件小事情。

从上小学的时候起，老师就要求何平一定要认真读书、写字。如果课文没有读懂、记牢，立马打三下手板，或者站到教室后面罚站一节课。写字不工整，放学后在教室外的空地上罚练字，用干电池的黑色碳棒写上一百遍，写不完不准回家吃饭。常常有班干部或小组长在一旁监督，何平也不敢偷奸耍滑。

现在回想起来，何平感到确实有些可笑。可是他仔细一想，从小就开始学习如何做到"认真"，读了这么多年的书，是否真正理解了"认真"二字的含义呢？

所谓认真，就是要求做某件事情，必须全神贯注、一丝不苟，有高度的责任心和使命感。这话说起来似乎有些卖弄斯文，其意思说得通俗一些，就是把事情当回事。

认真二字，说起来容易，做起来可就不那么容易了。上课听讲要认真，这表明了对于老师劳动最起码的尊重。有些人，特别是一些所谓的"沙场老将"，却不以为然。反正老师讲的都听过，有些都听了好几遍了听烦了。于是乎，前后左右，窃窃私语，打发难熬的时间。试问一下，他们真的都掌握了老师所讲的内容吗？

由于不认真，学过的知识一知半解，遇到考题似曾相识，结果走马观花般

北斗山

我在高原

147

匆匆而过，手忙脚乱，顾头不顾尾，如何能记起"认真"二字？当然，"判官"有时候也来个不认真，以其人之道还治其人之身，结果是学生吃了哑巴亏，无处诉说。

由此可见，做事情最怕"认真"。办事认真，少出差错；学习认真，其功效非三言两语可以说得清楚。

"今天咱们来一次当堂训练，下课铃声一响，立马交作文。"上午的语文课堂上，金鹏老师布置了一个硬任务，要求每个人当堂完成一篇作文。何平在肚子里酝酿了一阵子，提起笔来，一气呵成。写完了仔细一看，他觉得有些脸红——字迹潦草，东倒西歪，好像喝醉了酒。如此文章，怎能博得"判官"好感？只怕是朱笔轻轻一划拉，被打个低分。由此看来，"认真"二字的确重要，谁又能保证事事做到认真？如果真能做到对每件事情都有一个认真的态度，恐怕世上没有成不了的事。

世上无难事，只要肯认真。

腊月里，义克让的豆腐坊比起平日里更加忙活。这段时间，义克让没有去公路养护段干活，集中精力收购了大量的黄豆，为过年时节的豆腐供应做好充分准备。

冬日的小院里一片萧疏的景象，花园里的花花草草已是枯叶满地，唯有那株仙人掌还顽强挺立在寒风中。何平回到家里，蒲焕群告诉他说家里正在准备为二弟订婚。何平一听愣了一下，不过很快就回过神来："是呀，不经意间二雄也长大了，该是谈论婚事的年纪了。"农村的男孩长到十八九岁，家里就开始张罗婚事了，发动七大姑八大姨等亲戚，多方打听合适的对象，总想结一门称心如意的好亲事。

二雄在纸箱厂干了一段时间，感觉没有学到多少有用的东西，于是又回到基建队，经过两年多的磨炼，现在也称得上一个小"匠人"。在农村人眼里，二雄也算是学到了一门吃饭的手艺。虽然这个手艺很是累人，但总比那些无一技之长的人要强一些。

义克让着急为二雄订婚这件事，令村里一些人感到不理解，有些相熟的人甚至打趣他："三哥，咱老大还没有媳妇呢，咋就着急给老二订婚？"

义克让并不理会别人的讥讽,而是自信地说道:"我家何平娃以后肯定端国家的铁饭碗,将来在城里找媳妇。"

义克让的这个举动在村里并不是什么新鲜事,村里也有不少这样的例子。农村的年轻人一般结婚都比较早,年龄大了反而不好找对象。按照义克让的年纪来说,有些同辈人早已经抱上孙子,当上爷爷了。

义克让开始筹划为二雄订婚,但他并没有考虑二雄的想法。在义克让看来,父母为儿女的婚事拿主意,这是天经地义的事情。何平虽然不知道二雄心中的真实想法,但是他隐约知道,二雄的初中女同学时不时到家里找二雄,但是义克让似乎并不认可那个女孩。

"咱这样的家境,不敢高攀人家。"义克让认为自家的条件差一些,高攀不起家境好的人家。在个人终身大事上,二雄只有默默接受现实,个人的命运往往并不由自己说了算。

二雄订婚一事还算是比较顺利。有几个条件不错的人家可以选择,义克让从中选了一个他认为合适的人家。

听说娘家侄子要订婚,义彩莲也赶回来帮忙张罗:"大哥,咱娃订婚这事也得按照礼数来,再简单也得摆几桌。"

义克让在家里摆了几桌酒席,邀请双方家里的一些长辈和媒人一起吃个饭,二雄的婚事就算是订下来了。

"掌柜的,咱现在就开始为娃做准备。等何平娃上学后,咱就给二雄结婚,你看咋样?"义克让抽着带把的金丝猴牌香烟,脸上露出自信的表情,用商量的语气对蒲焕群说道。

几天后,义克让向村里递交了一份材料,并交了一千八百元钱,为二雄申请了一块宅基地。在义克让看来,这也是自己必须完成的一桩重任。

义克让脸上洋溢着笑容,在家里忙进忙出,他对未来的美好生活充满了向往。何平感到了一种无形的压力,他必须狠下苦功夫完成自己的重任,他不能再次让父亲失望。

这个春节,在充满希望的祥和气氛中欢快度过。

大地悄悄脱下晦暗的冬衣,在不知不觉中换上色彩绚丽的春装。春天是

北耆山

我在高原

149

播种希望的时节,北莽塬上的土地再次敞开了她那宽广的胸怀,希望的种子吮吸着泥土中的营养,露头的嫩苗在悄悄地成长。

人民路两边的梨树繁花盛开,县城有名的梨香街再一次焕发出勃勃生机,引得众多市民前来观赏。雪白的梨花挂满枝头,嫩绿的树叶努力地从花朵丛中探出脑袋。成群的蜜蜂在树丛中上下翻飞,跳着欢快的"8"字舞,招呼着更多的同伴前来采蜜,又一个丰收时节仿佛就在不远的将来。

阳春三月的一天,忽然而至的西北风,带来了墨似的浓云,把还未站稳脚跟的春天赶跑了。

狂傲的冷风东西南北横扫了整整一天,尘土漫天,树枝乱晃。何平有些惊愕:现在不是春天吗?

突然有一两点水滴在他的脸上,那么清凉、温柔。难道是第一场春雨,滋润心田的春雨,他期待已久的春雨?何平沉浸在温柔的感觉中,不承想雨越下越大。他赶紧回到宿舍,探着头从窗口向外看着大街上匆匆的人流。

密密的雨丝在微弱的路灯光线照射下,似箭一般不断直射下来,完全没有了轻柔劲。雪花也偷偷地跟着飘然而至,落到楼上、树上、行人身上、地面上,随即消失,不留下丝毫踪迹。

雪花越来越大,漫天飞舞,盖住了雨的影子。那样轻柔,那样飘逸,一片片如鹅毛般乘风而至,随风飘动着。看着雪花美丽的身影,何平的思绪仿佛也在跟着飞舞。

清晨,何平走到大街上,领略春天里的银装素裹。大街上白茫茫一片,这是无数无私生命的奉献,不怕立刻消逝,不怕粉身碎骨,心中只有一个信念:把整个洁白无瑕的生命献给大地,献给勤劳勇敢的人们,给予他们希望的喜悦,给予他们久盼的润泽。这就是雪花的追求,执着的追求,最终完成生命的升华。

他不能只是赞叹雪花,自己也要像那勇敢可爱的精灵,在属于自己的季节里,尽情地爆发出长久积蓄的火一样的激情,绽放在七月炎夏。

他日激情尤可嘉,今日骑士不下鞍。

第十八章

校园里的大杨树上,鸟儿在卖力地叫着:"算黄算割,算黄算割。"又到了一年收割麦子的时节,何平想着该回家看看了。

北莽塬上一派农忙的景象,金色的麦浪里掩映着一个个忙碌的身影,道路上运送麦捆子的机动三轮车、拖拉机络绎不绝,场畔上堆起了一个个尖顶麦垛子。

何平骑着自行车一路疾行回到家里,却意外发现义克选一家人也在家里,家族里的几位长辈也在父母的房间里商量事情。二雄悄悄告诉他说:"哥,咱二大开手扶拖拉机去麦场的途中发生意外,铁蛋叔的孩子因为好奇扒拖拉机,大半个脸被剐伤了。"

大家都是乡里乡党,抓紧时间给娃看病是义不容辞的事情。义克选及时叫人一起送铁蛋的孩子去县城医院治疗,却因为赔偿问题发生了不小的冲突,铁蛋带上媳妇孩子一大家子直接住到义克选的家里。义克选一时没了主意,只好求助义克让出面解决:"哥,这个事情还得靠你出面。"

夜晚的小院里人出人进,几个不眠之夜熬红了义克让的双眼。两家一直谈不到一起,原本和睦的乡党顿时变成仇人。

听说娘家兄弟出了大事情,义彩莲也是匆匆赶回娘家来,她和义克让一起商量对策:"大哥,事情来了咱也不害怕,人家要去法院告咱也挡不住。这事情也得找找关系，明儿个咱就分头去县上。"

义克让为这件事已经到县城跑了好几个来回，找各方面的关系力图圆满解决。

"何平娃，这封信你给我念一下，看看上面说的是啥意思。"义克让从抽屉里拿出一封没有封口的信递给何平。何平接过来一看，抬头上写着：克让兄亲启。落款是弟廷旺拜上。

何平将信中文绉绉话语的意思简单说给义克让听。"啥？还要咱去省城给他娃整容？亏他想得出！"义克让的表情有些愤怒，狠狠地抽了几口旱烟，却呛得自己大声咳嗽。

何平看着父亲的额头又多了许多皱纹，脸上的气色晦暗得有些怕人，他的心中也有酸酸的感觉。父亲的确太不容易了，自个儿家庭的重担已经压垮了他高大的身躯，作为长兄，还得为兄弟们的事情来回奔波。

七月是一个收获的季节，一年一度的高考又在骄阳的炙烤下进行着。义克让和蒲焕群并没有来陪考，家里的一摊子麻烦事情还没有理清。等何平考完最后一门科目回到学校时，却惊讶地发现义克让和蒲焕群站在教工宿舍楼下焦急等待着他。

何平带着二老来到楼上租住的宿舍。"娃儿，考得咋样？今年有没有把握？"进了宿舍还没有落座，蒲焕群就着急地询问考试情况。得到何平充满自信的回答后，义克让的脸上也露出了笑容。

何平端详才发现，义克让脸上的气色很不好，两颊深陷了许多，两鬓又平添了许多白发。

"爸，你的脸色咋这么难看，是不是得啥病了？"何平惊疑不定地问道。

"唉，你爸这段时间老说身上没劲，小腿上一摁一个坑。我今儿个带你爸去二院看病，做了好几项检查，大夫说检查结果几天后才能出来。"蒲焕群的话语令何平有些吃惊。

"才一个多月的时间，我爸的身体怎会变得这么差？"刚才，就在义克让上楼的时候，何平已经看到他有些吃力。原本身体强健的父亲突然变得如此虚弱，何平心中升起一个大大的问号。

校园里的嘈杂声渐渐稀少,立平、心红、东亭等人也陆续来到宿舍,大家交谈着各自的考试情况,普遍感到今年的考题相对往年容易一些,应该能考个好成绩。

"娃们,今儿个也算是圆满结束了。叔请大家一块儿出去吃个饭。"义克让热情地邀请大家一块儿出去吃饭,但是每个人陆续都有家人前来探望,大家婉拒了义克让的好意。

"妈,天色不早了,你陪着我爸先回家吧,我估完分数再回去。"何平陪着义克让和蒲焕群去汽车站,等吃完饭后让他们坐班车回去。

义克让走到一家装修精美的清真饭馆前,他停下脚步看了看,对蒲焕群说道:"掌柜的,这家店看起来不错,今儿个咱进去吃饺子吧,也算是犒劳我娃。"

落座以后,义克让对服务员说:"伙计,羊肉饺子两份半斤,一份四两,都要酸汤的,做好后快点儿端上来。"义克让还想点几个凉菜,却被蒲焕群劝阻:"他爸,这里的饭菜贵得很,咱吃饺子就行,不要凉菜了。"

热腾腾的羊肉饺子端上桌,义克让夹起一个饺子吹了几下放进嘴里。"馅料不错,这味道正得很。"他赞不绝口,完全陷入了享受之中。

"好吃不过饺子。"对于普通的农家来说,能吃上一顿美味的肉馅饺子,也算是艰难生活中的一大享受。看着义克让吃饺子津津有味、满头大汗的样子,何平的眼睛甚至有些湿润。

夜晚的宿舍里大家异常激动,在一起讨论参考答案,各人估算每个科目的分数,每个人的心中似乎都充满了希望。

何平从班主任杨延煜那里领取了志愿表的样表。宿舍里一番忙碌的景象,地上散落着模拟题和复习资料。"这些破烂儿赶紧处理一下,说不定还能换几瓶啤酒钱。"他们收拾好行李,满怀信心地分头回家了。

何平刚一进家门,义克让就着急地问道:"何平娃,分数估得咋样?"

"500分出头,按照往年的分数线来看,上大专应该问题不大。"得到了何平肯定的回答,义克让的脸上泛起红光,仿佛看到希望即将变成现实。

何平征询高考志愿的填报,义克让摆手说:"志愿的事情,我和你妈也搞不明白,你还是自己拿主意吧!多和老师商量商量。"

北斗山

我在高原

酷暑的夜晚,何平坐在院里的小石桌边认真填写高考志愿的样表。

第三天,何平回到学校和杨延煜商议后,慎重地填涂正式志愿表。学校的这个做法一直沿用多年,先让大家在复印的草表上填报志愿,然后综合考虑多方面的因素,再组织大家统一填报正式志愿表,避免填报错误或者出现失误。

"何平娃,过几天我陪你去二院取你爸的检查结果,顺便找个熟人看一下。"义克荣打听到他的一位同学刚好在二院上班,准备带着何平一起去。

义克荣带着何平来到县城第二医院领取义克让的检查结果。何平看到检查报告单上的字迹简直像天书一样,特别是诊断结论用"Ca"来代替,何平一时不明所指。义克荣的同学在第二医院当护士,她拿着义克让的检查报告单看了一眼:"哎呀!情况很不好。我带你们到科室王主任那里,让他再好好看一下。"

消化内科的王主任仔细看了义克让的检查报告,他看了何平一眼,对义克荣说道:"这是孩子吧?让他到外面等一下。"何平狐疑地走到楼道,心中忐忑不安:"我爸到底得了啥病?为啥大夫还要我回避一下?"

不一会儿工夫,义克荣一脸凄苦地从王主任办公室走出来,拉着何平走到楼道拐角处,他突然蹲到地上,哽咽着对何平说:"何平娃,你爸这回得了瞎瞎病。大夫说已经到了晚期,没法治了。"说完后,义克荣失声痛哭起来。听到三大这话,何平感到脑袋里嗡的一声,顿时有些眩晕,他的泪水一下子涌了出来。

过了一阵子,义克荣擦了擦脸上的泪水,对何平说道:"何平娃,你爸这病治愈的可能性已经很小了,咱回去再商量。回家后,千万不要告诉你爸你妈,也不要告诉其他人。"

王主任给义克让开了一些简单的治疗药物,主要是帮助消化和利尿,还特别开了三个针剂。他叮嘱义克荣说:"这个针剂等到病人疼得不行的时候再用。"何平后来才知道,这个针剂叫哌替啶,是给晚期癌症病人用来止疼的。

即便何平没有告知父亲检查结果到底咋样,可是义克让得重病的消息还是在村子里慢慢传开了,时不时有人前来探望,义克让难免有些起疑心。

啥叫多事之秋,这段时间就是真实的写照,义克让的心中很是烦躁不安。给铁蛋娃治疗的事情还是一直没有得到圆满解决,铁蛋带着一家子人整天在义克选家里大闹,吃住也在义克选家里。这些事情搅和在一起,更加增添了义克让的烦恼。他拿出旱烟锅子准备抽一锅子烟,却被蒲焕群一把夺过去,说道:"他爸,大夫说了不让你吃烟。实在心烦了,你就闻一下烟味吧!"

高考成绩终于在月底公布,何平怀着激动的心情到学校领取成绩单,他拿到手里一看:503分。何平的成绩看起来还不错。但谁也没有料到,今年的最低控制线却比去年高出二十多分,他的希望又一次沉到谷底。

燎原的成绩过了二本线;立平的成绩过了大专线;心红、东亭、刚子、军红等人的成绩依然没有过线;大林的体育专业课成绩虽然已经过线,可是文化课成绩依然不够。

北门口的箸头面馆里,依然是人头攒动,他们围坐在一起交流了多半天,大多数人的心情还是非常沉重,何平也不由得流露出心中的烦恼,和大家诉说父亲的疾病给他带来的重压。

等到太阳落山时,何平才拖着沉重的脚步回到家里。义克让看了看何平的高考成绩单,一听说还是没有过线,不免发出沉重的哀叹声,强烈的失望再一次写在他那瘦削的脸庞上。何平也感到家里弥漫着沉重的气息。

这几天陆续有同学来家里串门,顺便也看望一下义克让。中午时分,刚子突然来到家里,何平很是惊讶。刚子的家在河南岸,他很少到北塬上来,对这里的村镇也不是很熟悉。

刚子说:"我从县城坐车到马庄镇,然后找开三轮摩托车拉人的打听你们村子,他带我一起过来的。"义克让知道何平和刚子的关系非常要好,便问道:"刚子,考不上学以后有啥打算?"

"我爸承包了单位的车跑运输,他说我如果考不上就去学开车,但是我还想继续考学。"何平知道刚子的性格比较执拗,他想好的事情,旁人很难劝说。

义克让让何平记下刚子的考号和成绩,说道:"过两天我到省城找关系,看看能不能帮你联系上委培的指标。"

刚子连忙道谢:"叔,不用麻烦你操心了,你的身体也不好,咋能让你来回奔波？我上学的事情，我爸正在找人想办法。"

听说何平的高考成绩差一点儿，义养民来到家里帮忙拿主意，他对义克让说道："我看还是让何平娃不要再去补习了，时间耽误不起。要不然找人想办法，上个委培或者自费吧！我回头也到县招办找人问一下。"

临走时，义养民从提包里拿出笔记本，抄下了何平的准考证号码和成绩。义养民是镇上有名的乡镇企业家，在县上也认得一些人。他能来家里看望义克让，更多的是出于乡邻间的关心。能不能托人搞到上学的指标，义克让也没有抱太大的希望。

义克让想了好几天，打算带何平一起去省城找义明育帮忙。

义明育看了何平的成绩单，又听义克让讲明来意，沉思了一会儿，说道："老三，叔给你说实话，咱娃的分数离大专线还差二十来分，正常录取办起来难度太大。即便分数够了委培的线，可是你到哪里找委培单位签协议？而且还得给交一大笔委培费。娃的分数上自费倒是难度不大，可是四年下来也得花不少钱，你好好考虑一下。"

义克让一时半会儿想不出什么主意，只是恳求义明育帮忙想办法。同时，义克让也把刚子的情况告诉义明育，请他帮忙解决一下。"老三，难得你一片好心，咱自己娃的上学问题还没解决，你还有精力帮别人？这事我给留个心，有了准信立马托人给你带话。"义明育一时无法拒绝义克让的请求，只好先应承下来。

临走时，义克让执意给义明育留下两千元钱，诚恳地说道："叔，现在办事情都比较难，这点儿钱你就留下请人吃饭或者给办事的人买些东西。城里的礼数我也不太懂，还是靠我叔多费心。"义明育要留父子二人吃午饭，义克让推托说还有其他事情要办理。

义明育送二人到家属院门口，叮嘱义克让说："老三，娃上学的事情我尽量想办法，你也不要太操心。我看你的气色很不好，人也瘦了不少，是不是身体有啥病？还是尽快到医院看看吧！"

"叔，没事。可能是这段时间家里事情太多了，有些劳累人。"义克让平静地回答说。

父子二人乘车回家,一路无话。

义克让病倒了,躺在炕上起不来,蒲焕群一下子慌了神。义彩莲得到消息后,也匆匆从她们县城倒了几趟车赶到家里。

"咱哥的病情看来是瞒不住了,咱们还是给大嫂说明吧!"义彩莲和义克选、义克荣商议后,决定实话实说。

蒲焕群听了以后,突然感到家里的顶梁柱要倒下了。"这可咋办呀?我一个外乡人,娘家又离得远,帮不上忙,我找谁拿主意?"蒲焕群对于这突如其来的打击,痛苦不已。

家族里义成全、义诚意等长辈陆续来到何平家里,他们看到义克让的境况后都是伤心不已。"老三咋会病成这样?身体一直好好的,咋说倒就倒了?"大家一起商量后,决定还是给义克让找中医治疗。

第二天中午,何平惊奇地看到义克孝来到家里,他迟疑了一会儿招呼道:"二伯,你来了。"

义克让躺在炕上,伸出无力的手拉着义克孝的手,多年不相来往的老哥俩,今天却是两只手紧紧握在一起,义克让流下了眼泪:"二哥,你也来看我了。我这回怕是迈不过这个坎了。"

"胡说啥呢?你才多大年纪。你这病不要紧,我给你想办法开些药方,咱能治好。"义克孝传承了家族里传下来的医术,也是方圆几十里很有名气的中医。

义克孝给义克让号了脉,又仔细检查了他隆起的腹部和浮肿的双腿,然后又安慰他好好养病。

义克孝走到房门外,脸色凝重对蒲焕群说道:"老三的病很严重,我只能下一些重药对付一下,估计效果也不大。县城的医院也不用去了,去了也是白花钱。下午让娃到我那里抓药。"

义克孝的话语令何平顿时陷入悲伤之中:父亲的病连二伯这个名医都束手无策,难道父亲这次真的挺不过去了吗?

村里的一些乡邻得到消息后,陆续来家里看望义克让,大家看到他的凄凉光景,不免悲伤一番。

早饭后,大婆被人搀扶着来到家里,何平赶紧迎上前去。大婆是个小脚,已经七十多岁的人了,走不动路,却执意要来看望义克让,家里人只好用架子车推着她来。

她看到义克让后就忍不住老泪纵横:"老三,你咋病成这样子? 我这一把老骨头还活得好好的,你年纪轻轻的咋就倒下了?"

大婆是家族里的长房,从年轻时便一直守寡,可身体一直很硬朗,精神气色也不错。她能主动来看望义克让,使得义克让渐渐明白自己快走到生命的尽头了。

义克让开始不思饮食,饭量越来越小,喝下去的中药汤剂有几次都喷了出来。他经常在半夜时分疼得大声喊叫,即便是打了止疼针,也坚持不了多长时间。

义彩莲看到这个情形,心里非常难过。她对何平说:"何平娃,你到国棉一厂职工医院找一下王大夫。他是我的一个熟人,看他能不能给你爸开几支哌替啶。"

王大夫听何平说明来意,他有些为难地说道:"何平娃,这哌替啶是管制类药品,没有主治大夫的处方,根本拿不出来。这样吧,我给你想别的法子。"

王大夫从药品柜里找到了一个玻璃瓶,从里面倒出来一些白色的药片,仔细数了数,装进一个白色的纸袋里,并在上面写上三个字:止疼药。他对何平说:"这是一些利尿剂,也可以缓解疼痛,等你爸疼得不行的时候再吃,每次只能吃一片,吃多了容易上瘾。"

何平沿着国棉一厂生产区的围墙,推着自行车慢慢溜达,听到有人叫自己的名字。他回头一看,原来是黑蛋和村里一帮人在这里拆旧房子。

黑蛋也知道了何平家里的事情,他关切地问道:"何平,你爸的病情是不是很严重? 这事情你也要想开一些,得病的事情谁也替不了。听说今年的成绩还不错,再努力一年吧,我看明年会有希望。"何平很是感激小伙伴的关心和鼓励,他也不想让父亲永远看不到希望。

大门前的泡桐树下没有了往日的热闹,绿油油的树叶子渐渐泛黄。眼看着快到开学的时间,义克让依然牵挂着何平上学的事情,他又催促义克荣去省城看看。

义明育对义克荣说："上自费倒是有机会，这得花一大笔钱，况且你哥治病也得花不少钱。"他建议说："还是让何平娃继续补习吧，我给找个熟人帮忙解决这事。"义克荣从省城回来，带回来义明育的一封亲笔信和剩余的一千多元钱。

义明育建议何平换个学校，新的环境也许对他的补习有帮助。他又给县城二中的杨渊校长写了一封信，请杨校长帮忙减免一些学杂费。

街坊四邻也纷纷出主意，劝说义克选、义克荣、义彩莲等人一起为何平凑些学费去上自费，也算是了却义克让的一桩心愿。

夜晚的小院里并不平静。各家有各家的难处，谁也拿不出正主意，最后还是征询义克让的意见。义克让把何平叫到跟前，对他说道："何平娃，还是继续补习吧！眼看着就要开学了，你赶紧去学校报名，家里的事情不用你操心。"

大家商量以后，决定按照义克让的意思办。义克荣带着何平来到二中找到杨校长，他看了义明育的信后，对义克荣说道："既然老同学开口求我，娃的事情我一定给办好。学费的事情不用家里操心，我写个条子，拿着高考成绩单到教导处李老师那里登记一下，开学的时候直接报到就行了。"

后来一打听，何平才知道，各个学校为了招到高分的补习生源，都有相关的一些优惠条件，高考成绩在500分以上的补习生，各个学校基本都会免除学杂费。

换了一个补习的新环境，何平的心情缓和了一些，因为他最怕老同学惊疑的目光："咋还在补习，今年又没走人？"

开学一周后，何平也逐渐了解到其他同学的一些信息。燎原被省城的石油学院录取；宏扬上了西工大的大专；巧宁竟然考上了西北大学；卫夏也考上了西北农学院，就是学校的地方有点儿偏；立平则被省城的商贸学校录取；刚子争取到了省城纺织学院的委培；宇川也通过关系争取到了县城师范学校的委培指标。心红则转到八厂子校继续补习，军红继续留在周陵坚守，大林去了渭河南岸的三中补习，东亭也来到二中和何平一起重新开始补习生活。他们每个人又开始了新的征程。

北莽塬上秋天的夜晚很是宁静，圆圆的月亮升上了树梢。阿黄趴在门道里，听到大门口的陌生脚步声，偶尔也会吠叫几声。农历八月十五快要到了，

北莽山　我在高原

义克让却要去看望自己的老舅。何平也顿时明白了父亲的心意,他想在生命最后的时刻去看望一下自己的亲人。

俗话说得好:见舅如见娘。义克让看到老舅,泪流满面:"舅,我来看你了,这可能是最后一次了。"老舅听了这话,顿时老泪纵横:"让娃子,你老舅我还活得好好的,你咋就一下子病成这样子? 你这病我听说现在也不难治,咱慢慢治。"老舅不住地安慰义克让,其实他老人家心里何尝不明白,这也许是甥舅的最后一次见面。

八月十五是个团圆的日子。义克让对蒲焕群说:"掌柜的,你叫人到集上割二斤肉,我想吃肉臊子拌面。"

蒲焕群将一碗香喷喷的肉臊子拌面端到义克让跟前,他只是眼睛盯着看了一会儿,用力吸了几下香气,却没有吃一口。他平静地对蒲焕群说:"掌柜的,你把这碗肉臊子拌面端下去,让娃们吃吧,也算是过节了。"

义克让已经没有胃口,何平也没有胃口,一家人都没有什么胃口。一碗香喷喷的肉臊子拌面,一直摆放在桌子上,谁都没有心思去尝一口。

第十九章

九月的连阴雨一直下个不停,虽然北莽塬上每年这个时节都会下霖雨,但是今年的霖雨时间却有些长,街道上泥泞不堪,空气中也透着浓重的霉味。

田野里的秋庄稼已经收割完毕,冬小麦和油菜因为充足雨水的滋润,长势非常旺盛。北莽山清俊的身影在浓厚的雨雾中若隐若现,山脚下村子里炊烟升起的时候,山上便笼罩着一层雾气,越发透着神秘的气息。

"李老师,我爸最近病重了,我想请几天假。"何平向班主任李慧敏请假,准备回家照顾义克让一段时间,他想在父亲最后的生命时光里尽一份孝心。

看到何平从学校回来,义克让却不住地埋怨他:"何平娃,学习一定不能耽搁,家里的事情你也帮不上啥忙,过几天还是回学校去吧!"

原本身材魁梧的义克让由于疾病的折磨,瘦弱得只剩下一副骨架子,连上茅房都要别人搀扶,两只眼睛已经失去了往日的光泽,脸色蜡黄得吓人,身上也散发出浓重的中药味道。

屋檐下的雨滴声稀稀拉拉,一整天的时间,义克让躺在炕上不说一句话,也不想见任何人。蒲焕群慌了神,她对二雄说:"去把你二大、三大叫到家里,就说有事情要商量。"

义克选、义克荣等人来到家里,家族中一些长辈也闻讯陆续来到家里,大家商议赶紧为义克让准备后事。蒲焕群看见大家来到家里，一时忍不住大哭起来。义诚意赶紧劝说她："老三媳妇，你一定要挺住，这个时候可不能乱了方寸，你光知道哭，娃们可咋办？"义诚意给大家做了简单的分工，各人分头准备事项。

雨夜的小院里灯火通明，不时有人进进出出。半夜时分，义克让突然对蒲焕群说："掌柜的，我想吃面。你给我做一碗油泼面，油泼辣子多放一些。"一会儿的工夫，冒着辣子香气的一大碗面条端上来，义克让用力捏着筷子吃了几口，脸上露出了满意的笑容。

义克让把二雄叫到跟前，卸下手腕上的上海牌手表，递给他说："雄娃，爸这回可能过不去这个坎了。爸也没有什么值钱的东西给你，这块手表留给你做个念想。你要和你妈把这个家支撑起来，好好支持你大哥考学，照顾好弟弟妹妹。"义克让的这块手表是别人戴过的，这是他在砖厂干活时因为一句玩笑话，用一个月的工钱换来了这块上海牌手表，他一直很是珍爱。

看到这场景，何平感到心中如刀割一般，这也许是父亲的临终嘱托。可是，义克让始终没有给何平留下什么话语，也许他认为何平一定会牢记自己的谆谆教诲。

义克让用眼睛看了看每个人，又把三强叫到跟前，摸了摸他的头。义克让的手臂慢慢垂了下来，双眼也缓缓地闭上。何平忍不住大声哭了起来，等在房门外的人一听赶紧拥了进来，义克孝将一枚系着红绳的铜钱塞进义克让的嘴里，然后将一张麻纸盖到他的脸上。何平看到麻纸竟然慢慢浸湿了，那是义克让的泪水流了出来。他看了看墙上的挂历，永远记住了这一天：农历九月初九。

第二天一大早，家里搭起了孝棚，何平和弟妹们都换上了孝服，执事人指派传信人骑着车子，分别到家族里五服内的亲戚家中报丧。

下午时分，前来吊丧的亲友陆续到灵堂前行礼，男丁要上香、磕头，然后头上缠上白孝布；女眷则要在灵堂前哭灵，然后头上戴上白布纱巾。义克孝和家族里的几位长辈带着何平来到村北的公墓地为义克让选墓址，他在地里转了几圈，然后指着一块地方说："老三的墓就选在这里吧，上首是我七姨的墓,他们娘儿俩也好做个伴。"

义克孝是个乡村中医,对于风水也比较在行。义克让的墓址选在何平奶奶墓址的下首,沿着西北东南走向,是一个所谓好风水的地方,义克孝谓之:头枕北山,脚蹬渭水。他用白石灰画好线,安排人开始为义克让开挖墓穴,修造墓室。

义克让的丧事由家族里的几位长辈定下基调,拟定好送葬的日子,然后在家里的院墙上贴上白讣告,上面载明义克让的生平、发丧的日子以及头七一直到七七的日子,全部采用农历表述时间,以便所有的亲戚和家属知晓。

大狼狗阿黄这几天一直趴在停放棺材的角落里,一副无精打采的样子,看着让人心酸。不时有人前来家里吊丧,除了家族中各门户的亲戚,还有周边村子义克让的一些故交和好友。蒲焕群的几位好姐妹刘桂珍、王明秀、张爱琴也来看望她,大家安慰她,鼓励她一定要挺住。家里一下子没了顶梁柱,蒲焕群不住地哀叹自己命苦,这个时候一个娘家人都没有来帮忙。

虽然何平已经到镇上给舅舅家拍了电报,可是路途遥远,舅家人一直没有来。在这样的境况下竟然没有娘家人前来,蒲焕群为此很是伤心。

这几天,何平和弟妹轮流为父亲守灵,别的事情他们也插不上手,全凭几位长辈操办。蒲焕群整日以泪洗面,大家在唏嘘义克让可怜一生的同时,更是哀叹蒲焕群的不幸。这么大一家子人,四张嘴都要靠她一人操持,蒲焕群身上的担子不轻啊!

送葬的前一夜,家里为义克让的丧事安排放映一场电影。大雨一直下个不停,看电影的人也是稀稀拉拉,放映员还得坚持进行下去,这也是北莽塬上过白事的惯例。

大门口的孝棚下,灵堂前的器乐声呜咽悠长。按照村子里的习俗,家里又请了四名乐人唱堂会——秦腔,大家知道义克让生前一直喜好秦腔,是个喜爱热闹的人。唱秦腔的是村子里的自乐班,四个人都与义克让有些交情,坚持不要一分钱:"要啥钱呢!三哥喜欢听秦腔,我们就给他多唱上几段。"

半夜时分,人们陆续回家休息。何平跪在义克让的灵堂前,泪水一直流淌着,眼睛看着父亲的遗像,他的心中涌起更多酸楚,禁不住号啕大哭起来。

他恨自己的无能,让父亲带着遗憾离去,实在是最大的不孝啊!

义克孝前来劝阻他:"何平娃,不要再哭了。你这一哭,你妈心里不好受,其他人的心里也不好受。你爸的丧事准备得也不差,不要难过了,好好休息一下,明儿个咱还有正事呢!"

雨慢慢地停了下来。天麻麻亮的时分,天空上的浓云也逐渐散去,一抹霞光在天边悄悄闪现,久违的太阳也慢慢升了上来,今天终于盼到了好天气。

在执事人安排下,孝子和亲友在村子的主要街道和路口"转饭""迎礼",整个仪程结束后,大家匆匆吃完"豆腐饭",准备送埋事宜。长长的送埋队伍排在泥泞的街道上,执事人大喊一声:"放炮,起灵!"大门口顿时哭声一片。

何平怀抱着义克让的遗像,打着招魂幡,由张建设挽扶着走在队伍的最前面。张建设是义克让的表哥,也算是舅家的亲戚代表,他不时叮嘱何平注意一些仪程细节。

二雄手抱着糊着白纸的孝盆紧跟在后面,义克孝则在一旁挽扶。其后,按照长幼次序排列着家族里的男女孝子,男孝子全部头戴孝帽,双手各持一根糊着白纸的柳木孝棍,身披孝服,腰系麻绳。孝服的胸前、身后分别写上感念义克让的文字,内容按照与义克让的亲属称谓书写,一般只有八个字,胸前四个,身后四个。虽然字数少,但是意思却很深奥。

女孝子头戴白布纱巾,身着孝服,排在男孝子的后面。义克让同一辈五服之内的兄弟,则头缠白布,和各家的亲戚排在最后,各人手里拿着纸人、纸马、纸花或者手捧着各色供饭盘子。送埋的男孝子手挽着白布,牵引着灵车缓缓前行。

村子里的锣鼓队也来为义克让送行。按照村里的老讲究,只有高寿之人送埋,锣鼓队才会前来助兴,预示着人生圆满,得道升天。义克让仅仅是半百之人,能够享受这样的高规格礼遇,实在是大家的一片心意。

街道两边站满了为义克让送行的乡邻,大家相互议论着他艰辛而又短暂的一生,感念着义克让的善行,难免要感叹一番:"老三是好人啊!咋就这么命苦?留下这一大家子人,往后的日子难熬啊!"

震天的锣鼓声直冲云霄,抒发着北莽塬上人们的豪气。二雄在村口摔碎了手中的孝盆,四个乐人开始吹奏,唢呐的声音悠长,仿佛在诉说着一位普通农家汉子平凡而又短暂的一生。白色的纸钱在空中飞舞着,招魂幡随风飘动,带领着长长的队伍前往墓地。送埋的街坊邻居则肩扛铁锨跟在灵车的后面,各家准备去给义克让的坟墓培一铁锨黄土,也算是送他最后一程。

送埋的队伍到了墓地,二雄在义克孝的指导下,下到墓室里进行打扫。大家帮忙安置好纸扎的童男童女泥人,分为男左女右排列,墓室里再放置一些义克让生前用过的物件。等把棺材放进墓室里,然后用砖块封好墓门。

突然,二雄跪在墓道里放声大哭,众人赶紧把他拽上来,害怕他出意外。他坐在地上哭诉:"爸呀,都是我不听话,老是和你置气,把你气得得了瞎瞎病……"

义诚意不免要训斥他一番:"这瓜娃,你可不敢胡来。你爸是得了瞎瞎病,没有人埋怨你,你可不要想不开。"大家也知道,二雄从小就很淘气,没少让义克让费神。义克让也确实为一些事情和二雄生过闷气。

"来几个人把娃看住,不敢让他胡来。"义成全指派几个人看住二雄,不让他靠近墓室。

前来送埋的乡邻们抄起手中的铁锨填土,不一会儿就垒起一个坟头,所有的孝子也要为义克让的坟头培上一锨黄土。公墓地里一座新坟堆了起来,北莽塬上的汉子回到了生养他的黄土地里。

北莽塬的土地上收纳了一个亡灵,何平从此与父亲阴阳两隔。亲人们的哭诉声飘向遥远的天空,那是唱给义克让最后的挽歌。

秋日的阳光是温暖的,连续多日的阴冷天气被赶走,秋风吹起一股青烟,卷起一些纸钱向远方飘去。雨后的北莽山更加俊秀,山上的树木已挂上片片黄叶,在这深秋的季节,一个生命最终回归到这里。

头七的日子,何平带着二雄、英子和三强一起去坟地里祭奠义克让,摆上果品、点心等供品,点上蜡烛和香。二雄又特意点燃了三根金丝猴牌过滤嘴香烟,插在义克让的坟头。他们烧了些麻纸和纸钱,每个人难免要哭诉一番。离开墓地准备回家时，何平对弟妹们说："你们先回家，我想一个人在这和咱爸说一会儿话。"

何平一个人跪在义克让的坟前，许多往事在脑海中浮现，他禁不住放声大哭起来。

第二十章

"何平,你得从悲痛中振作起来,好好学习。有什么困难只管提出来,学校和我一定会尽最大努力帮助你。"李慧敏安慰和鼓励他,她那女性特有的温柔和关爱令何平的心中涌起一股暖流。

何平逐渐调整自己的心态。吃过午饭后,他搬凳子坐在教室外面的台阶上,和同学们一起谈天论地,尽量纾解悲伤的心情。深秋的阳光照在身上,暖流慢慢地流淌他的全身。

"我得振作起来,不能沉沦下去。"何平不止一次在心中默默鼓励自己。他知道,自己最大、最坚强的支柱已经没有了,母亲那瘦弱的肩膀还得扛起全家人生活的重担,他必须做出表率,给母亲一个坚定的信心,不能让她看不到希望。

"何平,有你一封信,是从省城寄来的。"何平接过班长递过来的信件,打开一看,原来是刚子写来的。刚子在信中描述了大学校园的美好生活,同时更多的是鼓励何平振作起来,字里行间透着兄弟般的情谊。

何平一个人来到操场上漫步,再一次进行心灵的反思:我得重整旗鼓,勇敢地扛起肩上的责任和重担,我要给弟妹们做出榜样,我是一个男子汉,我的心中充满了昂扬斗志。

何平想起了曾在《读者文摘》上看到的一篇文章,那是一篇为斗士而呐喊的宣言。在夜深人静的时分，他用心写下了自己心中的宣言。

何平的学习和生活逐渐转入正轨。在这个县城最负盛名的校园里，何平又结识了良愿、超良等好朋友，课间休息和饭后，甚至熄灯前的"卧谈会"，他们一起讨论各科的复习情况，谈论国家最近发生的大事，议论男女同学间的逸闻趣事。大家相互辩论起来，没有人能抵挡何平的多向思维和语速。他也逐渐成为大家关注的一个焦点。于是乎，何平赢得了一个"会长"的称号。

李慧敏走进了教室，对着一片嘈杂声说道："同学们，大家安静一下，我宣布一下学校的放假决定。"原本盼着放寒假早点儿回家，毕业班却又安排了一周时间补课，失望的表情写在每个人的脸上。

何平回到家里，发现家里一片冷清，豆腐坊的生意因为义克让的离世停了下来，蒲焕群一个人实在无法支撑起来。

假期里，偶尔也有同学来何平家串门，已经上大学的同学带着大学校园美好生活的喜悦，勾起他无限的向往和憧憬。还在继续补习的同学则相互鼓劲，相约在下一个七月里携手闯过独木桥。他也从同学那里打听到了消息：小玉在省城的一所学校上学。

过年时节，家里却没有了往年的热闹情形，亲戚们来家里除了安慰蒲焕群，就是鼓励何平好好努力，不能再一次让全家人失望。

过了正月十五，就是开学报到的日子，蒲焕群的情绪却很低沉。吃过午饭，她把何平叫到一边单独说话："娃儿，我想了好几天，实在不知道如何说起。这学期你就不要去学校了，家里实在是太难。我看你考学的希望也不大，还是回家务农吧！"

听到蒲焕群这番话，何平顿时感到陷入一片冰冷之中。"难道母亲对我完全失去信心了吗？"

他泪流满面地对蒲焕群说："妈，我还想去考学，我相信自己一定能考上。如果考不上，我还有啥指望？"蒲焕群一时无语，母子二人抱头痛哭起来，惹得二雄、英子、三强也跟着伤心落泪。

何平坚持要去补习。一连几天，他把自己关在屋里，心情也坏到了极点。义廷盈前来劝说蒲焕群："三嫂，还是给娃一次机会吧，娃已经奔到半坡了,今年再努力一把,或许能有个好结果。"

蒲焕群最终同意何平继续补习。何平在心中告诫自己:一定要用实际行动让母亲放心。

何平去找找东亭、心红等人诉说自己的苦恼。心红劝说何平换一个学校补习:"还是换一个环境能好一点的,实在不行我帮你联系八厂的子校,你看咋样?"心红就在八厂子弟学校补习,这所厂办学校的理科补习班小有名气,生源基本上是高分的落榜生,教师队伍也不错,许多老师是教学能手,有几位还是县(区)的学科组长。从上一个学期的情况来看,何平的成绩提高幅度并不大,难免让人感到有些失望,换一所学校补习,也许会有一定的进步。

何平在心红的带领下找到严校长。严校长看了他的高考成绩单,然后又问了一些家庭情况,他说道:"按照学校的政策,你来我们这里补习免收学费。考虑到你家里的困难,其他杂费就交一半吧,我也好给学校有个说法。"

当何平将自己的决定告诉李慧敏时,她有些惋惜:"何平,我本想把你好好培养一下,在我手里把你送入大学的校门,看来这个愿望要落空了。如果换个学校对你有帮助,我也不拦你。"何平的心中涌起一股说不出的滋味。

何平又一次选择了一个全新的学习环境,新的环境也给他带来更多的压力。八厂子校的补习班里大多是本厂子弟和县城的学生,来自农村的学生只有心红、仁伟、小权等几人。班里每个人的成绩都不错,无形中给何平带来很大的压力。何平得鼓足干劲,和他们一比高低。

"前进的号角已经吹响,我心依旧,向着既定的目标进发。"何平在心中为自己鼓劲。

春光明媚,晴空万里的一天,何平站在家乡的黄土坡上,看着绿色的麦田被金黄色油菜花组成的线框勾勒出绚丽的生命画卷。他看见了希望在绿色的麦田里悄悄成长,力量在绿色的影子里慢慢聚集。他看见了春天依旧是那么热情,那样亲切,那样对他微笑。何平从她那充满爱意的眼神里,读懂了她的心。

远方朋友的一封意想不到的来信,使何平的眼泪悄悄地涌出来,把一句句滚烫的话语融化,让它们化作激情流入干涸的心田。那是心灵的真挚表白,所有的句子所有的字,浸透着友谊,所有的句子连成线,把两颗火热的心连起来。从另一颗心的独白里,他读懂了自己的责任——实现自我,奉献自我。他更读懂了更大的希望。

金黄色的花儿在春风里轻轻摇曳,依旧那样对他微笑,激励他在属于自己的季节里,尽情地绽放生命的色彩。

"我心依旧,依旧要绽开那最美丽的花朵。"何平在心中默默许愿,他要用现在更多的汗水、更多的心血,为生命之花渲染更加绚丽的色彩。

何平又开始了新的征程。每天早上天麻麻亮,他就抓紧时间去公共卫生间洗漱,然后从西兰路上的农机修造厂家属院出发,骑着自行车匆匆赶到学校,在大门口买一点早点充个饥。中午吃完饭,何平就在教室里休息,两条长凳子拼起来就是他的床;下了晚自习,再骑车子赶回去睡觉。八厂子校没有学生宿舍,何平只好硬着头皮借住在义承学家里,每天早出晚归,风雨无阻。每天他都在想:这也许算是生活的一种磨砺吧!

星期五开完班会,班主任邹淑芬叫何平去她办公室一趟。他的心中存了很大疑问:"难道我有了什么麻烦事?"

"来,坐下吧。今天找你来主要是了解一下个人的组织情况。"邹淑芬和蔼的态度打消了何平的疑虑。原来学校在整理何平的档案时,发现他还没有团组织关系。

"邹老师,我还不是团员,一直没有机会加入团组织。"何平实事求是地回答。

"这可不行。眼看着就要进入大学学习,入团问题咋能不解决? 下星期一就把入团申请书交上来,这也是一项任务。"邹淑芬的语气非常肯定,好像何平考上大学是顺理成章的事情。

走出邹淑芬的办公室,何平在心中自问:"难道我在老师眼里还是一个后进青年? 为什么我一直没有加入团组织的机会?"

何平找到班上的团支书要了一份入团申请书的样本,认真写下了一个热血青年强烈加入组织的愿望。他感觉自己好像在完成一项伟大的历史使命,心中充满了无限虔诚。

一切都按程序进行着,由邹淑芬组织班干部,对何平的入团申请进行了讨论,大家举手表决一致通过。

这是一个阳光明媚的下午,学校安排在操场上举行了庄严的入团仪式,严校长带领他们一起宣读誓词。何平站在鲜红的团旗下,心中充满了激动,对于组织的渴望今天终于变成了现实。何平的心灵得到了一次升华,他要努力成为一个有所作为的时代青年。

"我必须加倍努力,认真完成自己的使命。"何平在心中对自己说。

在六月的阳光下,一群热血青年在大声地庄严承诺:为了我们神圣的使命和精神追求而奋斗终生。

收割麦子的时节到了。中午刚一放学,何平便骑着自行车赶回家里。蒲焕群虽然希望何平把精力放在复习备考上,可是家里的农活确实忙不过来,尤其是在龙口夺食的节骨眼儿,各家各户都很忙,没有多余的劳力帮助别人。

"今年的麦子长势非常好,这要归功于老天爷帮大忙,雨水充足,而且小麦灌浆的时节没有往年的大风,真是个好年景。"蒲焕群对于今年的好收成充满了希望。家里的劳力实在有限,蒲焕群只好请了四个北山来的麦客帮忙割麦子。讲好价钱后,一个领头模样的汉子用步子丈量了一下田亩,然后说道:"亩数没有啥问题,今黑前就能把这片地割完。"

蒲焕群安排何平给麦客们送茶水和饭食。何平发现,这些麦客虽然看起来很是精瘦,可是饭量很惊人。一个人吃五六个白面大馒头不在话下。月亮升起的时分,一大片麦子终于收割完毕。蒲焕群给麦客结算了工钱,并招待他们一顿晚饭:酸汤臊子面和锅盔夹辣子。

趁着夜晚天气凉快,别人家都在休息的时候,蒲焕群安排何平和二雄借来一辆手扶拖拉机。母子三人前往地里拉运收割好的麦捆子,一直忙到后半夜鸡叫三遍,终于把躺在地里的麦捆子全部运到打麦场,垒起了小山一样的麦垛子。蒲焕群早已是汗流满面,累得全身散了架,当她看到麦场上小山似的麦垛子时,不禁流露出丰收的喜悦。

在这夏收夏种的时节里,蒲焕群由于操劳过度而显得越发黑瘦。早上天麻麻亮,她就起床,收拾完院子,又开始做早饭,然后安排当天的农活:收割麦子,安排碾场,播种秋粮。

蒲焕群整天在田间地头忙碌着,脚趾也磨破了好几个,鞋子被麦茬磨破了也没有时间缝补。

吃完中午饭休息的时候,蒲焕群找来一些医用胶布,把磨破的脚趾简单包扎一下。何平看到这一幕,感到自己的眼角有些湿润。蒲焕群的确太不容易,这么一大家子的生活都要靠她那瘦弱的肩膀来支撑。丈夫去世还不到一年的光景,她头上的白发又多了许多。

连日的劳作,何平感到自己的身体快要散架了。天微明,他还在睡梦中,隐约听到蒲焕群喊他和二雄起床:"赶紧起来吧!起风了,咱们收拾好家伙什一会儿去扬场。"在这龙口夺食的时节,各家各户都很忙,蒲焕群也不愿意麻烦别家的人来帮忙。

何平和二雄迷迷糊糊爬了起来。蒲焕群简单做了一点儿早饭,哥俩填饱肚子后,扛着工具跟着蒲焕群来到麦场。麦场上还没有人影,一切还在寂静之中。蒲焕群让二雄看着风头扬场,她站在下风头清扫麦糠,何平则在一边把扬出来的麦粒堆在一起。

黎明的北莽塬上不时刮来一阵大风,麦秸草和麦糠被大风迅速吹走,麦粒像雨点一样落了下来,不一会儿就堆成一个小麦堆。

太阳升到一竿子高的时候,麦场上的人也多了起来,大家抓紧时间扬场、晒场、晾晒麦子。麦场上的大风渐渐没了踪影,他们的工作终于完成了,一大堆麦粒堆在麦场上,蒲焕群估计了一下:"有五千斤吧!看来今年是一个丰收年。今天这才是第一场麦子,如果所有的麦子碾场完毕,得有万斤左右。"何平的心中也升起一股喜悦。

"马上就要高考,学校决定放假三天,大家利用这几天好好调整一下。顺便去考场看看,熟悉一下环境。"班主任邹淑芬公布了今年的考场安排,叮嘱了大家一些考前注意事项。

八厂子校的学生全部安排在彩虹厂子校考试,距离何平住的地方还真有些远。义承学的家就在西兰公路边上,经常有过境的大车经过,一天到晚很是嘈杂。义承学原本想在高考这几天为何平准备一个安静的环境,可是家里的房子实在不宽裕,没有办法调整。

二雄听说何平今年在彩虹厂子校参加考试，突然想到村里的一个同学在彩虹厂职工医院上班，于是找他帮忙解决一下住宿问题。

吃晚饭的时候，二雄高兴地对何平说："哥，住的地方我找人联系好了，就在彩虹厂医院的值班室。虽然住的条件有些简陋，毕竟还是离考场近，方便一些。"

考试前一天，何平听说义克荣要陪他去考试，赶紧劝阻说："三大，家里的事情已经够多了，考试就不用你陪着了。"

义克荣还是坚持要去。他安排好家里的事情，骑着自行车陪着何平一起赶到学校领取准考证。准考证全部由班主任邹淑芬保管着，她担心准考证发早了有些同学不小心弄丢了，补办起来费事而且还会耽误考试，因此直到考试前一天下午才发给大家。拿到准考证后，义克荣陪着何平去彩虹厂子校考点看考场。

出了学校大门，义克荣拿出十元钱递给何平："这几天考试，把伙食搞好一些，这些钱拿去用，不够了只管开口。"

何平连忙推辞说："三大，真不用。我妈已经给我钱了，这几天的伙食费够用。"

"叫你拿着就拿着，推辞啥呢！"义克荣的态度很是坚决，何平只好接受了这份情意，他感到心中暖洋洋的。

这几天，义克荣暂住在义承学家里，每天一大早就赶到考场外，和其他家长一起在学校大门外等着。每场考试一结束，义克荣就招呼何平一起吃饭，顺便给他鼓劲打气。

前几场考试还算顺利，何平也是充满了信心。第三天上午考物理，何平拿到试卷后大概看了一下，心中不由得紧张起来："这么多题型看起来似曾见过，可咋就找不到熟悉的解题套路？"

何平本来就对物理课有些畏惧感，看到今年的试题变化较大，心中的底气少了许多，他的手心出了一些冷汗。结束铃声响起，何平把整个试卷翻看一下："这下可完了，这有几道大题没有完全做出来。"何平有些懊悔不已，在一些容易得分的题目上没有投入更多精力，白白错失了得分的机会，而在一些难度较大的题目上纠缠过多，结果是浪费了宝贵的时间，得分点却没有几个。

何平垂头丧气地走出考场。大门外早已是人声嘈杂，每个家长都在询问自己的孩子考得如何。义克荣看到何平沮丧的表情，关切地问道："这场是不是没考好？没关系，下午还有两科，一定要坚持到底。"

"唉，这回物理考砸了。题目有些难度，我自己也没有把握好。"何平不住地唉声叹气。

"没事，题目难对谁都一样。我刚才听到一些同学议论今年的物理题目有些偏、难。我也和教数学的杜西琴老师聊过，她说你的数学成绩进步较大，对你还是有信心的。吃完饭好好睡个午觉，下午两科一定要考好。"义克荣招呼何平吃完午饭，回到医院的值班室抓紧时间休息。何平虽然人躺在床上，可是他的脑子里依然是上午考试的情形。

"好好睡觉吧！我给你看着时间，到时候叫醒你。"义克荣这几天一直陪着何平午休，关照他好好休息，考试前叫他起床。

最后一门科目考试结束后，何平充满信心地走出考场。下午两个科目发挥不错，尤其是生物科目，他感觉接近满分。

夜晚的教室里很不平静，何平和心红、仁伟、小权等人围在一起对照参考答案估算分数。当他估完物理科目时，心里有些发凉。

所有的科目估完分，大家相互对望了一下："完了，看来今年的希望又要泡汤。"

这一夜，何平很晚才回到义承学家里，害怕大家询问他考试的情况。何平躺在床上辗转反侧，一夜无眠。

第二天一大早，何平赶到学校打探信息，班主任邹淑芬告诉他们说："根据城区几所学校反馈回来的信息，综合同学们的应考情况分析了一下，估计今年的二本分数线在480分左右。"

"不会吧？会有这么低？这几年的二本线从没有下过500分。"大家你一言我一语，议论纷纷。"今年的理科试题难度大于往年，尤其是物理科目的难度更大一些，分数线应该有所下降。"听了物理老师樊国雄的分析，何平感到心中重新燃起了希望。

邹淑芬安排好集中填报志愿的时间，告诉同学们回家好好看一下报考指南,争取在填报志愿的时候,报一所理想的学校,选一个自己喜爱的专业。大家在一起交流估分情况,听了班里其他同学的估分,何平顿时没有了高涨的信心。

何平怀着沉重的心情回到家里。按照目前的估分情况来看,成绩应该在分数线上下徘徊,他不知道如何面对蒲焕群询问的目光。

小院里是一番忙碌的景象,蒲焕群和二雄正在忙着修建鸡舍。原来的豆腐坊全部被拆除,木料和砖瓦重新派上了用场。

开春后,二雄和蒲焕群争执了好几天。二雄希望在家里搞副业,养鸡或者扩大养猪的规模。蒲焕群也知道村里有人依靠养鸡发家致富,同时,她也征询了义克选的意见,终于同意了二雄的想法:"行,你二大也赞同咱家养鸡,有啥不懂的地方可以让他帮忙。"

小鸡买回来后一直在义克选家里养着。现在,小鸡已经长大了,该是上笼子的时候了。蒲焕群东挪西凑,买回了养鸡所用的鸡笼、水槽等设施,并且购买了大量的玉米作为鸡饲料储备着。

"今年考得咋样?"蒲焕群顾不上擦去脸上的汗水,急切地问道。

"估了480分。"何平小声地回答。

"啥!咋就这么一点儿分数?去年还考了500分呢,越是补习分数反而越低了。"蒲焕群显然不满意何平的回答。

"今年的考题难度大,尤其是几门理科的题目比往前难度大多了。我们老师说今年的分数线就在480分左右。"何平一时找不到合适的理由来回答蒲焕群充满失望和怀疑的质问。

"哦,那就是说,还有一点儿希望。"蒲焕群一听老师都认为今年的分数线应该不高,她失望的表情有所缓解。

第三天是上交志愿表的最后时间。何平考虑到自己的分数没有多大优势,他只好认真填报了农、林、地、矿、油等行业的院校,专业选择填报普通的传统专业,尽量避开热门专业。何平的几个好朋友里,只有心红的估分较高一些,估计能上重点线,然而他却坚定地填报了北京的一所学校。何平也知道,心红的最大愿望就是考上首都的大学。

暑假的生活是忙碌的。何平和蒲焕群整天在鸡舍里忙进忙出，按照小鸡的生长阶段喂饲料，按时进行疫苗接种。除了每天按时给鸡喂料、添水、清扫鸡舍外，还定时消毒、通风、开灯、关灯，保证小鸡在卫生状况良好的环境中快速生长。

晚上，何平照例去照看瓜田和果树苗。二雄已经在承包田里开辟了二亩地栽种苹果树，又在树苗行间套种了西瓜。按照二雄的设想，何平和蒲焕群在家里好好搞种植和养殖副业，他则经常跟随基建队到周边村子干活。

虽然每天的劳作很是辛苦，可是夜深人静的时分，何平躺在瓜棚里还是久久不能入睡。大狼狗阿黄的精神劲头早已不在，身上的毛也掉了不少，整个一副老态，对于何平的絮絮叨叨也没有多少回应。

何平眼望着深邃的夜空，心中在问自己："这难道就是自个儿今后的人生轨迹吗？我的希望之路在何方？"

何平依然没有放弃心中的理想，盼望着奇迹会在一大早醒来时发生。中午时分，刚子来到家里，这确实令何平有些出乎意料，他非常感激好哥们能在这个时候来关心他。

夜晚时分，哥俩在瓜棚里聊天一直到后半夜。"何平，不要泄气，今年考上问题不大。实在不行再来一年，我会想办法帮你。"

刚子鼓励何平不要放弃，他相信何平今年一定能考上。退一万步讲，如果何平考不上，就到省城去找个别的出路。刚子说道："何平，你窝在农村没有多大出息，况且你也不是干农活的料。"

七月下旬的一天，何平得到高考成绩公布的消息，他骑车子急匆匆赶到学校。

同学们聚集在校园里，怀着期待的心情盼望好消息早点儿传回来。杜西琴从县招办取回了大家的成绩单，并公布今年各个批次的录取分数线：二本线470分，重点线485分。这的确有些出乎大家的意料。

虽然在考试结束估分的时候，邹淑芬分析说过今年的分数线可能会下降，但是谁也没有想到比往年低了这么多，每个人心中都充满了希望。

"477分，过线了，应该高兴一下。"何平忐忑不安地从邹淑芬手里接过高考成绩单，看着她那轻松的表情，何平猜想他们班今年的成绩一定不错，即便他自个儿考得不咋样。

"物理咋只考了50分？要是当初努力一把，也不至于是现在这个略显苍白的成绩。"何平的心中多少还是有些遗憾。

何平、仁伟、小权三人的分数过了二本线；东亭的分数也过了大专线；军红、大林等人又一次落单；心红的分数虽然过了重点线，可是只有488分，不过他还是有些忧心忡忡，害怕重点学校录取不上。

"没关系。重点录取不上，二本一定会录上一所好一点的学校。"何平劝慰心红想开一点，毕竟他们几个还没有过重点线。

"走，咱几个去北门口的老地方，好好咥一顿。"心红招呼大家一同去县城北门口的箸头面馆，简单地吃了一顿饭，也算是庆祝一下。

何平怀着激动的心情回到家里。"成绩下来了，怎么样？"蒲焕群从鸡舍里出来，手里还来不及放下饲料盆就急切地问道。

"过线了，可只比二本线多了7分。"何平的回答略带着一些遗憾。

"过线了就好，这下可有希望了。"蒲焕群赶紧洗了洗手，准备进厨房为他准备饭菜。

"妈，不用准备了。我们几个在县城吃过饭了，每人一碗油泼箸头面。"

消息很快就传开了，不一会儿的工夫，义克选、义克荣等人陆续来到家里。二雄得到消息后，放下手里的活计也赶回家里，每个人都掩不住高兴的表情。

"这就好。何平娃这回终于有希望了，三嫂也有盼头了。"左邻右舍也来到家里，一时间小院里充满了欢声笑语，大家嚷嚷着让蒲焕群请客。蒲焕群打发二雄去小卖部买来一些瓜子、糖果和金丝猴牌香烟招呼大家。

义诚意听到消息后也来到小院里。

"雄娃子，快去小卖部给你十爷拿一盒卷烟。"蒲焕群又打发二雄去小卖部专门给义诚意买了一盒工字牌卷烟。

义诚意这半年来经常到小院里来，看看是否有需要帮忙的事情。义诚意是个生意人，主要在周边各村镇的集市上从事牲畜收购，也算是有些经济头脑，有时候也给何平家里的经营出一些主意。

义诚意能够主动到何平家里来，也是始于义克让去世时办丧事。义诚意在家族里算是最年长的爷爷辈，一些大的事情还需要他拿主意。通过给义克让治丧这件事，家族里几大家的关系比以前融洽了许多，大家相互之间的走动也多了起来，一家有事情，其他家的人也会主动帮忙。

义诚意感慨地说："娃们赶快成长起来吧！爷老了以后还得指望你们弟兄们。"这句话，何平细思量了好久，直到他成家立业后才体会到其中的味道。

蒲焕群这几天一直沉浸在喜悦之中，有时候她也流露出担忧的表情。按照她的理解，何平的分数并不高，万一录取不上可怎么办？

两天后，义彩莲也来到家里。她听说何平的高考成绩上线了，心中掩不住喜悦。

"她姑，何平娃的分数也不高，万一录不上可咋办？"蒲焕群又在担忧何平录取的事情。义彩莲只好把义克选、义克荣等人叫到一起商量。大家一致认为得找个得力的人帮忙。

义明育已经退休多年，再去麻烦他也有些不合适，再说也不一定能解决问题。这时候，义彩莲突然想起一位远房老表在省城工作。"这样吧！我听说他自立叔在省上机关上班，看看能不能找他帮忙。我明天就让他姑父先联系去省城的车，再请上他十一爷一块儿去。"

这件事情得由义成全出面，他在村里担任过多年的支书，也是见过一些世面的。

义成全打听到了朱自立的工作单位和办公地点。第二天一大早，赵光辉从他们县上交通局要了一辆吉普车，带着何平和义成全准备上省城。

临走时，蒲焕群特意叮嘱何平说："娃儿，我给你拿些钱，办完事就在城里请大家吃一顿饭，要学着办事情。"

朱自立看了看何平的成绩单，说道："何平娃的成绩虽然一般，正常录取应该没啥问题。我找人打个招呼，尽量录取到娃的第一志愿。回去告诉我三嫂，让她放心，一有准信，我给你们打电话。"朱自立的话让每个人都感到高兴，考虑到他的工作比较忙，大家也不便久留。

义成全把自己家的电话号码留给朱自立，叮嘱他一定要操心录取的事情："一有消息立马打个电话，家里的人都着急得很。"

一行人回到县城，何平执意请大家简单吃了一顿饭："这是我妈的意思。"

早上起床后，何平推开门一看，天上下起了蒙蒙细雨，他到鸡舍里忙完添饲料、添水等活计后，拿起一本小说坐在床上看了起来。这时候，义成全走进院子对蒲焕群说："老三媳妇，他自立叔来电话说，何平娃已经录取了。具体专业我没记住，通知书过几天就可能寄到。"

蒲焕群连忙道谢："这下我就放心了，多亏他自立叔帮忙。"

北莽塬上七月的天气非常炎热，何平在鸡舍里忙碌着，浓烈的臭气熏得他几乎喘不过气。这时候，他听到家门口人声嘈杂，隐约听到有人喊自己的名字。

"发生了啥事情？"何平放下手中的工具，快步走到门口看个究竟。原来是镇上的邮递员来家里送挂号信。何平接到手中一看，马上就乐了："妈，我的录取通知书来了！"

制式的牛皮纸信封，右下角印着学校名称，左上角盖着鲜红的条形印章，"录取通知书"几个红色文字分外显眼。何平拆开信封一看，烫金的红色通知书封面吸引了大家的目光，他被录取到省城的石油学院，专业是化工设备与机械。"这个专业不是我的第一志愿……"他虽然心中十分高兴，但是不由自主流露出一些不满意。

"看这娃，好歹也算是录取了，还管它是第几志愿。"德文老汉显然对何平的抱怨感到有些不理解。他认为，何平能录取就已经不错了，学啥专业都一样，毕业以后还不是一样要靠国家分配工作。

义廷盈打趣蒲焕群说："三嫂，这回心放到肚子里吧！还不快请客。"蒲焕群赶紧打发何平去小卖部买来香烟、瓜子、糖果。何平给邮递员递上一根金丝猴牌过滤嘴香烟，邮递员高兴地点上火，自豪地说道："最近给咱们镇上各村的娃送去不少录取通知书，今年高考情况也不比往年差。"

何平顺便看了一下邮递员的收发记录，发现仁伟的录取通知书也到了，他的心中感到一丝快慰。

这段时间，何平的心中充满了对大学生活的美好憧憬。家里没有活计的

北莽山

我在高原

179

时候,他便抽空骑车子到各位同学家里串门子。同学们的信息也逐渐汇集起来:心红被北京轻工业学院录取;仁伟被录取到统计学院,也将和他一起到省城上学;小权则被南充的西南石油学院录取;东亭争取到了县城师范学校的委培指标;军红表示还想再奋斗一年,依然在周陵中学坚持补习,一定实现自己的愿望。

大林的家里已经对他失去信心,何平他们几个人劝说了半天,仍然无济于事。大林自个儿也彻底放弃了念想,暑假里跟着大哥学做小本生意。何平的心中感到一丝悲怆。

吃过早饭,何平对蒲焕群说:"妈,我想去心红家里看看。"心红的父亲在三月份去世了,他现在是孤苦伶仃一个人,上学的事情不知道准备得怎么样。

刚进了心红家略显凋敝的院子,何平就闻到了一股子中药的味道。"咋就得病了? 你也告诉我们一声,也好来个人照顾你一下。"何平关切地问道。心红这几天病得不轻,整个人看起来十分憔悴。

"没事。就是这段时间一直拉肚子,吃了消炎药也不管用。医疗站的大夫给我开了几服中药,估计过几天就好了。"心红满不在乎地说道。他俩一起聊起一些同学的近况,有欢喜也有悲伤。

心红一定要留何平吃了午饭再回去,何平一再推辞说:"你都是个病人,还要人照顾,我咋能给你添麻烦。"

可是心红坚持不让何平走:"留下吃饭吧! 今晚就住在我家,咱俩好好聊聊。"心红虽然生病了,他仍然为何平做了一碗油泼面,准备了一盘西红柿炒鸡蛋、一盘干煸老豆腐。何平吃得直打饱嗝,他不住地夸赞:"你的手艺还真不错啊! 平时还真没有看出来。"

心红自小和父亲相依为命,从小就学会了照顾自个儿,做饭对他来说,不过是小菜一碟。

夜晚的村子里静悄悄的,偶尔传来几声狗叫声和大人的呵斥声,天空中下起了蒙蒙细雨,何平和心红躺在炕上,听着屋外沙沙的雨声,回顾着这几年的补习经历,品味着其中的酸甜苦辣,时而发出欢快的笑声,时而又感叹人生无常,生活艰难。

北寿山

我在高原

他俩在炕上开了一个很长的卧谈会,不知不觉中两人都进入了甜美的梦乡。

窗外的雨滴敲击着地面的青砖,何平的思绪在现实和过往之间来回穿梭。他即将步入一个神圣的殿堂,数年之后自己能否有能力承担一份小小的担子?何平在深夜中静静地思考着。

雨季里,北莽塬上的庄稼长势非常好,田间地头的杂草也跟着疯长。"哎呀,老天爷终于开恩了,咱吃罢晌午饭抓紧时间去地里干活。"终于盼到雨过天晴,吃过午饭后,蒲焕群带着何平一起去村子北边的地里清除杂草,顺便平整一下土地,准备秋季时节种上冬小麦。

这块地距离义克让的墓地不太远,是一块处于半塬上的慢坡地,也是村里人所说的"走水地",一年只能种一季庄稼,或种冬小麦,或种油菜。秋庄稼没法种,主要是存不住水,即便是种上秋庄稼,也只能靠老天爷,收成一般都很差。

雨过天晴的北莽山更加如诗如画,一团团棉花云在山顶上慢悠悠飘过,不时投下几个大阴影,半山腰的苹果树果实累累,压得枝头几乎贴近地面,山脚下的玉米长势喜人,黄色的玉米缨子在微风中飘动,预示着今年将有一个好收成。

何平挥舞着锄头将地里的杂草连根一起锄掉,然后把杂草全部拢到地畔上,让杂草在太阳底下暴晒,免得它们在下雨的时候重新复活。

夏季的日头热情不减,晒在身上火辣辣地疼,不一会儿的工夫,何平已是满头大汗。蒲焕群看着他大汗淋漓的样子,关爱地说道:"娃儿,天气太热了,干不动就歇着吧。"

"没事,就是手心里磨了几个泡,一会儿就好了。"何平坐在地头稍事休息才感到手心的水泡被汗水刺激得生疼。

日头逐渐西沉,地里的杂草基本清除干净,土地也平整得差不多了,只等着过了农历八月十五播种小麦。

"妈,你先回家吧。我想到我爸的坟头去看看。"何平对蒲焕群说了一声,便慢慢来到义克让的坟前,认真清除坟头上的杂草,眼望着墓碑,禁不住泪眼婆娑。

夕阳下,何平跪在义克让的坟前,看着刚过一年的坟土上盛开的几朵野菊花,泪水模糊了他的双眼。

何平远望蔚蓝的天空，许多难以忘怀的画面，像放电影一样，在他心中不断闪现。

天刚刚麻麻亮，蒲焕群就开始清扫院子。何平听到声音后也赶快起床，他忙完鸡舍里的事情，搬了一把椅子坐在院子里休息。这时候，何平看到心红一脸高兴地走进家门："何平，班主任邹老师让我通知大家，星期五早上九点回学校参加茶话会。记着一定要按时参加。"

学校的会议室里欢声笑语不断，几位同学分别代表各自的班级发言，表达了对各位老师的真诚谢意，表达了对学校一年来给予大家培养的感恩之情。

严校长做了总结发言："同学们，首先，我本人祝贺你们顺利进入高等学府深造。其次，我还要给你们提一些要求，进入高等学府只是人生道路的另一个起点，我希望你们每个人都能顺利完成学业，甚至完成更高的学业目标，为我们国家尽一份自己的力量。最后，也希望你们以后有空常回学校看看，毕竟这里还有你们曾经美好的回忆。"大家对严校长的讲话报以热烈的掌声，何平的眼角也有些湿润。

茶话会后，学校给每个同学发放了一份纪念礼品，上面有各位老师的亲笔留言，这是一份沉甸甸的礼物。他们在校园里合影留念，邹淑芬拉着班里每位同学的手久久不放，仿佛有说不完的话。何平深切地感到邹老师就像一位慈祥的母亲，在给每一位远赴他乡求学的儿女千叮咛万嘱咐。

当何平走出学校大门的时候，他再一次看了看外墙上的红色喜报。一整面墙被红色的纸张覆盖，上面用金粉写着每一位上榜同学的姓名和录取学校，不时有行人驻足观看，每个人的脸上都写着"羡慕"二字。

这面墙再次展示着这所学校的丰硕成果。

第二十一章

　　明天就是开学报到的日子。这天一大早,蒲焕群就安排二雄去镇上买菜、买肉,她特意准备了两桌酒席,邀请义诚意、义成全等家族中的长辈以及义克孝、义克选、义克荣等叔伯兄弟前来聚一下。大家在酒桌上有说有笑,更多的是恭喜蒲焕群:"何平娃上了大学,家里的好日子这下就有盼头了。"

　　蒲焕群的脸上洋溢着笑意,仿佛完成了人生中一件最伟大的任务。大家的话题不由自主转到义克让身上,义诚意感叹说:"老三咋就是个没福的人,咱娃考上大学了,他却没有等到。"这话语勾起了每个人的回忆,何平的心中更是伤痛不已。

　　大家为何平凑了一些学费,蒲焕群更是感激不尽。夜晚时分,蒲焕群为何平收拾着上学的行李,他则在一边认真记录着每一位亲人的恩情。他想:"这恩情是无法用金钱来衡量的,也是我今生今世无法还清的。"

　　学校的通知书里已经说明无须带大量的行李,因为学校实行公寓化管理,被褥、床单、被罩、脸盆、军训服、体育服等由学校统一代为购买。蒲焕群还是为何平准备了几条她亲自织就的土布床单,并叮嘱说:"娃儿,你夜里睡觉经常翻身子,学校里的洋布床单不一定耐用。"

　　想着自己就要离开家里去省城,何平对二雄说:"雄娃,大哥去上学,家里的事情还要靠你支撑,把庄稼务弄好,家里的副业也不要落下。"

二雄拍着胸膛说："哥，你放心。家里的一切有我在，你在学校有啥事记着给家里来个信。"

得知何平要去省城报到，义彩莲忙着联系车辆。第二天一大早，赵光辉从他们县城借了一辆吉普车，准备陪着何平一同前去学校报到。

家门前围着前来送行的乡邻，大家你一言我一句表达着关心和祝愿。德文老汉接过何平递上的金丝猴牌香烟，语重心长地对何平说："何平娃，咱家里这辈子也没出过几个大学生，你算是给你爸争脸了。好好念大学，一定要把国家的铁饭碗端牢，你妈还指望跟你享福呢。"

蒲焕群又从家里拿出一篮子鸡蛋和几把手工挂面，叮嘱何平说："娃儿，这些鸡蛋和挂面给你自立叔送去，就说是咱家的一点儿心意。"

何平踏上赶往省城的路途，怀着对父老乡亲的感念之情，他大踏步迈上新征程，心中充满了无限喜悦。

学校坐落在省城南郊，校园虽然不太大，可是分布着几乎全是现代气息的建筑：教学楼、实验楼、图书馆、学生公寓、学生食堂等，尤其是十层高的教学大楼很是气派，很远的地方就可以看见。道路两旁是高大的法国梧桐树，何平走在树荫遮蔽的道路上，感觉身上很是凉爽。

"何平，你咋现在才来学校，拿得太稳了。我在名单上查了好几回，不见你来报到，我还以为自己搞错了。"负责接待工作的燎原热情地为何平介绍办理报到的事项流程："你分到厂2班，你的宿舍在1号公寓320房间。我也在1号公寓，就住在四层。咱先把行李放到宿舍里，然后去办理报到注册手续。"

燎原简单为何平介绍了学校的一些情况，包括他们班级的命名。学校的每个专业都有一个字或者两个字的简称，简称之后加上入学年份，其次是班级的序号。

"原来如此，我还以为我们班是跟工厂有关的，不过就是一个代号罢了。"何平感叹学校管理干部们的工作真有创意，这样言简意赅的命名，任凭谁第一次听到，都会觉得不明所指。

"咱们学校在南郊这片被称为'四小龙'。"燎原接着说。这也是省城高校圈里流传的一个话题，他们把石油学院、财经学院、邮电学院、政法学院等四所条件较好的部属院（校）称作"四小龙"。这四所学校相距不远,同处南郊的大学集中区,因而又被称作"南郊四小龙"。

宿舍里住着来自七个省份的八名学子。大吕来自江苏沛县,那里出了个大名人——汉高祖刘邦,只可惜刘邦死后却葬在咸阳塬上;虎子来自河北武术之乡沧州,但他不会武术;老三来自成都平原的都江堰,据说那里是有名的国家水利风景区;老五来自七彩云南玉溪,他说他们家乡的香烟很有名,红塔山、玉溪、阿诗玛、石林、云烟等品牌驰名国内;老四和老七来自西北边陲新疆维吾尔自治区,都是石油企业子弟;年龄最小的发仔来自河南的南阳,也是油田子弟。经过一段时间的相处磨合,大家按照学校里的宿舍传统,依着年龄大小排了座次,有人还起一个别号,时间长了,大家都不再称呼各自的本名。

"哥几个,抓紧时间吃晚饭,今晚有露天电影,去早点占个好位置。"老鹤回到宿舍带来了一个好消息。紧张的军训结束后,学校在实习工厂的小院子里为他们放映露天电影《魔鬼终结者2:审判日》,这也算是迎新工作的一项重要内容。

这部影片是好莱坞著名导演詹姆斯·卡梅隆的经典之作,动作影星阿诺·施瓦辛格则在片中饰演机器人T800。

这是一部啥样的片子? 何平心中有一个问号,眼睛紧盯着大银幕。影片描述了一个绝望却又充满希望的未来,人类依靠自己的智慧研制出先进的智能化国防体系——天网,结果天网产生自我意识形态,最终发动核战争"审判日",反过来消灭大部分人类,幸存的人类为了反抗天网进行着最后的战斗……

回到宿舍,他们还沉浸在影片所描述的科幻故事里,相互之间还争论不休。"这不就是美国人拍的一部科幻片吗? 他们为什么总喜欢探讨未来十几年甚至几十年以后的事情? 我们拍的电影为何总喜欢选用历史题材?"讨论的话题从拍摄的题材开始,何平也提出了自己的困惑。

虎子接过话头:"这有啥奇怪。美国只有二百多年历史,想要拍个历史题材的影片还真不好入手。咱们有五千年的文明史,随便扒拉一下,就能拍不少影片。再说了,美国人喜欢拍科幻片,那是人家喜欢探索、喜欢思考,不像

北寿山

我在高原

185

我们,总是喜欢回顾过去。"

何平也看过几部科幻电影,他认为这部影片可以称为科幻电影的经典,其中也蕴含着更多关于人类后工业时代发展的悲哀反思,人类未来的存在方式的思考,以及关于人类未来地位的严峻思考。

经过两周的军训、入学教育等环节,他们的学习生活逐渐步入正轨。何平对新的学习生活充满了希望,课余时间也跟同学结伴到学校周边溜达。

何平看到,学校周边有不少农田,北围墙紧邻着一个村子,许多农民靠出租房屋挣钱,临街开着众多的小饭馆、台球厅、录像厅、游戏厅、小商店、书店等,俨然一个小社会。

刚上了不到两周课,学校便通知国庆节放假三天,大家在宿舍里商议着到周边游玩。何平说:"城里好玩的地方我也不太熟悉,关键是我要回家帮忙秋收。"

虎子一听,便提议说:"秋收时节家里肯定缺人手,不如我们就去老二家里帮忙吧!"其他两个宿舍的同学也有人想去,何平便给他们留下详细的地址和乘车路线。

由于人数有些多,乘坐长途汽车费用太大,何平只好带着大昌、虎子、发仔等人乘坐5路公交车到火车站,乘坐开往县城的火车。过路的车次不多,他们在火车站等了几个小时,终于买到了经停县城的车票。

等到了县城时已是傍晚时分,出了县城火车站,何平才发现面临一个难题:开往镇上的最后一趟班车已经走了。他们只好先在火车站周边的小饭馆简单吃个晚饭,大家一起再商量办法。

"总不能在县城住一晚吧?我身上的钱也不够用。"何平有些犯难。带着一帮初来乍到的同学,他担心出现意外情况,最后还是决定步行回家。

"老二,到你家还有多远?"发仔一路上不断地问。"不远了,也就十多里路程。"何平只好安慰大家说很快就到家。其实,从县城到他家足有三十里地。

看着哥几个已经走得筋疲力尽,何平在路边的小商店里给每人买了一瓶啤酒,也算是鼓励一下。几个小伙子手拿着啤酒瓶一边说笑,一边被何平鼓动着迈着疲惫的步伐。途中几次想坐顺风车,拦了好几回汽车、拖拉机、马车,可是没有一辆肯停下来。这么一帮操着南腔北调的小伙子,遇到谁也不会轻易让搭顺风车。

半夜时分,何平带着一行六人终于走到熟悉的家门口。蒲焕群开门一看,大吃一惊:"娃儿,咋这么晚才回来?快都进来吧。"

蒲焕群忙着给他们准备饭菜,还不住地埋怨何平说:"带这么多同学来家里,也不提前带个信,家里一点儿准备也没有。你也不好好谋划一下,早点坐车回家,也不至于让同学们跟着你一块儿受罪。"

秋收秋种也是龙口夺食的时节,北莽塬上的霖雨季节还没有完全结束,每家每户都在抓紧时间抢收抢种。

天刚麻麻亮,蒲焕群起床为他们做好早饭,然后叫醒大家起床,洗脸、吃饭。疲劳使得每个人都睡得很沉,蒲焕群叫了好几遍,才陆续醒过来。

吃罢早饭,他们换上了军训服,这衣服结实耐脏,适合干农活。二雄开着借来的手扶拖拉机,带着他们去地里收玉米。乡邻们很是奇怪:"何平从哪里找了这么多人来帮忙?看起来咋像是一群学生娃。"也有人羡慕不已:"这个时节能来几个劳力,那是多好的事情啊!"

虽说是凉爽的秋季,在玉米地里干活也不是一件轻松事。玉米叶子刷着每个人的脖子、脸和胳膊,汗水一浸,火辣辣地疼,尤其是太阳正当头的时候,玉米地里闷热不透风,那滋味可是难熬。

虎子、大吕、老三、老五毕竟来自农村家庭,干农活还算在行,发仔等人干了一会儿就不行了,原先的热情也消退了一大截。大家相互取笑着,田野里充满了青春的朝气。

北莽山顶上,几团白云慢悠悠飘过,太阳从云缝里投射出来,又一个丰收年景展现在塬上。

中午时分,浪子、阿泰、三水等人才赶到家里。他们一见到何平就不住地埋怨:"老二,你的信息咋不准确,害得我们倒了好几趟车,在岔路口又差点儿坐错车,走了不少冤枉路。"

中午的饭菜比较简单:红烧老豆腐,西红柿炒鸡蛋,干煸豆角,清炒辣椒,主食是肉臊子蘸蘸面和锅盔馍。

阿泰问道："老二,你妈妈做的扯面咋和学校周边饭馆里的扯面不一样?"

何平忍不住卖弄一下,他对阿泰说道:"这是䅈䅈面,是我们关中民间的传统面食。一般特指关中冬小麦磨成的面粉,通常手工擀成二指宽、铜钱厚的面条。就像你们新疆的拉条子一样,也是很有地方特色。我给你们讲讲这䅈䅈面的传说吧!"

"这个面的名字也可以用几句话概括。"何平不由自主唱起了北莽塬上传唱已久的民谣,"一点飞上天,黄河两岸弯;八字大张口,言字往里走,左一扭,右一扭;东一长,西一长,中间加个马大王;月字旁,心字底,搣个钉钉挂麻糖;推了车车逛咸阳。"

人们通常用民谣的形式来记载该字的笔画顺序和写法,就是这么一个奇怪的字,写尽了山川地理,道出了世态炎凉。

"怎么样,这个䅈字很特殊吧! 这也是我们这里有名的民谣,以后你们到面馆里去吃面,可要留心了,悬挂这个字的店面,䅈䅈面一般做得不会太差。"何平有一种自夸的感觉。

"看来我们老二的知识还很渊博,以后多多请教。"大吕嘴里吃着可口的面,还忘不了逗笑何平一番。

"好了,不说了,哥几个赶紧吃面,一会儿面凉了就坨住了。"何平招呼大家抓紧时间吃饭,下午还要赶时间干活。

"老二,接着讲嘛,我们还想听听你的高论。"浪子有些意犹未尽,继续鼓动他。

何平放下碗筷,说道:"我还是给大家讲讲这䅈䅈面的制作过程吧,也算是给大家一次学习的机会。

"䅈䅈面类似于扯面,但要比通常的扯面宽出许多,所谓的关中八大怪之一'面条像裤带',说的就是这个面。它的读音在汉语中无法用拼音正常表达,这是个象声词,就是用力扯面时面条击打案板发出的声响。虽然关中各地流传的版本很多,但是字却是同一个。这个字,不是图案,而是文字。该字虽然笔画繁多,结构复杂,但是文化底蕴浓厚。这段弯弯曲曲巧妙幽默的'䅈'字组合,概括了䅈䅈面的产地特性、食者感受、制作工艺要领、原料、调料、做面人的辛勤操作；折射出当地秦人的性格气质，心底宽长、有棱有角、大苦大乐的爽快精神；展现着秦人为之自豪的饮食文化。

"制作一碗上好的邋邋面，选料是关键，面粉必须是渭北塬上的冬小麦磨制。其次是制作过程。面和好以后要醒上一个时辰，然后经过厨师反复地揉制，一根平常的面条在大厨师的手中焕发出无限的活力，嘭嘭之声在案板上不时响起，一根根铜钱厚、两指头宽的面条飞入滚烫的大锅中。等待出锅的面条配上碧绿的菜叶子或者豆芽菜，盛在碗里，配上精心制作的臊子，撒上鲜红的辣椒面，一勺滚油泼上去，刺啦啦地响，辣椒的香气直扑口鼻，面条爽滑柔韧，筋道十足。

"听觉、视觉、味觉，人间美味不过如此。"何平很有一股自豪感。

中午时分是人们吃面的黄金时间，面馆里店伙计大声吆喝，食客们吃得畅快淋漓。在农村各家门前，每人端着一大老碗邋邋面，圪蹴在小板凳上或石门墩上，嘴巴辣得通红，脸上汗水不断，一边享受着美食，一边议论着家长里短、村社乡情，乃至国家大事。

"只有在这里你才会发现，吃面也是一种美的享受。"何平的这段总结令哥几个有些折服。

年轻人的热情总是此消彼长。下午的太阳依旧毒辣，玉米地里就像一个大蒸笼，不一会儿每个人汗流浃背，他们只好干一会儿歇一会儿。为了调节气氛，何平抽空给大家介绍北莽塬上的风土人情和传说典故。

晚饭是蒲焕群精心制作的蒸酿皮子，再配上西红柿青菜素臊子，主食是馒头和绿豆汤。

阿泰又一次问何平："老二，你妈妈做的凉皮咋和学校里的不一样？味道有些特别。"

何平很是自豪地说："这是我妈的好手艺，叫作蒸酿皮子，主料选用的是我们塬上的冬小麦面粉，做法和凉皮有些相似。调制的时候一般不放醋，但是要浇上臊子，上面再淋上油泼辣子，味道就出来了。"

"味道的确不一样。干脆让你妈妈到咱们学校边上开个饭馆吧，我们天天去吃饭。"看来喜欢传统美食是每一个人的天性。

夜晚时分,北莽塬上的凉风赶走了白天的燥热,何平带着一帮同学坐在平房顶上聊天,欢声笑语不断。北莽塬上的夜空是宁静的,点点星光就像他们的心灵火花在不断闪烁,充满了青年人的激情和幻想。

北莽山

我在高原

第二十二章

"同学们，这次你们的单元测试成绩很不理想。可能许多同学认为自己已经进了大学，学好学差没有多大关系。"一大早的高数课堂上，张健康先给他们讲解了单元测试的情况。他语气严肃地说道："我要告诉你们，作为理科专业的学生，如果高数的基础没有打牢靠，以后的物理、线性代数、概率等数理基础课程甚至专业课程的学习都会面临困难。"张健康的一番话也是给他们打了预防针，提醒大家一定要重视基础课程的学习。

"单元测试情况暂时讲到这里。这节课，我主要给大家讲拉格朗日方程的推导过程。"张健康一边讲解，一边在黑板上认真书写着推导公式，何平认真地在笔记本上记下每一步的推导过程，唯恐遗漏哪一个细节。他知道自己的数学基础差一些，课堂上的听讲一点儿也不敢马虎。

临近下课时，张健康用手帕擦了擦脸上的粉笔灰，扶了扶鼻梁上的眼镜，接着说道："同学们，这学期的时间已快过半了，期末你们还要参加全省的高数统考，今后的测验和练习强度还会加大。你们每一次的作业和测验题我都认真批改了，下去一定要认真看看，找一找丢分的原因。"

"高数还要参加省上统考。"这个消息对于每个人来说都是一个压力，好不容易才从高中时代的题海和高考中解脱出来，难道还要再来一段曾经煎熬的岁月？

夜晚的教学大楼上灯火通明，他们在三楼的教室里认真上晚自习，张健康又准时来到教室里转，这几乎成为他的惯例。他主要进行辅导答疑或者组织大家做模拟题，每周还要抽时间专门讲解一下做题的思路和技巧。何平非常佩服张老师的敬业精神，学习高数的劲头也十足。

大学的学习生活总体来说还是轻松愉快的，课余生活也非常丰富多彩。高年级的学长经常动员新生参加各类社团组织，这也是大学校园文化的一大特色。

"为啥要去参加别人的社团？干脆自己组织大家也整一个。"何平却突发奇想，准备组建自己的社团，连名字都想好了，就叫心连心文学社。当何平把自己的设想跟同学们讲了，许多人表示支持他："何平，你的这个提议很好。我们应该积极发动起来，活跃一下班里的氛围。"

下午七八节课正好没有课程安排，何平走进辅导员郭云鹏的办公室，谈了自己的想法："郭老师，我们班里准备成立一个文学社，我想征询您的意见。"

郭云鹏一听，说道："这是好事情。不过你们一个班成立社团，恐怕影响力不大。你们有兴趣还是参加学生会或者团委的社团吧，毕竟这些社团在学校有一定的影响力，而且成员来自全校各个年级的不同专业班，大家在一起可以更好地学习和交流。"

听了郭老师一席话，何平放弃了成立文学社的念头，回到宿舍后把郭老师的意思给大家讲明白，并鼓励大家报名参加各自喜欢的社团组织。老四参加了学校的大学生艺术团，准备当一名鼓手；老五去参加健美班，准备练一身像施瓦辛格那样的肌肉；喜欢弹吉他的老鹤参加了学校的乐队，准备当一名吉他手，每到闲暇时间就在宿舍里学习弹奏；何平和发仔被团委的学生通讯社吸收，何平被分到了编辑部，发仔则去了采访部。

学生通讯社是学校最大的学生社团，成员遍及全校各个年级的不同专业。在这个充满青春活力的学生社团里，每周要定期开展各项活动。

今天是每周开例会的日子，何平下了晚自习后直接到编辑部报到。"欢迎我们的新成员，我是咱们部门的负责人昕华，希望大家多支持我的工作。"热情的昕华为他们组织了一个简短的欢迎仪式，听了她的介绍后何平才知道，昕华是高他一级的计算机专业的学生。

何平仔细看了看眼前这位学姐，高挑的身材，容貌不是特别出众，可是身上散发着很强的亲和力。她认真指导何平从组稿、排版、校对等基础工作开始学习，偶尔她也对何平的文学功底表示赞许。在慢慢地接触中，何平的青春之心开始萌动，每次看到昕华的时候，他心中总有异样的感觉。他不知道这样的青春萌动为何如此强烈，有几个夜晚，何平静静地躺在床上，心中挥之不去的都是昕华的情影。

何平尽量压抑着心中的激情，没有向昕华表露出丝毫痕迹。上晚自习的时候，他也经常去找昕华讨教有关计算机课程方面的内容。何平去的次数多了，昕华的同学们便有了一些窃窃私语。昕华却表现得异常平静，仿佛这样的情形只是男女同学之间的正常交往。

何平的心中充满了纠结。

"圣诞节就要到了，我该给昕华买一样什么礼物呢？"想了好长时间，何平买了一张精美的贺卡，悄悄写上自己的真诚祝福。

夜晚的教学楼上静悄悄的，大多数人集中在各自班级的教室里上晚自习。何平站在昕华的教室门外，他徘徊了很久就是没有勇气进去。

教室的前门吱的一声打开了，晓旭从教室里走出来，她看到何平站在门外，很是奇怪："你在等人吧？你的那个人就在教室里，快进去吧！"

何平把晓旭拉到一旁，小声地说："麻烦你把这张贺卡转交给昕华，多谢了。"晓旭看着何平，调侃着说："让我当信使啊？回头请我看电影，我可不愿白跑腿。"何平知道晓旭和昕华在一个宿舍住，彼此是好朋友，让她转交贺卡稳妥一些。

何平快步逃离七楼，仿佛自己干了件丢人的事情。他站在寒冷的校园里，用力吸了几口凉气，平复了一下自己激动的心情，好像完成了一件伟大的任务。天空中有片片雪花飘落下来，何平迎来了大学生涯的第一个白色圣诞节。

星期天早上，何平躺在被窝里睡着懒觉。老五打开窗户向外看了看，高兴地喊道："快来看，雪下大了，外面的景色真漂亮。哥几个起床出去玩吧！"老五的家在云南玉溪，这也许是他第一次看见下雪的场景，难免激动万分。

在这雪花纷飞的寒冷早上,大家都想在温暖的床上窝着,没有几个人想去外面受冻。

中午吃完饭,他们在宿舍里打了几圈扑克牌,感觉有些无聊。"还是出去玩雪吧,顺便照些相。"他们约上三水、阿泰等人绕道从学校东门来到南门外玩雪,顺便拍照留念。

南门本是学校的正门,由于外面是大片的农田,周边也没有几家住户,街道也比较偏僻,因此一直没有开放。此时的南门外已经聚了不少人,大家在一起摆弄各种造型拍照、打雪仗。

看着天色已晚,在南门口玩闹的同学也陆续散去,他们也准备回宿舍。眼看着自己宿舍就在围栏跟前,可从东门绕回去需要走一大截路,于是他们来到围栏外,看到四下无人,陆续翻越栏杆进入学校。

"站住,你们是哪个班的?"一位男老师突然从宿舍楼旁边走了过来。他们顿时呆住了,站在雪地里不知所措。

"把你们的班级名称和个人姓名写在本子上。"男老师表情严肃地从包里拿出笔记本和钢笔。

老鹤迟疑地从老师手里接过本子和笔,想了一会儿写上班级名字和每个人的姓名,何平凑过去一看,禁不住偷偷地笑。老鹤写的是其他班级的名称,个人的名字也是冒用其他班级同学的名字,真佩服他有这样的好记性。他们强忍着笑,很是真诚地向老师道歉认错,保证下次不再干类似的事情。

"以后要注意你们的形象,你们好歹也是大学生了。"老师临走时还免不了给他们上了一课。

围观的人群渐渐散去,在一旁看热闹的几个学长走了过来,坏坏地笑着说:"小子,你们可有得好看了。知道不,刚才那位可是学生处的马处长。"

"这下可坏了,翻越围栏咋能正巧撞见领导。"他们一连几天都在忐忑不安中度过,郭云鹏却一直没有找他们几个谈话。他们暗中庆幸,同时也对马处长的宽容表示深深的敬意。

期末考试的紧张复习占用了何平大量的时间,所有的精力都集中到应付统考上面。他抓紧时间复习功课,有时候也去图书馆占座位。有几次,何平碰巧遇到昕华在图书馆看书,她还是像往常一样热情地和他打个招呼,仿佛不曾发生过任何事情,何平未免有些失落感。

为了迎接省级高数课统考,每周有三个晚上他们都要进行模拟训练,何平感到自己仿佛又回到了高考的题海大战之中。功夫总算没有白费,几乎每个人都在统考中顺利过关,就连基础较差的老四也考了80多分,这也是个不小的进步。班里有一半的人拿到满分,只可惜何平的成绩只有99分,他多少感到有些惭愧。

最后一门课程考试在中午结束。他们一帮人到北门外的小饭馆聚了聚,何平一时高兴喝多了,被哥几个搀扶回到宿舍,整整睡了一个下午。

"老二,该起床了。你都睡了快一天一夜了,快起来带我们去逛市场。"第二天早上,何平虽然感到有些头疼,还是被发仔等人从被窝里拽了起来。一连几天的大雪,道路泥泞不堪,5路公交车上的人比平常多了许多,来了好几趟车还是挤不上去。

"算了。咱们还是走着去吧。"一行人踩着人行道上的厚厚积雪,听着脚下发出的吱吱声,扔着雪团相互打闹着,一直走到小寨的自由市场。

何平自然当起了向导,为大家介绍当地的名优土特产品,并用地方话和摊贩们讨价还价。同时,也教给大家一些省城常用的方言,不时引来一阵哄笑声。

"老二,以后你教我们说陕西话,还有西安话,免得让这些小贩哄咧。"老鹤也想学几句西安的方言土话,可是一开口还是夹杂着家乡味道。

寒假回到家里,何平的生活又充实起来。每天早上起床后,他就开始忙碌着帮助母亲清扫鸡舍、喂料、添水、收鸡蛋。

为了扩大养鸡的规模,蒲焕群和二雄利用农闲时节又在后院里盖起三间鸡舍,筹措了一笔钱买回一百多只小鸡。一间空闲的房子被改成饲养小鸡的温室,二雄在房间里砌了火墙,何平每天要准备大量的柴草烧火炕。到了晚上,何平和二雄轮流照看小鸡,更多的时候他主动承担照看小鸡的重任,因为二雄白天还要到村里的基建队干活。

北莽塬上的冬季夜晚寒风刺骨,何平时不时要查看房间的温度和湿度,适时往火炕里添加柴草和炭块,还得按时给小鸡添水、喂料。闲下来的时间,他一个人躲在这个温室里看书。

放寒假前,何平从图书馆借了一些书准备带回家认真读一读,种类五花八门,有人物传记、名家精品,还有几部时下热门的小说。

夜深人静,何平一个人坐在饲养小鸡的温室里,暖暖的气流驱走了身上的寒意,他一边照看小鸡仔的食物和饮水,一边认真阅读着《穆斯林的葬礼》。每看完一个章节,他都被书中的动人故事和人物形象所感染。每个章节的名称虽然只有简单的两个字,可是隐含的题意却是深远的。以玉为引子,诉说着一个玉器世家命运的变迁,三代人命运的沉浮。因玉而兴衰,因玉而离合,沧海桑田的变迁,交织着世间人情的美丑和人性善恶的矛盾。以月的变化入手,诉说着韩新月凄美的生命历程,诠释着韩新月与老师楚雁潮之间突破世俗观念的生死恋情,这些情节让何平唏嘘不已。

"问世间情为何物,直教人生死相许。"这是何平在读小说《神雕侠侣》时记忆最深的一句话,联想到这里,他不由得泪湿双眼。新月是幸运的,她带着心爱的人所给予的爱离开了,所有痛苦却都留给了楚雁潮。

读到这里,何平泪眼婆娑,柔肠百转,他被一种强烈的压抑和悲痛的情绪包围着,几度哽咽着,心情久久不能平静。

《穆斯林的葬礼》让何平流泪的不只是不可掌控的命运,不只是生死相交的爱情,更多的是一种缺憾,一种残缺的美。

"圆满的生活只是人们的一厢情愿,而残缺却是生活的本来面目。"何平认为自己从这部作品中多少悟出了一点生活的真谛。

也许是过于陷入书中的情节,何平感到心中总有一股难受劲儿过不去,脑袋也有些疼起来,房间的温暖气息也令他感到有些窒息,他努力挣扎到门口,打开房门走到寂静的院子里。何平用力地呼吸着寒冷的空气,抬眼仰望星空,一钩弯月渐渐西坠,在深冬的夜晚,他一个人静静地思考着。

第二天早上,何平告诉蒲焕群昨晚自己头晕的事情。蒲焕群听了以后,很是严厉地对他说:"娃儿,以后可不敢在温室里待的时间过长,小心被烟火熏着。今后看书也不准熬夜,小心自个儿的身体吃不消。"

这个寒假也是快乐的,何平闲下来的时候也到仁伟、心红、东亭等几个要好同学家去串门,互相谈论在大学里的见闻和趣事。

吃过早饭后,何平抽空去看了军红,鼓励他:"一定要充满信心。我七月份等你的好消息。"

第二十三章

春姑娘迈着轻盈的脚步来到校园里。图书馆南侧草坪里的玉兰树上，悄悄立着几个白骨朵。主干道路两边法桐树的枝头上，已经露出许多嫩绿的小叶片。

下午的阳光非常明媚，下课铃声响过，大家纷纷走出教学楼，三三两两来到操场上打球，在草坪里嬉闹，或者在小树林和道路上散步。

"同学们，咱们下午开个简短的班会，讨论一下上学期的奖学金评定事宜。"班主任赵智军公布了上学期的成绩情况：何平的综合成绩竟然排在全班第一，他自己也感到有些意外。可是，何平的制图课程只有62分，按照奖学金评定的单科成绩不低于65分的要求，他失去了参加奖学金评定的机会。

"咋是这样子！要是当时多用几分心劲儿，也不至于这么难堪。"何平为此郁闷了好几天。好消息是虎子评上一等奖学金，大吕评上三等奖学金，他们320宿舍的收获还是蛮大的。

"老二，别灰心，咱下次好好努力，一定会获得奖学金。等我的奖学金发下来，请你看录像。"大吕安慰着郁闷的何平。

大吕哪里知道，何平已经付出了不少心血和努力。谁料想，奖学金的评定并不完全看总排名，还有单科成绩65分的限制，看起来何平的努力还不到位。

星期五晚上，何平下了晚自习后照例去学通社完成稿子的编排任务。走进学通社编辑部,何平的目光恰好和昕华的目光碰在一起,她还是像往常一样和何平打着招呼,分派最近一期的组稿和排版任务。在休息间隙,大家一起开开玩笑,或者交流一下最新流行的歌曲和新上映的电影或录像片。

何平一个人在寂静的校园里溜达,回想起昕华看他的表情,虽然看起来平静如水,但是隐约还有一些羞涩。也许何平是有些想多了,他得把自己的精力转向正常的轨道上,毕竟学业是自己目前最重要的任务。

何平回到宿舍,老鹤对他说:"老二,把这盘带子放一下,我刚买的Beyond乐队的专辑。"何平打开收录机,一曲《光辉岁月》的悲怆乐声顿时弥漫了整个宿舍。

这首歌曲也是何平最喜欢的一首摇滚歌曲,不仅仅是因为它的旋律优美和唱腔悲怆,更多的是它蕴含着民族骨气和自由精神。

"老二,你知道吗? 这首歌也有一个传奇的故事。"老鹤和何平聊起了这首歌的由来。这首歌曲是Beyond乐队的灵魂人物主唱黄家驹去了一趟非洲回来后创作的一首经典歌曲。他在歌词中直白地表现了纳尔逊·曼德拉追求自由的理想与精神,体现了黄家驹对这位非洲黑人领袖的崇高敬意。因为他深入现实生活之中,才会产生强烈的创作激情。

"只可惜,天妒英才,这么有才华的人竟然在日本出了意外,英年早逝。"

老鹤对于黄家驹很是崇拜,他们只能在怀旧的歌曲声中深深怀念这位偶像级人物。

何平的思绪仿佛还沉浸在这首歌曲之中。每个人都有可能创造自己的光辉岁月,那是一种精神上的不懈努力和追求,虽然历经风雨,依旧矢志不渝。他关闭了收录机,取出磁带,拔下电源,用一块盖布把收录机盖起来。这部收录机是何平几个月的辛勤劳动换来的,他格外珍惜。

下课铃声一响,何平收拾好书包准备去食堂吃饭。这时候,虎子叫住他:"老二,咱们还是先打扫教室卫生,然后再去吃饭吧,反正这会儿食堂里的人很多。"

何平和虎子负责打扫教学楼三层各个教室的卫生,这也是郭云鹏照顾他们这些家庭困难学生的一个办法,为他们争取一些勤工助学的机会,然后由郭云鹏向学校申请一些补助。何平非常感激郭老师的良苦用心。

北秀山

我在高原

刚开始,何平还有些磨不开面子,不过时间久了,同学们也能理解,并没有人嘲笑他们。

打扫卫生一般在晚自习下课铃声响了以后开始,可是总有些同学还在教室里学习,难免影响他们的工作进度。虎子的这个提议非常好,省去了不少的口舌和麻烦事,起码在下晚自习以后还有充裕的时间。

厂1班的长风比何平幸运,他被派到食堂担任学生监督员,每天在吃饭时间帮忙维持秩序,负责打开食堂里的闭路电视,只需少量的饭票和菜票就可以在食堂吃饭,这让何平很是羡慕。

中午下课铃声一响,何平和虎子就开始忙活。擦黑板、清理讲台上的粉笔灰、擦洗讲桌;清扫教室里的纸片、塑料袋等杂物;教室的地面全部拖一遍。俩人忙活完了抓紧时间去食堂吃饭,回到宿舍往床上一躺就睡着了,还真有些累人。

辛勤的劳动总会得到回报,同学们对他们的工作大加赞许,何平的心中有一种成就感:我为同学们创造了一个干净的学习环境。当何平领到第一笔补助的时候,他的心里激动极了,约上发仔、阿泰等人乘坐5路车直奔民生大楼,买回来一台双卡收录机,这可是他人生中置办的第一个大件。

为了提高英语听力水平,大多数同学都买了随身听,经济条件好一些的同学也买了收录机。考虑到家里的境况,何平无法向蒲焕群开口要钱买随身听,这个愿望现在终于实现了。双卡收录机的好处在于可以翻录磁带,他们经常交换各自的听力训练磁带,如果遇到内容好一些的磁带,可以翻录下来,大家共享。

何平的收录机的另一大功效就是每天休息的时候,为大家播放摇滚音乐。听摇滚乐几乎成为他们课余饭后休息时的一大享受。老鹤是一个摇滚迷,经常买回一些如唐朝乐队、苍狼乐队、Beyond乐队、黑豹乐队、指南针乐队等的最新专辑,诸如崔健、窦唯、张楚、郑钧、臧天朔、黄家驹等人也成为他的偶像。有些经典专辑一直是他的最爱:崔健的《新长征路上的摇滚》、郑钧的《赤裸裸》、唐朝乐队的《梦回唐朝》、Beyond乐队的《光辉岁月》、黑豹乐队的《光芒之神》。

激昂和悲怆的乐曲在宿舍里响起,老鹤一会儿操起吉他缓缓抒情,一会儿拿起电贝斯扯开嗓门宣泄情绪,不时引得宿舍里一阵阵笑声。

他们的宿舍门正好对着楼梯口,时不时有人探进头来一看究竟:"哎哟,320宿舍里面咋还住着一群文艺青年,难得难得。"对于这些玩笑,他们不以为然,仍然陶醉在自娱自乐之中。

这天下午没有安排课程,何平便去图书馆的阅览室看杂志。当他看到一首名为《青春》的诗歌时,被其中所描绘的意境深深感动。这是美国著名诗人塞缪尔·厄尔曼所创作的一首广为流传的散文诗,曾经成为激励一代人重建家园、重塑民生的精神动力。何平不由得灵感触发,拿出纸笔记下了自己心灵的感受。

当何平正在全神贯注的时候,突然肩膀被人拍了一下,他回头一看,昕华站在一边笑嘻嘻地说道:"写啥好东西这么投入? 我都走到你跟前了,还没看见。你可有两周没有参加活动了,下周一定要准时到。"

"不好意思,最近事情比较多,下周我一定按时去。"何平一时有些不知所措。在这段时间里,何平明显感到昕华有意回避他,今天她在大庭广众之下的举动着实让何平摸不着头脑。

星期六吃过午饭,何平躺在床上读金庸的武侠小说,这也是他喜欢的休闲方式之一。

这时候有人敲门,响了好几声都没有人回应。现在是午休的时间,每个人都特烦有人打扰。老鹤不情愿地从床上爬起来,打开门一看,原来是有同学在散发传单,他接过来一看,乐了:"哥几个,好消息。今晚北门的电影院放《笑傲江湖》,吕老大请客吧!"

"咋又是我请客,上周发奖学金不是已经请过了吗?"大吕虽然嘴里说着不情愿,可是心思早已飞到了电影院。

这部片子由一代宗师胡金铨执导,徐克担任监制,叶童、许冠杰、张学友等一大批优秀的香港艺人领衔主演。在故事情节的构造方面加上了明确的时代背景,从创作手法上来看,运用了一种虚拟现实的表现手法。

何平认为,影片中点睛之笔的一段场景是关于衡山派副掌门刘正风与邪

北岳山 我在高原

教长老曲洋的友谊描写。这二人冒着被同道中人讨伐诛杀的危险而走到一起,他们琴箫相对,以音乐沟通情怀,建立起高山流水般的友谊,将功名利禄、正邪恩仇通通视作了无物,相互视对方为生死知己。这样一个简单场景却构成了整个故事情节发展上的一个小高潮。

激光光线在白色的幕布上投射出这样一幕:曲洋将载着刘正风尸体的木舟点着,他自己也和船一并沉入江中。看到这里,何平久久不能释怀。

此时,主题曲《沧海一声笑》在悲壮的气氛中响起,虽然只有寥寥几句歌词,却完全道出了一种笑傲江湖的人生态度,紧紧地把握住了影片的主题和感情基调。

看完影片出来,走在北门外熙熙攘攘的小街道上,他们还在激烈讨论影片中的一些故事情节和场面设计,每个人都发表着自己的意见。

"哥几个,这部片子不错吧? 这可是新派武侠片的代表作,武打设计和画面都不错。徐克的确是个怪才。"老鹤经常去电影院看武侠片,他的观点基本上得到大家的认同。

"武术练习和对打我可见过,并没有电影里那么玄乎。不过这部电影的特技用得好像不多,动作设计还算是到位。"老六的老家号称武术之乡,他发表的意见没人能提出反驳。何平也发现,影片并没有过多地采用武打特技,完全用一种介乎想象之间的武打场景,让他们有了更多的联想空间。

"我看这部片子的画面设计有些缺憾,许多场景看起来很是晦暗,画面色彩不够鲜亮,缺乏美感。"发仔在学通社待了那么一段时间,说话也很有些文学味道。

"不管咋说,这部影片完全可以称得上是新武侠电影的开山之作。"何平也表述了自己的想法。

"哎呀! 还是咱们老二的评论精辟,一句话就概括了。高见,高见!"这评语还是引来了一阵笑声。

"哎,咱不谝了,我肚子咋有些饿。走,我请哥几个吃夜市。"老鹤这话一出口,立马得到大家的热烈响应。北门口的夜市依然热闹,冒着热气的一大堆烤肉串刚一上桌子,三下五除二便被消灭干净,一大杯汉斯啤酒只碰一下就仰脖干了，兄弟们的情谊也在慢慢加深。

下晚自习的铃声还没有响起，老鹤就开始吵吵了："哥几个，咱赶紧去活动中心占位子，今晚有巴西队的比赛。"

这是第一次在美国举办的足球世界杯。美国与中国有十五个小时的时差，大多数比赛实况只能在后半夜观看，这可苦了他们这些喜爱足球的小青年。虽然大学生活动中心、各个食堂的闭路电视每天都有比赛转播，可是大多数人还是喜欢看现场直播，毕竟感觉不一样。

每当有关键性的比赛场次，他们一下晚自习就去活动中心占位子，抓紧时间趴在桌子上睡一会儿，以便有精力观看比赛。

足球比赛最大的看点当然是大牌球星。何平喜欢看罗伯特·巴乔迷人的马尾辫在赛场上飘起，那范儿别提多有韵味。罗伯特·巴乔的马尾辫成了传奇，他一次次挽救了蓝色意大利的命运，从而也赢得了无数球迷的痴迷。

最令何平激动的还是小个子马拉多纳的重出江湖。马拉多纳重现江湖，万千球迷激动不已，可他最终还是带着悠长的叹息声离开了绿茵场。按照《足球》报上的爆料，马拉多纳在踢小组赛时被查出服用了违禁药物，真是令人可叹又可恨啊！失去了灵魂人物的阿根廷队，遗憾地负于罗马尼亚队，未能进入八强，毕竟巴蒂不是马拉多纳。

八强的阵容几乎呈现一边倒的情形，只有巴西一支南美球队入围，其余七支全是欧洲球队。在何平看来，以技术细腻著称的南美球队还是不敌力量型的欧洲球队。足球比赛，不但注重技术较量，更看重力量。沙特阿拉伯作为亚洲球队的代表，为亚洲赢得一线风光，这似乎也印证了一句传言：东亚不如西亚。而来自非洲的尼日利亚也表现不俗，他们以小组首位晋级十六强，只可惜"非洲雄鹰"在八分之一决赛中惨遭意大利淘汰。

何平坐在教室最后一排的座位上，这个位置几乎成了他的专座。脑袋里昏昏沉沉，眼睛也是迷糊的。这物理课原本就不是何平的最爱，虽然黄一坤老师在他的心目中留有美好的印象。

黄一坤在课堂上认真给他们讲解各章节的知识点，毕竟临近期末考试。突然，她停了下来，从讲台走到教室中间看了一圈，慢悠悠地说道："是不是昨

北蒙山
我在高原

晚熬夜看比赛了,怎么一个个无精打采?"

一说到比赛,男同学们的精神一下子提了起来,你一言我一语,课堂顿时变成了辩论场。黄一坤的点评更是到位,原来这个端庄美丽的女老师也是个铁杆球迷。看来,他们和黄老师有了更多的话题。

"好了,比赛的事情我们还是课后再聊。当前你们的主要任务是认真做好复习准备,这次期末考试是统一命题,难度肯定不会小。"黄一坤又把话题转回到正题上,课堂教学也是不能马虎的。

虽然老师们在课堂上反复叮咛,临近考试一定要好好准备,可是他们看比赛的劲头还是很足。因为越是临近半决赛、决赛,每场比赛的悬念会更大,比赛也会更精彩。

关键的时刻终于来临,在120分钟的决赛中,双方没有一个进球,也为整届比赛制造了一个最大的悬念。看来只得通过互射点球决出胜负,这也是世界杯历史上第一次通过互射点球的方式决出胜负。

巴乔最后一个出场,这可是最关键的一次射门,何平的眼睛紧紧盯着电视机屏幕。受伤的巴乔已经累得力不从心,球一出脚,他呆呆地伫立着,看着球在往上飞,一直飞过了对方的球门。

活动中心里沸腾声一片,大家在相互拥抱、拍手欢庆,为巴西队又一次捧起大力神杯而欢呼。何平也被大家的激情感染着,心中那个奢望的念头又一次出现:中国男子足球队啥时候才能走到世界杯的赛场上?

期末考试在酷热难耐和观看比赛中结束了,各门课程的考试成绩也在陆续公布。

下午,班长小潘从系办公室借出班级总成绩单复印了一份,何平凑过去瞄了一眼,发现他的物理课成绩用一根下划线做了标记。"坏了,这回物理课挂了红灯。"何平心里担心了好长时间,可还是变成了现实。

"何平,我拿到成绩单时也是很惊奇,怎么只有58分?我去找了黄老师,她说你的卷面成绩确实有些差,实在没有办法提一下。看来只有假期好好准备一下,下学期开学补考,可不能再大意啊。"何平知道,这是小潘在安慰自己,但是他的脸上却有些挂不住,作为一名班干部,竟然有不及格的课程,这无论如何也说不过去。何平的情绪有些低落。

大家都在忙着收拾行李准备回家。夜晚时分，宿舍里还是酷热难耐，何平躺在光床板上久久无法入眠，他不知道回家后如何向母亲解说。

何平第一学期取得了不错的成绩，也让蒲焕群高兴了好一阵子。这次可怎么说出口？想不告诉母亲也是不可能的，过不了个把星期，何平的补考通知单就会寄到家里。

回到家后，蒲焕群看着何平情绪低落的样子，关爱地问他："娃儿，是不是在学校出啥事情了？"

何平只好硬着头皮告诉蒲焕群："妈，物理课这次考试不及格。"蒲焕群听了以后，沉默了一会儿，说道："娃儿，没事，你的物理课成绩一直不好。这次没有考好，下一次考试一定要用心考。"蒲焕群安慰的话语令何平有些无地自容，母亲为他能上学已经付出了不少辛苦，可是他的成绩却是如此地差。

一连几天，何平躲在家里不愿见人，也没有心情去同学家串门。

"妈，我想去砖厂干活，挣一点儿学费。"早上吃完饭，何平向蒲焕群提出了自己考虑了好几天的打算。

"那可不行。你现在好歹也是个大学生，再去砖厂干活会让旁人笑话的。"蒲焕群坚决不同意，她认为何平去砖厂干苦力活是一件丢面子的事情。

"我也总不能老是在家里待着，养鸡的事情母亲一个人完全可以忙活过来，我也帮不上多大忙。"何平在反复思量着。

"这样吧，我给你二大说一下，让他在水站上给你找个轻松活。"蒲焕群还是心疼自己的儿子，不想让何平吃太多的苦。

义克选在村里的水站上负责灌溉事务，主要是组织修整水渠，安排浇地等事项。

北莽塬上的三伏天非常炎热，田地里的水分蒸发得很快，这时节也是玉米、大豆等秋庄稼长势最旺盛的时候，田地里需要经常灌溉。灌溉浇地成了村里当前的一项重要工作，当然也需要更多的人力。何平的任务是巡查水渠，每天两班倒，每班两个人，互相轮换着吃饭、休息。

何平随身带着一张破凉席或一块塑料布，便于就地休息。如果轮到晚上有浇地的任务,他整晚都不能回家,实在困了就在渠畔上打个盹。

何平站在村子北边这条灌溉渠畔旁,看着缓缓流淌的水流一直向东蜿蜒。这条大渠从宝鸡峡水库引水,一直延伸到百顷沟。经过村子的这段支渠称作东三支,灌溉范围涉及周围五个村庄。

每次换班后,何平便从东三支的总阀门开始巡查,在量水堰查看渠水流量是否达到要求,检查支渠的各个分水阀门是否按规定开启,查看渠畔有无渗漏、跑水现象,渠道中有无杂物堵塞。要是碰到大跑水等突发情况,必须立即报告,找人帮忙修复。

中午回家吃饭,何平端起一大碗蒲焕群精心准备的面食,来到大门外的树荫下,他也主动加入"老碗会"的行列。

"何平娃,这一向忙啥呢? 咋还晒黑咧?"德文老汉笑着和他打着招呼。

"五爷,我这阵子在水站上,给队里看水、浇地呢。"得知何平这段时间在巡渠,德文老汉顿时来了精神:"何平娃,你知道不? 咱村北边的高灌渠,全名叫作宝鸡峡引渭灌渠,这里面的事情听我细细说来……"他放下手中的大老碗,点起了半截黑卷烟,操着戏文里的腔调,给何平讲述这条灌溉渠的历史:"咱这宝鸡峡灌渠是从渭河左岸引水,灌溉的范围涵盖宝鸡、咸阳、西安等十几个地区。这项工程其实由宝鸡峡引渭工程、渭惠渠工程和渭惠渠高原抽水灌溉工程三大部分组成,在宝鸡林家村和眉县魏家堡两处修建堤坝引入渭水,是个独具特色的双渠首引水灌溉工程。

"灌溉渠包括咱这塬上和二道塬下两条输水灌溉渠。塬下的灌渠就在头道塬上,是在原有的渭惠渠基础上扩建而成,渠首就在眉县魏家堡。塬上的灌渠从宝鸡林家村抽引渭河水,总干渠长有两百多公里,灌溉面积几乎是塬下灌渠灌溉面积的两倍。咱村里的人都把塬上的灌渠称作'高灌渠',这也是对渭惠渠高原抽水灌溉渠的简称。"

晚上,又轮到何平后半夜值班。他坐在这高灌渠的渠岸上,听着渠道里渭河水的哗哗流淌声,抬眼望着深远的星空,思绪却是跨越了漫长的历史长河。

夏季时节,塘库成了男孩子的乐园。吃完午饭,何平偷偷约上黑蛋、卫民、宇川等一帮儿时的玩伴,大家脱个精光,跳到塘库里胡乱扑腾,也没有什么人来进行指导,反正男孩子几乎都学会了游泳,不过大多是狗刨式。

吃完晚饭,何平带上铁锨、手电筒、塑料布和几只装满麦草的蛇皮袋子出门了,今晚前半夜轮到他值班。"娃儿,这包糕点也带上,今儿个你姑来咱家,专门给你留了些,后半夜能顶个饥。"何平临出门时,蒲焕群又拿了个纸包递给他。

"太好了,后半夜可以睡个安稳觉,肚子饿了还有吃货。"何平心中感到一丝轻松。后半夜值班实在痛苦,何平经常打盹犯迷糊,有些人趁机在渠道上开口子放水,经常会发生争吵,有时候还会动起手来。由于几个村子共用一个支渠,大家轮流放水浇地,有些人总想提前浇地,毕竟秋庄稼早一天灌溉,收获的希望就会更大一些。

后半夜,何平在渠畔上睡觉,突然听到地里有人大声喊:"咋回事?水咋变小了?"

何平听了以后赶紧爬起来说:"不好,可能是跑水了。"他和巡渠的同伴分头查找原因,借着昏暗的手电筒光,何平发现渠畔上出现了一个大口子,不知是渠水浸泡的原因,还是有人偷着放水。

何平拿起一个蛇皮袋子,赶紧向里面填了一些泥土,扎紧口袋后跳进水渠,快速把蛇皮袋子压在跑水的地方,再用铁锨培上泥土。一会儿的工夫,跑水的地方不再漏水。

何平坐在渠畔上喘着粗气,发现自个儿浑身上下沾满了泥水,夜晚的凉风吹过,感到身上一阵阵发冷,他只好脱下已经湿透了的衣裳,躺在一堆麦草上取暖。他从纸包里捏了一块蛋糕塞进嘴里,却噎得难以下咽,这才想起没有带水。

晚上巡渠,经常会遇到这样的突发事情,尤其是碰上突然下大雨的时候,情况更糟。田间地头的水渠大多是土制,渠畔在渠水长时间浸泡下会变得稀软,如果遇到下大雨,漏水、跑水现象便经常发生,更不用说有人趁机私开口子放水。

刚开始,何平由于经验不足吃了好几次亏,他也慢慢总结出一些应对的法子。塑料布是必备的,休息的时候垫在身下可以防潮,下雨的时候还可以当作雨披。蛇皮袋子里装上麦草,睡觉时可以当作床铺,睡在上面甭提多舒坦了。遇到紧急情况,装上泥土用来堵跑冒的口子很是管用。麦草在后半夜天冷的时候可以点火取暖,有时候还可以用来报信。

何平躺在自创的麦草垫子上,眼望着满天的星星,耳听着来自渭河之源的生命之水,沿着这条高灌渠哗啦啦地向东流淌,又一次开始了心中的无限遐想。

正是因为有了这条灌溉渠,才结束了北莽塬干旱缺水的历史,使当地的粮食平均单产增长了不少。北莽塬上正因为渭水的滋润,这块神奇的土地才焕发出了勃勃生机,也养育了更多的民众。

轮到中午回家吃饭,何平脱下湿漉漉的破球鞋,让泡得发白、发皱的双脚在太阳下暴晒。蒲焕群走过来关爱地说道:"看我娃这段时间变黑了,人也瘦了不少,干活要悠着点儿,别伤了自个儿身子。脚不要长时间泡在水里,小心着凉肚子疼。"

英子从学校回来了,今天是发放高中录取通知书的时间。"妈,我不想去念高中,我想去上职中。你看咱家供养三个学生上学,负担太重了,你和二哥也不容易。"

听到三妹的这些话语,何平感到胸口有些堵得难受。他真有点儿懊恼:要是自己早点儿考上大学,就可以早一天毕业参加工作,三妹也许就不会有这样痛苦的抉择。

蒲焕群一时半会儿也没有更多的话语,她说道:"英子,你要想好了,不念高中就失去了考大学的机会。如果确实想去念职中,你去找老师帮忙联系一个好一点儿的学校。"

何平不知道三妹的心中是如何地煎熬。上大学是每一个年轻人心中最神圣的向往,轻言放弃梦想,人生的道路必然会转到另一个方向。何平想:母亲此时的心情肯定更是难受,毕竟手心手背都是肉啊!

何平一时有些木讷,竟然找不出合适的话语来安慰母亲和三妹。

第二十四章

"老二,今天有空吗? 陪我去一趟交大,给我同学送个东西,她家里托人带来的放在我这儿。"何平被发仔从被窝里叫起。几缕明媚的春光从窗户玻璃透射进来,这个美好的星期天早上,真不应该躺在被窝里。

发仔带着何平来到交大校园里一栋式样老旧的宿舍楼下,刚进楼门就被值班的大妈拦住:"你们男生不能上去,你们要找谁? 是哪个宿舍的? 在这里登记一下,我给你喊。"这真是奇怪,学校里的规定咋都一模一样。男生不能上女生楼,女生却可以随意出入男生宿舍。

何平只好在小路上等待,四处张望看风景,时不时有女生从他身旁走过,有几个还在悄悄议论,他盼着赶快逃离这尴尬的境地。

一阵爽朗的声音传来,何平扭过头一看,这人好像是强莉吧? 两年的时光过去了,强莉的穿着打扮已经变化了不少。她的身旁是一位高大帅气的男孩,两个人有说有笑。强莉不经意地看了何平一下,眼睛中透着一丝惊异,神情却是很平淡。何平激动的心情慢慢平复下来,强行咽下几乎脱口而出的话语。如此看来,那些曾经美好的记忆,只能留在心里慢慢品味了。

做完早操后,何平抓紧时间来到食堂吃早饭。第一食堂里排队打饭的队伍几乎延伸到门外,他只好去第二食堂看看。第二食堂里也是人头攒动,何平正在东张西望,发现前面有一个熟悉的身影,他走上前去仔细一看,原来是昕华。

"哎哟，你假期忙啥去了？咋又黑又瘦。"昕华一脸惊讶地看着何平。

"也没干啥大事，只不过是下了几天苦力。"何平有些自嘲地回答，他明显感到心怦怦跳。

假期里，何平也有几次想念昕华，今天她突然出现在自个儿面前，他却有些失措，感觉有些不自然。何平端详，发现昕华也有些变化：飘逸的长发剪短了，皮肤也呈现出健康的黑红色。

"昕华，一个假期没见，你咋变成了一个假小子的模样？身上也晒黑了不少。"

"假期里我大多数时间在游泳池里泡着，长头发太碍事，索性剪了个寸头，打理起来也方便一些。我这肤色叫健康，你不懂了吧！"看来昕华的暑假生活比何平幸福多了。

"好了，说正事吧。这周五咱们开例会，学通社要进行一些人员变动，到时候在编辑部集合。"昕华这番话，何平回去想了半天终于明白。昕华已经进入高年级，社团的事情也搞得差不多，也到了该退出的时候，把机会留给学弟学妹们。这也是学校社团的特色文化，总会有人退出，每年新生入学时又有大量的新生力量补充进来。

来自仪器系的女生朝阳当选为社长，她的名字特别具有男孩的味道，性格也像男生，特别喜欢下象棋，棋艺还很不一般。昕华等一批人退出了社团，朝阳便组织何平他们开始忙碌着在全校各专业招募新人。

这又是一个纳新的季节，学校各个社团都在展开强大的宣传攻势，通过举办同乡会、联谊会、舞会等多种形式，想方设法为自己的组织招纳更多更强的人马。

"好长时间没有回家，该回去看一看收秋的情况了。"何平坐在长途车上，透过窗户欣赏起源上的秋天美景。田间地头满是忙碌的身影，人们在抓紧时间把丰收的果实收回家里。

何平忙完了地里的活计，端了一只小板凳，坐在院子里收拾玉米棒子，突然发现小花园的荒草中一株仙人掌长势非常好。

义克让在世的时候，总是喜欢在院子里种植一些普通的花草。一有空闲时间,义克让就去莳弄他的花草,从不要旁人代劳,即便是农忙时节,也不忘记浇水、施肥、修剪。

这株仙人掌是义克让生前照顾最少,但却唯一存活下来的植物,其余的花草都因为他的离世,缺乏人照料先后枯萎死去,甚至包括他生前最爱的一株樱桃树。

义克让虽然没有上过学,但是从莳弄花草中悟到了生活的意义。花草使他获得了平淡而又艰辛的生活中的一丝快乐。义克让非常钟爱他的花草,尤其喜欢夸奖那株仙人掌。

义克让常对何平讲:"仙人掌的命很硬,就算一连几个月不经管,也照样好好活着,它的生命力太强了。"义克让有时说着说着就感慨万千,何平却体会到了其中的真味。

"父亲的一生何尝不像仙人掌那样坚强不屈,一生都在同苦难的命运抗争。"何平不由自主怀念起义克让。

义克让十七岁的时候,他的父亲因病去世,当时家境贫寒,义克让勇敢地挑起了养家糊口的重担,帮着母亲一起,含辛茹苦地抚养弟妹三人长大成人。义克让的一生饱尝艰辛,受尽磨难,但是他从来没有退却,就像仙人掌一样,无论环境多么恶劣,也要坚强地活下去。

义克让离开已经两年了,他生前照料最少的仙人掌此时却是生机盎然。在丰收在望的秋季,院子里原本茂盛的花草由于无人经管,先后慢慢枯萎,仿佛随着义克让而去。

"难道父亲要把他的花草一个不留地带走吗?"何平看着这些枯萎的花草,眼眶里竟然有些潮湿。

第二年春天,在阳光的沐浴下,在绵绵春雨的滋润下,那株仙人掌坚强地长了起来。椭圆形的肥厚茎秆呈"十"字形层层叠叠,向四周有力地伸展开来。

"这是顽强的抗争,是毫不妥协的抗争,父亲的仙人掌呈现着无限的生命力。"每当何平回家看到院子里的这株仙人掌,父亲的影子仿佛就在眼前依稀闪现,父亲说过的话语又一次在耳旁响起。冥冥之中,父亲好像在不断地鼓

北蕶山

我在高原

励他，要像仙人掌那样坚强不屈，勇敢地同命运抗争。

岁月悠悠，义克让生前钟爱的仙人掌仍然绿意盎然、生机勃勃，它在向何平展示这样的人生哲理：所有的艰难困苦都是命运对你的磨炼，要有信心并坚强不屈地战胜它。

吃过午饭后，何平躺在床上看书，这时候小潘推门进来："何平，有你一封信，是从深圳寄来的。"何平接过信打开一看，原来是张毓琴老师的回信。

开学不久，何平就给张毓琴老师写了一封信，他在信中诉说了自己的感情困惑，以及由此产生的焦虑，希望张老师能指点迷津。这也是何平第二次给张老师写信。

刚入学时，何平满怀着对大学生活的美好憧憬，给张毓琴汇报了自己的学习计划，可是现在却没有什么能拿出手的成绩。

张毓琴在信中写道："何平，我认为你的感情激发也算是青年人的正常心理变化，不必过多担心和自责。只是我认为你现在的主要任务是学业，其他的一切都算不上大事情。如果学业半途而废，如何面对家中的老母亲和年幼的弟妹？"

读着张毓琴的回信，何平仿佛又听到她那亲切的话语在耳旁响起，朴素的话语中透射着严厉的要求。张毓琴认为，谈论感情生活对何平来说是一件奢侈的事情，他没有实力去谈情说爱，他的心智还没有完全成熟，未来的发展还没有定位，还没法对未来做出承诺。

读完张毓琴的信，何平陷入了沉思之中。

一连几天的阴冷天气让人发闷，好不容易等到了一个天气晴好的下午，何平约上大吕、老鹤、阿泰、三水、星星等人去操场打排球。虽然何平的体育课专项选修的是足球，可是他还是喜欢打排球，即便他的身高不具备优势，用大吕的话来讲："何平，打排球，你的海拔不够。"

排球场上锻炼的人比较多，已经没有空余的场地。这时候，何平发现昕华正和她们宿舍的几个人在玩，他对大吕说："哥几个，咱们过去凑凑热闹吧。"

昕华看到何平后很是热情，他俩站在场外闲聊了一会儿。何平提议说："咱们一块儿打比赛吧，男女交叉分别组队，怎么样？"

"没问题,咱们比试比试。"昕华痛快地答应了。

刚开始,可能是因为彼此不太熟悉,大家在场上的节奏都跟不上,气氛有些沉闷。几局过后,各自的状态才有所提升,比赛的气氛逐渐活跃起来,场上的谈笑声也不时响起。日头渐渐西坠,该是回去吃晚饭的时候了,他们只好结束了比赛,相互约定以后有空还来。

走在回宿舍的路上,老鹤拉住何平问道:"老二,啥情况?"

"什么啥情况?"何平被问得有些摸不着头脑。

"老二,装什么糊涂?刚才和你说话的那位姑娘,我看着很不错,你们现在是什么情况了?"老鹤显然认为何平有意回避话题。

"没有啥情况。她是计算机系计92-2班的,我们是在学通社里认识的,也算是同事吧。"何平平静地回答。老鹤仍然认为他有所隐瞒,一路上不住地"拷问",免不了引起几阵哄笑声。

蒲焕群托人给何平捎话,让他礼拜天一定要回家一趟,说家里有重要事情。

"家里有重要事情?"何平很是纳闷,难道家里又发生了什么大的变故?星期六中午一下课,何平抓紧时间去食堂吃完饭,匆忙赶往劳动路长途汽车站,准备搭乘过境的长途汽车回家,这样就不用再到县城去换乘车了。长途车的班次较少,去晚了赶不上,就只能从省城到县城,再从县城到镇上几番折腾。

当何平急匆匆地赶回到家里时,蒲焕群却说家里一切都好,只是有件大事情要和他商议:"娃儿,我准备给雄娃办婚事。他已经订婚快两年了,时间长了不结婚也不好,而且家里的事情多,也需要人手帮忙。现在我想问一下你的想法。"

何平很是理解母亲心中的顾虑,毕竟他是家中的长子,还没有毕业参加工作。要是先尽着给兄弟成家,担心他的心中有疙瘩。

"妈,你不用担心,这事情我能想通。二弟的年龄也不小了,该是成家的时候了。再说咱家里的负担也比较重,多一个人手也能给你帮上忙。"

第二天,蒲焕群安排二雄去请义诚意、义成全,还有义克选、义克荣等家族中的长辈前来商议婚事。义彩莲得到消息后也从县城赶了过来。

大家商量后认为：婚事就安排在腊月里操办，这时节正好是农闲，家里的事情也不是很多，正好能腾出时间。大家决定由义克选作为代表出面和女方家商定迎娶的日子。"行。就这么定了，咱几个分头准备。"义诚意作为总协调人，又给每个人分别安排了具体的事情。

家里开始忙碌了，蒲焕群、义彩莲姑嫂二人一起缝制新棉被、新褥子，请裁缝缝制结婚穿的新衣服，并为女方家准备彩礼。义克选等人帮忙购买新房中摆放的家具，购买彩色电视机、洗衣机、变速自行车等时下流行的几大物件。蒲焕群想尽自己的最大努力把二雄的婚事办得体面些。二雄抽空找来几个帮手，把家里从里到外粉刷一新。

何平站在岔路口来回张望，准备搭乘长途车回省城，免得来回倒车折腾。突然何平听到有人喊他，回头一看，原来是卫斌带着媳妇从镇上赶集回来。他俩站在路边闲聊，谈论着各自这几年的状况。

"卫斌，还在帮你爸经营砖厂？"何平问道。

"经营啥呢，我爸的砖厂早就关门了，还欠着信用社一屁股贷款。我现在搞养殖，也是不顺手。"卫斌的企业家梦想在起步时便遇到挫折。

"何平，你是不是很少回家？好长时间没有你的信息了。"何平和老同学的联系是有些少。

"我的确是很少回家。这段时间家里给我二弟准备结婚，我回家的次数才比较多。"冬季里，家里也没有啥活计，何平回来也帮不上啥忙。

"何平，你知道不？石头殁了。"卫斌的话令何平吃惊不小。

"不会吧！他的身体不是很好吗？还说要参军到部队上去锻炼呢。"何平的确有些惊讶和不相信。石头一心想穿上绿军装圆自己一个美好的梦想。

"石头是去年冬天殁的，据说是肝脾肿大引起的。当年参军体检时发现了这个情况，治疗了好几年，最终还是走了。"卫斌的言语中充满了伤感。

何平突然感到心中涌起一阵酸楚。这么一个生命说没就没了，老天爷咋就这么狠心！一个曾经满怀激情的热血青年，还没有来得及施展自己的抱负，就这样悄无声息地走了，上苍真是不公平啊！

何平坐在长途汽车上有些发呆，仿佛又回到了大家曾经一同上学的美好时光。车子经过石头所在的村子，何平回想起他们一帮人在石头家的地里帮忙收割油菜的场景，恍惚中仿佛看见石头站在村口。

北莽塬上的冬天依然是萧疏的，万物仿佛都在沉寂中积蓄力量，为了迎接又一个即将到来的春天。

婚礼的前一天，小院里挤满了前来帮忙的人。傍晚时分，何平带着二雄去给家族里去世的先辈们上坟、烧纸，这也是北莽塬上一直流传的一项重大仪式。每个男子在结婚时，都要到祠堂或者墓地，告知先人们自己即将成家立业，希望祖辈们保佑自己儿女满堂，家业有成。

二雄跪在义克让的坟前放声大哭，何平赶紧把他拉了起来，说："小心哭坏了身子，咱明天还有大事要办。啥事情要想开一些，咱爸在天上看着呢。要有个男人的样子，不要让旁人笑话咱。"

第二天婚礼时恰逢难得的好天气，万里无云，呈现着少见的湛蓝，虽然阳光很热情，可是空气中刺骨的寒气依然有些逼人。

两家同住在一条街道上，因此没有安排盛大的迎娶仪式。亲朋好友骑自行车或者步行陆续来到家里祝贺。酒席准备得比较丰盛，蒲焕群脸上洋溢着笑容，不时招呼着大家说："咱这席面太简单了，大家一定要吃好、喝好。"冬日的农家小院里，到处弥漫着喜庆的气息。

义宏光坐着轮椅来到家里，他和大家谈论起了二雄的婚事准备情况，不断夸赞蒲焕群能干，又谈起了义克让的过早离去。"老三咋是个没福的人……"说着义宏光用手帕擦了一下自己的眼角。

"十九爷，我扶你坐到上席。"何平准备扶义宏光坐到饭桌前，他却摆了摆手，说道："何平娃，你的心意我领了。我现在这个样子，也是活一天少一天，还能吃啥席面。你到后厨去给我端一碗菜、拿几个馍就行了。"

义宏光也算是村里的能行之人，先前一直在县城当包工头，家里的日子也算是过得红红火火。谁料想灾祸横空降临，有一次在盖房子时不小心被楼板砸了，经过抢救命是保住了，可是下肢却瘫痪，他每天只能坐在轮椅里磨日子。

"哎，你看这老三媳妇真是能干，把娃这婚事安排得妥当。一个外乡人不容易啊！"吃完宴席后，客人们参观二雄的新房，看看置办的家具、电器、床上用品等,不住地夸赞蒲焕群。

送走了客人和街坊邻居,有人提议大家一起照张合影,毕竟这也是一次家族里难得的大团聚。

"照啥呢,人都少了一个,我没有心情照相。"义克选突然说自己有些难过,说啥也不肯照相了。他说着说着,眼泪就忍不住流了下来,继而发出悲苦的哽咽声。

对于农村人来说,婚丧嫁娶是每家的头等大事。今天是二雄的大喜日子,义克选却看不到这一幕,这难道不是人生的最大遗憾?

何平想二大此时的心情一定很是难受,二大肯定是在想念早逝的父亲。这时候,他也慢慢明白了人们常说的一句话:手足情深。

"他二大,你可不敢这样子。今天是咱娃的大喜日子,你也不要太难过了。你哥留下的任务,还得靠着你们几个帮着你嫂子完成。"大家纷纷劝慰义克选。

何平走进母亲的房间里,在父亲的遗像前默默地站立了一会儿,点了三支香插在香炉里,他在心中对父亲念叨着:"爸,咱家今天办大喜事,你也高兴高兴。"泪水忍不住悄悄地流下,模糊了他的双眼。

办完了二雄的婚事,蒲焕群一连在炕上躺了两天,何平以为她得了大病,商量着要带蒲焕群去医院看病。

"娃儿,我没事。就是这段时间没有睡好,有些乏了。"蒲焕群平静的话语让何平悬着的心落了下来。

何平发现蒲焕群头上的白发又多了不少。

第二十五章

　　春天的校园夜晚别有一番景象,图书馆后面的小竹林里、教学楼下面的小花园里、水泵房的松林里,总能看到一对对男女同学漫步的身影。 何平还没有这样的幸福生活,下了晚自习匆匆回到宿舍。

　　老三和老五正在议论哪里的人更能吃辣椒的问题。"我们四川人能吃辣椒,哪样川菜里没有辣椒? 麻辣火锅喜欢吃不? 不但是辣得要命,而且麻得人合不上嘴。"老三的话的确不假,要论吃辣椒,四川人还是很厉害的。

　　"不能光说你们四川人能吃辣,我们云南人也不差,米粉店的桌子上少不了辣椒酱。现在咱俩就比试一下。"老五有些不服气,他拿出一瓶泡着红辣椒的白酒,两个人你一口我一口,下酒菜竟然是泡好的红尖椒。

　　何平笑着说:"其实,我们陕西人也能吃辣椒。陕西八大怪里就有这么一句话:'油泼辣子一道菜'。"他想缓和一下紧张的气氛。

　　"你们的油泼辣子咋能算是一道菜,充其量就是一个调料。"老四的这句话赢得了老六和发仔的赞同。

　　何平却发现大吕一直没有参与大家的话题,一个人闷闷不乐地坐在床上发呆。"咋了,老大今天不高兴? 谁又惹你了?"他有意和大吕开个玩笑。

　　"老二,还不都怨你,你好歹也算是个班干部,也不为自己宿舍的弟兄们帮帮忙,评奖学金时也不照顾一下。"原来,大吕是为这次没有评上一等奖学金的事情对何平心有怨气。

"就是的。老二，你也向其他班干部多学习学习，哪个不为自己宿舍的人想办法？"老鹤也附和着说道。

何平明白了他们所指的人和事情。本来评定奖学金是一项很严肃的事情，不但要看个人的学习成绩，而且要评价他们的平常表现及参与班集体活动的情况，人为因素肯定存在。虽然何平一直以一颗平常心看待这件事，从没有想着偏向谁，或者排挤谁，可是结果总是不尽如人意，即使他认为最终结果比较公平，却还是落了不少同学的埋怨。

"好了，哥几个别说了。这次老大虽然没有评上一等奖学金，好歹也得了个二等，虎子不是评上一等了吗？知足了吧！虽然我是团支书，有一定的发言权，可是也不能太过偏向自己宿舍的人，哥几个多多理解。"何平的心中虽然也有不满的情绪，可是他还得找个堂而皇之的理由来说服大家。

星期六下午，一帮人又在隔壁的318宿舍打够级，何平在一旁观阵。这时候，小潘从外面回到宿舍，他一进门脸色就不好看，坐在床上发了一会儿呆，突然走到桌子前，拿起桌上的扑克牌一把扔到窗户外。

一场不可避免的冲突终于爆发了。在激烈的争吵和混乱的撕扯中，一个暖水瓶被打破了，热水溅到了小潘的身上，只听得他发出一阵惨叫声。

"坏了，这下子麻烦大了。"何平和三水、阿泰等人赶紧扶着小潘到学校医院检查。还好，烫伤不是很严重，大夫给开了一些外敷的药品，叮嘱他说："这几天睡觉时不能躺着，只能趴着；也不能去澡堂洗澡，小心伤口感染。"

晚上，320宿舍里的八个兄弟面面相觑，不知道如何收拾这个烂摊子。是主动给老师报告还是沉默？几个人七嘴八舌拿不出个正主意。

一连三天过去了，系里没有人找他们了解情况，他们悬着的心慢慢落了下来，这其中的缘由他们一直不得而知，这件事好像就这样平静地过去了。

一个星期后传来一个消息：小潘主动找辅导员郭云鹏，说是自己不想当班长了。小潘也许已经意识到大家对他的意见比较大，主动给自己找一个适当的理由和台阶下。

宿舍里召开了"卧谈会"，大家在一起商议班委会和团支部成员的重组，按照各自的交往情况找各个宿舍的人打探消息,顺便也做一做大家的工作。

经过一个多星期的酝酿,大家商议推举山秀当班长,齐齐当团支书,何平则退出团支部,其他班干部的思想工作也由何平来做。

听了何平的汇报后,郭云鹏也同意他们重新选举班干部,认为这也是发扬班级民主管理的很好尝试,可以让其他有能力的同学也得到锻炼的机会。

班干部的人选基本敲定,谁也没有料到,又出现了一个小变故。原来他们打算推选虎子担任学习委员,可是虎子一再推说自己的能力不行,他说:"我看,还是推选何平当学习委员吧!"虎子的态度很是坚决。

按照不成文的规定,班干部要从每个宿舍选取,而且女生班干部也得占一定的比例。

在班干部民主推荐会上,320宿舍没有其他合适人选参加,何平只好表态说:"同学们,我的学习成绩虽然很一般,但是希望继续为大家服务,帮助大家解决在学习方面的困难,希望大家信任我、支持我。"

新一届班干部集体就这样产生了,班集体又一次焕发出团结向上的活力。

何平下晚自习刚回到宿舍,山秀推门进来说道:"老二,到我们宿舍来一下,我有事情找你商量。"

原来,山秀和矿3班的班长阿文商议,想利用星期天组织两个班的同学一起去春游。

"这是好事情,大家一定会积极响应。在这春暖花开的时节,出外踏青郊游的确是个好主意,还可以增进同学们之间的交流。"何平对山秀的想法表示大力支持。

他们及时向郭云鹏报告,抓紧时间筹备,选择春游的地点,确定参加的人数,联系旅游公司和车辆,收取所需的费用。春游的事情终于确定下来了。

春游地点选在秦岭脚下的高冠瀑布,据说是个山清水秀的好地方。

景区的大门有些寒酸,建筑造型如同北莽塬上的一座小庙。身材高大的大吕扛着印着系名的红旗走在前面,长长的队伍在讲解员的带领下,沿着山间的小路一路说笑着,在一处石塔前,他们留下了进校后的第一次春游合影。

"快来看,大瀑布!"同学们欢呼雀跃着。何平放眼一看,一股激流到此处

北莽山

我在高原

219

突然收为一束，从几十米高的石崖上飞流直下，倾入深潭之中，发出雷鸣般的轰鸣声。只见那山泉水翻滚，雾雨飞溅，在春天阳光的照射下，彩虹卧波，宛如人间仙境。他们站在深潭边合影留念，更有一些同学大胆地在飞瀑中来回穿梭，相互打闹。

"同学们，这就是有名的高冠瀑布，我给大家简单介绍一下。"讲解员为他们介绍瀑布和深潭的一些美丽传说。

"高冠瀑布和高冠潭是历史上著名的瀑布与古潭。在西周时期，此处便是当时京都镐京供水的主要水源，秦汉时期更是皇家上林苑的一部分。后来在不同的历史时期，它时而成为皇家的游玩之园，时而成为佛教宗师的清修之地。历代文人骚客更是在此赏景、吟诗，为瀑布增添了许多人文气息，最著名的如唐代大诗人岑参，也曾在此建造别墅，过起了耕读的田园生活。有一首诗是这样描绘瀑布的美景的：崖口悬布流，半空白皑皑。喷壁四时雨，傍村终日雷。

"说起咱们这个瀑布，还有一段故事与石油学院的学生有关。五年前的这个时节，三名大学生在此勇救落水的纺织女工，一个名叫唐春雨的大学生不幸被激流冲入深潭里……"讲解员为他们介绍了1987级的两位学长参与救人的英雄壮举。

这山泉从哪里来，又一股脑儿地钻到哪里？

"这个深潭到底通往哪里？"何平忍不住提了一个看似很平常的问题。

"当地的人们口口相传，这个潭直通山底，一直远达东海。潜水员曾在打捞遇难人员时下去过。"讲解员接着说，"这水潭奇深无比，神秘莫测，底下的面积很大，潜水员三个多小时都未找到边沿。"

高冠潭救人的三名大学生当时被省上授予光荣称号，唐春雨被省人民政府授予革命烈士称号。石油学院在校园内为唐春雨塑起烈士雕像。

"哦，原来如此。每次走过图书馆后面的小竹林，我都会不由自主地看一眼那个塑像，今天才终于了解了整个事情的来龙去脉。"有同学不由自主发出了感慨之声。

何平站在深潭边，看着那翻涌的水花，他陷入了深思之中。关于大学生为救普通民众英勇献身事件,社会上曾经掀起了不小的辩论,尤其是四军大的张华勇救淘粪农民而牺牲的事情,引起社会的极大关注。有些人认为,国家花钱培养一个大学生不容易,为救普通民众牺牲自我不值得。何平可不这样想,他认为,作为一个有理想、有信念的时代青年,心中时刻装着人民群众,勇于奉献、敢于献身,这才是好男儿的时代本色。

他们站在瀑布边上,再一次观瞻唐春雨学长献身的地方,默默地吊唁这位英勇救人的英雄。

北莽塬上春天的脚步快速走过,暮春时节几场大雨过后,塬上的麦田里逐渐呈现出一片金黄的颜色。

夏收之后,很长时间没有降雨,地里的秋庄稼也无法出苗,这可急坏了大家。各村立即动员村民进行抗旱保苗,宝鸡峡灌区也积极行动起来,想方设法合理调配灌溉用水。北莽塬上长时间没有大范围的有效降水,宝鸡峡水库里的库存也在急剧下降,分配到各区县、乡镇、村组的水量也是很有限,各村的人为了争抢浇地用水,经常吵得脸红脖子粗,有时候也为争个先后顺序而大打出手。

何平也听德文老汉讲过,这塬上是一块宝地,风调雨顺,旱涝保收,很少遭受天灾,基本上都是好年景。今年的情形却有些反常,难道是老天爷有意为难?

高灌渠里的来水时有时无,各村组只好抽取塘库里的水用来救急。秋庄稼总算是出苗了,可是天气依然炎热,田地里的水分蒸发得非常快,许多幼苗由于缺水而显得无精打采。秋庄稼一般都是喜水的作物,如果水分跟不上,势必影响后面庄稼的长势。渭河两岸的田地因为临近河道,可以有效解决庄稼灌溉之需。

北莽塬上的庄稼就没有那样的好运气。一方面,抽取渭水灌溉的花费太大,会增加农民的负担;另一方面,水利部门也不敢大量抽取渭水,因为会影响到流域各个县的工业生产、居民生活和农业生产用水统一调配使用。

省城也在感受着缺水带来的煎熬,自来水的供应无法正常保障,厂矿企业、机关单位、居民小区都实行定时供水,学校也不例外。供水的时候,大家

北莽山

我在高原

221

都把能盛水的用具全部拿出来接满水，以备不时之需。一些单位也陆续加大了自备水井的开启力度，以保证本单位的生产和生活用水。报纸、电视台也及时发布通告，要求各单位严格管控自备井，不允许超量抽取地下水，以防引起地面沉降，发生意外情况。

学校的自备井也是加大了开启力度，及时向水塔中供水，限定了供水的范围和时间，重点保证食堂、家属区和宿舍的生活用水。

"来水了，哥几个抓紧时间去接水。"每到供水的时间，他们抓紧时间去水房洗衣服，拿着洗脸盆、暖水瓶抢着接满水。

在炎热的三伏天里，省城犹如一个大火炉，所有人对于水的需求与日俱增。没有水，这个夏季如何能熬过去？

星期天是一个难得的休息时间，昔日热闹的篮球场、排球场上几乎见不到几个身影。

"这鬼天气这么热，还经常断水，打球的念头打消了吧。"宿舍的哥几个没有谁想出去玩，何平就到刚子就读的学校去转转。纺织学院的情况更糟，由于没有自备井，每天只能依靠市政的自来水供应，有时候好几天也没有供水，宿舍楼里散发着难闻的气味。大家纷纷抱怨说："都这样了，咋还不早点儿放暑假？"可学校的教学工作是早已安排好的，没有谁能轻易做出决断，必须等到上面的批示才行。

何平有些同情刚子他们的艰难处境，大热天里就连基本的生活用水都无法保证，他们的心中能没有怨言？他和刚子聊了一会儿各自的学习情况，顺便也谈起了暑假的安排。

刚子说："这个暑假我去跟车，也算是锻炼锻炼自己。"刚子的父亲承包了单位的货车跑运输，多一个帮手当然是好事情。

"暑假里，系上安排我们去炼油厂进行生产实习，可能去南京或兰州，等联系好了才通知我们。放假后还要在学校待上一个星期进行生产实习前的学习教育。"何平告诉刚子自己暑期的安排。

"去单位实习也好，可以接触到课本上学不到的知识，还能加深感官认识。我们的生产实习大多是自己联系实习单位，时间安排也很短，基本上也没有学到啥东西。这次你去炼油厂实习一定要珍惜机会,有啥困难告诉我。"刚子还是一副豪爽的样子。

好不容易熬到放暑假,大多数的同学都高高兴兴地回家了,可是何平他们还要继续留在学校接受实习前的教育。

"有一阵子没有回家了,不知道家里的情况咋样?"星期天,何平抽空回家看看。今年的夏粮收成不错,蒲焕群虽然及时完成了村里下达的夏季公粮任务,缴纳了乡统筹、村提留等各项费用,但是拿到手上的现钱却是不多。

听说何平要去外地实习,蒲焕群拿出一百元钱递给他,说道:"娃儿,这些钱省着花。家里的现钱也不多了,前阵子光是浇地水费就是一大笔开销,还不算收割麦子的钱、种地的钱、买化肥的钱和种子钱。"

何平把一百元钱小心收好,装在贴身的衣兜里。临出门时,蒲焕群又一次叮嘱他:"娃儿,出门在外要照顾好自己,去单位实习一定要注意安全,实习完了早点儿回家。"

炎阳炙烤下的北莽塬已没有了往日的勃勃生机,秋庄稼因为缺水而显得无精打采,田地里的玉米叶子卷了起来,有些已经发黄发干。

"再这样下去,今年的秋粮可能颗粒无收。老天爷也不睁眼看看?"德文老汉坐在树荫下,左手摇着大蒲扇,右手中的卷烟也没有心思点起。

何平坐在长途车上,透过车窗看到这样恓惶的境况,他的心中不免产生一丝忧虑之情。

实习的地点已经联系好,安排在兰州炼油厂,时间大概是三个星期。兰州的气候很是凉爽,夏天连电风扇都用不上,晚上睡觉还要盖被子。这算是个好消息,他们盼望着能早点儿赶过去。

早上起来后,何平去教室上课,他感受不到丝毫凉爽,省城这个"大火炉"真是热力不减。

三楼的教室里没有安装电风扇,王心刚讲了一会儿课便汗流浃背,在教室里上课的滋味实在是不好受。好不容易熬到晚上供水时间,何平抓紧时间到水房里冲洗了一下,然后撤掉床上的褥子,直接躺在光床板上睡觉。

何平躺在光床板上,听着窗户外面树上的知了还在拼命地叫着,他的心中不免烦躁。虽然打开了宿舍的门和窗户通风,可是进出的依然是热风。老鹤实在忍受不住,拿起床上的凉席一个人到篮球场上睡觉。

第二天早上,老鹤满脸郁闷地回到宿舍,发誓说道:"今晚说啥也不去了。"何平一问才知道,篮球场的蚊子令他无法招架。再说了,一个人睡在空地上也不安全。

下午,刚子来到学校找何平:"何平,这一百元钱拿去用,出门在外可不能亏待了自己。"

何平用力拍了拍刚子的肩膀:"好哥们儿,谢谢了。"

山秀和何平约上厂1班的大车,拿着系里开具的介绍信去火车站购买团体票,回来后从医学院公交车站走到学校,三个人早已被汗水浸透。

一切安排妥当后,樊玉山、康大勇、王心刚、李言真等四位带队老师带领他们六十几号人出发了。大家坐在火车上一路欢笑,平时拘谨的师生关系在闷热的绿皮车厢里一点点悄悄拉近。

火车沿着渭河河道一路向西,铁路两边绿油油的庄稼映入何平的眼帘,他不由得发出感慨:塬上和塬下的差别就是大,这塬下才叫风水宝地,旱涝保收。

"同学们,去兰州一定要尝尝当地的牛肉拉面,就像外地人到咱西安一定要尝凉皮、肉夹馍一样。当然,这里面的故事也不少,听我仔细道来。"康大勇是一个非常风趣的老师,他在车厢里和同学们聊着天,介绍着兰州当地的风土人情。

兰州炼油厂位于兰州西郊的西固区。他们还没有到达厂区,一股刺鼻的气味就迎面而来。樊玉山介绍说:"西固区有好几家大型炼化企业,这难闻的气味就是来自各个工厂排放的废气,时间长了大家就会习惯这个味道。"

由于每个人的实习经费比较少,兰炼厂门前的招待所他们住不起,只能联系到马路对面的兰州第三毛纺厂招待所住宿。

招待所的床位有限,大多数的男生被安排在几间会议室里住宿。"唉,原来是住大通铺。"有些同学在小声地抱怨,住宿条件有些差,看来只有将就了。住大通铺也有一些好处,几十号人挤在一间房子里,这样的机会可不是啥时候都会有的,而且大家在一起,热闹的话题总是不断。

第二天一大早,他们一帮人在第三毛纺厂周边的小店里吃早餐,发现这里的早餐品种单一,基本上都是以牛肉面为主,在西安常吃的豆浆、油条、豆腐脑、稀饭则很少。

"这家店的门前咋这么多人,是不是卖啥好东西?"何平发现有几家饭馆门前排起了长队,好奇心驱使他过去看个究竟,原来是人们在排队等着吃牛肉面。这时候,他才相信康老师所言不差,吃牛肉面是兰州当地人日常生活中的一个重要环节。

实习第一天是入厂实习教育和安全教育,厂里安排专业技术人员为他们讲解安全生产的注意事项、工厂的生产布局以及实习的工种安排。他们需要在一分厂、二分厂以及压力容器制造分厂等现场实习,重点了解常(减)压装置、脱硫装置、加热装置、换热设备等基本工作原理和运行管理,了解压力容器的生产工艺和制造过程。所有的同学被分到不同的班组,同厂里的工人一起倒班,全部实习时间大约为三个星期,中间安排两次休息的时间。

上班时间,他们被安排在不同的车间实习,向工人师傅请教问题,认真完成生产实习日志填写,有时候还要登上各类装置的平台切身体会,进一步加深感官认识。

"来,哥几个,交钱了,一人一块。"今天的实习任务完成后,老鹤招呼大家凑份子买了些黄河蜜、西瓜、桃子、苹果等水果,回到招待所,大家围坐在一台二十五英寸黑白电视机前津津有味地吃着,观看正在热播的一部名为《都市放牛》的电视剧。

几天后,他们在一起谈论的话题也集中到电视剧主人公的个人成长和奋斗历程:一群来自乡下的青年,怀揣着美好的梦想来到城市打拼,抒写着青春奋斗的感人故事。这部电视剧也算是一部青春励志剧,在他们中间产生了巨大的共鸣。

吃完晚饭后,何平和大昌等人坐在第三毛纺厂食堂外面的马路边上闲聊,瞅着一个个身着雪白工装、戴着白帽子的纺织女工从食堂里进进出出,相互间开着玩笑。

"干脆毕业后到兰炼厂工作,顺便在毛纺厂找个漂亮的织女结婚,也算是人生的一大快事。"这个朴素的愿望也成为大家相互玩笑的话题之一，何平也回想起高中时在国棉一厂食堂吃饭时许下的心愿。

夕阳西下，凉风习习，一群对未来生活充满无限美好向往的青年学子，在一起谈论理想，抒发情怀，各自描述着对美好生活的理想追求。

第二十六章

何平正在鸡舍里忙碌着,听见天空中轰隆隆响了几声,原以为是飞机起降时在村子上空发出的声音,抬头一看,却是一片片的乌云遮了过来,几阵凉风吹得树叶哗哗作响。不一会儿的工夫,小雨点终于落了下来,饥渴多日的北莽塬,终于盼来了甘霖。

秋分过后,北莽塬上又陆续迎来几场降雨,可是为时已晚。秋庄稼已经错过最佳的生长时机,田里的玉米大多只长到半人高,就是吐穗了也没有几个成样子的玉米棒子。眼看秋粮收成基本无望,许多人家只好提前拔掉玉米,有门路的人家联系奶牛养殖户收购玉米秆,但大多数人家的玉米秆只能随意堆在田间地头,打算晒干以后当作牛羊的草料或者烧锅的柴火。

蒲焕群带着何平一起去地里把所有的玉米秆割掉,全部拉回堆放在麦场上,趁着雨后天晴的好时机,把地里的杂草清理干净,田地也平整好,为播种冬小麦做好准备工作。何平看着这稀疏的田地,心中有一股说不出的难受:老天爷咋就这么狠心,今年的秋粮收成都没了,交公粮的任务可咋完成?

蒲焕群也是不断地埋怨着:"老天爷真是不开眼,这一向风调雨顺的北莽塬,咋会出现今年这么个不好的年景?"

连着下了几场雨,何平的心情很是烦闷,他对蒲焕群说:"妈,我想去县城转转,找同学聊聊天。"

这段时间家里没有多少农活,蒲焕群也知道何平待在家里也没有什么事情可干。"那好吧。去几天就行了,没事早点儿回来。"蒲焕群叮嘱何平说。

听说宏扬毕业分配到了县城的彩虹厂上班,何平拿着宏扬家里给的地址找到他的宿舍。

宏扬下班后见到何平,很是高兴地说道:"走,咱哥俩今天好好喝一顿。"俩人来到厂门前的小饭馆喝啤酒,谈论了各自的工作学习情况。"老于前几年在嘉惠商场摆摊,听说这几年又跑到深圳倒腾保健品。大林最近在忙啥,我也不是很了解。对了,小杨也在我们单位上班。其他人……"他俩聊起了中学时代的逸闻趣事,回忆那段令人难忘的美好时光。谈及石头的过早离去,难免勾起了两个人的伤感。

当宏扬听说何平的家庭窘状时,他沉默了一会儿,说道:"兄弟,困难只是暂时的,等过两年你毕业参加工作,情况一定会有所好转。相信我,有啥困难只管开口,我一定会尽力帮助你。"

几瓶啤酒下肚,宏扬说:"兄弟,今天就喝到这里,等我闲了咱再约几个同学好好喝一场。这样吧,我从每月的工资里为你准备五十元钱,你需要的时候只管来拿,或者邮寄到学校也可以。"

何平一时不知道如何表达感激之情。临走时,宏扬拍着何平的肩膀说:"好兄弟,这只是我的一点儿心意,你不要有啥心理负担。以后不管遇到啥事情,需要我帮忙,招呼一声。"两只有力的手紧紧握在一起。

转眼已到深秋时节,老天爷好像有意为难,隔不了几天就会下一场雨,空气中弥漫着潮湿的味道,给人一种压抑的感觉。

窗外的秋雨击打着法国梧桐树的叶子,沙沙声不断传进宿舍。何平躺在床上津津有味地看着书。这时候,何平听到有人敲门,他开门一看,原来是燎原。

燎原的情绪看起来有些低落,他说:"何平,晚上陪我一块儿喝个酒,咱俩好好聊一聊。"

原来,燎原明年就要毕业,这段时间正在为找工作的事情而苦恼。他学的是焊接专业,在省内也能找到合适的工作单位。因为石油学院属于行业办学,毕业生就业的主要渠道还是行业内的各个油田单位和相关企业。前来招聘的企业单位络绎不绝,每个即将毕业的学生都将面临不同的抉择。

几杯啤酒下肚,他俩的话匣子打开了。燎原把自己的苦恼一股脑儿全部倒给了何平,可是何平对于就业方面的事情压根还没有考虑,一时也找不出合适的理由开导他,这的确是一个难题。相比较而言,行业内的单位普遍比地方企业单位的待遇要好一点儿,可是行业内的许多单位地处边远,天南海北,的确也有许多不方便的时候。何平也只能从自个儿狭隘的理解出发,为燎原做个简单分析。

根据往届毕业生的就业情况来看,选择行业内就业的毕业生还是占大多数。何平也曾听郭云鹏讲过:"毕业后去行业内的石油单位,发展机会也许会多一些,年轻人应当去西北或东北闯一闯,不能老在家门口打转转。"

这天下午,何平在宿舍楼道里碰到了燎原,燎原兴奋地对他说:"何平,我的工作单位落实了,签到了东北的吉林油田。"

"好事啊!不过,我听说他们那里的冬天比咱这儿冷多了,你去了能适应吗?"班里来自东北的桂花曾告诉何平说,她们那里冬季很长,冬天贼冷,气温比这里要低二十几度。

"没事。反正每年都有来自南方的毕业生去了东北,他们能适应,我也有信心适应。"看来,燎原是下定决心要去远方闯荡。

燎原对何平说:"我们总是在家门口转圈,也需要到外面开阔眼界,不能像我们的祖辈那样,一辈子只是贪恋故土。"

寒假回到家里,蒲焕群告诉何平说:"雄娃媳妇快要生了。"何平一听很是高兴,他说:"咱家又要添丁进口了。"

农历腊月二十九恰好是除夕,家家户户都在为迎接新年做各种准备工作。突然,二雄媳妇肚子有了反应,一家人顿时手忙脚乱,二雄赶紧开着三轮摩托车载着一家人赶往县城第二医院。半夜时分,产房里传来消息:二雄媳妇生了一个千金。

第二天早上,何平陪着蒲焕群去火车站广场坐班车回家,大年初一的早上,原本热闹的车站广场十分冷清。忙活了一个晚上,何平回到家里感到很疲惫,但是蒲焕群却没有休息,她还要为全家人准备大年初一的早饭。

北寿山

我在高原

北莽塬上的人对于大年初一早上这顿饭比较看重,大多数人家都是吃饺子。吃完早饭,全家上下换上过年的干净衣裳。何平走到义克让的遗像前,整理了一下摆放在供桌上的供品和香烛,点上三炷香,他对着义克让的遗像心中默默念叨道:"爸,今天是好日子,咱家又添人了,您也有孙女了。"他一时间感到眼睛有些湿润。

北莽塬上的春天比往年来得更早一些。几场春雨过后,冬小麦迅速起身,长势良好,看来今年夏季会是一个丰收季。家里多了一个小宝贝,为小院里平添了几分欢乐和喜气。蒲焕群的脸上终日洋溢着高兴劲儿,忙活完地里的农活和家里的家务,抽空抱上小孙女去街坊四邻家串门。辛苦的劳作之余,蒲焕群也享受着难得的天伦之乐。

吃晚饭时,何平在食堂里碰到昕华,和她聊了一会儿就业的情况。原来,昕华的姐姐在国外,希望昕华暂时不要找工作,先去国外读研究生。

"哦,原来是这样。我看大家都在忙着找工作单位,只有你一点儿也不着急,真是稳坐钓鱼台,原来早已经有了好打算。"何平有意要逗昕华。

"快别说了。你知道我上的是委培,毕业后必须回到我父母的单位去上班,可是我又不喜欢那里的工作,只好选择出国读研。"昕华也有自己的苦恼,这几天正在找人想办法解除委培协议,这事情的确有些费神。

六月底,校园里又一次迎来了毕业季,上演着一幕幕悲欢离合的场景。夜幕来临,操场边、宿舍楼下、小树林,一对对情侣在互诉衷肠,时而也传出争吵声。

下午,系里发了紧急通知:晚上七点,所有的学生会干部和团总支干部到系里开会。

"又发生什么大事情了?"何平带着疑问走进会场。

在郭云鹏的推荐下,何平已经进入了系里的学生会,也算是争取到了一个锻炼自己的好机会。按照惯例,只有在学生会和团总支换届的时候,系里才会召开学生干部大会。"可是换届工作早已在开学初完成,看来这次一定是有大事。"何平心中胡乱猜测着。

每年的毕业季总会发生各种各样的事情,有喝酒闹事的,有乱扔东西的,当然也有情侣吵架闹事的。为了营造良好的校园环境，除了做好毕业班学生的思想教育工作以外，系里按照学校的工作部署，要求所有的学生干部积极行动起来，组成几支巡逻队，防止意外情况发生。特别要求加强晚自习之后的巡逻，发现意外情况及时报告。

这项任务可是有些难度。他们的工作对象是一些即将离校的学长学姐，他们会把这些学弟学妹放在眼里吗？可是系里领导对每位学生干部的要求是：有困难也得完成任务。

下午没有安排课程，何平窝在宿舍里看书，燎原推门进来说道："何平，晚上一块儿去吃个饭。今晚我们在宿舍聚餐，大家说带上你一块儿。"

燎原的宿舍就在何平宿舍的楼上，何平经常去串门，去得次数多了，大家也算是比较熟悉。

火辣辣的太阳还没有落下，学校北门外的街道上已经开始热闹起来了。或是三五人，或是十几人，大家在一起回顾着大学四年的美好生活，说到高兴处，端起一杯酒，一口闷下；说起伤心事，也是泪流满面。

宿舍楼熄灯的铃声响起，桌子底下也堆满了啤酒瓶。有些人还意犹未尽，旁边的人赶紧劝说道："算了吧，今天就喝到这里，明天有空接着来。"何平也有些头昏脑涨，话语也多了起来，他被搀扶着回到宿舍，一觉睡到大天亮。

送别的时候到了，何平送燎原到学校东门口，这里也在上演着许多感人的场景。同宿舍的好兄弟要分赴祖国各地，大家相互拥抱，许诺着来年相聚。好姐妹则是泛着眼泪，依依不舍之情令人感触。也许这一次的分别，好几年都不一定能见面。大家从此就是天南海北，各在一方，工作以后要想见上一面，说说心里话，还真是不容易。

何平和燎原在一栋楼里住了三个年头，现在燎原要远赴东北，何平心里头还真有点儿空落落的感觉。燎原拍着何平的肩膀说道："没关系。我到单位以后再和你联系。以后再想见个面可能不容易，写封信、打个电话还是很方便的。"

何平怀着感触，一个人闷着头往回走，这时听到有人叫自己，回头一看竟然是昕华，原来她也是到学校东门口送别同学。

他俩一边在校园里溜达着，一边谈论着各自的感受。话题一会儿是大学生活，一会儿又是同学情谊。话题最后又转到何平个人身上。昕华感到很是奇怪，何平今天为何跟她谈论那么多个人的事情呢？她也许不知道，何平早已把她当作最知心的朋友，她在何平心中已经占据了很重要的位置。难道她真的不知道？还是有意回避？何平不得而知。

两人走到一号学生宿舍楼下，昕华拿出纸和笔，写好了交给何平："这是我家的通信地址和电话号码。过几天，我就要回家了，有事情咱们电话联系或者写信。谢谢你陪我聊了这么长时间。"

何平怅然若失地回到宿舍。难道这段看似留下美好记忆的生活真要就此画上句号了吗？

三伏天的北莽塬上酷暑难耐，蒲焕群带着何平、英子到苹果园里锄草。七八月的天气正是北莽塬上的霖雨季节，隔不了几天就会下一场大雨，田地里的杂草也会趁机疯长。蒲焕群对地里的庄稼一向很是精心，每块地里都不允许有杂草。大太阳底下的苹果园里闷热难受，水蒸气顺着地面悄然升起，苹果园里简直就像个大蒸笼。可是，蒲焕群有自己的不同看法："今天的太阳毒辣，锄掉的草很快就会被晒死。你俩一定要把草根挖出来，这样即便再下雨的时候，草也不会长起来。"

蒲焕群的话有一定的道理。地里的杂草生命力很是顽强，往往同庄稼争夺水分和肥料。锄草不断根，那就是白忙活了。

正午时分，苹果园里更是湿热难熬，他们早已是汗流浃背。这时候，三强从学校领取通知书回来了。他对蒲焕群说："妈，学校的通知书发下来了。我没考上高中，被县城的二职中录取了，我不想去念。"

蒲焕群直起了腰身，用手背抹了抹脸上的汗水，拿过三强的通知书看了看，说道："娃儿，你年龄还小，不去念书还能干啥？"

三强沉默了一会儿，说道："妈，大哥和我姐都在城里上学。如果我也去城里上学，家里的负担会更加重的。再说了，我也不是念书的料，再去上学也没有啥盼头。"

三强的态度看起来很是坚决，不知道这一路上他是如何在进行复杂的思想斗争。农村的孩子如果不上学，只能回到家里务农，在这广阔的农村天地为自己奔个前程。

何平对蒲焕群说："妈，还是让小弟去上学吧！明年我和英子就毕业了，家里的困难就会缓解的。"

英子也接过话说："妈，我也同意大哥的说法。老师说我们最后一年不上课，大多数时间安排实习，我可以不用去学校。明年毕业时去领毕业证书就行了。"何平也知道，这是三妹宽慰母亲的话。去县城里上学，将是一大笔开销，蒲焕群的心里何尝不知道。

"娃儿，上学这件事情，我回去再和你二哥商量一下。"蒲焕群对三强说。

金秋时节，该是新生报到入学的时候，可是英子告诉何平一个意外的消息：三强并没有去上学。英子已经在一家村办的小厂找了一份实习的活计，她对何平说："在小弟上学这件事上，家里也起了不少争执。"

这样一个坏消息对何平来说是个不小的打击，他的心里简直犹如刀割。他内心不断自责，要是自己早一点儿毕业，也许就不会发生这样的事情。

晚上，何平一个人在操场溜达，心中不时涌起一股酸楚的感觉。抬头向天空望，星河灿烂，他不禁想起了父亲那刚毅的脸庞。

"不管有多大的困难，一定要坚持下去。"这是义克让经常教诲何平的话语，现在仿佛又在他的耳旁响起。

北芬山 我在高原

233

第二十七章

何平和老鹤各自拎着四个暖水瓶回到宿舍,抓紧时间打扫宿舍卫生、倒垃圾,整理好大条桌上胡乱摆放的书本,架子上的洗漱用品也归置整齐。今天轮到他和老鹤做值日了,吃完早饭后俩人就一直忙个不停。

老鹤打开自己的储物柜子,拿出一包哈德门牌香烟,从里面抽出几根用纸包起来装进上衣口袋。何平看着有些好笑,老鹤却一本正经地说:"老二,你是不知道,这帮家伙就像狼一样,一包烟不一会儿的工夫就能散光,这也是跟他们学的。"

"快走吧!别磨蹭了,一会儿就该迟到咧。"看着老鹤不慌不忙的样子,何平催促着他赶紧去教室上课。

"着急啥?专业课老师一般不会点名,不用担心迟到。"老鹤还是一副满不在乎的样子。进入专业课学习阶段,他们的课程学习压力明显小了许多,下午基本上没有课。

何平正在教室里上自习,星星走过来对他说:"老二,康老师让你到教研室去一趟,有事情找你谈。"何平一听,感到有些摸不着头脑。

何平走进教学楼一层的教研室,康大勇对他说:"何平,我最近参加金教授的课题,负责一个小项目,需要找几名同学帮忙制作实验装置,你有没有兴趣参加?"

何平一想,反正课余时间也没有多少事情,权当是给自己一个锻炼的机会,于是痛快地答应了。何平和星星、栓子等人加入了康大勇的项目小组,他们的工作主要是把砂子按照粒径大小和原油混合在一起制成不同的油砂模型,这些模型用来研究原油在不同油砂中的采收率。

星期六下午,何平带着星星、栓子等人准时到实验室里,继续砂模制作工作。康大勇对他说:"何平,有个事情需要你跑一趟。咱们需要制作一个实验装置,图纸我已经设计好了,现在要找人烧制。这是具体的地址和联系人,明天早上你到火车站坐长途车去一趟耀州。"

康大勇参与的项目是研究微波技术在采油方面的应用,需要制作一个耐高温的实验装置,他托人打听到耀州这个出产瓷器的地方有不少能工巧匠,所以指派何平去找人加工这个装置。

在火车站东广场的长途汽车站,何平向工作人员打听到开往耀州的车次和下车地点,终于在秋雨蒙蒙中出了省城向耀州进发。车子一路上走走停停,午饭时分才开到一个小镇上。

何平下了车一看:"这地方实在是不咋地!"街道上泥泞不堪,街道两边是低矮的瓦房,开着一溜儿卖瓷器的小商铺,不远处夹杂着几幢红砖楼房,楼层也只有五六层的样子。

何平好不容易找人问清楚了地点,一路泥泞赶到一个窑厂。老师傅问明何平的来意后,拿过图纸看了一会儿,面露难色地说道:"娃,你这个活有些复杂,图纸上要求的尺寸精度太高了,我怕是干不来。要不,你打个电话回去问一下老师,看能不能稍稍改动一下。"

何平一时有些犯难,他只好回到镇上,找到一家安装有长途电话的铺子,及时向康大勇汇报情况。

康大勇问明事由后,考虑了一会儿,对他说:"何平,这样吧,你把图纸上的孔径加大二至三毫米,问一下师傅能不能做出来。告诉老师傅,尺寸只能改这么多,否则做出来的模具效果就差了。"经过一番讨论,老师傅终于同意只把孔径尺寸增加二毫米,何平又说了一大堆的好话鼓励老人家,重新议定价格和交货时间。

北岳山

我在高原

天空中的雨丝越来越密,何平谢绝了老师傅邀请他吃饭的好意,返回镇上简单吃了一碗热汤面,搭乘了一辆顺路车返回省城。

车子一路颠簸着翻越了几道塬,终于开到平坦的川道上,何平紧张的心终于舒缓了下来。由于连续多日的霖雨,塬上的公路路面泥泞不堪,不时看到有车辆抛锚,等到车子走到平路上,何平才感到如释重负,总算是独立地完成了一项工作任务。何平在车上放心地打起了盹,直到有人叫他下车时才发现已经回到了省城。

三个星期后,何平陪着康大勇一起运回了加工好的模具。康大勇对何平说:"这件事情办得不错。过几天咱们还要找一家塑料制品厂加工装置的外罩,你有空到学校的电话室借一本电话号码簿查一查厂家的信息。"

电话号码簿上的塑料制品厂家很多,可是哪一家有能力加工制作他们所要求的装置外罩呢?这着实让何平伤神。

没有其他便捷的方法,何平只好一家一家打电话询问,记下每个厂家的产品加工能力,分门别类按照地理位置排列好,查找地图上的公交路线,准备去各个厂家实地看一看。

经过一整天的奔波,何平在大白杨一带找到几家塑料制品厂,通过对比制作水平和价格,终于确定了一家实力较强的生产厂家。因为是定制产品,而且产品只有一件,厂家提出的价格自然有些偏高。何平实在不好做决断,他只好和康大勇通电话,经过一番商议,最终还是接受了厂家的报价,这也是没有更好的选择来解决的事情。厂家的负责人很是直白:"为了你们这个活,我们还得专门设计模具。要不是看你这个小伙儿是个实诚人,这活还真不想接。"

天气渐渐转冷,教室里上晚自习的人明显少了许多。何平下了晚自习回到宿舍,小潘也跟着推门进来,说道:"何平,我这里有些图纸需要人手帮忙描绘一下,你们宿舍有没有人愿意干?费用还不低,如果愿意,明早给我回个话。"

小潘从化工系的张教授那里接了一些描绘化工工艺设计图纸的活。张教授正在做一个科研项目,为一家单位设计化工工艺流程,设计好的图纸需要描绘在蜡纸上,而且所有的标注要求翻译成英文。画图纸对于何平来说那是基本功,关键是英文翻译比较难,不但要有扎实的专业英语功底,而且还要知晓工艺流程,否则翻译出来的东西可能词不达意。

宿舍楼里的熄灯铃声响过,何平在宿舍里召开"卧谈会",没想到每个人都想试一把:"还有这好事情?大家一块儿干吧!"

第二天一大早,何平从小潘那里拿回厚厚的一摞零号图纸和白色蜡纸,大家分头做准备工作。何平和虎子去图书馆工具书库借化工专业方面的英文词典;老三和老五去借绘图板和丁字尺;老四和发仔去城里的商店购买专门的描图笔;大吕和老鹤去教学楼十层找空闲的绘图教室,准备好描图的场地。

描图不但是考量他们基本功的技术活,更是考验他们耐力的体力活。最基本的制图功底是必需的,更重要的是强调细致入微,否则一张描图可能因为细小的错误而全部废掉。小潘特别说明:"蜡纸没有多余的,描坏的蜡纸得自己掏钱重新买。"

经过几天的摸索,他们慢慢总结出自己的方法:先用绘图铅笔把图纸全部描一遍,然后再和原稿进行比对,确认无误后再用描图笔全部描一遍,线条的尺寸严格按照原图纸的要求。所有的标注翻译按照顺序写在草稿纸上,不能确定的翻译则反复查阅词典或专业英语课本,实在不能翻译的词语只好请教专业老师。

这时候,何平才体会到上专业英语课时,康大勇经常告诫他们的话语:许多同学对于专业英语不够重视,认为这门课就是一门不太重要的专业基础课。可是等到你们走上工作岗位,真正接触到生产现场的设备,尤其是一些国外进口的机器设备时,才会感到专业英语知识的重要性,到那时可就真有些晚了。

真是书到用时方恨少。何平搬来一大摞英文词典放在桌子上。翻译化工方面的专业词汇确实令他们几个人头痛,有时候也会因为一个词语的翻译争论半天,这在一定程度上也提高了他们专业英语的应用能力。

描图的确是一个体力活,描一张零号图纸最快也要一整天,有时候为了赶进度,他们只好利用礼拜天的时间,在空闲的活动桌椅教室或者专用的制图教室里架起图板,带上吃的、喝的,从早上一直忙活到大楼的熄灯铃声响

北卷山 我在高原

237

起。这中间顶多在吃东西的时候可以休息片刻,一天下来累得腰酸腿疼、胳膊僵硬。最难忍受的是眼睛干涩睁不开,白色的蜡纸反光性特别强,长时间盯着图纸看,实在有些令何平他们吃不消。

两周时间就这样过去了,他们的描图任务才完成了一半,大家的激情在枯燥的描图过程中逐渐消退,老鹤等五个弟兄实在坚持不下去,剩下的图纸只好靠何平、虎子及大吕三人完成。

一个月后,他们的任务总算完成,何平拿到了二百多元钱。这些钱对于何平来说,可是一笔不小的收入,他的心里乐滋滋的。

"哥几个,陪我去一趟康复路。"何平推开318宿舍的门,约上三水、阿泰前往康复路市场,为自己置办了一身行头。过几天他要出一趟远门,总得有一身像样的衣服吧!

何平参加的课题已经取得了一定的成果,实验装置经过了数次调试基本上完工。康大勇要在他们几个人中选一个陪他去北京的研究所送交实验装置,经过反复权衡,康大勇决定让何平陪他一起去。听到这个消息,何平很是高兴,其他几位同学则流露出羡慕之情。

康大勇替何平向系里请假。系里经过讨论,认为何平只是在校本科学生,没有办法办理出差请假手续。因为他不同于读研的学生,研究生参与导师的课题需要外出调研或出差是正常的事情。可是,学校的规定里也没有明确禁止本科生因参与科研外出请假。

"可以按照出差对待,不过费用报销的事情要问一下财务上是咋规定的。"几番讨论之后,系里还是决定让何平以科研出差的名义办理请假手续。

实验装置的尺寸较大,而且非常沉重,只能办理随车托运。在火车站的行李托运大厅里,工作人员用一个大木箱把实验装置包装起来,里面再装填一些填充物压实,保证不会出现晃动。康大勇在一旁仔细查看,并一再叮嘱工作人员轻拿轻放。工作人员很不以为然,说道:"你这是啥宝贝疙瘩,还这么金贵? 这箱子上有标识,别人看得懂,不会弄坏的。"

康大勇有意和他们开个玩笑:"你们不知道,我这里面是个瓷器,专门请耀州窑的老师傅烧制的,必须完整无损地送到北京的研究所,弄坏了你们可赔不起。"

因为何平是在校的本科学生，出差坐火车不能享受卧铺的待遇，康大勇也不放心他一个人，俩人只好坐着硬座赶到了北京。

办理完毕实验装置的交接手续，两人走出研究所的大门，看天色已晚，康大勇说："何平，咱俩去前门附近随便找个旅馆凑合一个晚上。明早还可以去看升国旗，顺便也在天安门附近逛逛，明天晚上咱坐火车回学校。"

康大勇带着何平在前门的小胡同里转了几圈，找了一家条件还算可以的招待所。这是吉林市驻京办事处经营的一家招待所，除了接待本市来京办事的人员，也接待一些其他旅客。

康大勇对何平说："以后有空来北京，就找各省市驻京办事处联系住宿，这些地方条件不错，人员也不太复杂，相对小旅馆要安全一些。"

华灯初上，康大勇带着何平在前门的大栅栏商业街闲逛，街道两边的老字号商铺里人头攒动：瑞蚨祥绸缎庄、全聚德烤鸭店、东来顺涮羊肉店、同仁堂药店、内联升布鞋店、张一元茶叶铺，操着南腔北调的游客进进出出，一派生意兴隆的景象，令何平大开眼界。

俩人走到一家小饭馆前，看里面的顾客较多，康大勇对何平说："咱俩去吃正宗的北京涮羊肉，咋样？"

北京涮羊肉一般用铜质火锅，选用上好的木炭加热，锅底一律是清汤，里面放一些葱段、生姜片、红枣、枸杞等。羊肉则选用张家口一带的羔羊，据说味道特别好。

康大勇拿起桌上的菜单，看了一会儿，对服务员说："每人来三盘羊肉，要肥瘦相间的。"服务员很是奇怪，这两人为何只点羊肉而不要别的蔬菜？康大勇笑着说："今儿个咱们先尝尝涮羊肉，改天再来吃菜。"

何平拿过菜单仔细看了一下，发现蔬菜的价格要比羊肉贵一些，难怪康大勇只要羊肉而不点菜。"明白了吧？北京这地方一到冬季，蔬菜就比较紧缺。你看看，一盘菜叶子竟然要比一盘羊肉贵，今天咱俩就只吃肉，也好好开个'羊'荤。"康大勇说话就像一个地道的北京人。

看着何平吃得津津有味、满头冒汗的样子，康大勇笑着对他说："何平，多吃一些,羊肉是个热性,冬天里吃适合养身体。看你这瘦弱的体格,多吃一些好好补一补。"

天刚麻麻亮,招待所的过道里就开始人声嘈杂,康大勇叫何平起床:"赶紧起来,我带你去看升国旗,去晚了就占不到好位置了,只能看别人后脑勺。"

北京的深秋早晨已是寒风刺骨,天安门广场上黑压压地挤满了观看升旗仪式的游客,何平和康大勇想方设法终于挤到前面。

"快看,国旗护卫队出来了。"人群中有人发出惊叹的叫声。旅游团的导游正在为游客做讲解:"大家看一看,我们的国旗仪仗队由三十六名战士组成,他们从天安门中间的门洞里走出来后,一踏上金水桥就开始迈正步,到达国旗杆下正好是一百三十八步。国旗杆的高度也经过了几次调整。大家再看一看国旗杆护栏,数一数总共有几个护栏?总共是五十六个,代表着我们国家的五十六个民族。"

何平看着国旗护卫队的战士们一路迈着正步,跨过金水桥,迈过长安街。此时,东西方向的车辆全部停了下来,大家目送国旗护卫队走向天安门广场。

鲜艳的五星红旗在雄壮的国歌声中缓缓升起,三遍国歌音乐之后,国旗恰好升到旗杆顶部。在寒风的吹拂中,国旗迎着朝霞猎猎作响。

广场上的人群面向旗杆站立着,眼望着五星红旗在冉冉升起,不时听到身边有人用照相机拍照的咔嚓声。一股无比激动的暖流在何平的心中涌起,他的眼角甚至有些湿润。

城门洞里排起了长队,游人们等待着登上天安门城楼参观。一个多钟头过去了,何平和康大勇终于登上了天安门城楼,他第一次近距离感受了一下开国大典时的历史瞬间,工作人员递给他一本登城楼纪念证书,上面竟然印有北京市市长的签名。

在旅游纪念品商店,何平特意挑选了一件天安门广场国旗杆的仿真模型,他想把这份美好的记忆带回家去。

毕业班的时光按理说是比较快乐的,可是何平感到比以往还要忙碌,虽然专业学习的任务不是很繁重,可是其他方面的事情真是不少。学长们曾经给他描绘:等熬到了毕业班,轻松快乐的日子就会来了。现在看来,这话有些言过其实。

星期五下午,系里组织毕业班学生召开就业动员会。原以为就业离他们还有一段时间,按照以往的就业情况来看,找一份工作还不算什么难事情。可是,何平听了郭云鹏的讲解和就业形势分析,他突然有了一种紧迫感。

由于学校属于行业办学,学校提出的口号是:学石油、爱石油、献身石油。每年到了毕业季,学校都要动员大量的毕业生去西部边远地区的油田单位就业。何平难掩激动之情,他也向系里递交了去西部就业的志愿申请。

何平回到家里,发现家里很是安静,没有看到英子和三强的身影。蒲焕群笑着说:"前阵子我托人给英子在机场找了个活,她现在在一家商店里卖货,待遇还不错。三强接替英子在纸箱厂干活,今晚是夜班,可能很晚才能回来。"何平发现蒲焕群紧皱的眉头舒展了许多,精气神也好了不少。

吃过晚饭,何平把自己想去新疆维吾尔自治区的油田单位就业的想法告诉了蒲焕群。蒲焕群沉思了一会儿,说道:"娃儿,咱家在外面也没有几个能帮上忙的人,找工作的事情还是你自己拿主意吧。去那工作的事情我说不上好坏,可就是离家有些远。"

何平的申请并没有得到系里的批准。因为学校要完成留省就业计划,况且他也是陕西籍的学生,系里要求他们这些本省籍的学生主动完成相应的就业指标。

国内各大油田企事业单位陆续来学校招聘毕业生,学校隔一段时间就会举办专场招聘会。看到许多同学都落实了就业单位,何平有些坐不住,他精心制作了一大摞个人简历,每天都去系里打听招聘信息。

听说省城的工业展览馆有一场招聘会,何平带着个人简历兴冲冲赶了过去。转悠了一圈,何平在一家单位的展位前停下来,工作人员接过他的简历看了一眼,问道:"石油学院? 这学校在哪一块? 我咋从没听说过!"这话语中透露着一丝怀疑。

何平一连去了好几家招聘单位,大多数人都会问他相似的问题,何平有些气馁。学校不是被称作"南郊四小龙"吗? 怎么在外面没有什么知名度?

他的自信心受到了不小的打击。

何平抽空给昕华写了一封信，向她诉说心中的苦恼，同时也不自觉地流露出自己的心迹。

昕华很快回了信，她在信中提到自己正在准备GRE考试，这段时间的压力也很大。她鼓励何平要有信心，一定会找到一份适合自己的工作。但是，昕华对于何平的表白没有任何回应，他未免有些怅然若失。

元旦前，厂1班的大车找何平商议，准备两个班一起搞一个元旦联欢会，大家好好聚一下。"行，没问题。咱们出去转一转，找个合适的地方。"

他们在学校对面的歌舞厅里包了专场，同时也邀请了郭云鹏、樊玉山、王心刚等几位老师参加。这是毕业前的一次大聚会，每个人都玩得很开心，何平没有多大心劲儿去找人跳舞，要了一瓶啤酒，找了一个角落独斟独饮。

寒假的校园里安静了许多，行道上的积雪很厚，间或留下了一行脚印。同学们陆续回家了，何平并没有立即回去，他想留在学校继续联系就业单位。"何平，明天咱俩去一趟延炼厂，你看行不？"大车找何平商议，准备一同去洛川县的延安炼油厂看一看。

第二天一大早，他俩赶到了火车站，乘坐一趟开往延安方向的普通客车。何平有些惊奇，这趟列车还在使用蒸汽机车头牵引，刚一打开车窗，一股烟气"呼"的一声灌进车厢，不长时间，他的脸上满是烟灰的痕迹。

火车一路走走停停，下午时分停靠在一个小站上，他俩拖着疲惫的身体步行二十多分钟终于找到了延安炼油厂。炼油厂建在一个小镇上，旁边有一条名为洛水的小河流经，冬季里几乎干涸。小镇的规模本来比较小，正因为有这么一家大型企业，整个镇子才显得有些现代化的气息。

人事科的张科长热情地接待了他俩："欢迎，欢迎。咱们这地方有些偏，这几年愿意来的大学生实在是太少了。你们俩的简历我刚才大概看了一下，专业完全对口啊！我回头再向领导汇报一下，有消息就和你们联系。"

张科长带领何平和大车在厂区里参观，简单介绍了厂子的基本情况，同时也希望他俩能下定决心到这里工作。因为厂里的技术人员大多是中专或技校毕业，这几年厂里的生产规模在逐渐扩大，最新的生产设备大量投入使用，生产工艺也在不断提升,因此特别需要本科生充实技术人员队伍和管理人员队伍。

　　"小伙子,咱这里大有可为,回去好好和家里商量一下,过几天我再和你们联系。"张科长的话令何平有了一丝心动。

第二十八章

这是一个充满了喜庆的节日,小院里难得有这么多的欢笑声,英子特意请了几天假回家,一家人也算过了一个其乐融融的团圆年。

村里的人们还沉浸在过年的喜庆之中,何平却没有心思在家待着,他对蒲焕群说:"妈,我想早点儿回学校去,准备去招聘会上看一看,联系一下工作单位。"

蒲焕群想了想,说道:"娃儿,我给你准备一些鸡蛋和挂面。你去找一下自立叔,看看能不能帮上忙。"

朱自立听了何平找工作时遇到的困难,他沉思了一会儿,说道,"何平娃,你也知道咱们现在的毕业生就业政策,学校已经不再包分配,需要个人去联系工作单位,落实工作单位的难度还是有些大。这样吧,你把简历放在我这里,我试着找关系联系一下渭河化肥厂。"

寒假的校园比较冷清,何平一个人在宿舍里发了几天呆,他又给兰州工作的彩伦表哥寄去了一份个人简历,希望他帮着联系兰州炼油厂。

几天后,长风、小云等几个本省籍的同学也陆续返回学校,何平终于有了聊天的伙伴。他们四处打探毕业生招聘信息,每天奔波在各个学校举办的招聘会,西工大、交大、医科大学等几所大学举办的各类招聘会全部参加。他们来回奔波了好几天,功夫不负有心人,终于有一家省内企业同意接收他们,这家企业位于秦巴山区，属于核工业局管理，主要生产压力容器，和他们所学专业非常对口。何平顺利地签订了就业协议，并到省核工业局办理了相应的审核盖章等手续。

开学后，何平将就业协议交到系里，等学校盖章后就算是万事大吉，他的心中不禁有些美滋滋的感觉。

何平在教室里准备毕业设计的外文资料翻译，山秀来到教室里对他说："老二，郭老师有事情要找你谈，你赶紧去一趟系里。"

"郭老师又有什么事情找我？我的就业协议已经交上去了，也算是完成了留陕的计划指标。"何平还在胡乱猜想。

"何平，系里今年的留校计划已经批下来了，系里准备留几名毕业生当学生辅导员，教研室也想留一名毕业生当实验员。我觉得这是一个好机会，你一定要争取一下。我已经向教研室和系里推荐了你，回去后好好准备一份申请材料。"郭云鹏的这个消息来得有些突然，何平有些掩饰不住内心的激动。

何平分别找教研室的康大勇、樊玉山两位老师，谈了自己的想法："我想留在咱们教研室当一名实验员，不知道两位老师有啥意见？"

"欢迎，欢迎。咱们教研室这么多年来只有一个实验员，你能来我们当然很高兴。不过，还得按程序办。"他们表示欢迎何平到教研室工作，但是还得按照程序完成考察环节，等到教研室开会讨论后再向系里提交结论。

"星期三下午，你俩到一楼的实验室参加面试、考核。"山秀传达了系里的通知，何平和星星按时到实验室参加面试、考核。因为教研室的老师对他俩也熟悉一点儿，因此面试时没有问太多的问题。考核的一个重要环节是要求他俩在规定的时间里完成一项实验，包括仪器的安装、调试、数据采集等，并要求现场完成一份实验报告。

在焦急的等待中，何平终于接到系里的正式通知，同意他留校当一名实验员，相关的材料已经上报到学校审核，等待批准。

听到何平留校这个消息，宿舍里的几个兄弟都非常高兴。"老二，这下可好了。你留在学校也好，离家近一些。我们以后回学校还有个落脚点。"何平也是按捺不住心中的激动，他也想把这个好消息及时带回家。

初春的北莽塬上刚刚可以看到春天的影子，村子边上塘库两边的柳树挥舞着嫩绿枝条。何平满怀喜悦的心情回到家里，他将这个好消息告诉蒲焕群："妈，我留校了！"

蒲焕群听了以后非常高兴，街坊邻居也纷纷向她道贺："何平娃留校好啊！三嫂这回可算是有指望了，儿子留在省城工作，以后就可以进城享福了。"

几场春雨过后，麦苗在迅速拔节，春风拂过，绿色的麦浪一波连着一波，镶嵌在绿色麦田中的油菜，悄悄地绽放着金黄色的花朵，北莽塬上又一次迎来了春天的喜悦。

画了一整天的设计图纸，何平感到有些手脚发麻，于是早点儿回到宿舍准备好好休息一下。他推门进去，却发现虎子坐在床上两眼发呆。"这是咋了？是不是出啥事情了？"何平关切地问道。

"没事。考研的复试通知寄来了，我正在犹豫去还是不去。"虎子递过来复试通知书，何平接过来一看，原来虎子被调剂到了抚顺石油学院。难怪他在犹豫不决。

大家陆续回到宿舍，听说虎子接到了考研的复试通知，纷纷表示祝贺，鼓励他一定要去参加复试，这么好的机会可不能错过。"老六，这机会难得，一定要好好争取。"

何平去找班主任赵智军，希望他能好好开导一下虎子。赵智军研究生毕业后留在研究生部工作，他结合自己的学习经历和工作情况，推心置腹地和虎子谈了好长时间，耐心地对虎子进行了劝导。

虎子一再强调说："家里实在困难，能供我上大学已很不容易了。我再想继续读研，家里可能不会支持。"

赵智军对虎子说："困难只是暂时的，读研究生在经济方面不会有太大压力，如果你实在有困难，我完全可以资助你。研究生毕业就会向前迈一大步，未来的路子可能越走越宽。"在老师的帮助下，虎子满怀着信心踏上了北去的列车。

何平躺在床上听音乐，山秀推门进来，笑嘻嘻地对他说："何平，告诉你一件好事情。明天早上去一趟系里，组织上找你谈话。"

听说是好事情，何平轻松地走进郭云鹏办公室。进门一看，他却感到气氛有些严肃，办公室里除了郭云鹏，还有虎子、山秀等几名学生党员也在场。

郭云鹏平静地说道："何平，你不要紧张。前天开了支部会，大家投票表决通过了你的入党申请。按照发展党员的程序，今天进行组织谈话，然后再将所有的材料上报系党总支。"

何平在焦急中等待谈话结论。几天后，郭云鹏对他说："何平，系党总支已经批准了你的入党申请。等到学校的正式通知下来后，系里要举行新党员宣誓仪式。"

听到这个好消息，何平很是感激郭云鹏。在加入党组织这件事情上，郭云鹏一直对他寄予厚望，盼望了三年的事情现在终于变成现实，郭云鹏也一定花费了不少心血。

庄严的宣誓仪式就在他们经常上课的三楼教室里举行，黑板上悬挂着一面鲜红的党旗，郭云鹏带领着何平和其他几名同学大声朗读誓词，何平仿佛感到自己肩负了一项神圣的使命。

郭云鹏说："同学们，今天我们在这里为几名新党员举行入党宣誓仪式，这既是一项重要的组织程序，又是一次接受教育的机会。从现在开始，你们成为一名预备党员，在考察期间一定要严格要求自己，在各方面都要发挥党员的模范带头作用，决不能辜负组织对你们的教育和培养。"

忙完了毕业设计和论文，参加完毕业论文答辩，他们进入毕业离校的倒计时阶段。同学们忙着各种聚会：邀请专业课老师和毕业设计指导老师聚一聚，述说一下难忘的师生感情；约上要好的哥们儿或朋友喝一场酒，怀念曾经的美好校园生活；悄悄给曾经要好的他或她道一声谢谢，虽然各种原因无缘走到一起，可是终究还是好朋友，吵几句嘴、说几句赌气的话，权当是大学生活中的一段小插曲。

他们相约在校园里照相留念，一个宿舍的好哥们儿、好姐妹照个合影，班集体也照个大合照，趁机和暗恋的人来个合影，每个人都想把这四年的美好时光记忆留下。

学校在调剂食堂特意为他们安排了一次聚餐，场面很是壮观。何平有些

北拳山 我在高原

激动,向每一位老师敬酒,和要好的朋友碰杯,结果被扶着回到宿舍。

夜晚的宿舍楼三层依然热闹,各个宿舍又在进行小范围的活动。"何平,你去邀请郭老师来咱们宿舍谝一谝。"老鹤提议邀请郭云鹏到320宿舍小聚。

"老五,你到楼下的值班室买几瓶小尖庄,每人一瓶。"老鹤从褥子底下摸出一把零钱和菜票,交给老五说:"就这么多了,不够的话你先给垫上,回头我还你。"

老鹤显然有些喝高了,可是脑子还没有乱。他们几个赶紧在褥子下、口袋里找零钱,这段时间的大小聚会,基本上掏空了每个人的口袋。不过要凑几瓶酒钱,哥几个还是绰绰有余的。

郭云鹏的宿舍就在斜对面,师生深度交流的机会其实并不是很多。在这个小小的宿舍里,大家的话题还是放得开的。这酒一上头,话自然就多起来,大家谈话聊天一直到深夜,浓浓的四年师生情都融在酒水里。这次何平一直睡到第二天日上三竿,起床后还是感到有些头疼。

邮局的车辆和铁路局的车辆在校园里进进出出,大家的行李被打包后贴上标签,提前发往报到单位。

何平当然不用办理行李托运,他帮着宿舍里的弟兄们办理户口迁移、派遣证等手续。虎子虽然收到了抚顺石油学院的研究生录取通知书,可是他依然选择去了大港油田,大家为虎子感到遗憾,何平也感到有些不理解,或许虎子有自己的顾虑。大吕去了胶州的第七建设公司,老三去了华北油田,老五选择了中原油田。

作为单位的委培生,老鹤要回独山子炼油厂,发仔也得回南阳油田,老四则要回克拉玛依油田。哥几个都坦言道:"老二留在学校还真是个好事,这里以后就是我们的办事处啦。"

三水作为中原油田的委培生,听从了阿泰的建议,选择去克拉玛依油田,三水认为西部油田更有发展机会。为了两个人能顺利走到一起,长风和晓云一块儿去了吐哈油田,也算是有情人终成眷属。大车最终选择去了延安炼油厂,被学校推荐为省级优秀大学毕业生。

"320宿舍的哥几个,今晚电视直播香港回归祖国的实况,学校安排我们在九楼的教室里收看，每个人都要按时到。"山秀推门进来，传达了系里关于毕业班的最后一个集体活动安排。

吃完晚饭，何平招呼宿舍的七个兄弟早早去教学主楼里安装有闭路电视的教室占位子。他们一直熬到凌晨，看着电视机画面里威武雄壮的驻港部队官兵进入市区时，大家发出热烈的欢呼声。最激动人心的时刻来临了，当鲜艳的五星红旗和紫荆花图案的香港特别行政区区旗升起时，全场爆发出雷鸣般的掌声。香港，这颗香江之畔的东方明珠终于回到了祖国的怀抱。

在七月的毕业离校季，他们也同样演绎着动人的故事。同宿舍的姐妹在火车站分手道别，有人忍不住失声痛哭。此时一别，可能数年见不上一面，纯真的情谊和曾经美好的时光只能留在记忆里。好兄弟要分别了，他们紧紧拥抱一下，相互道一声："兄弟保重。"

在学校的人事部门办理完毕报到手续，何平还没有来得及休整准备，便投入紧张的工作之中。

在这个秋季，国家教委要来学校进行本科教学评估检查。暑假的校园里满是教职工忙碌的身影。他们专业的教师也聚在实验室认真准备各项评估材料，整理历届学生的毕业设计资料、各个学期的实验报告，汇编所有开设的实验项目，清理各个实验室房间的环境，等等。

何平在实验室里埋头整理实验报告，樊玉山对他说："何平，今年的专业实习准备安排在兰州炼油厂，这次我负责带队，你也参加吧。介绍信我已经开好了，借款单系领导也签了字，你拿着借款单去财务上借一点儿钱，晚上就坐火车去兰州联系实习的事情。"

火车上人满为患，闷热的绿皮车厢里各种味道掺杂在一起，令何平感到有些喘不过气。这是一趟经过兰州的过路车，何平原本想着上车后补办一张硬卧票，可是排了好长时间的队，仍然没有着落，他只好一路上摇摇晃晃赶到兰州。

在兰州炼油总厂的招待所，何平找了一个床铺休息了半天。吃过午饭，他一路打听着来到位于生活福利区的教培中心，负责人接过何平的介绍信，用狐疑的目光看着他："你是带队老师吗？"

"是的,我今年刚毕业留校。前两年我还来过咱们厂实习。"何平主动介绍自己,并特意说明曾经在这里实习过。

"那好。既然来过咱厂实习,情况也就熟悉一些,我给你写个条子,你到各个分厂去谈具体的实习安排,一切谈妥了再找我签实习协议。"

第二天,何平分别到炼油一分厂、炼油二分厂、压力容器分厂等联系具体的实习工作安排。由于学校几乎每年都来兰炼厂实习,因此各项事情办理得还算顺利。

在兰炼厂教培中心,何平和负责人详细地讨论了协议条款,并就实习费用谈了好长时间。因为他们的实习经费实在有限,何平希望厂方能少收一些费用。临出门时,负责人握着何平的手说道:"小伙子真不错,是个认真办事情的人,费用的事情我也只能做出这些让步。协议书拿回去要盖学校公章,下次带学生进厂实习时交到我这里。"

实习的事情总算是落定,可是又一个难题摆在何平面前——兰炼厂的职工招待所价格有些高,学校下拨的实习经费包不住,这可怎么办? 突然间,何平想到两年前在这里实习时,就住在马路对面的三毛厂招待所,他于是决定过去看一看。

何平走进三毛厂招待所的值班室,他对值班人员说道:"你好,我找一下杜管理员。"

"杜管理员? 她现在是我们招待所的所长。"值班人员笑着回答。看来何平的信息还是不够准确。杜所长比两年前更显得成熟干练,亲切的笑容始终挂在脸上。

当何平向她说明来意后,杜所长很是惊讶:"真不敢相信,两年前还是个毛头小伙子的学生娃娃,现在都当老师了,不错啊!"

何平和杜所长详细谈论了住宿方案:带队老师两人住一间;女生四人住一间,余下的可以两人住一间;男生先安排在各个楼层的会议室住大通铺,余下的人可以住四人间或两人间;住宿费按照平均数核算。

"房间号和人数就这么定了,你回去做好具体的人员安排,等入住的时候把人员名单交给我,这样就不会出差错了。本来是要收取一定数量的押金,看你是个实诚人，咱们就口头约定。如果有啥变动，记着及时给我打电话。"杜所长热情地送何平出门，并叮嘱他回去乘坐火车时小心一些，因为有些车次的情况乱一些。何平的心中感到暖暖的。

七月的省城依然酷暑难耐，长途车里的气味相当难闻，每个人的身上汗水直冒，直到车子上了二道塬，车厢里才有了一丝丝凉风。何平抽空回家看一看，并为母亲以及家里的各位长辈买了一些礼品。

昨天，何平拿到了第一个月的工资条，上面的金额并不多，但他还是掩不住兴奋之情，他觉得从此走上了独立自主的生活道路。

蒲焕群看着何平带回来的大包小包的礼品，脸上洋溢着灿烂的笑容，当然也免不了要批评他几句："娃儿，买这些东西得花不少钱吧？刚上班挣钱要养成好习惯，手要紧一些，以后的日子还长着呢。"

吃午饭时，蒲焕群对何平说："娃儿，这段时间我老是感到喉咙里有东西卡着，吃饭总是不顺畅。"

何平说道："是不是天气太热上火了？买些消炎药吃一吃。如果还不行，让二雄带你到城里检查一下。这段时间学校里安排我加班，暑假也不能正常休息，过几天我还要带学生去兰州实习。"

何平在实验室里安排工人粉刷墙壁，樊玉山走进来对他说："何平，假期的整改任务太多了，教研室的老师忙不过来，你留下来帮忙吧，带学生实习你就不用去了。"

这个安排让何平感到有些失望。可是，教学评估检查是学校当前的头等大事，在这个事情上，不允许他有啥不同意见，必须无条件服从工作安排。

暑假的校园虽然是安静的，但是各个系部的工作人员却都在忙碌着，有些教师也得放弃休假时间，积极参与整理评估资料，整改完善学生作业、实验报告、毕业设计、毕业论文、资料档案、讲义等教学文档。

省城的酷热考验着每一个人。值得庆幸的是，他们的实验室在教学大楼一层，可以免受一些高温的折磨。何平认真整理近三届学生的实验报告，同时又参与修订完善实验指导书，一番历练下来，他逐渐熟悉了Windows操作系统和一些常用办公软件的使用。

何平抽空帮着整理近三届毕业生的毕业设计论文资料,现在已经可以熟练地使用电脑编写文档、管理文件,他不免有一些成就感。

"比尔·盖茨真是个天才。"从 Windows32、Windows95、Windows97 等操作系统的应用实践中,何平总结了这么一句话。

上大学时,何平只接触过 DOS 操作系统和 UCDOS 操作系统,应用软件也只是略晓一二,而且兴趣也不大,每样东西学得不够精,现在到了真正应用时,才发现自己曾经荒废了不少宝贵的学习时间。

秋风伴着阵阵凉意,把绵绵秋雨带到省城。在紧张的准备中,学校迎来了评估检查团,各级领导和每个教职工都悬着一颗心。焦急等待中的一个星期过去了,终于传来了令人鼓舞的好消息:学校顺利通过了考核评估。大家悬着的一颗心也放下来了。

下午没有安排实验课,何平在办公室里鼓捣电脑。这是一台康柏586计算机,硬件配置比较高,硬件解压卡、三寸软驱、五寸软驱、光驱等一应俱全,工作和娱乐都是一种享受。樊玉山对他说:"这可是咱们教研室的宝贝,是从美国进口的整机,今后就交给你好好管理。"

反复启动了几次,电脑依然是黑屏。"这可咋办?莫不是我不小心捣鼓坏了?"何平一时有些不知所措。他突然想到同宿舍的大闯是自动化专业毕业,对于电脑可能懂一些。

何平拿起办公室座机打了过去,大闯在电话里听了他的描述,停顿了一会儿,说道:"我先准备一些工具软件,一会儿去给你检查一下。"

大闯忙活了半天,电脑还是无法正常启动,不管是用软盘引导还是加电冷启动都无济于事。

"何平,看来只有打开机箱检查,你能拿主意吗?"大闯也怕何平担责任。

"没事。这电脑归我管,放心干吧!你想办法解决故障,先干再说。"他下定决心对大闯说。

大闯小心翼翼地拆开主机箱,同时详细地给何平讲解鼠标、键盘、显示器、打印机等外设的正确连接,并仔细地把拆下的主机零件摆放整齐。他认真地查看了一会儿,说道:"内存条和主板上没有发现虚焊和接触不良,看来得检查一下硬盘。"

大闫拆下硬盘拿到他们实验室,接到计算机上进行外挂检查:"你过来看,硬盘不能识别,可能是引导区坏了。"大闫很是自信地说道。

何平想到实验室里还有一台486电脑平常用得比较少,硬盘可以拆下来临时用一下。大闫说:"也行,可以把那台486的硬盘连在这个电脑上试一下。"经过一番测试和重新安装操作系统及驱动程序,电脑终于可以正常使用了。

"这样吧,你还是到学校的材料库房找人买一个硬盘,这个硬盘只能临时凑合一下。硬盘可以按照消耗材料的名目办理领用手续。"看来大闫的经验的确比何平多一些,以后还得好好请教。

他俩走出办公室,看到明月已经高挂树梢,这番折腾几乎花费了一整天的时间。

在大闫的帮助和指导下,何平慢慢学会了拆装电脑设备,并掌握了操作系统的安装和一些简单操作命令的使用。"大闫,高手啊!看来以后还得多向你请教。"何平下定决心要不断提高自己的动手能力,不能老是麻烦别人。

"过奖了。我只不过是在单片机和工控机方面比你接触多一些。你装过几回机子,慢慢学会了,我也就不用再教你了。"大闫有些谦虚地说道。

早上起来吃罢早饭,何平来到实验室先打扫卫生,然后去收发室取当天的报纸和信件,这也是他的一项重要日常工作。

信箱里有几封同学的来信,毕业后的书信往来成为大家联系的重要途径,大多数同学的联系信息都要通过何平来转发。大闫、小光等人免不了取笑他:"何平,你快成你们班驻学校的办事处主任了。"

今天没有安排实验课,何平又开始捣鼓这台康柏586。他从电子市场买回几张光盘,准备试着安装学习一些应用软件。李言真推门进来,对他说:"何平,电脑的水平咋样了?我这里有个好软件,你安装在电脑上抽空学习一下。"李言真递给何平一本书和一盒软盘。

何平接过一看,原来是一本《FoxPro2.5中文版操作使用指南》。他的兴趣一下子提起来,按照操作说明,花了一个上午的时间,终于完成了软件的安装和配置。当软件的欢迎使用界面呈现在屏幕上时,何平竟然有些激动。

北春山 我在高原

何平骑着自行车准备去物资库房领取耗材，远远看见一个熟悉的身影走在人行道上。他上前仔细一看，原来是昕华到学校来了。"好久没见，出国的事情准备得怎么样？"何平关切地问道。

"GRE考试已经结束，成绩还算可以。我这段时间回学校找几位教授写推荐信。"昕华介绍说，联系国外的学校读研，很是注重教授的推荐，这几天一直在忙着找人帮忙。

这件事何平帮不上忙，他只好鼓励昕华主动找老师，他说："写推荐信我帮不上，跑腿的事情我倒是能帮上忙。多半年没有见面了，你也瘦了不少，要注意自己的身体。"

何平送昕华到学校东门外，分别时，忍不住深情地多看了她几眼。

第二十九章

深秋的校园夜晚很是安静，冷风吹得法国梧桐树枝呼呼作响，道路上看不见几个行人，实验楼里有几个房间的窗户透着亮光。何平来到位于一楼的办公室，也没有心思捣鼓电脑，拿出几封同学的来信翻看。

办公桌上的电话铃声响起，何平有些奇怪："现在是周五晚上，谁还给办公室打电话？"

"何平，你在办公室忙啥呢？怪不得半天找不到你。回来吧，玩双升，缺一个人。"电话那头，传来浩男急切的声音。

在宿舍里打双升扑克牌，这也是他们工作之余的一项娱乐活动，何平和浩男、小光、柱子、大闯、小严等人，分别组成两队对阵，一直玩到半夜时分才宣布休战。

第二天早上，何平很晚才起床，洗漱完毕坐在床边，感到心里有些空落落的。"快两个多月没有回家了，不知道母亲的身体咋样？"他心中突然涌起回家看看的念头。

何平到学校北门外的超市给蒲焕群买了一些营养品，顺便也给小侄女买了一些零食，乘坐24路公交车赶到玉祥门长途汽车站，再坐长途车回家。

蒲焕群看到何平回家很是高兴，听到他还没有吃饭，赶紧进厨房准备午饭。蒲焕群对二雄说："雄娃儿，你到小卖部去给英子打个电话，就说你大哥回家了,让她抽空回来一下。"

在饭桌上,何平看到蒲焕群吃饭有些吞咽困难,关切地问道:"妈,你吃饭咋看起来还是不顺畅,去医院检查了吗?"

二雄接过话头说:"我带着咱妈已经去铁二十局的职工医院看过。大夫说咱妈的肠胃不好,开了一些帮助消化的药,等过一段时间再去检查一下。"

蒲焕群明显消瘦了不少,脸颊也塌陷了许多,露出了高高的颧骨。

"母亲虽说身体很瘦弱,可是并没有大的疾病,为何这段时间变成如此模样,是不是又受了什么打击?"何平心中产生了很大的疑问。

英子悄悄地对他说:"大哥,事情是这样的。就在八月份,我二哥和三大因为做生意的事情吵了好几回,有一回情形很严重,咱妈也跟着受了些气。这事情咱妈本来不让给你说,唉。"

夜晚的小院里有一盏灯一直亮着,何平陪着蒲焕群闲聊。她一会儿说起何平的工作和个人问题,一会儿又谈论英子的对象问题:"娃儿,你的个人问题也得抓紧考虑,咱家在省城的亲戚少,认识的人也不多,多找你们的老师帮忙。英子的对象也让人在帮忙介绍。"何平不明白,今天母亲为何要给他谈这么些事情?

蒲焕群为儿女操劳的心一刻也没有停下来。

何平躺在炕上辗转反侧,许多难以忘怀的事情像过电影一样在脑海中闪过。自从义克让去世以后,蒲焕群瘦弱的身体扛起了家庭的重担,现在家里的情况也在慢慢好转。谁承想,蒲焕群的身体却变成这般,整个人的精气神已经大不如前了,她的命运为何如此之苦?

何平准备返回学校,临走时他把二雄叫到一边说:"二弟,我看咱妈的病不敢再拖下去,你还是抽空带咱妈去县城的第二医院检查。这些钱你先拿去用,不够的话给我说一声。"

何平也知道,母亲生病一般不愿去大医院看病,她认为去大医院看病花钱太多。

何平叮嘱二雄:"二弟,一定要想办法劝说咱妈去好好检查一下。如果有啥大问题,我会带咱妈去省城的大医院看病。"

系部办公室外面的布告栏上张贴着放寒假的通知。何平按照放假通知的要求，认真检查了各个实验室的仪器设备，小型贵重仪器收拾好了放在柜子里，大型设备则盖上台布。他关好房间的水电开关，贴好门窗上的封条，收拾好行李匆忙赶回家里。

夜晚的小院里静悄悄的，何平哥俩又在讨论母亲的病情。何平拿着蒲焕群的病历和检查结果仔细看，他在医生手写的像天书般的诊断结论中试图查找有用的信息，一个看起来很熟悉的符号又一次刺痛了他的神经：Ca！"又是这个可怕的东西！"何平的心中涌起一阵悲凉之情，泪水忍不住滚落下来。

"哥，是不是咱妈这病很严重？"二雄看到何平悲伤的表情，一下子就明白了。

何平和二雄商量了一下，决定暂时不要将实情告诉母亲。马上就要过年了，家里还得有喜庆的样子。

临近年关，各家各户都在准备过年的事情，采办年货，收拾屋子，打扫卫生。"娃儿，你带上我去一趟机场，我想去看一下英子。"尽管天上飘着鹅毛大雪，蒲焕群还是坚持要何平骑着自行车带她去机场。

蒲焕群进了商店，她和英子并没有说几句话，反而和店老板聊了起来。何平在旁边听了一会儿，原来是店老板准备给英子介绍对象，约好今天请蒲焕群前来商议。

何平悄悄走到商店外面，却惊奇地看见了军红。"哎呀，老同学，好几年没见了，听说已经在省城上班了？"俩人站在屋檐下聊了一会儿，话语却越来越少，军红不断地抽烟，语气里透着几多遗憾。

大年初二，义彩莲来到家里，当她听说蒲焕群的病情后，把何平叫到一旁，流着泪说道："何平娃，你妈咋就是个没福的人，眼看着日子一天比一天强，原本还指望着跟着你去省城享福呢。"义彩莲的话语勾起了压抑在何平心中的许多悲苦，他数度哽咽。

义彩莲劝他说："何平娃，现在不是难过的时候，等过几天医院正常上班了，还是带着你妈到省城的大医院再看看吧！"

过了正月初五，北莽塬上的老一辈人称之为"破五"，预示着可以顺利出行了。

何平安排好家里的事情，便匆匆赶回学校。考虑到医科大学第一附属医院离学校最近,方便他照顾母亲,而且医院设备先进,医生的技术水平较高。可就是床位有限,如果没有人情关系,只能等着排队安排床位看病。

何平四处打听找人联系床位,经过几天的奔波,托了不少人情,终于落实了床位问题。

第二天,何平回到家里,告诉蒲焕群说:"妈,我已经联系好了省城的大医院。"

蒲焕群却说道:"先不着急,我这还有正事没有办完哩。"蒲焕群所说的正事,就是英子的婚事。

过年时节,亲戚朋友你来我往,有几个都在为英子介绍对象,蒲焕群的心里这会儿正对几个人选进行反复比较,心思还没有转到自己的身体疾病上来。

何平劝说了好几回,蒲焕群终于同意先去检查,她很不情愿地说:"娃儿,去大医院看病的花销太大,我这病县城的医院也能看,咱为啥还要大费周折?"

义彩莲这几天也赶到医院,顺便也陪蒲焕群聊天宽宽心,害怕她起疑心。因为何平一直没有告诉蒲焕群她到底得了什么病。

"何平娃,今晚我带着你找一趟你志红伯,看看我前几天托他办的事情咋样了。"义彩莲买了些礼品,带着何平去找李志红。

李志红是义彩莲的姨家表亲,在省委机关的小车班当司机,认识的人比较多,希望他能找人给蒲焕群好好看一下。

李志红很晚才回到家里,他对义彩莲说:"让你们等的时间长了,不凑巧临下班时有个出车的任务。"

李志红这段时间也找人问过,蒲焕群的病情已经很严重,基本上到了晚期,县城医院大夫的结论也很明确,在大医院检查无非是进一步确诊。

"何平娃,你妈的病情我也找过一附院的熟人,情况不大好。"李志红吸了几口烟,沉默了一会儿对何平说,"何平娃,伯还是劝你一句话。你妈这病不好治,不要再花一堆冤枉钱了。虽然说现在的医学发达了,可是对于癌症还是束手无策,不外乎是手术、放疗、化疗等手段,结果是钱花了一河滩,人也没少遭罪,最后还是个不顶啥。"

何平依然不愿意放弃,坚持要为母亲治疗。李志红语重心长地说:"我知道你的心上过不去,你爸得了瞎瞎病,自己还没有能力尽孝心,在你妈这儿尽个孝心也能理解。手术就不要做了，我看还是化疗吧，人也少受些罪。如果同意这个办法，我明天去医院找个人想法子，尽量少花些钱。你刚上班没多久，一下子就背个大包袱，往后的日子就难了。"

何平和二雄四处筹钱为蒲焕群治病。刚子也听说了蒲焕群的病情，他来到学校对何平说："兄弟，我先给你凑些钱，不够的话再张口。"

第二天，刚子的父亲将两千元钱送到学校。何平从银行里取出为数不多的全部存款，英子也将自己的两千元彩礼钱送了过来，总算是为蒲焕群凑齐了住院治疗费用。

化疗的副作用令蒲焕群有些吃不消，第一个疗程之后，她的蛋白数量下降得非常厉害，加之吃东西经常呕吐，原本瘦弱的身体显得更加羸弱。何平只好四处借钱为蒲焕群购买进口蛋白针剂，以提高她的抵抗力。

三个疗程之后，蒲焕群感觉吃东西比以前顺畅多了，自认为治疗有了一定效果，可是她老是说自己的左腿疼，时不时要用手按压一下。

何平有些迷惑不解：母亲患的是食道癌，怎么会和腿疼扯上关系？

"你母亲身体里的癌细胞发生了转移，我们一般称之为骨转移，你要有思想准备，随时都有瘫痪的可能。如果不放心，我给开个单子去做个CT吧。"主治医生李大夫的话语令何平内心凉了半截，原本希望通过化疗能缓解母亲的病痛，让她能多活几年，没承想现在的病情反而恶化了。

何平拖着灌铅般的双腿回到病房，他强忍着心中的悲苦，脸上表现出平静的样子，他怕蒲焕群看见自己难受的样子会多心。

这是一个多么残酷的现实啊！老天爷并没有将怜悯之心给予他，何平感到自己陷入了无助之中。

夜晚的操场上，留下了何平孤独的身影。

何平听从了李大夫的建议，暂时带着蒲焕群回老家休养一段时间。在医院住院治疗的开销实在太大，经济上的确有些承受不起。这段时间，何平和二雄轮流在医院照顾蒲焕群，兄弟俩也是心力交瘁。

天气逐渐转暖，北莽塬上春天气息逐渐浓了起来。回到了自己熟悉的小院，不时有街坊邻居前来看她，蒲焕群心情也开朗了不少。

北莽山

我在高原

259

在医院里住院治疗的这一个多月里，何平发现蒲焕群有好几次偷偷流眼泪，他还以为是家里人的照顾不周而令母亲伤心。

这一天，蒲焕群突然问何平："娃儿，这个18病区里的病人是不是都得了瞎瞎病，咋隔不了几天就会有病人被抬走？我是不是也得了不治之症？"

何平总以为母亲认字不多，大夫给母亲开的口服药他已经全部撕掉了外包装。可是，蒲焕群还是渐渐有些起疑。在闲聊的时候，病人都会不由自主地讨论自己的病情，蒲焕群从他们的议论中也能听出一些话音。

"二伯，我妈也得了瞎瞎病，省城的大医院也没法治，我实在没办法了。"何平去找义克孝商量办法，并将蒲焕群的真实病情告诉了他。

义克孝听了以后，抽了几口雪茄烟，慢慢说道："何平娃，是这样吧，咱先给你妈撒个谎，就说是省城的大夫建议中医和西医结合治疗。我根据病情先少量开一些药，主要是以毒攻毒，能起到多大的效果，全看你妈的造化了。"

义克孝来到家里为蒲焕群号脉，并说了不少宽慰的话，临走时还一再劝慰蒲焕群说："他三姨，你这病不要紧。我回去给你开几服药，调理上一段时间就好咧。"

何平送义克孝到大门外，他把何平叫到一旁，小声说道："何平娃呀，你妈的脉象不旺，身体差得厉害，我怕这以毒攻毒的方子你妈吃不消。"

"现在都到了这个节骨眼上，已经没有其他退路了，二伯你还是尽力而为吧。"何平几乎在哀求义克孝，他知道义克孝心中有很大的顾虑。

也许是天气转暖，阳气上升的缘故，又或许是义克孝的方子有些对症，在药补和食补的作用下，蒲焕群的气色一天天好转起来。逢着天气晴朗的日子，一个人可以拄着拐杖在院子里自由行走，前来探望的人也有些惊奇，大家都以为奇迹将会发生。

四月中旬，北莽塬上呈现出迷人的美景，何平却没有心思欣赏。他回到家里看望母亲，蒲焕群却对他一通抱怨："娃儿，我的病情缓了这么长时间了，咋还不带我去继续治疗？是不是不想给我看病了？这段时间吃饭又不顺畅了，腿也疼得厉害。还是带我去医院吧，大医院的机器一照，我的腿就不疼了。"

看来蒲焕群已经有了强烈的与病魔斗争的念头，也许她认为自己的使命还没有完成，不能就这么早早撒手而去。

何平只好回到学校找大闫、小光等人凑钱，又忍不住给远在兰州的彩伦表哥打了求助电话。彩伦在电话那头沉默了一会儿，说道："何平，最近我们单位的事情太多了，我一时半会儿也没法过去。回头先给你寄上两千元，抓紧时间给你妈看病。"

一个星期后，何平带着蒲焕群又一次入住18病区。说句实在话，何平最不愿来到这个病区，这里几乎每天都会上演生离死别的场面。蒲焕群虽然认不了几个字，可是在这里住久了，已经意识到自己的生命时光所剩无几。蒲焕群的使命感在支撑着她强烈的求生信念。

李志红听说蒲焕群又来住院，抽空也过来探望。他把何平叫到一旁，说道："何平娃，你的心尽到就行了。上次我已经给你说了实情，你妈的病已经到了晚期，花再多的钱也不顶啥。来这儿看病的有钱人多的是，最终还不是钱没少花，病人没少遭罪，结局无非是多活了个把月。"

李志红的话不是没有道理，可是何平又怎能忍心放弃，让母亲燃起的求生念头彻底熄灭。就这样，又是几个疗程的化疗和放疗，蒲焕群的病情并没有多大缓解。

夜深人静时分，蒲焕群时常因腿疼而惊醒，何平看在眼里，心中犹如火焚。第二天一大早，他赶紧找李大夫想办法。

李医生对何平说："你母亲的骨转移已经非常严重，我给开了一些哌替啶，这种药不能用得太频繁，用多了病人容易产生依赖性。记着，只有疼得实在不行了，才叫护士打上一针。"

下午是医院准许探视病人的时间，刚子前来探望蒲焕群，他在走廊里对何平说："兄弟，你要挺住，这段时间你人也消瘦了不少。我看你妈的病情不太好，得提前做一些准备。"

何平的心情低落到极点。他握着刚子的手说道："我也没有多大的奢求，小弟在你那里多照顾一些，就像自家的兄弟一样对待。他做得不好的地方，还望多多担待。我妈的病情，走一步看一步吧！"

过年的时候，何平找刚子商议，想让三强到他的公司里干活。刚子听了

北芒山　我在高原

261

何平家里的情况,痛快地答应了:"这有啥问题,让小弟来吧。都是自家兄弟,还说什么客气话。"

星期五下午,何平为蒲焕群办理完出院手续。这时候,李志红也来到医院,他考虑到蒲焕群腿疼行动困难,来回倒车不方便,准备星期六一大早开车送蒲焕群回家。何平一再表示感谢:"谢谢伯,这会不会给你添麻烦?"

"何平娃,没事。我给车队的领导说过了,他也能理解。再说了,咱能用几回车?"

街坊邻居听说蒲焕群出院回家了,时不时有人前来探望。大家以为蒲焕群的病情已经稳定,可是看着蒲焕群越发消瘦的身体,许多人悄悄流了眼泪,他们也许已经意识到蒲焕群所剩的时日不多了。

义克孝前来看望蒲焕群,听了在医院的治疗情况后,他说道:"他三姨,你这病看来只有进行扎针治疗,这样可能好得快一些。"何平知道这是义克孝善意的谎言,蒲焕群却是当了真。

吃完早饭后,二雄推着三轮车送蒲焕群去义克孝家扎针,路上不时有人询问蒲焕群的病情:"他三嫂,听说娃带你到省城的大医院看病了,现在咋成了这样子呢?"

扎针只是缓解蒲焕群的疼痛,哌替啶打多了,现在也产生了一定的耐药性。对于这个情况,身为中医大夫的义克孝也是束手无策,只好采取这样一个瞒一天算一天的法子。

蒲焕群得了晚期癌症的消息还是在村子里悄悄传开了,家族里的一些长辈也时不时前来探望。

午饭后,孟德用架子车推着大婆前来看蒲焕群,大婆原本就是小脚,而且年纪将近八十岁,行走很是不方便。大婆一看到蒲焕群,就忍不住老泪纵横地说道:"老三媳妇,这才几个月的光景,你咋就病成了这样?我这把老骨头,老天爷咋还不来收我,你年纪轻轻的人,咋还不如我老太婆能扛!"

何平的泪水一下子涌了出来。大婆是家族的长房媳妇,年轻时便守寡,吃了不少苦,也没少受罪,特别能体会蒲焕群的艰辛。

前来探望的人多了,蒲焕群也从大家的表情上感到自己的确快不行了。

"我是不是得了瞎瞎病,也活不了几天光景了,你们咋都哄我呢?"对于蒲焕群的疑问,何平一时语塞,心中却犹如刀割,他也不愿意欺瞒自己的母亲啊!

何平安排二雄在家里尽心照顾蒲焕群。因为马上就要到学期末,教研室的事情也比较多,他不能再向系里请假了。

何平从收发室取回信件,然后开始整理本学期的实验报告,登记每个学生的实验成绩。办公室的电话铃响起,何平拿起来一听,一个熟悉的声音传了过来:"何平吗? 我是昕华。我去加拿大读研的事情基本落定了,今晚我就坐火车去上海转飞机,今天特意给你打电话道个别。"

何平愣了一下,稍稍平静了一会儿,说道:"告诉我去上海的车次和时间,晚上我去火车站送你。"昕华一再说不用何平送行。她说:"我今天已经给在省城的同学和老师都打电话道了别,不用麻烦大家送行。"

何平毫无心情地草草吃完午饭,他一个人静静地躺在床上,心中却在来回思考着。他想:昕华这次去国外读研,有可能再也不会回国,这也算是一个最后的道别吧,该送她一件什么样具有纪念意义的礼物呢?

下午上班的铃声响起,何平等到大闫、小光都去办公室了,他开始翻箱倒柜,目光最终落于摆放在写字台上的国旗,这是他去天安门广场时购买的国旗杆模型。何平小心翼翼地把国旗杆模型拆卸开来,然后拿到学校北门外的礼品店请老板精心包装起来。

下班时分,何平坐着5路公交车赶到火车站,找到了开往上海方向列车的候车厅,他在熙熙攘攘的人群中搜寻着,转了几圈后依然没有看到昕华的身影。

正当何平要去其他候车大厅里转悠时,突然听到有人叫他:"何平,你怎么来了? 我不是说过不用麻烦你到车站送我嘛。"

原来,昕华买的是软卧车票,她和家人都在贵宾候车室里,难怪何平找了半天都找不见。

昕华指着身边一个年轻小伙子,对何平说道:"这是我男朋友,你们也认识一下。"对于这个情况,何平原本有思想准备,可是现实摆在眼前,他反倒有些拘谨。昕华找了个话题打破僵局,带着何平去见她的家人,大方地介绍说:"这是我上大学时非常要好的朋友。"

昕华把何平叫到一旁，掏出记事本，在一页纸上写了一个英文地址和电子邮箱地址，撕下来交给他，说道："这是我姐姐的通信地址和电子邮箱，我们可以通过我的姐姐转发信件和邮件。"

何平将准备的礼物送给昕华，怅然若失地走出了火车站候车大厅。

在落日的余晖下，何平陷入了深深的思考之中。广场上人流不断，迎来送往的一幕幕情景剧正在上演，这里是一个城市的窗口，也是一个城市的舞台。

何平在这里送走了自己曾经的最爱，他甚至感到有些遗憾，如果当初自己勇敢地向前迈一步，也许现在就会是另一番情形。

何平不得而知。

第三十章

北莽塬上的麦子熟了，金黄色麦浪在热风的吹拂下，一浪紧接着一浪。头道塬的麦子因为浇水较多的缘故，还没有完全熟透，二道塬和坡坡上的麦子已经开始搭镰收割。周陵农场的连片麦地里，几台大型联合收割机在来回工作。

村子东头的麦地里，几台新型的小型联合收割机也在忙碌着，引来许多人看热闹。在这龙口夺食的时节，蒲焕群准备为英子完婚，这也是她想在弥留之际完成的一件大事。何平及时给舅舅家打了电话，希望他们能来人参加三妹的婚礼，最关键的是蒲焕群也想念家乡的亲人。

"何平，好像是你舅家来人了，就在门外。"义廷盈走进家门说。何平赶紧走出大门迎接，他看到二表哥陪着大舅母站在门外。由于大舅年事已高，又不习惯坐火车，只好让大舅母来到家里。

看着蒲焕群被癌症折磨的样子，大舅母忍不住流下了眼泪，她拉着蒲焕群的手说道："原本想着等到何平娃儿大学毕业后陪着你回家好好耍，没承想现在你成了这个样子。好好养病要紧，其他的事情由他去吧！"

按照北莽塬上的老讲究，闺女出嫁前，家里要提前一天招待亲朋好友，名曰：起发女子。亲朋好友来到家里，给英子送了一些陪嫁的礼物。家里已经没有多少钱财为英子准备像样的嫁妆，一想到这里，蒲焕群坐在炕上伤心地捶胸说道:"我女子命苦,没有福气。"这话像针一样扎在何平的心上。

虽然时值夏收时节,英子的婚事还是如期进行。蒲焕群已经请人看了黄道吉日,她要坚持完成这件大事情。

各家各户都在忙着收割麦子,抓住地里的墒情播种秋季作物,前来帮忙的人也不是很多。仪式比较简单:大舅母作为母亲的代表出席婚宴;二雄和媳妇作为送嫁的娘家代表;小侄女是"押车娃",担当了看护姑姑陪嫁的重任。同时,他们也邀请了一些家族长辈前往参加婚宴。

何平没有去参加英子的婚礼,他要留在家里照顾蒲焕群。送亲的队伍出发了,小院里暂时安静了下来。

"送亲的人都安排好了吗?不要落下谁,免得人家怪不是。"得到何平肯定的回答后,蒲焕群的脸上露出一丝难得的笑容,何平感觉有泪珠子在眼眶里转动。

忙完英子的婚事和夏收,何平又匆忙赶回学校。樊玉山问他:"何平,家里的事情都安排好了吗?有啥困难一定要告诉我。"

樊玉山原本安排何平暑假带学生去实习,考虑到何平母亲的病情,只好安排其他老师:"何平,今年暑假带学生实习你就不要去了,留在家里多陪陪你妈。"

放暑假前,何平帮着教研室老师整理当年的毕业设计(论文)资料,抓紧时间整理学生的实验成绩,并及时提交给各门课程的主讲老师,以便他们按时上报学生的期末成绩。

按照系里的暑假工作安排,何平认真检查了所有的实验设备,小件贵重仪器设备收好锁在仪器柜里,其他设备则盖上台布,要不然等到暑假回来,上面就会落一层灰尘。他关好实验室各个房间的电源和水龙头,门窗上贴上封条,留下一套钥匙放在系办公室。收拾好行李,何平便匆匆赶回家里。

七月的天气像着了火一样,北莽塬上的日头更加毒辣,晒在身上像火烤一样。空气中没有几丝凉风,刚出苗的秋庄稼显得无精打采,没有一点儿生气。村里的大喇叭在播放重要通知,号召村民捐钱捐物支援南方的抗洪救灾。

"南方又遭灾了?以前不是经常号召大家为陕南地区抗洪救灾捐钱捐东

西,这回咋换了地方?"蒲焕群听着街道上的广播和村民们的议论,一时半会儿不明白是怎么回事。

支援陕南救灾,确切地说应该是支援安康地区,是何平记忆犹新的孩提时代的事情,那时大家只是捐献一些自家人不穿的旧衣物或者棉被等,捐钱的人家极少,因为各家的经济状况都不宽裕。捐献的衣物统一收集堆放在村里小学的操场上,大队部的告示栏则张贴着各家捐献的明细。

"老五,你说说看,咱这关中道上是不是好地方,大灾大难还是比较少见。"街道上,德文老汉正和几位老伙计圪蹴在大碌碡上,抽着黑卷烟闲谝,谈论的话题上自国家大事,小到家长里短,发表着各自的看法。

"你这话有道理。咱这地方自古就是风水宝地,要不然那么多皇帝死后都埋在北塬上。唉,没想到今年南方遭了这么大水灾。走,回家收拾收拾,咱们也去捐献一点儿吧!"德文老汉掐灭了手中的卷烟,端起紫砂茶壶,佝偻着背慢慢走回家里。

村委会前慢慢聚集了不少人,大家都在打听上级的文件通知精神,顺便也了解南方水灾的具体情况。

晚上,何平打开电视机收看新闻。为了不影响蒲焕群休息,家里人已经好长时间没有看电视了。在电视机画面上,何平看到国家领导人的身影出现在抗洪的第一线,以人民子弟兵为主体的抗洪大军筑起了钢铁般的防洪人堤。在这令万千观众热泪盈眶的场景里,中国向世界发出了抵抗自然灾害的最强声音。

第二天一大早,蒲焕群就开始念叨着:"娃儿,你把家里的衣物收拾一下,主要整理一下你们哥几个的衣物。家里还有两床棉被,都是新棉花做的。如果村上收,就拿去捐了吧。现钱也捐一点儿,你好歹也算是外面干事情的人。"何平走到村委会,代表母亲捐献了一份心意。

蒲焕群拿起手边的《圣经》,翻开了一个章节小声地诵读,她也在为灾难中的人们祈祷。蒲焕群原本不识几个字,《圣经》上的内容大多是别人讲给她听的,时间久了,渐渐认识了不少字,这也许算是宗教信仰对她的一种帮助吧。

蒲焕群喊着嘴里有些淡,特别想吃鱼。何平想:这是不是母亲又在想念

北巷山 我在高原

267

家乡？家乡的亲人算是见到了，可是母亲再也没有机会回老家吃一顿记忆中的美食了。

何平坐着班车赶到县城。县城民院什子菜市场里，熙熙攘攘的人流中，叫卖声此起彼伏。"咱这鱼是渭河滩自家鱼塘里养的，喂的是精饲料和新鲜水草，来几条吧！"一个长相敦实的鱼贩在热情叫卖。何平走到他的摊位前询问："老板，你这鱼咋卖呢？"

"兄弟，老板二字不敢当，这片的人都管我叫三胖。你想要啥鱼？鲤鱼、草鱼还是鲢鱼？我给你算便宜点儿。"三胖热情地介绍着，抽空用搭在脖子上的毛巾擦擦脑门上的汗水。

"家里有个病人刚动完手术，一直念叨着想吃鱼，我也不知道买啥鱼好。"何平真不知道蒲焕群到底想吃啥鱼。

三胖一听，摆手说道："兄弟，那可不行。鱼是发物，动过手术的病人千万不能吃，容易引起伤口感染。"何平一时不明白三胖的理论从何而来，吃个鱼还会发病，他确实有些不信。

待何平将详细的情况告知后，三胖说道："原来是这么回事。这是老人家的最后一点儿念想，这时候再好吃的东西，她都可能吃不下去。我帮你挑几条鲫鱼吧，拿回家熬个汤给老人家喝。记着，先用清油煎一下，然后加上清水煮开就行了，少放些调料。"

临走时，三胖又特意找了几个冰块放在塑料袋里："天气太热了，我给加上几块冰，要不然等你倒几趟车回家，鱼就变味了。"

冒着热气、散发着香味的鲫鱼汤端了上来，蒲焕群眼睛里流露出渴望的表情，何平夹了一块鱼肉送到她嘴里。蒲焕群默默地咀嚼了一会儿，艰难地咽了下去。

何平只好用勺子舀汤给蒲焕群喝，看着母亲喝着鱼汤时满足的神情，何平的眼泪悄悄地滑落，有几滴竟然不小心落在碗里。

白天是酷暑难耐，街道上的树荫下挤着不少乘凉的人，大家都在诅咒这难熬的天气："今年这夏天可就怪了，南方在使劲儿地下雨，咱这里却旱得要命。老天爷咋不匀一下，把南方多余的雨水调到这北塬上来？"

"老五，听说你们几个悄悄去寺庙给神上供了，天上的玉帝咋还不派龙王前来降雨？"人们的心情虽然烦躁，相互间的打趣还是少不了。

"再不要胡说咧。前几天是庙里过会，四乡八镇的人去了不少，我们还一块儿吃了舍饭。可能是现在的神都吃得嘴刁了，供了那么多好吃货，还是不灵验。明天，咱几个就去庙里把供品自己享用了。这年头，连这神都是假冒的多。"德文老汉也许不知道，他们的供品早就被一群毛孩子享用了，北莽塬上的真神都埋在大土堆里。

夜幕降临，天气的热劲儿依然没有消退。何平把蒲焕群常坐的藤椅搬到院子里，坐在椅子上望着无限深邃的夜空默默祈祷。蒲焕群因为腿疼而在炕上辗转反侧，时而发出几声呻吟。癌细胞已经侵入蒲焕群的骨髓，打哌替啶和扎针已经不能缓解她的疼痛。

何平的思绪在浅睡中来回穿梭。一会儿，他似乎梦到母亲把自己和二弟紧紧搂在怀里，母子三人躲在村上的砖窑里，外面大雨如注，不时听到墙倒屋塌的声响。父亲一个人住在后院里搭建的防震棚里，他要坚守自己一手建立的简陋家园。一会儿，何平又似乎梦到陪着母亲坐火车回老家。看到家乡的亲人，母亲流了几滴伤心的眼泪后又高兴不已，逢人便说："我娃出息了，我要跟他去城里享福了。"

迷糊中，何平隐约听到蒲焕群叫三强的名字，他赶紧进屋查看。蒲焕群的眼睛迷茫地看了一下，又在喃喃自语。何平赶紧叫醒二雄和二雄媳妇，分头去义克选家以及家族里的几位长辈家里报信："咱妈的情况不太好，咱们赶紧分头去几家报信。"

十婆来到家里，她摸了摸蒲焕群的腿，神色凝重地说："老三媳妇快不行了，准备给穿老衣。"

六月初，蒲焕群出院回家后，义彩莲已经悄悄和家族里的几位姐妹为蒲焕群缝制了寿衣。寿衣做好后却一直没有给蒲焕群看，这也不能不说是一件遗憾的事情。

在十婆的指导下，家族的媳妇们为蒲焕群擦洗身子，并迅速换上寿衣。老一辈人常说：人老了在没有咽气前，一定要提前穿好寿衣，这样才能走得舒坦。

蒲焕群躺在炕上，眼睛无神地看了一圈围在身边的人，嘴里还在小声地念叨，二雄媳妇以为蒲焕群想念自己的小孙女，正想去叫醒睡梦中的孩子。十婆连忙拦住，说道："娃娃年纪太小了，不要叫娃到跟前来，小心惊了魂。"

何平凑到蒲焕群的嘴边，终于听清楚了母亲还在念叨小弟的名字。蒲焕群突然拉住何平的手紧紧不放，他意识到，这是母亲的最后嘱托：一定要好好照顾三强，他太可怜了。三强十几岁便没了父亲，现在母亲也要撒手离他而去。

何平大声地对蒲焕群说："妈，你放心，一切有我在。"蒲焕群的眼睛慢慢地闭上，急促的喘气声渐渐平息下来，直至停止，她的嘴角突然现出了苦涩的微笑。

何平跪倒在地上放声大哭，母亲就这样离他而去，他几度险些昏厥过去，旁边的人赶紧把他拉起来："何平，不敢再哭咧，你在这里使劲儿地哭，大家也跟着难受。还是抓紧时间安排你妈的后事吧。"

何平擦了擦眼泪，看了看墙上的挂历，记住了这个永远难忘的日子：农历五月二十八日。

天麻麻亮，在执事人的安排下，前来帮忙的人分别向家族里的亲朋好友报丧。何平给刚子打了电话，刚子听到蒲焕群去世的消息，在电话那头难过了好久。他说道："公司最近事情太多了，我实在脱不开身。我安排我爸开车送三强回家。"何平又叮嘱刚子暂时不告诉三强实情，怕他在路上有什么闪失。

家里的灵棚搭了起来，蒲焕群被暂时放在租来的冰棺里，小侄女哭着要找奶奶，何平只好安排她在一旁守灵，每当有人前来吊丧，她就说："我婆睡着了，你们不要打扰她。"三强在刚子父母的陪伴下回到家里，一进门就哭成了泪人。

义诚意来到家里转了几圈，没有看见义克荣两口子的身影，他忍不住发起了脾气："这两口子是咋回事？这个时候还不闪面？"

大婆由家人搀扶着来到家里，她一进门就哭了起来："我苦命的老三媳妇，你咋说走就走了？留下这一大家子可咋办呀？"

大婆的哭声更是勾起了何平心中的伤痛，肝肠寸断的伤痛。大家在一旁劝大婆说："他大婆，你可不敢再哭了，小心自己的身体。再说了，这是侄媳妇，你这一哭，她咋能安心上路呢？"

街坊四邻陆续有人来到家里,顺便询问何平是否有什么需要帮忙的事情。考虑到何平家里的经济窘况,义彩莲和义克选商议,各家拿出五百元帮着办理丧事,并为蒲焕群购置了一口桐木制作的薄皮棺材。

何平的态度很坚决,他不想给别人添麻烦。义彩莲说道:"何平娃,你就不要犟了。我们每家出钱也是一份心意,我们也有老的那一天。"

家族里一些辈分高的人也来吊丧,十九婆进门后就一直坐在蒲焕群的灵前痛哭。她和蒲焕群年纪相仿,命运极为坎坷。自从义宏光瘫痪了以后,家里的光景也是每况愈下,他在轮椅上熬了没几年,终究撒手而去。这一下子家里失去了顶梁柱,一家大小五口生活全靠十九婆一人支撑,她岂能体会不到生活的艰难?

十九婆一边念叨着蒲焕群的善良,叹息她的苦难一生,一边诉说自己是多么命苦:"老三媳妇,你现在可是解脱了,我的苦啥时候才是个尽头?"

义克孝带着何平去公墓地为蒲焕群选墓址,他在墓地里转了几圈,指着靠近路边的一块地方,说道:"就选在这儿吧!这地方虽说离老三的墓远一些,可是还在一条线上,而且离旁边这个坟近一些,她们姐妹俩在下面也好做个伴。"

看着路边的这个无名小坟堆,何平的心中一直有个谜团。自从义克让去世后,每年逢清明、寒衣、过年、正月十五等日子,何平都要带着弟妹们来这个坟堆祭拜。可是,一直没有人告诉何平,这里究竟埋的是家里的什么亲人,义克孝今天的一句话总算是说透了其中的缘由。

娘家人没有来为蒲焕群送行,村里人为此议论不少。何平想到舅舅家也有自己的难处,毕竟隔着近千里路,来回一趟的确是不容易。

蒲焕群不喜欢听秦腔,何平只好安排在送葬前一晚放映了一场电影。

夜晚时分,亲朋好友来到蒲焕群的灵前奠酒,何平等小一辈人则披麻戴孝跪在两旁守灵。

这时候,突然来了蒲焕群结识的一群姐妹,她们按照规范向蒲焕群的遗像行礼,并且集体念诵经文为她祈祷。

"何平娃,这些人都是谁?在这个场合不太合适吧?"有人提醒何平制止

北巻山 我在高原

271

一下。何平仔细想了想，宗教信仰是每个人的自由，她们有权表达对信仰的追求。

轮到何平给蒲焕群奠酒，这是一个重要的仪程，他却伤心得几乎站立不住。几位长辈指点他给蒲焕群行礼、祭拜，何平数次险些哭昏在地上，他的哭声撕心裂肺般在夜空里传开："母亲啊！您这一走，儿以后回家来还看望谁？"深邃的夜空中，没有任何回应，亮晶晶的星星眨着眼睛。

在旁边帮忙的义廷盈也是忍不住泪流满面，他强拉着何平站了起来，说道："何平娃，你可不敢这样子，你要给弟弟妹妹做好榜样，坚强一点儿。不要忘了，咱这儿永远都是你的家。"

北莽塬上，这里是生命的归宿地，家族里的每一位男丁、女眷最终都会长眠在这片土地上，谁也不能例外，即便是蒲焕群这位从千里之外来到这里的外乡人。

天空中慢慢飘过来几大朵棉花云，对天文地理略晓一二的义克孝看着天空，自信地说："过不了几天，咱这塬上就会下一场透雨。"

第三十一章

"何平,你知道不,咱们这个1号单身公寓要进行改造?"初秋的校园里依然残留着盛夏的闷热,何平听到一个好消息。

这个决定是上级部门为了解决青年教职工住房困难的问题,启动了高校"筒子楼"改造工程。他们所住的单身宿舍,将被改造成带独立卫生间和厨房的套间,也算是提升了青年教职工的住房条件。

"改造之后,我们还能不能住上?"这个问题一直在他们中间讨论了好几天。学校里分房子一直是论资排辈,他们想那么多也是没用。

一连折腾了好几天,1号单身公寓的人员全部搬走。何平和柱子、小严、浩男、海平、小郑、小连、军亮等十人分配到家属楼的一套四室一厅住房,大闫和小光则住到了对面的2号单身公寓楼。

"哎呀,你们的待遇不错啊! 都住上院长的房了。"其他人免不了打趣他们一番。这套房子是以前分配给学院领导的,现在长时间闲置,不知何故。

十个人住在一个大套房里,何平感觉仿佛又回到了大学时代的集体生活。下班后,大家围在电视机前看比赛,或者几个人凑在一起打扑克牌。双休日偶尔也集体会餐,那可是每个人都期待的日子,大家一起动手准备,共享劳动成果,真是其乐融融。

"大家看一下,浩男的行头是不是很帅气?"浩男正在屋子里整理西装,其他人则在帮着筹划今天的活动安排。在大家的撮合下，浩男要去相亲，这也是一件大事情。

夜晚时分，浩男一脸失望地回到宿舍，大家一看也明白了这次策划没有取得预期成果。

下班后，何平迈着轻松的步伐爬上五楼，推门进去却看到小严、军亮等人正在和一只老母鸡较劲，每个人的脸上溅上了鸡血，身上也粘了不少鸡毛。

"何平，还不过来帮忙，站在一旁看啥热闹。"几个人七手八脚，终于搞定了老母鸡。这时候，何平突然想起了一句俗语：书生是手无缚鸡之力。

浩男从家里带来了一只老母鸡，原本是他妈留着给浩男办大事情的，现在却让他们一帮人享了口福，这顿晚饭也真是给每个人留下了难忘的记忆。

吃完晚饭，大家在宿舍里闲聊，大闯对何平说："我最近从网上下载了一个可以通过网络聊天的软件，叫作OICQ。这是国外流行的一个即时通信软件，特别是可以进行语音聊天，这样可以省不少电话费。你可以装上试一下。"

听说有这么一个神奇的软件，其他人也马上来了兴趣。何平向大闯请教如何安装使用，并按要求申请注册了一个号码，还为自己取了一个时髦的昵称：麦克狼。他们建立了一个聊天组，加入聊天组的人都为自己取一个昵称，在网上聊天的时候，每个人只叫昵称不称呼真名，感觉就像是在接头对暗号一样。

小连也是个电脑迷，有空的时候喜欢鼓捣制作网页，又熟悉许多专业的制作软件。看着小连制作的花里胡哨的个人网页作品，何平也是心血来潮，照猫画虎学着制作个人主页，花费了不少的心血，熬了几个夜晚，还是感觉自己的作品上不了台面，他只好向小连讨教秘诀。

"制作网页也没有啥秘诀，关键是掌握好网页制作的基本要求，会熟练应用一些制作技巧。说得通俗一点儿，就是会使用网页'三剑客'。"小连说起来倒是很轻松。

"网页'三剑客'？"何平有些惊奇。只听说过荷兰足球队有"三剑客"，那也是十多年前的旧皇历，怎么制作网页也有三位高手剑客？

"网页'三剑客'其实是制作网页常用的三个工具软件的代称，分别是

Flash、Dreamweaver 和 Firework。"小连耐心地讲解这三个软件的功能和使用技巧，何平听得入了迷。

何平的业余时间有了更多安排。通过 OICQ，他也结识了不少的网上朋友，大家有空就上线聊一聊各自的工作、学习和生活，相互之间虽然少了陌生，但还是充满了神秘感。

何平花了不少心思琢磨"三剑客"的使用技巧，构思每一张图片的应用效果，设计每一帧动画的特技效果，尽量使自己制作的网页布局合理，色彩搭配符合审美习惯，插图和动画的应用更加生动多样化。

省城的秋天走得太快，几场大风刮过后，霜降后的法国梧桐树叶子随风漫天飞舞，落在地上厚厚一层。深秋的雨点夹杂着小雪粒时不时光顾校园，位于大楼一层的办公室里有些寒气逼人，何平也有些坐不住。

何平刚爬到四层楼梯口，就闻到一股强烈的炒辣椒味道。"是谁又在厨房里做饭？怎么听着还有四川口音的说话声？"

何平快步走上五楼，推开房门一看，一个长发圆脸的姑娘正在厨房里忙活着，小严在一旁打下手，辣椒味呛得他鼻涕直流。

"这是小灿，成都姑娘，我们在网络上聊天认识的。这几天她刚好来西安玩，今天到学校来看我，顺便做几个菜给大家尝尝。"小严的表情虽说很自然，何平却觉得这里面肯定有文章。

这顿晚饭很是热闹，小灿的快人快语和豪爽性格也给何平留下深刻印象：这难道就是传说中川妹子的样子？

终于挨到供暖的时间，暖气逼退了办公室里的湿冷寒气。夜晚时分，何平终于可以舒适地待在办公室里捣鼓"三剑客"。熬了几个星期，他终于完成了自己的作品，不禁有了一丝自豪感，自嘲道："我是不是也算是一个 IT 人士了？"

这个冬天还没有下过一场像样的大雪。他们接到通知，1 号青年公寓改造完毕，元旦过后可以搬回去住。

星期天中午，大家约在一起吃了散伙饭，一大杯酒一仰脖子喝下去，知心的话语慢慢冒了出来，浓浓的友情在每个人的心中传递。

"走吧，咱们去主楼前照个合影。"饭后，十个人特意到教学大楼前合影留

北泰山　我在高原

念,也算是为他们十个人的集体生活留下一份难忘的记忆。

"这也是缘分,十个人同在一个屋檐下生活了半年,有过争吵,也有过欢乐,这样的人生际遇能遇到几回?"何平的心中不由得发出感叹。

改造好的单身公寓每一个套房有客厅、卧室、厨房和独立卫生间,条件的确比以前改善了不少。大家按照自由组合,每三人分配一个套房。何平和柱子等四人却被分配到了2号单身公寓,他不免有些郁闷。何平和柱子在一间宿舍,海平和雷震则住在他俩的对门。

"算了。这个条件也算是改善了,总比以前三个人挤在一间房里宽敞些。"柱子是个容易满足的人。

下午,何平正在房间里收拾东西,突然听到住在对门的雷震喊他:"何平,你同学来找你。"

何平走出来一看,阿泰笑嘻嘻地站在门外。"咋不提前说一声?最近搬宿舍,还没有收拾好。你看看,这里面乱糟糟,无处下脚。"

"没关系。我们单位恰好在这儿办培训,今天下午我没有事情,抽空来看看你。"阿泰还没有褪去学生的模样,一袭休闲装扮,一点儿也不像是在大上海外企工作的上班族。

何平和阿泰聊了一会儿,两人谈了毕业一年多的感受,相互交换了一些同学的联系信息。何平要留阿泰吃晚饭,他推辞说:"不用客气,我还要回酒店,晚上安排有集体活动。"

年关将近,该是准备过年的各项事情了,何平带上三强去马庄镇采办年货。

这天恰好是农历逢"十"的日子,方圆十几里前来镇上赶集的人特别多,这也是北莽塬上经济生活的重要一幕。每个镇上都有不同的集市日子,马庄镇是逢着农历"二、五、八、十"开集,何平家的镇上是农历"三、六、九"开集,其他乡镇也基本上遵循开集的日子相互错开的原则。

每逢开集,主要街道便划分了相应的交易区域:布匹、服装、鞋帽等生活用品交易区,蔬菜、干货交易区,肉类、副食品交易区,牲畜、家禽交易区等。交易区也是随着节令的变化而调整,农忙时节还要开辟专门的农具交易区。

街道上熙熙攘攘,每个人的脸上都洋溢着幸福,跟在大人身后的小孩子最是兴奋,盼望着父母能给自己买几件心仪已久的过年新衣裳。父母即便是经济上不宽裕,也会想办法满足儿女的心愿,再不济也会扯上几米布料,回家后自己裁剪或者请专门的裁缝师傅为孩子做上一身新衣服。

何平和三强在人群中慢慢挪动脚步,他突然看见阿龙也来赶集。俩人找了一个人少的地方聊了起来,谈论了这几年各自的情况。"何平,你现在是有出息了,能在省城工作,也算是我们班为数不多的几个有成就的人。"阿龙很是羡慕何平能成为一个城里人,而且还有一份看起来体面的工作。

"快别夸我了,还不是普通人一个。我在教研室里只是个实验员,连上讲台的资格都没有。只是外人看起来不错,其实啥都不是。"村里的人对于何平留在省城工作,总是认为大有出息,这其实也是一种误解,他无非是所处的地理位置有优势,其他的的确不值得羡慕。

"我在县城的一个商店上班,老板对我很是信任,日常的经营全靠我来照管。老板对我还算可以,待遇也不错。要不了几年,我也会过上城里人的生活。"

阿龙虽然满足自己的现状,可是心中依然揣着一个成为城里人的梦想。由于各自都有事情要办理,何平和阿龙相约有时间再好好聊聊。

浓厚的过年味道弥漫在北莽塬上的各个村庄里,辛勤劳作了一年的人们都在期盼着过一个幸福祥和的新年。

夜幕快要降临,何平带着二雄、三强去公墓地给父母上坟,这也是北莽塬上过年的重要仪程之一。各家的男丁上坟为先人们烧一些纸钱,报个平安,祈求先人们在天之灵的庇护。

路上的行人络绎不绝,一些在县城乃至省城工作的人也赶了回来,大家相互打着招呼,聊几句过年的准备情况,道几句新年的祝福。除夕上坟的都是家里的男丁,除非有特殊的原因,女眷在除夕夜一般不去墓地给先人们上坟,这规矩如同旧时候家族里祭祀祖先时不允许女眷参加一样。这样的旧习俗在新时代依然坚持着,何平却有些不理解。

夜色越来越浓,村庄上空不时绽放几个烟花,绚丽多彩的烟花照亮了夜空,噼里啪啦的炮仗声响传出很远。何平突然想到义克让曾经给他讲过:"过年时哪个村子的放炮声时间长,就说明这个村子的人日子过得不错。"

北莽山

我在高原

277

炮仗声也许是人们对美好生活的一种盛赞吧！即便是生活很艰难的年景，过年时义克让也要或多或少买一些炮仗。想到这里，何平的心中有些怀念父亲。

回到家里，何平兄弟三人在父母的遗像前摆上供品，然后依次上香、磕头。三强拿出鞭炮和花炮在大门口燃放起来，引来一帮孩子看热闹。

立春之后，紧接着几场春雨，北芒塬很快褪去了冬日萧疏的外装，慢慢换上了春日勃勃生机的盛装。塘库边的垂柳嫩芽在悄悄地生长着，麦田里的青青麦苗舒展着沉睡了一个冬天的懒腰，果园里的杏树、梨树、桃树、苹果树竞相绽放迷人的花朵，引得一群群的蜜蜂上下翻飞。古老的北芒塬上又一次展现着生生不息的春天魅力。

校园里已是春色满园关不住。桌子上的闹钟响了几声，何平赶紧起床穿衣服。柱子揉着蒙眬的双眼，不解地问道："何平，天还没有亮，这么早起床干啥去？"

"这学期我要给学生辅导听力，他们下了操场就开始上听力课。你接着睡，时间还早着呢。"何平洗漱完毕后拎着收录机赶到教室，为自己所带的班辅导英语听力，这也是他担任学生班主任的一项工作。听力辅导结束后，学生们开始准备上课，何平收拾好收录机和辅导材料回到宿舍稍事休息，开始打扫宿舍卫生，整理床铺和书桌。何平和柱子都是爱干净的人，不喜欢宿舍里乱糟糟的。

实验室的工作一般不要求坐班，所以何平有很多空闲时间可以自由支配。何平来到图书馆还书，顺便让小连帮忙查询新上架的书籍，看看是否有自己喜爱的读物，他的主要关注点是中外历史、人物传记、时政热点等。

"这本《中国可以说不》我已经看完了，你帮忙还一下。"小连认真检查何平所要还的几本书，登录借阅系统完成还书流程，顺便问一下他还喜欢看哪方面的书籍。

"最近图书馆来了一套海洋方面的系列读本，内容还不错。昨天才上架，就在社科书库里，你可以去看一看。"小连在流通部工作，所有新采购的图书，他总能先睹为快，何平很是羡慕。

中午快下班时，何平到学校收发室取当天的报纸、信件以及学校下发的通知文件等，拿到办公室进行整理和处理，这也是他担任教研室秘书的一项日常工作。学校或系里下发的通知文件，他及时给樊玉山打电话告知；每个老师的信件电话通知到本人；来往的公函打开看一下具体内容，如有需紧急处理的事务，他及时联系樊玉山。

何平看了看墙上的时钟："快下班了，我得回去准备午饭。"搬到2号单身宿舍楼以后，何平和柱子置买了一些做饭的家什：煤气灶、刀具、案板、锅碗瓢盆等。自己动手做上几道喜欢吃的家常菜，即便是最简单的一顿臊子面，也是单身生活的一大享受。

楼道里到处是锅碗瓢盆奏鸣曲，许多教职工开始在楼道里准备午饭，饭菜的香气并不纯正，间或一阵炒辣椒的呛人味直扑口鼻，上上下下的楼道里顿时弥漫着火辣辣的味道。

"这就是我们的大厨房。"何平在信中曾对远方的同学描述他的快乐单身生活。

下班后，柱子回到宿舍，看到桌子上早已准备停当的午饭，很是感激地说："何平，辛苦了。今儿又琢磨了什么样的拿手菜？"

"红烧老豆腐、回锅肉。这回也尝尝我的改进型川菜如何？"何平满手油乎乎，顾不上擦去脸上掺杂着油烟气味的汗水，还不忘自我夸赞一番。

夜晚的教学大楼里灯火通明，何平抽空去学生上自习的教室转了转，回到宿舍早早洗漱完毕，躺在床上抱着海洋方面的书津津有味地看了起来，这套丛书是重新出版发行的，内容比起上大学时读过的那套更加丰富。

"哎哟，今天咋认真学习了，没有出去串门？"柱子回到宿舍有些惊奇。何平知道，柱子正在积极准备考研，晚上没有其他事情一般都会去教室看书学习。柱子认为在宿舍里还是难免有些干扰，总是无法静下心来。

柱子说得没错。晚上如果没有安排学生做实验，何平一般会去其他宿舍串门，找人打扑克牌，或者到海平的宿舍看比赛，要么就窝在办公室里上网。

教研室里只有一台电脑可以上互联网，白天总有老师使用，何平只好选择晚上别人不用的时候，舒心地用上一阵子。每次上网的时间也不能太长，否则流量费很快就会用完。"这上网真是一种奢求，刚交的网费没几天咋就剩这点儿?"何平看着上网计费系统的数字在一天天变少，忍不住有些慨叹。

"算黄算割，算黄算割。"学校外面的田地里，鸟儿在快乐地唱歌，麦田里的麦子已经成熟，一年一度的夏收时节到了。礼拜天，何平抽空回家帮忙夏收。何平坐在长途车上，看着田地里忙碌的人们，他的心思早已回到家里，投入那热火朝天的劳动场景中。

"大哥，前阵子姑姑捎话来，让你和志红伯联系一下。她托志红伯给你介绍对象呢。"二雄的话令何平有些汗颜，虽然父母已经不在了，个人的终身大事还要姑姑操心。

李志红在他们家属院为何平介绍了一个对象，约好星期六下午见面。何平简单收拾一下，坐着5路公交车赶到陕西历史博物馆下车。他一边走着，心中却是忐忑不已。

李志红在电话里简单介绍了对方的情况：女方的父母曾在省级机关单位工作，现在都已退休在家。女方本人在一家国企上班，据说还是单位的中层干部。

"对方的条件的确不错，可是自己却是一个农村出来的一无所有的穷小子。"想到这里，何平有些底气不足。

毕业后参加工作不久，教研室的老师们开始张罗着为何平介绍对象，可是对方打听了他的情况后，大多数便没有了下文。即便是约上见个面，也是礼节性应付一下。受了几次打击之后，何平确实有些信心不足。

在李志红家里，何平第一次见到了莉莉：身材高挑，一袭素色的套裙，鼻梁上架着一副无边框的眼镜，留着时髦的板寸头型，一副很干练的样子，又透着几丝文气。这就是何平对莉莉的第一印象。

大家随便闲聊了几句，可是何平的背上却在冒着细汗。李志红为了打破拘谨的气氛，说道："这样吧，今天算是见个面，你俩回头有空再联系。"

从李志红家出来，何平和莉莉沿着历史博物馆的外墙溜达。夏日的晚风吹在身上，他和莉莉的话题渐渐多了起来，聊各自的家庭情况，大学的学习生活和工作情况，好像是两个多年没有见面的老朋友一样。

时间过得真快，看着夜色已深，展开的话题只好暂时打住，何平送莉莉到家属院门口，相约下次见面的时间，他感到心中充满了希望。

何平的业余时间有了一项重要安排，有空就打电话找莉莉聊天，时间久了还是感觉不方便。

"如何保持热线联系？"何平想到传呼机是个不错的选择，可以方便莉莉随时找到自己。何平四处打听行情，心情却有些沮丧，即便是数字传呼机，最便宜的也要三五百元，大半个月的工资就没了，更不要说时下流行的带有汉显功能的传呼机。

何平想了想，还是决定为自己购买一部传呼机。看着大闯、小光等人腰间的传呼机不时响起，何平早就有些心动。

第二天一大早，何平对大闯说："今天陪我去一趟小寨，我想买个传呼机，你给咱参谋一下。"

俩人在小寨卖手机和传呼机的商业街转了几圈，何平终于下定决心为自己购买了一部191台的数字传呼机。他抑制不住心中的激动，给莉莉打了电话："莉莉，我刚买了一部传呼机，有事情呼我。"

北莽山
我在高原

第三十二章

"何平,这两天抓紧时间把咱们实验室的探伤仪器和设备准备一下,咱们要去一五九处干个项目。"何平正在办公室整理学生的实验报告,樊玉山进来给他布置最新的工作。教研室的王心刚老师从省物资储备局联系到一个工程项目,主要是为该局下属的一五九处的储油罐进行漏点检测,也算是一个技术服务项目。

何平准备好了便携的仪器设备和探伤试剂,随同樊玉山、王心刚和教研室其他三位老师一起出发,他们还在东郊的一家工厂请了一位李师傅担任技术顾问。

一五九处位于北莽塬下一个比较隐蔽的地方,周边散落着几个村庄,从外表看好像是一个农场。

办公室张主任带领他们来到小院子,这里分布着几排平房,感觉就像是一个农家院子,他略带歉意地说道:"欢迎各位老师来到一五九处,咱这里的条件比较简陋,让你们受委屈了,大家就将就一下住在平房里吧。"

招待的饭菜比较丰盛,大多以农家饭菜为主,其中肉菜也不少,但是大家在饭桌上显得有些拘谨。张主任热情地招呼大家说:"各位老师,咱们这里的条件不好,还请大家见谅。我也从新闻报道中知晓,省城最近正闹口蹄疫,大家都不敢吃大肉。放心吧,这里的猪都是我们自己喂养的,保证没麻达(方言:没有问题或事情)。"

天刚一放亮,院子里的人们就开始忙碌起来,大家围在简易的洗手池边刷牙洗脸。吃过早饭后,张主任带领他们来到作业区。何平看到大门口有两名全副武装的武警战士站岗,他顿时有了紧张的感觉。张主任拿出相关的证明文件交给值勤战士,并按照要求登记了每个人的详细信息。

"这是例行的检查程序。今天我带你们进去熟悉环境,以后你们来了按要求填写进出登记就行了。"张主任简单为他们介绍了作业区的一些情况,并叮嘱他们一些注意事项。

一五九处主要承担战略油料的储备,也算是重点保护单位,对人员的进出有严格的规定。作业区里分布着几十个成品油储罐,全部采用地埋式结构,地面上一般看不到明显的特征,里面又种植着大量的树木,外面又被成片的农田包围着,乍一看还真以为是到了农场。

他们的主要工作任务是为几个汽油储罐进行漏点检测。穿过狭窄的地下通道,何平从仅容一个人的入口处进到罐体,一股浓烈的气味直扑口鼻,头顶上只有一个不大的圆孔透着一点阳光,他甚至感到有些喘不过气。

"这是个汽油储罐,里面还有大量残存的气体,因此不能有任何明火或者火花出现。我已经准备好了防爆照明灯,手电筒也给每个人准备了一个。这里面的气味不好受,空气也比较潮湿,早晚进来时准备一件厚一点儿的衣服,小心着凉。每次干活时,过一段时间最好出去透透气。"张主任的工作很是细致入微,何平有一种亲切的感觉。

他们按照拟订的工作方案开展准备工作。对照储罐的原始设计图纸,仔细测量每一条焊缝的尺寸,用颜料做好标记,并在图纸上详细标注。完成了大量的基础工作后,大家对于原先拟订的施工方案进行了激烈的讨论,考虑到安全因素,决定进一步完善方案。摒弃用电动工具打磨焊缝的方法,全部改为人工清理,这个方案需要花费大量的时间和人力,工作的难度也增大了,原定的工作进度也需要变动,工作周期会拉长,这些的确超出了他们的预期。

电动工具容易产生火花,可能酿成大祸。使用溶剂又可能造成新的腐蚀点,现场存在的诸多困难摆在他们面前。本来想着请一些农民工来帮忙清理焊缝,可是考虑到这是他们承接的一项技术服务项目,再大的困难也得靠自己想办法克服,再有难度的工作也得自己来干。

"这样吧,大家也讨论了这么长时间,意见基本上一致了。既然已经承接了这个活,说啥也得干好,不能丢了份。"樊玉山最终决定由大家一起想办法克服一切困难,一定要把这个项目圆满完成。

"何平,你到镇上给咱买一些工具。"王心刚递给何平一张纸,上面详细列着工具种类和材料的尺寸大小。何平乘坐三轮车来到附近的镇子上,四处打听购买钢钎、錾子、小榔头、锉刀、细砂纸、棉纱等工具和材料用品。何平走进一家五金杂货店,老板热情地和他攀谈起来:"小伙子,是不是接了个装修的活,人手够不够?我可以帮忙给你找几个。"

何平笑着说:"我这活不好干,只能我们自己动手。"

何平刚走出店门,就听到老板在小声嘟囔:"啥活还旁人不好干?明明是个下苦力的活,还说只能靠自己干,打眼儿一看就不像干粗活的人。"

清理焊缝可不是个轻松活。习惯了拿粉笔、握钢笔的手,拿起这些工具还真有些不适应。李师傅在一旁指导他们正确使用各种工具,有时候也忍不住开玩笑:"秀才们干这活还真有些屈才。不过也没关系,就当是接受了一回劳动锻炼。"

他们先用钢钎剥离每条焊缝上厚厚的防腐涂层,接着用錾子或锉刀仔细清除残留,然后用砂纸打磨一下,不容易清理的残留还要用少量溶剂擦洗,最后用棉纱仔细擦拭一遍,保证每条焊缝完全清理干净。

干了一会儿,何平就感到双腿有些发麻,索性坐在罐底上干活,也顾不上衣物会不会弄脏。他们每个人都分派了具体的任务,大家比赛着看谁最先完成,一时间笑声回响在闷热潮湿的罐体里。

他们在李师傅的指导下,抓紧时间完成探伤工序,并及时记录每个漏点的详细位置和各项参数。终于盼到下班时间,何平已经累得筋疲力尽,坐在饭桌上也没有多少胃口,主要是汽油的气味熏得他头昏脑涨,连味觉也有些失灵,饭菜的香味并没有勾起他的食欲。

"樊主任,能不能来点儿酒?我想喝几口,解解乏。"李师傅是个南方人,虽然看起来有些精瘦，干起活来却是劲头十足，忙活了一整天也不喊累，这一点何平很是佩服。李师傅吃饭有自己的讲究，饭菜的要求也不高，但每顿饭都要喝上几口。"这是我的养生法子，每顿饭总要喝一点儿，啤酒一般最多一瓶，白酒顶多二两，绝不贪杯。"李师傅喝着小酒，还不忘给大家介绍他的养生之道。

何平走出院子的大门，来到田间地头散步，欣赏着夕阳下农田里的劳动场景。辛勤劳作的人们还在玉米地里锄草、拔苗，远处的北莽山也披上了几道金光，落日的余晖让它有了一种神秘的感觉。在这不起眼的山脚下，竟然隐藏着这么一处战略要地，何平不由得发出一些感慨。

晚上，大多数的工作人员回到城里的家中，院子里也安静了许多。何平陪着几位老师坐在小院里聊天，交流这段时间的工作感受，听着草丛里的蛐蛐小声的鸣叫声，惬意地享受着田园夜景。

何平来到大门口的小卖部，他给莉莉打了一通电话诉说这段时间的工作感受，顺便把这里的田园美景描述给她。

夜深人静，何平躺在床上半天无法入眠，突然感觉有些思念莉莉。

十多天后，他们的现场检测工作终于完成，几个储油罐的漏点检测数据已经全部整理完毕，何平也从中积累了不少实践经验，这段时间的辛劳终于没有白费。这次的确是一个难得的机会，尤其对于何平来说，也是一次理论知识和工作实际有效结合的实践机会。

"何平，听说咱们下学期就要搬到北院新建的青年公寓，最近可能进行宿舍分配。"何平下班回到宿舍，柱子告诉他一个好消息。

筒子楼改造工程是解决单身教职工和青年教工的一项民生工程，何平也希望早点儿搬入有独立卫生间和厨房的公寓房，最起码的生活条件可以得到改善。

两天以后，何平终于打听到具体的分配方案：单身教工三人一套房，有职称或硕士学位以上人员是两人一套房。他的热情有些消减。

"何平，你抓紧时间准备一下，周四晚上我们一起出发，带学生去兰炼厂实习。"樊玉山又给何平布置了暑假的工作任务。今年的生产实习还是安排在兰州炼油厂，小龙一周前已经前去联系，现在各项准备工作已经完成。

北莽山　我在高原

285

这次安排了两个年级共四个班的学生参加实习,教研室安排了四位老师作为指导教师,樊玉山担任领队。

小龙为他们联系到兰炼厂的职工招待所,就在厂区大门前,的确方便一些。

吃过早饭,何平和小龙带领学生进入厂区。队伍中有几名女生在小声地哼唱:"你是风儿我是沙,缠缠绵绵绕天涯……"

何平忍不住要取笑她们一番:"哎呀,看不出,咱们班里也有不少小燕子迷。"最近,当地的电视台正在热播电视剧《还珠格格》,天真烂漫的小燕子赢得了大家的喜爱。晚上没有事情的时候,何平和小龙也窝在宿舍里看这部电视剧,没想到看了几个晚上,心里也有些放不下。

"老师,你们晚上是不是也在看小燕子?我没说错吧?"可能是何平和小龙年轻的缘故,学生们也敢于和他俩开玩笑。

晚饭后,天空中下起了雨,而且有越来越大的趋势。何平和小龙坐在床上看电视,樊玉山推门进来,说道:"今晚的雨有些大,你俩分头到各个实习车间转一转,叮嘱同学们注意安全,尽量不要上装置,小心发生意外。"

雨中的厂区仍然是灯火通明,机器的轰鸣声和各类装置发出的喷气声打破了夜晚的宁静。何平到几个安排晚班实习的车间看了看,认真检查学生们的实习情况,然后一个人坐在休息室里填写工作日志。这时候,他突然想起了莉莉,悄悄写下了自己的心里话。这称呼还是用各自的OICQ昵称吧,这样才显得亲近!

　　花仙子,今晚一个人坐在厂区的休息室里,当我备感孤独的时候,我会自然地想到你,拿出你的照片,深情地看上一会儿,想着你那迷人的笑脸,伴随我进入甜甜的思念。

　　花仙子,虽然我们这段时间经常打电话联系,但我还是感到对你有种深深的依恋。我回想起我们坐在电影院里,我的大手握着你那柔软的小手,我感到自己的心跳在不断加快。当你偎依着我的肩头,我心中便涌起甜甜的幸福。这些,都是因为我对你有了深深的依恋,你是我心中永远的牵挂。

花仙子,虽然我们在一起没有如书上所描述的、电影里所演绎的缠缠绵绵,但这并不能说我没有真正爱你。我们已经过了少男少女憧憬美妙爱情的年纪,我们的爱情已在平常的一句问候中、单独的相处中,伴随着谈论工作、诉说感情中悄悄成长。

花仙子,也许你并不知道,我的心中一直在想,真希望自己有一个爱我、关心我、体贴我的好姐姐。过去曾经遭受的苦难,在我心中留下了永远的伤痛。又或者是母亲在我小的时候,给予我的严厉责打多于慈爱,我更加渴望一份深深的疼爱。也许你会笑话我,一个快到而立之年的大男人,怎么还像小孩子般纯真,那是因为我对你有深深的爱恋、永远的牵挂。

花仙子,在你面前,我没有必要掩饰自己的一切。你是我心中真正的知己、永远的朋友。当我握着你的小手,我在心里一直想着:执子之手,与子偕老。

花仙子,你知道什么是缘分吗? 那就是两个从前互不认识、互不了解的人,在某一天见面了,他们言无不尽,好像是多年的老朋友、真心知己。他们谈论各自的成长历程、各自的感情经历、各自的工作和学习。你难道不认为这是命运的奇妙安排吗? 让我们在充满火热激情的六月里相识、相知。

花仙子,你不认为我对你的爱恋是多么真诚? 你不认为我对你的牵挂是多么永久? 伸出你的小手,让我紧紧地握着,让我火热的激情给你永远的温暖。

北莽山下想你的麦克狼

三个星期的实习工作顺利完成,樊玉山宣布了放假安排,并让何平和小龙帮着同学们联系返程的事宜。兰州发往各省份的直达车次不是很多,大多数的学生还需要回西安转车,他们叮嘱各班的班干部照顾好本班的同学。

送走了最后一拨学生,他俩终于可以休息一下。樊玉山对他俩说:"兰石所的几位校友邀请咱们明天去甘南转转,你俩也一起去吧。"可是,小龙已经

北莽山 我在高原

接到系里的通知，让他早点儿回学校。

何平和樊玉山、王心刚等人在校友的陪同下前往甘南大草原。一路上大雨下个不停，何平在想："这样的天气，去了可怎么办？"

傍晚时分，他们终于赶到夏河县，在大街上转悠了好几圈，终于找到一家条件相对较好的招待所。

第二天起床，何平站到窗户边向外看了看："天晴了，看来我们的运气还是不错的，老天爷还是眷顾我们的。"

吃过早饭，他们一行六人步行前往拉卜楞寺，同行的吉宏昌顺便简单介绍了拉卜楞寺的名称由来和地理概况。

拉卜楞为藏语"拉章"的转音，由于口口相传的缘故，且被人们广泛使用，于是拉卜楞成了寺名和地名。

"原来是这么回事，看来这里面的故事还真不少。"何平一边听着吉宏昌的讲解，一边欣赏着周围的美景。

雨后的天空显得格外湛蓝，朵朵白云慢悠悠地在天空中飘过，寺庙的金顶在夏日阳光的照射下，不时发出耀眼的金光。

拉卜楞寺坐落在大夏河北岸，坐北朝南。何平看到，西北方向有一座名为凤岭的秀丽山岭；东南方向又有一座名为龙山的碧绿山峰，山上松林苍翠。站在远处眺望，这凤岭就像一只展翅欲飞的金凤凰，好像要向龙山飞来。龙山又像一条盘卧欲腾的蛟龙，似乎要向凤岭跃去。

在龙凤山岭之间，大夏河自西向东北缓缓流过，把这里隔成了一个半圆形的平滩。"这个平滩一直被当地藏族同胞称为扎西滩，意思是吉祥之地。"吉宏昌介绍说。

何平不由得发出感叹："这里真可谓山清水秀，风光宜人。"

何平认真阅读着石碑上面的文字，探究这座寺院的历史。拉卜楞寺经过不断扩建和完善，已经发展为拥有殿宇九十多座、僧舍一万多间及六大学院、诸类佛殿、众多活佛宫邸和讲经坛、法苑、印经院、佛塔、嘉木样大师别墅等宏伟的建筑群。

走进大殿，何平看到满眼的佛像。佛像种类繁多、形态各异、神情庄严、工艺精湛。佛像所用的质料品种也是多种多样，有紫铜、黄铜、纯金、象牙、珊瑚、玛瑙、水晶、玉石、檀香木、陶瓷等。

这也许就是他们心中永远的信仰，何平在心中默默想着。

北耆山｜我在高原

第三十三章

金秋时节，何平终于搬进期待已久的青年公寓。他和大闯、小光三个人分在了同一套单元房里，三个好朋友又在一个屋檐下生活了。

新建的青年公寓每套单元房里都有一间卧室、一个客厅，卫生间和厨房里设备一应俱全，地面上铺着雪白的瓷砖，就连墙壁上也贴着漂亮的瓷砖，而且厨房里还接上了天然气，单元房的条件要比改造的筒子楼好了许多。

"莉莉，明天有空吗？到我们新搬的宿舍来看看吧！"何平邀请莉莉到宿舍做客，顺便给大家介绍一下。他在厨房里准备了一顿丰盛的午饭，也算是展示自己厨艺的一个好机会。

何平和莉莉的恋情在慢慢地升温。繁华的东大街留下了他俩悠闲的脚步，电影院里有他俩的欢声笑语，未央湖上他们荡起了希望的双桨，大兴善寺里他悄悄地许下庄严的心愿。在校园的梧桐大道上，他俩的身影在漫步；植物园里，他俩的亲密身影留在花海中。

在恋爱的征程中，何平努力学习走好每一步。

"告诉大家一个好消息，今年国庆节放七天假，咱们可以找个好玩的地方放松一下。"小光回到宿舍，宣布了这个令人激动的好消息。

何平和小连等人商议，准备国庆节期间去秦岭中的朱雀国家森林公园游玩。第二天一大早，何平起床后准备收拾行李，却听到窗外沙沙的雨声，他打开窗户向外一望:"坏了,咋下大雨了,出游的计划要泡汤。"何平的热情被突如其来的大雨浇了个半凉,只好叫醒大家一起重新商议。

"算了,既然下雨天没法出去,咱们还不如就在宿舍里一起玩牌吧。"浩男提议说。

"打牌有啥意思,还不如好好看国庆大阅兵。"大家七嘴八舌,意见没法统一。

何平想了想,说道:"要不然咱们一块儿包饺子,大家在一起聚个餐。我邀请莉莉也来参加,权当是庆祝节日。"

十几个人聚在小连的宿舍里,他们分头准备:买菜、买馅料、买饺子皮。两张办公桌拼在一起作为大案板,大家围在一起包饺子,相互间开着玩笑,小小的房间里挤满了欢声笑语。

听说今年有盛大的阅兵仪式,他们的眼睛时不时看一下电视机屏幕,期待庄严的时刻快点儿到来。

"快来看,阅兵开始了。"大家的目光瞬时聚焦到电视机屏幕上。这是时隔十五年的一次大阅兵,参加阅兵的人员均换上了新式军装,一些最新的武器装备也在阅兵式上首次亮相。何平的心中激动不已,感受到国家在一天天强大起来,一股民族自豪感油然而生。

在爱情的滋润下,何平感到自己的生活和工作充满了快乐。然而,前进的道路并非坦途一片,爱情的航船偶尔也会打个弯。

"何平,星期天有空吗?到我家来一趟吧!"莉莉主动邀请何平去她家,何平的心中别提多高兴了。

何平坐着5路公交车赶到小寨,想着时间还早,便到小寨街道上的商场里看看。过了一会儿,他听到腰间的传呼机有响声,拿起一看:"坏了,莉莉呼我好几次了,我咋没听见呢?"

何平赶紧来到莉莉家里。"你是怎么回事?呼了好几次也不回电话。"何平刚一进门,莉莉就冲他发了脾气。何平的颜面上有些挂不住,不由自主顶了回去。

顿时,屋里的气氛有些紧张。莉莉的父亲张海旺和他聊了一会儿,话题虽然轻松,可是何平总感觉自己心不在焉,第一次的见面竟然有些尴尬。出了莉莉家的门，何平突然感到自己身上有些发冷，"这可怎么办？得想个法子挽救这个不利的局面，打个电话，一句两句也说不清楚，那就写封信吧。"

回到学校后，何平一个人在操场上瞎溜达，脑袋里一时半会儿还琢磨不出什么高招，决定采取最笨的办法试一下。

何平来到办公室，关起门来，坐在办公桌前给莉莉写了一封言辞恳切的信：

花仙子，我现在十分后悔，在你们家的表现实在不好，言语中伤害了你的父母，是我最大的过错。我真切地希望你能原谅我，我也恳求你的父母接受我的赔礼道歉。

花仙子，我的性格过于耿直，自尊心极强，这些都是我的成长经历所造就的，也是我那去世的母亲留给我的终生教诲。因此我不能容忍任何的伤害。

花仙子，今天我刚一进你家的门，你就冲我发脾气，这对于我来说当然心中不痛快，我有些不理解你的举动。因为我们相处半年时间了，连一句拌嘴的话都没有讲过。我对你真心实意，什么事情都可以忍让，但是强烈的自尊心有时会自然而然地流露出来。因此，今天和你父母谈话期间，态度不是十分友好，缺乏礼貌。

花仙子，你不知道，今天下午，我一个人在寒风中沿着操场上的跑道胡思乱想走了整个下午，抽了整整一包烟。因为我内心十分懊悔，我即使对你有什么意见，也不能伤害你的父母啊！你也知道，我对人一向是真诚的，更何况你是我现在最亲近的人。在我心中，我一直把你的父母当作自己的父母一样看待，我怎么会有意去伤害他们呢？

花仙子，我的心中已经不愿再承受任何刻骨铭心的伤痛，因为我已经遭受过太多的打击。如果因为我对你父母出于无心的伤害，你要离开我，我想我会承受不了，哪怕我再坚强。我从没有像现在这样真正爱过一个人，通过这半年的交往，我对你的感情已经无法割舍。如果你要离开我，我会痛心一辈子。我想你的感受也和我一样。我真诚地希望你多做做家里人的思想工作,希望他们能给我改过自新的机会。

花仙子,第一次去你家见你父母,我在内心对自己说:一定要像对待自己的父母那样对待你的父母。毕竟我的父母都已经去世了,我渴望拥有家的感觉。

人无完人,金无足赤。对于我的过错,我会勇于承认错误。我的缺点、坏习气今后一定会认真地改过。这些不但需要你的理解,更需要你的帮助。

花仙子,你能答应吗?

恳求你原谅的麦克狼

下午,何平早早赶到省委家属南院大门口,站在寒风中来回张望,期待着那个熟悉的身影出现。

"莉莉,这是我写给你的一封信,你拿回家再看吧。"何平约莉莉在街边的小店里简单吃了晚饭,临走时才把信郑重地交给她。"都啥年代了,还写信给我?"莉莉很是奇怪何平的举动。

一连几天,何平没有得到莉莉的回应。"难道是莉莉还没有原谅我?"他有些坐立不安。看着墙上的挂历,他算了算日子:"过几天就是莉莉的生日,我得想办法抓住这个好机会。"

小龙、大闯、小严、小光等一帮人也给何平出谋划策:"这是个难得的好时机,咱们好好筹划一下。"

何平在宿舍里精心打扮一番:穿上黑灰色的西服套装、浅色衬衣,领上系上深色的斜纹领带,外面套上黑色的风衣,围上一条烟灰色的羊毛围巾。何平来到北门外的鲜花礼品店,让店家为他精心准备了一大捧鲜艳的玫瑰花,打了一辆出租车直奔西郊莉莉工作的单位。

离下班还有一段时间,何平想着要给莉莉一个惊喜,决定不给她提前打电话。他在寒风中来回踱步,不时引来路人关注的目光。何平感觉自己像一个新入行的蹩脚演员,正在扮演一个小角色。

下班的铃声响起，工厂的大门徐徐打开，人们像潮水般涌出，何平的眼睛在人群中搜寻那熟悉的身影，不时听到有人在小声说："看，这个精干的小伙子在等谁？"

"莉莉，你还不快点儿过去，你的那位已经等好半天了。"莉莉对于同事们的打趣感到有些难为情。

何平赶紧迎上前去，把鲜花交到莉莉的手里。莉莉的脸上露出羞涩的表情，小声地嗔怪他："你个坏家伙，也不提前打个电话，大庭广众的……"

在寒冷的冬日下午，在摩肩接踵的人流中，何平把最温暖的祝福送给了莉莉。

何平在办公室里批改学生的实验报告，大吕推门进来找他谈心："何平，这段时间我老是睡不着觉，眼看着就要考试了，这可怎么办？"

大吕两个月前来到学校，准备集中精力复习考研，他没有向单位汇报自己的考研打算，只是说请假休息一段时间。单位领导看到假期时间已过，还是不见大吕的影子，于是有些着急，一连给大吕家打了几通电话，这可难坏了大吕。

"唉，我现在也没有其他法子了。单位不同意我考研，我只好请假瞒上一段时间。实在不行，我也不想回去上班了。"大吕的思想压力很大，一旦考不上，又丢了工作，往后的路可怎么走？这道难题摆在大吕面前，还真有些伤神。

"没关系。现在既然已经走到了这一步，说啥也不能半途而废，按照你的学习情况，考上应该没有多大问题。单位的事情可以慢慢找人疏通，不能一下子搞得自己没有一点儿退路。"何平尽量宽慰大吕，劝说他放下思想包袱，好好准备应考，其他的事情慢慢解决。

送走了大吕，何平陷入了沉思之中。想当年毕业时，每个人都怀揣着伟大的梦想而奔赴祖国各地，可是现实与理想还是存在着不小的差距，强大的失落感逼迫每个人重新考虑自己的选择。何平也无法评判大吕这个举措是否恰当，他现在已经基本上断绝了自己的退路，只有横下一条心考研，压力之大是可想而知的。

有空的时候，何平也去大吕暂住的宿舍聊天，帮助他排解心中的烦恼，为他鼓劲打气。

"这段时间,不知道小弟的工作干得咋样?"星期天早上,何平准备到刚子的公司看看,顺便也了解一下三强这段时间的工作情况。

位于东郊的轻工批发市场,熙熙攘攘的人堵满了各个通道,这里也是许多人发家致富的梦想之地。刚子的公司主要从事家用热水器的销售,公司里的人员忙进忙出,楼底下的大货车正在卸货,各个类型的新产品正在入库,不时有分销商和售后安装人员前来提货,一派繁忙的景象。

"何平,你来了。我这会儿有几件事情要处理一下,你先在办公室休息一下。"刚子忙着处理手头的事务,实在抽不出时间招呼何平。

中午吃饭时间,刚子带何平来到市场旁的一个小饭馆,一边吃饭一边聊公司的发展以及三强的工作情况。

"何平,我最近已经办理了停薪留职手续,准备集中精力大干一番。现在我已经谈下了一家国外产品的西北区总代理,业务也开展得非常顺利,可就是人手不够,你有没有兴趣和我一块儿干?我想,过不了几年,公司一定会发展壮大起来。"刚子一心想着干一番事业,心中正在勾画着事业的宏伟蓝图。

刚子的建议令何平有些始料不及,他一时半会儿也不好做出明确的答复。

"没关系,我只是给你提个建议。当然了,你现在的工作也不错,突然间要彻底放弃也不容易。另外,小弟这半年来进步很快,现在已经开始带徒弟了,工作上也能独当一面,最关键的是收入也增加了不少,我这里可是有据可查的。你放心,小弟在我这里干活,一定不会亏待他。"何平非常感谢刚子对于三强的照顾,由衷感激刚子在自己最困难的时候能主动伸手帮一把。

圣诞节的气氛在省城慢慢浓了起来,年轻人的热情也被激发出来。大街上的各家商场展开了强大的商业推广活动,每个商家都想在这个西方的节日里抓住商机。

"莉莉,今晚咱俩也进城逛一逛。"平安夜里,何平约上莉莉到东大街转转。东大街上已是人流如织,街道边的流动摊贩在热情地叫卖圣诞小礼品。在一家小礼品店里,何平买了一个圣诞老人造型的礼品送给莉莉。莉莉捧在怀里,脸上洋溢着笑容。

北芬山 我在高原

一拨一拨的年轻人在东大街上漫无目的地游走,他俩夹在人流中慢慢踱步。何平只顾着高兴,一直往前挤着,莉莉好几次想拉他的手,但何平却没有主动伸手接着。何平不见了莉莉的身影,蓦然回首,却发现莉莉站在路边,一脸生气的样子。

"好了,咱们去看电影吧!"何平打算和莉莉一起去看场电影,可是影院门前也排起了长龙,黄金时段的电影票已经卖完,只剩下了夜场的票。

"算了。明天我还要起早赶公交去上班,咱们还是回去吧!"莉莉流露出失望的表情。这个被动的局面有些出乎何平的意料,都怨自个儿没有精心筹划,原本希望在这个西方节日里创造一份浪漫,没料想反而令两个人产生了别扭。

回到宿舍,何平想着如何给莉莉解释一下:打个电话,时间有些太晚,怕是会影响莉莉家里人的休息,还是写封信吧!

何平一个人坐在客厅里的办公桌前,拿出纸和笔,写下了一些真心话:

花仙子,你心中是否把我怨恨?你那憔悴的样子让我心疼,你那为工作已经十分疲惫的心,更需要细心的呵护和关怀。

花仙子,当我们俩在一起的时候,我不应该再让你为我而烦恼,我应该让你时时感到快乐。每当看到你不高兴的样子,我都感到心疼。这都怨我没有一张会说甜言蜜语的嘴巴,哄你开心,让你快乐。我将尽量努力学习,一定学会怎样让你每天开心快乐。谁让我是那么地爱你呢!

花仙子,每当和你单独在一起,我心中就有一种甜蜜的感觉,我也感觉到你的心跳得更快,当我的温暖大手握着你的小手的时候。今天,我没有握你的小手,因为我正在患重感冒,怕感冒病毒传染给你。这并不是说我不喜欢你,而是更多地爱护你。有好多时候,我都产生过要吻你的冲动,但是每次都没有做,你是否会埋怨我对你不够真心?我保证下一次一定要吻你,如果我的感冒好了。当新年来临的时候,我一定要吻你,我的好莉莉。

花仙子，有人说过平淡无奇就意味着危机，这话我现在有一点儿相信了。自从那天我和你闹别扭以来，我的内心一直无法平静。这时，我才真正体会到我对你的爱是那么地深，那么地让我梦牵魂绕。我害怕由于我过分自尊而失去你，我无法忍受那刻骨铭心的痛苦。第一次给你过生日，我在生日卡上写道：执子之手，与子偕老。已经表明我今生今世愿和你在一起，永不分开。

　　花仙子，时光的脚步已逐渐走向二〇〇〇年，人们都在期盼千禧龙年会给自己带来好运。我也衷心希望，在跨世纪的伟大时刻，我们两颗炽热的心快乐地贴在一起，共同描绘我俩美好生活的蓝图。

　　　　　　　　　　　期待你宽大处理的麦克狼

　　元旦假期，何平打电话约莉莉，可是她一再推托："年底这段时间我比较忙，有许多事情要处理，实在抽不出时间。咱们过段时间再联系吧！"

　　三个星期的时间，何平虽然经常给莉莉打电话，可是莉莉总说很忙，没有时间见面，他的心中有一股说不出的滋味。"是我最近的表现不够好？还是其他方面的缘故？"

　　星期六早上起床后，何平失落地坐在床上发呆，热情慢慢沉落下来，也没有心思去找其他人玩。他一个人在客厅里踱步，不由自主坐在办公桌前，又一次写下心中的思念。

　　花仙子，你还好吗？这段时间，我发现我俩话题越来越少，也没有以前亲密无间了，我不知道这是为什么？难道你现在还不肯原谅我？你不知道这段时间我的内心是多么烦躁不安，我真害怕我会失去你，这将是多么令人痛心啊！

　　花仙子，为什么这段时间你总是不愿和我见面？你不知道，每到周末我都有见到你的强烈愿望，因为我对你的爱是那么刻骨铭心。但是我这个人嘴巴很笨，不会哄你开心，使你快乐。我将慢慢改掉这个缺点。时光的脚步已经跨入新千年，我俩是否可以忘却不愉快的

北斗山　我在高原

过去,快快乐乐手挽手开创新的生活呢?

花仙子,昨天晚上,我又一次失眠了。我深深感到我不能失去你。我疲惫的内心不能再承受更多的打击。好莉莉,我怎样做才能让你开心快乐? 你快快告诉我吧! 这么长时间你依然没有允许我再进你家的门,难道你还不肯原谅我? 难道你的家人也不肯原谅我? 你应该给我改过自新的机会。

花仙子,自从我俩认识以来,我发现在你的亲切关心和帮助下,我已经改掉了许多不好的习惯,连教研室的同事们都惊叹。这半年来我确实有了很大改变,至少在说话办事方面有了长足的改进,我想这就是爱情的力量在起作用吧!

花仙子,我知道你也是真心地喜欢我,因此对于我的过错深感生气。如果你不愿帮助我改掉坏毛病,那还有谁愿意帮我呢?

新的千禧龙年,人人都渴望更加美好的生活,更加广阔的成长空间。我想,还像从前那样牵着你的小手,轻轻松松谈论我们的工作、我们的生活、我们的美好将来。

花仙子,有好多次我都想抱抱你,我多么渴望这一天快些到来!

永远爱你的麦克狼

临近学期结束,实验室里的工作基本上已经完成。研究生入学考试结束后,何平去研究生公寓找大吕,聊一聊他考研的情况。

"这回算是没希望了,考得很一般,我感觉考上的希望很小。今年的题目难度比较大,尤其是英语科目。数学相对来说还可以。"大吕的情绪很是低落,对自己的应考情况有些信心不足。

何平只好劝慰他:"没事,想开一些,题目难度大对谁都一样,考过的事情就不要再想了。回家的车票买好了吗? 钱不够言语一声。"

第二天早上,何平帮着大吕收拾好行李,送他到学校东门:"回家好好休息一下,这段时间人也憔悴了不少。有啥需要我帮忙,记着来个电话。"

第三十四章

　　北莽塬上的农村年味正浓,此起彼伏的鞭炮声还没有散去,一连串的礼花弹便划破夜空,迸发出五颜六色的炫目光芒。何平拿出手机准备给莉莉打电话问候新年,可是农村的手机基站比较少,房间里的手机信号一直很差,他只好登上屋顶四处搜寻信号。

　　看着大家的腰间左边挂着手机,右边别着传呼机,何平多少有些羡慕。"走,陪我去小寨看个手机。"他约上大闯等人去小寨的手机市场,转悠了好几圈,终于下定决心为自己购买了一部二手的三星CDMA手机。

　　"CDMA是目前最新的无线通信技术,信号稳定,通话质量好,而且手机的辐射非常小。"小姑娘能说会道,何平也经不起销售人员的忽悠。哪承想,农村的CDMA基站信号实在差极了,白天基本上无法正常使用,晚上的信号勉强能用,原本让人感到新鲜的手机却成了摆设。

　　"谢谢。这几天我净在医院里忙活,这个春节也过得不顺心,没有其他事情就挂了吧。忙了一天,我想早点儿休息。"莉莉的母亲张淑兰突然生病住院,过几天就要做手术,难怪这几天打电话家里一直没有人。

　　第二天一大早,何平匆忙赶回省城,顾不上休息就去医院看望张淑兰。春节期间来医院看病的人不太多,偌大的医院里没有了往日的喧闹。何平来到病房里,张淑兰看到他突然来到,歉意地说:"孩子,大过年的把你也打扰

299

了。我让莉莉告诉你不要来医院，只是一个小手术，不用麻烦你来。"

这几天何平一直在医院和学校之间来回奔波着。白天，他去医院帮忙照管，晚上则由莉莉和媛媛在医院里陪护。何平有空就和张淑兰拉拉家常，说一些家长里短的事情。张淑兰一直待何平很是客气，在这段时间的接触中，他发现老人家对自己的态度改变了不少，何平很是欣喜。

张淑兰的手术很顺利，因为只是阑尾切除手术，三五天即可出院，可是大夫考虑到她年龄较大，还是建议住院观察一段时间。"没事情我想早点儿回家，大过年待在医院里冷冷清清的，实在是没意思。"张淑兰坚持早点儿回家休养。

春天的脚步快速走到了省城，沉寂了一个漫长冬季的古城到处呈现着春天的勃勃生机，何平一路踏着春天的脚步追寻着爱情的足迹。

终于盼到了星期天，何平约上莉莉一块儿去兴庆宫公园看郁金香花展。春日的阳光下，公园里的游人摩肩接踵，他和莉莉手挽手徜徉在花海之中，不时引来游人羡慕的目光，何平有了一丝陶醉的感觉。

校园的法国梧桐大道上，茂密的树叶遮起长长的绿荫长廊。何平抬头看了看墙上的时钟，他开始收拾办公室，关好门窗准备下班，莉莉打来电话说："何平，明天到家里来一趟，我父母有事情要和你谈。"

这是一次气氛融洽的交谈，当着两位老人的面，何平庄严地许下自己的承诺，他的恋爱征程终于要画上一个圆满的句号。

一切都按程序进行着。何平托关系找人帮忙，终于在新建的青年公寓里申请到一间房子。隔壁住着柱子两口子，对门住着海平等人，几个要好的朋友又一次做起了邻居。

落实了房子的问题，何平和莉莉开始在家具市场和商场奔波，经过反复对比，简单地购买了一些家具、家电和生活用品，积极筹备着他们的婚事。

今天下午没有安排学生做实验，何平便在房子里收拾东西，星星打来电话说："何平，你在学校吗？我来省城办事，一会儿顺道去学校看看你。"

毕业三年多时间，何平和星星的联系也比较少，两个好朋友见了面自然有说不完的话。星星和他聊起了这几年的工作情况，流露出渴望改变现状的想法。

令何平感到惊奇的是，星星也选择了考研这条路子，而且报考专业的跨度比较大。他用心准备了一年，报考管理类的研究生，没有想到成绩很不理想，因而心中很是烦闷。

"我们单位即将划转到地方，我也被分流到陕北的靖边县，但是我实在不想去。考研也是迫不得已，没有其他的办法了。"星星说。何平劝说星星先解决好工作问题，考研的事情以后有机会再考虑。

何平向星星诉说这段时间准备婚事遇到的烦恼，星星看了看他的新房，说道："这准备得也太简单了吧？我回去给你准备六千元，你先用着。如果还需要，给我打个电话。"何平一时不知如何表达感激之情，他握着星星的手说："好兄弟，真是太感谢了！"

张海旺来看新房的准备情况，他一进屋子就喘了几口气，何平赶紧招呼他坐到沙发上，说："爸，我们的楼层确实有些高，您先喝口水休息一下。"

张海旺里外看了看，说道："这个房子虽然是小了点儿，不过设施还比较齐全，两个人生活完全够用。就是住在六楼有些高，上下楼很不方便。"看来老人家的要求一点儿也不高，何平悬着的心慢慢放了下来。

何平陪着莉莉送张海旺到门口，看着他老人家缓慢的步伐，不禁心中有了疑问：按照时下的年龄阶段划分标准来看，老人家的年纪其实并不算老，怎么上了一趟六楼就喘粗气？

婚期定了下来，一切从简，不用安排迎娶仪式和婚宴。老岳父的这一要求有些出乎何平的料想，他很是感激老人家的一片心意。张海旺也不想给何平增添过多的负担。

"新郎官，快开门，我们来看看你准备得咋样？"何平起床后正在卫生间洗漱，听到门外传来一阵敲门声。大闫、小光、小严、柱子、小龙、浩男、海平、小连等一帮兄弟抓紧时间为何平重新布置好新房。何平精心打扮一番，手捧着一束鲜花，在学校门口拦了一辆出租车去迎娶他的新娘——莉莉。

六月的骄阳下，何平终于要完成自己的一项伟大使命。他望着湛蓝的天空中几朵雪白的浮云，希望它们能把自己最美好的时刻带到北莽塬上。

早上，何平刚到办公室，吴大伟就打来电话："何平，你到我办公室来一

北莽山

我在高原

下，有事情和你谈。"

吴主任是系里分管实验室工作的领导，他找自己是不是要安排工作任务？何平一边走一边想着。

"何平，听说你昨天办喜事。这么大的事情也不向系里汇报一下，好歹也给你派几辆车去，咋能自个儿打个出租车就去了，咋说咱们也是个大单位。"吴主任数落着何平。何平一再感谢系里领导的关爱，解释说莉莉家要求一切从简，因此也不想给大家添麻烦。

"原来是这么回事啊。有个事情和你谈一下，最近系里商量，准备调你到系办公室工作，你回去准备一下工作交接，下学期开学后就来上班。"系里要调他到办公室工作，这完全出乎何平的意料。

何平也知道，办公室的事务比较繁杂，工作压力要比在实验室工作大多了，但的确是个锻炼人的地方。这件事情对于何平来说，又将是个人未来发展方向的选择，他陷入了两难的境地。

何平在实验室整理好本学期的实验报告，收拾好实验仪器，检查实验设备和水电及门窗安全，准备各项交接工作以及放暑假前的例行检查工作。

樊玉山走进实验室对他说："何平，手头的工作准备得怎么样了？这个暑假不安排你带实习，给你另外安排一个任务。教研室下学期要给学生开一门网络信息检索课程，现在还没有确定合适的教材。假期你辛苦一下，编一本讲义吧，也发挥一下自己的特长。"

编写实验课讲义，对于何平来说没有多大难度。可是，要编写一本专业课程讲义，还真有些难度。

"得找几个图书情报方面的人咨询一下，小连应该能帮上这个忙。"何平在心中琢磨合适的人选。

何平去图书馆找小连帮忙，小连是兰州大学图书与情报专业的毕业生，在这方面也算是专业人士。

"何平，编写讲义我也没有经验。这样吧，我给你找几本这方面的书，你拿回去好好看一下。"小连给他找了几本最新的书作为参考，并且提供了一些有关信息检索方面的帮助。

暑假的校园里比平日安静了许多,何平一个人在办公室里苦苦思考编写提纲和思路。结合这几年的网络应用实际和信息检索的技术发展,他慢慢厘清了编写思路,花费了两天时间终于完成了提纲编写。

"莉莉,国庆节期间咱们抽时间回一趟老家吧。"过几天就要放国庆节长假,吃晚饭时,何平和莉莉商议这个七天长假如何安排。这时候,长风打来电话说:"何平,最近在学校吧? 我和晓云休假回家探亲,准备在国庆期间来学校看看。"

他们坐在学校北门外的小饭馆里,一起回忆曾经美好的上学时光,交流毕业后这几年的工作和个人发展情况,长风得知何平从事行政管理工作,感慨地说:"何平,没有想到你也脱离了本专业。干行政工作有一定难度,上升的空间比较小。我这几年一直从事技术工作,已经有了一定的进步,可是单位领导有意让我从事管理工作,我还在犹豫不决。我不想放弃专业。"

长风的话有一定的道理,从事什么样的工作其实和所学专业并不完全关联。但是,知识素养和学习经历却是一个储备,没有坚实的基础和储备,什么样的工作也拿不起来。

秋季的北莽塬上一派丰收的景象,何平和莉莉回家帮助二雄采摘苹果。今年夏季的雨水比较充裕,苹果长势很是喜人,果园里许多枝条都被累累果实压低了头,有些枝条几乎垂到地面,只好用枯树枝支撑起来。果园里的空气中弥漫着闷热的湿气,可是每个人的脸上都洋溢着丰收的喜悦。

"何平,这树上的苹果可以直接吃吗? 用不用洗?"莉莉很想尝尝新鲜苹果的滋味。

"咱家的苹果套的是纸袋子,不用洗就可以吃。"何平从一棵苹果树上摘了一个大苹果,撕开套在外面的纸袋,淡粉色的圆润果实立马呈现在眼前,苹果的颜色和模样很是诱人,他用上衣擦了擦递给莉莉:"这个苹果口味应该不错,你尝一尝。"

莉莉吃了几口,挂着细密汗珠的脸上流露出享受的神情:"哇,这个苹果的味道真是太好了,这可能是我吃过的最好的苹果。"

套着纸袋的苹果同用透明塑料袋套的苹果相比,外表看起来更为喜人一些,果面非常光滑细腻,雪白的底子上透着粉红色,捧在手里谁都想咬上几口。可是,再好看的苹果还是苹果,只有当你在品尝自己的辛勤劳动果实时,那种感觉才像是真正尝到了人间美味。

午饭时间,门口的树荫下照例又开起了"老碗会",何平忍不住从家里走出来,主动加入大家的闲谝之中。大家谈论的话题无外乎果品收成、秋收秋种、家长里短等。德文老汉却有些闷闷不乐,他没有发表任何意见,何平有些纳闷。

德文老汉放下饭碗,抽了几口黑卷烟,叹了一口气:"现在这世道就是怪,父母的心在儿女身上,儿女的心却长在石头上。"德文老汉也许遇到了烦心的事情,但是他的这句话,何平一直咀嚼了十多年。

秋季的校园里充满着喜庆的气氛,不时有校友回学校聚会,虽然离开学校很多年了,但每个人都割舍不下那份对母校的思念之情。

朱婷开完会回到办公室,对何平说:"刚才系里开会传达学校有关五十周年校庆的工作安排,要求系部的主页必须在校庆前完成改版。何平,这个活就交给你,能不能按时完成?"

即便是有很大难度的工作,也得想法子完成,更何况制作网页也是何平的一大业余爱好,他结合自己在使用网页"三剑客"时积累的一些经验,上网浏览了大量有关校庆的网站,一方面搜集更好的素材,另一方面也是借鉴和学习。

对于系部主页的框架设计,何平摒弃了原来用FrontPage制作的版面,选用时下流行的Dreamweaver 这个工具,主色调选用金红色和白色搭配相结合的喜庆风格,网页上的动画采用Flash和Firework这两个利器来制作,尽量在保持系部主页庄重的基础上,凸显具有活力的喜庆气氛。

夜晚的教学大楼里静悄悄的,何平一个人在办公室里反复修改版面,精心准备了三个版面设计方案,准备提交给系领导研究讨论。

"设计得不错。版面看起来好像是借鉴了别人的,整体效果很是不错,这段时间辛苦你了。"得到系领导的肯定,何平感到心里乐滋滋的,他的一番辛劳总算没有白费。

省城的秋季总是很短,几场秋雨过后,天气很快转入初冬。"柱子,咱们一块儿进城去转一转。"星期天早上,何平和莉莉准备约柱子两口子一块儿进城。

"好事情啊！我俩也是好长时间没有进城了。可是，这阵子确实有些事情，下午我还要去交大上课。"柱子和海平等人在周末要参加考研辅导班，他们准备报考交大的研究生，这已是他们的第二次努力，这段时间也是关键的冲刺阶段。

　　何平突然感到自己有些缺乏上进心，白白耽误了几年好时光。

第三十五章

何平伸了伸懒腰，整理了一下办公桌上堆放的文件、资料、报表等，在笔记本上记录了今天处理的各项事务。离下班还有一段时间，何平坐在办公桌前又开始鼓捣实验室设备管理系统，这也是他曾在实验室工作时尝试制作的一个应用系统，现在他想把这个系统的功能进一步完善，提高系部实验室设备的管理水平。

吴大伟来到办公室，对何平说道："星期六你辛苦一下，陪新疆石油学院的领导和几位老师去一趟华山。你先填一张借款单，我签完字后去财务上借点钱。我已经安排好了车辆，这是司机的联系电话，早上准时去学校宾馆接人。星期一把所有的票据送到我办公室来。"办公室的事务还真是有些杂，迎来送往的事情也会耗费些时间和精力。

何平陪着杨院长一行人来到景区售票处，考虑到时间有限，又是冬季，爬山肯定不现实，只好听从管理人员的建议，乘坐缆车上山。

他们乘坐缆车到达北峰，原以为冬季是旅游淡季，没想到山上依然有不少游客。北峰是五峰之中最矮的山峰，海拔在一千六百米左右，在何平看来已经不算低了。

杨院长等人是第一次游览华山，而且乘坐缆车上山，沿途许多景点没有看到，何平又担心自己讲解得不够生动透彻，他只好请管理人员为大家做详尽的介绍。

"各位朋友,欢迎大家来到华山参观游览。华山又称西岳,是我国有名的五岳之一。南续秦岭,北瞰渭河,扼守着大西北进出中原的门户,素有天下第一山之称。"工作人员的讲解果然相对要专业一些。

从地质学角度来看,华山是由一块完整硕大的花岗岩体构成,它的历史衍化可追溯到一亿两千万年前。

"华山的历史原来这么悠久。"有人发出赞叹声。

"华山的历史当然悠久,景观也很有特色。大家向四周看一看,听我细细道来。"讲解员好像是在说评书。华山共有东、西、南、北、中五座山峰,主峰有南峰"落雁"、东峰"朝阳"、西峰"莲花",三峰鼎峙,人称"天外三峰"。还有"云台""玉女"两座山峰相辅于侧,三十六小山峰罗列于前,虎踞龙盘。因为山上气候多变,随着季节变换时不时会形成"云华山""雨华山""雾华山""雪华山"等奇特景观,因而被誉为人间仙境。

"华山的著名景区多达二百余处,有两个特别险要的景点一定要去看,一个是凌空架设的长空栈道,另一个是三面凌空的鹞子翻身。"在工作人员的讲解下,何平慢慢欣赏峭壁绝崖上凿出的千尺幢、百尺峡、老君犁沟等景观。

终于,大家好不容易登上了峰顶,何平举目向四周望去,莽莽秦岭群山起伏,皑皑白雪落在山尖,苍松翠柏在苍茫的冬季里,依旧透出翠绿的生机,一幅水墨山水画尽收眼底。虽然寒冷的山风吹得人刺骨的疼,他的心情却是激动不已。

省城的冬季是漫长的,春天的脚步却走得非常快,人们刚脱下厚厚的冬衣,煦暖的阳光却在一天天增加它的热情,刚上身不久的春衫又得换上夏衣,爱美的女性甚至没有时机展示她们春天般的妩媚。

柱子打来电话,约何平一起去为小龙办理档案关系转接手续。开学时,何平听到了一个惊人的消息:小龙辞职了。这个消息来得有些突然,事先他们也没有看出任何征兆。小龙也在准备考研,可是这次的成绩很不理想,他下定决心选择另一条道路。何平认为,这条道路付出的代价有些大,依照小龙各方面的发展来看,留在学校的发展空间可能更大一些。他不禁为小龙感到惋惜。

不过好消息还是接连不断：海平终于被省城的交通大学录取。柱子虽然没有被交通大学录取，可是调剂到广西大学，专业方向是金融学，与本科所学的机械制造专业相比，算是一个很大的跨度。为了实现这个目标，柱子所付出的心血不少，总算有了一分收获。小严被调剂到省城的电子科技大学，原本报考成都电子科技大学的愿望没有实现。大闫和小光则选择攻读本校的研究生。

烦恼的事情也不是没有：小国和柱子选择的是全脱产的学习模式，按照学校的有关规定，需要办理调离手续。何平也为他们感到一丝担忧：毕业以后还能不能回到学校？

大家约在一起聚餐，畅谈了这几年的发展变化，每个人的发展方向已经呈现多样化，他们的交集也是越来越小。何平在内心问自己：未来的发展方向是什么？

清明时节是个适合外出踏青郊游的好时机，何平带着莉莉回老家去给父母扫墓。

北邙塬上春意盎然，田间地头呈现着色彩斑斓的春天画卷，北邙山已经褪下了晦暗的冬衣，换上了色彩明快的春装。公墓地里的迎春花已经开败，夹杂在其间的青草努力地探出嫩嫩的腰身，蒲公英的小脑袋悄悄探了出来，不时引来几只蜜蜂。

在路边的一个小坟堆前，何平也燃起了一堆纸钱，莉莉有些不解地问道："这个坟埋的是你家什么人，为何没有碑？"何平略微沉思了一下，他告诉莉莉说："这也是我家的一位亲人，虽然和我们没有血缘关系。"

"听说兴庆宫公园的郁金香花开了，明天是星期六，咱们去看看。"何平带着莉莉去兴庆宫公园看花展，顺便也去看看小龙。小龙在公园附近租了一间房子，打算静下心来好好准备一番。他们在一起聊了好长时间，谈论了未来的打算和发展方向，何平又一次陷入纠结之中。

"教务部门准备成立一个新科室，正在物色人选。"听到这个消息，何平有了一丝心动。经过一个星期的思考，他决定争取一下这个机会。何平找系领导谈了自己的想法，彭主任对他说："其实，这几年系里一直想着好好培养你，等过几年再去读个在职研究生提高一下学历，以后的路子也许更宽一些。如果你认为去机关工作是个好机会，系里也不会拦着你。不过走行政管理这个路子，今后的发展方向还是比较单一，你回去好好考虑一下。"何平非常感谢系领导对自己的培养和关照，但是个人发展的事情还得自个儿拿主意。

何平写了一份书面申请，找了一个合适的时机交给曲处长。曲处长看了何平的申请，语重心长地对他说："何平，你想来教务部门工作，我个人非常欢迎。你的情况我们也了解了一些，希望你也有个思想准备。教务部门是面对全校师生的管理和服务部门，要求有很强的工作责任心和工作能力，工作压力要比在系部工作大多了。但是，这里也是锻炼人的好地方，毕竟工作的接触面要广一些，工作对象涉及学校各个部门、系部以及广大师生，对于个人的发展还是有很大的帮助，希望你能好好把握。"

一个星期后，何平办理完毕工作交接手续，满怀欣喜踏上了新的工作岗位。

星星又一次来到学校，他对何平说："老二，我打算在学校附近租个房子，集中精力准备考研。"何平有些诧异，以为星星早已放弃考研的念头，好不容易在新单位安生了两年，没想到这回却来了个背水一战。星星已经办理了辞职手续，下决心重走一条适合自己的道路。

"我准备报考石油与天然气工程方向，咱们原来所学的专业在油田上不受重视，干老本行是没法进入主业行列的，再这样下去还是没有前途，还不如趁早另做打算。"何平和星星坐在学校对面的小饭馆里，几杯啤酒下肚，星星便将自己的苦水一股脑儿倒给了他。何平也谈了这几年发展的不确定性，他也不由自主流露出一丝迷茫。

"没关系。既然已经决定干行政工作，那就下定决心干个样子出来。我认为你不是干专业的那块料，从事行政工作可能更适合你的秉性。"何平原本是要安慰星星，没想到他反而为自己解忧。

看着三强在一天天长大，何平心中感到欣慰。一个毛手毛脚的农村半大小伙子，经过五年大城市生活的历练，已经逐渐变得成熟起来。可是，又一个重任摆在何平的面前，小弟已经到了谈婚论嫁的年纪，这可是父母交代给他的一个任务。

"三强，我看你还是在城里找一个打工妹吧，这样也知根知底。"何平劝小弟在城里找一个志同道合的打工妹。

"大哥，我还是想在家里找一个。"没承想三强的观念还是遵循老传统，何平有些想不通。

过年期间，家里的亲戚来往比平常多了起来，大家听说要为三强说亲，纷纷发动各自的关系。义彩莲也回到娘家，她和义克选、义克荣等人商议，准备给三强定一门好亲事。农村人的人际关系大多以姻亲为纽带，青年人选择对象也无非是村子周边十多公里范围内的适龄者。

农村青年人的婚姻轨迹很是简单明了。经过一番撮合，双方的家长见个面先沟通一下，两个年轻人也在媒人的引荐下，找个合适的时机见个面。

"咱就安排订婚的事情，让我建设哥在马庄镇订上几桌饭。"大家在一起喝个订婚酒，三强这亲事就算是定了下来。

第三十六章

北莽塬上的寒气还未消退，但省城校园里教学楼广场两边的垂柳却按捺不住悄悄长出了淡绿的嫩芽。学校机构调整和人员变动总算告一段落，何平的工作也走上正轨。

"何平，到我办公室来一下。"曹庆余找何平了解近期的工作情况，叮嘱他尽快熟悉教学管理工作和业务流程，要在提高业务管理能力方面多下一番功夫。曹庆余对何平寄予厚望，希望他在日常的教学管理工作中能担起一份重担。

"何平，我们学校的工程硕士授权点已经批下来，你抽空去要一份招生简章，好好准备一下参加今年秋季的统一考试。利用业余时间读个在职硕士学位，这也是符合当前实际的一条路子。"除了谈论工作，曹庆余对何平个人的发展方向也进行了规划，他认为何平可以报考计算机技术专业方向，这对今后的工作会有很大帮助。

好不容易有了这样一个学历提升的机会，却要放弃原来的机械专业，选择陌生的计算机方向。这对于何平来说的确是一个挑战，一连好几天，他都在为这件事情而纠结。

"是不是写封信咨询一下？不知道她的近况如何？"何平想到昕华在加拿大攻读计算机方面的硕士学位，便拿出通信录查找她曾经给自己留的联系方式，试着给她发送了一封电子邮件，倾诉了自己心中的苦恼。

昕华很快回了邮件，何平感到有些喜出望外。

何平：

你好！

我的联系方式没有变，还在温哥华，还是这个电邮地址。隔这么远，电邮仍是我们之间联系的最佳办法。我曾于今年三月份回西安，但因为女儿在身边，照顾不暇，也就没有去学校。不知道你现在做什么工作，工作是否如意，家庭生活是否也满意。

我本想去年春天回国发展，但不巧赶上"非典"，父母一再叮咛让我先不要回去，结果等到年中，刚好在这里找到一份教书的差事，一做做到了今年一月份才辞职，然后回国把女儿接回来。现在安顿好女儿，我准备在九月份重返校园，攻读计算机和艺术新兴交叉学科的硕士课程，想为日后从计算机转行做点儿准备。因我长久没有编程，加之自己的确不喜欢这行，所以就不再有动力去找计算机相关的工作，如果能往文科方面转型，可能会比较适合我。当然这只是初步的想法，具体还要在学完一学期课程以后，再看这新专业是否适合自己，并且是自己的兴趣所在。

我知道你也有类似的关于专业的困惑，对于未来的发展也是缺少一个长期的规划。你现在开始做教学管理，虽说是脱离了你的本专业，可是我从你的言论中看出，你对这个工作还是充满信心。人生真是一条求索之路，我们要花去很多时间才能明白一些道理，悟出自己过去所为的缘由和对错，而未来永远是未知，只能凭借经验做最好的打算而已。其实，选择哪个专业方向并不重要，关键是自己的发展定位和努力方向。先聊到这里吧，以后有空再联系。

祝夏安！

昕华

七月二十三日于多伦多

312

暑假的校园里安静了许多,大多数学生都回家休假了,校园里难得见到几个人,高大的法国梧桐树依然遮不住骄阳的热情。何平来到教学大楼的机房里捣鼓着教务编排系统,一遍一遍进行着冲突检查和任务校验,他一边翻看书面文档,一边盯着电脑屏幕,时间久了就感到眼睛有些发涩。

"大功告成,可以休息一阵子了。"当最后一遍检查完毕后,电脑屏幕上不再出现提示信息,何平伸了伸懒腰,舒展了一下有些僵硬的腿脚。

有了这个小软件的帮助,何平的工作效率提高了不少,他还是感到有一些不足之处。这个基于 Windows 平台的单机版课表编排软件不能完全适应教学管理工作网络化的发展需求。"看来得了解一下这方面的发展状况,最好是出去多方调研一下。"何平在心中自言自语。

下个学期的教学安排基本上已经到位,何平及时向曹庆余做了汇报,顺便也谈了自己的一些想法。

"这段时间你辛苦了,先在家里好好休息几天吧。这里有份教学研讨会的通知,你们几个陪着罗处长一块儿去大连开会。"曹庆余对外出开会和调研做了安排,让他们顺便了解一下其他高校在这方面的新举措。

罗文静带着何平、小韩等人先到北京调研,然后再转道去大连开会。暑假期间,省城到北京方向的车票很是紧张,一行人只好分乘不同的车次赶到北京会合。他们分别走访了教育部信息中心、北京大学数学与生命科学学院、清华大学信息中心,主要了解网络版教学管理系统的应用情况。

谁承想,这旅游旺季的车票很是紧张,尤其是北京到大连的火车票更是抢手,何平托了不少关系,终于搞到了卧铺票。他拿到车票一看傻了眼,原来这是一趟临时增开的列车,乘车的地点是东站,发车时间在半夜时分。

"这个东站在啥地方,我咋从没有听说过?"何平想着英子已经在北京待了四五年,便给她打电话询问。

"大哥,东站是个临时车站,就在东五环外面,离我们租住的地方很近。有时间的话,你到我住的地方来一下。"英子在电话里很是激动,因为何平并没有提前告诉英子他要来北京。

在高碑店村子的一排平房里,何平找到了英子租住的地方。一间十平方米左右的小平房,用照相的背景布隔开,里面支了一张架子床,算是一家人休息的地方。外面半间房是工作场所,照相器材、电脑、打印机、传真机、复印机以及锅碗瓢盆,占据了几乎所有的空间。这个小店只有英子一个人经管,妹夫颜辉则在通州区给别人干活。看着三妹一家子处在这样一个环境中,何平感到有些心酸。

在大连召开的教学研讨会上,部分高校交流了各自在教学管理工作网络信息化方面的经验,一些 IT 厂商也在大会上展示了最新的教学管理软件产品,何平收获不少。

七八月是大连的旅游高峰期,回省城的火车票实在是紧俏,一直没有办法解决,全部人员坐飞机回去报销是个难题。

会务组的工作人员给他们提了个建议:"你们可以先坐船到烟台,然后从烟台坐火车回去,或者转道济南再买票,相比较可能方便一些。如果决定好了,我就抓紧时间给你们订晚上的船票。"

夜幕降临了,他们一行人登上了开往烟台的滚装船,经过一个夜晚的摇晃,黎明时分终于到达烟台港。出了码头顾不上休息,何平和小韩赶到火车站排队买票。

"明晚的卧铺票没有了,还有部分硬座票,要不要?"售票人员的态度很是干脆,他们也没有其他的选择余地。

"蓬莱一日游,人满了就走。"火车站广场上,各家旅行社安排人员在卖力地招徕游客,考虑还有充裕的时间,罗处长提议跟着散客团去转一转。

他们跟随一个散客团来到蓬莱阁景区参观。车子在景区外的一排小饭店门前停了下来,导游招呼大家下车:"各位朋友,先尝尝咱们当地的海鲜吧,这些海鲜都是渔民早上出海捕捞的,每家饭店的海鲜全是明码实价,价钱谈好了再选海鲜。有事情直接找我。"

各家饭店门前摆放着许多大盆,里面盛放着各种海鲜,听着饭店伙计的吆喝声,何平挑选了螃蟹、蛏子、生蚝等较为熟悉的海鲜。

小店里的几张桌子旁坐满了等待美食的游客,不一会儿的工夫,一盘盘散发着香味的海鲜被端上桌子,何平尝了尝,味道有些清淡。

饭店老板介绍说，这里的海鲜做法比较简单，直接放到锅里用清水煮，或者上锅蒸一下，基本不放花椒、桂皮、八角等大料，也不放辣椒。不过吃海鲜的时候，最好喝一点白酒，海鲜性寒，吃多了容易闹肚子。

享受了一顿味美价廉的海鲜大餐后，何平等人跟随导游一路领略蓬莱仙阁的美丽风光，听着他讲解一个个美丽的传说故事。

何平远远望去，看到蓬莱阁矗立在丹崖山巅，云海簇拥，浪山轻托，海山美景融为一体。何平登到山顶向四周远眺，楼亭殿阁掩映在绿树丛中，高踞山崖之上，恍如神话中的仙宫。

蓬莱的魅力不仅在于它厚重的历史文化积淀和苍茫豪放的山海风光，而且在于它有着美丽动人的神话传说。总有一些好事之人以海市的虚幻神奇，演绎出海上三座神山的传说，惟妙惟肖地描绘出一个令世人向往的神仙世界，更为蓬莱平添了几分神秘之气。

何平脱下鞋子赤脚漫步在沙滩上，海浪不时卷起细细的沙子冲刷着脚面，清凉的海风吹走了脸上的汗，遥远的水天交汇之际目不可及。他感觉到整个身心一下子舒展了许多，心胸也变得无比开阔。

回到省城，何平又开始了忙碌的日常工作。这一天，何平在办公室准备教学管理信息化方面的调研材料，长风打来电话："何平，星期五早上能不能到火车站接一下晓云？她要带孩子去省城的儿童医院看病，麻烦你了。"

长风的孩子这段时间一直生病，当地的医院也是看了好几家，可是治疗效果不是很好。

初冬的凌晨依然是寒气逼人，何平和莉莉乘坐5路公交车赶到火车站。广场上冷冷清清，何平站在电子大屏前，盯着上面滚动的字幕，查找各个车次的到站信息。一趟列车到站了，出站口周边的人立马围了过去，何平在人群中努力寻找着晓云的身影。"总算到家了。"晓云怀里抱着孩子，手里拉着一个大行李箱，一副疲倦的表情。

何平和莉莉拦了一辆出租车，带着晓云和孩子直奔西门的儿童医院。还没有到上班的时间，医院里显得有些冷清，只有急诊科不时有人出入。何平找到值班医生说明事由后，医生拿着孩子的病例看了一会儿，说道："大老远从新

北蒙山 我在高原

疆赶回来,这一路上孩子也没少遭罪。我先给开个住院证明,上班后到住院部联系床位,住下来再给娃慢慢治疗。"

办妥了所有手续,何平对晓云说:"我办公室里还有一堆事情,让莉莉留在这儿帮忙,你看咋样?"

"不用,不用。已经给你添了不少麻烦。我已经给家里人打过电话了,他们正在往这里赶。"晓云一再道谢。

冬日的太阳懒洋洋地升了起来,却无法驱散大街上的寒冷。何平和莉莉分别坐公交车回单位上班,他竟然在公交车上打起了盹。

三强的婚事定在腊月的冬闲时间。二雄打来电话说:"大哥,这段时间我在西宝高速的工地上干活,这个月底就要结束。咱们是不是开始准备小弟的婚事?"

何平和二雄开始忙着各项准备工作。二雄已经在自己的庄基地上盖了新房子,老家的房子因为三年多没人居住而显得有些破旧。二雄只好在村里找了几个帮手重新修整院落,将常年漏水的砖瓦结构厨房拆掉,在前门的一间平房里重新砌灶,再将后院里一间准备作为婚房的平房进行修补和重新粉刷。考虑到天气太冷,二雄在屋里早早生起了火炉烘烤。在镇上订购了必备的几样家具,又去县城的大商场购置了电视机、洗衣机、音响等家用电器和自行车。

何平和二雄商议,尽量把三强的婚事办得体面一些。英子也从北京寄来几千块钱,嘱咐不能亏了小弟。

何平向曹庆余请假,准备回家操办三强的婚事。曹庆余说:"你去学校宾馆要一辆车吧,出车单拿回来找我签字,也算是单位对你的一点儿帮助。小弟结婚是件大事,有啥困难只管开口。"何平从曹庆余办公室出来,感到心中暖洋洋的。

义克选作为男方的家长代表和媒人商议迎娶的事宜,如迎娶车队的规模,行车的路线,女方参加婚宴的人数,送给女方家和各位本家的礼品数量,等等。

迎娶时的各色礼物提前准备好了:烟酒算是一样礼,是送给老丈人的大礼;二斤肋条肉也算一样礼,俗称"离娘肉",是送给丈母娘的礼物;一整根的莲菜,中间不能有断节,要求用红绸带系着,寓意着月老牵着红线、男女双方结为连理;还得蒸一个大花馍,代表着五谷丰登。

迎亲的长长车队停靠在街道上,这是何平发动亲戚朋友的关系找来的车辆。刚子这时打来电话:"公司的事务太多,我派一名副总带领公司的几名员工前去帮忙。"何平感到有些遗憾。街坊四邻不住地交口称赞:"这阵势还是气派。你看这父母都不在了,娃这婚事还办得这么体面,不容易啊!"

冬日的阳光热情不足,但是这个农家小院里的喜庆气氛还是感染着每一个人。何平和二雄进进出出,招呼着前来参加婚宴的宾客和亲朋好友,大家都在夸赞:"你瞧这弟兄俩,把小弟的婚事办得就是体面。"

何平带着三强给每一桌的客人敬酒。何平来到义诚意、义成全、义克孝、义克选、义克荣、义彩莲等家族长辈的酒桌前,他给每个人敬了一杯酒,感谢大家在三强婚事方面给予的帮助。

何平发现义克选一脸的不高兴,他心中有些隐隐作痛。一大早,义克选不知道为了什么事而大发脾气,义成全免不了要训斥他几句:"你想干啥?今儿个是给你侄娃子办大事,你再有天大的事情也得等这事过去后再说。好歹也算是娃的长辈,也不怕村里人笑话你。"

何平在大门口送走一拨又一拨的客人,这时才感到一丝疲倦。他走进父母曾经居住的房间,在二老的遗像前点上三炷香,默默地念叨:"爸、妈,小弟的婚事办得很顺利,你们就放心吧!"不经意间,泪水一下子流了出来,模糊了何平的双眼,他跪倒在地忍不住放声大哭起来。

义克孝把他搀扶起来,劝说道:"何平娃,哭几声就行了。今儿个是三强的大喜日子,给你爸你妈报个信就行了。你的任务算是完成了,心也算是尽到了,也不枉你爸你妈养你一场。"

第三十七章

夜晚的大街上少了白天的喧闹，人们还沉浸在节日的喜庆气氛之中。省城火车站里早已是人流如织，许多人还在回味着家人团聚的温情，却不得不又一次怀揣着梦想，加入南下的大军之中。

正月初六一大早，曹庆余打来电话："何平，过两天你们去长沙调研，由吴处长带队，你到火车站取一下预订的车票，抓紧时间把家里的事情安排好。"

在这拥挤的人流大潮中，何平他们一行六人踏上了开往湖南长沙的列车。

为了提高教学管理的信息化水平，曹庆余组织大家进行了大半年的调研和走访。曹庆余了解到长沙有一家软件公司在教务管理系统研发方面有不错的成绩，特意安排他们利用寒假的休息时间，前往长沙进行实地考察。

一行人到了长沙的青苹果公司，何平向公司负责人提交了本次调研的提纲和每个人的分工安排，准备对公司软件的产品性能、技术特性、功能模块以及技术团队和售后服务等进行深入细致的考察。

公司负责人张总看了他们的调研工作安排后，很是惊讶："你们是我接待过的最为敬业的考察团，我感觉你们像是来接受培训一样，公司将尽最大努力配合。"

按照拟定的调研工作安排，他们分别对各自负责的业务和关心的功能需求等问题，深入公司各个对应部门与研发人员开展探讨和交流，向售后服务人员了解产品的技术支持和售后服务情况。

吃过早饭后,公司安排他们去湖南大学考察软件的应用情况。令何平感到惊奇的是,这所坐落在岳麓山脚下的大学竟然看不到围墙,社会车辆可以随意进出,各色人员在校园里惬意漫步,丝毫感受不到大学校园里应有的那份宁静。

调研工作在湖南大学的一所学院开展。学院的系统管理员热情地为他们介绍软件的应用情况,并且指出了实际应用中存在的一些不足之处。何平用心记录下来。

在大家相互交谈的间隙,何平突然想起浪子在这里读博,不知道这小子现在怎么样了,这会儿不知道在不在学校。他打开手机通信录迅速查找浪子的联系电话。

"何平,来我们学校也不提前说一声。我这会儿正在实验室里忙着呢,告诉我你们住在哪个宾馆,晚上我过去找你,顺便也看望一下各位老师。"浪子对于何平的来访感到有些意外。

虽然已经毕业七个年头,浪子还是没有褪去学生的模样,他取笑何平身体发福了不少:"何平,几年不见可是进步不小,瘦身板快要变成四方体了。"

俩人坐在宾馆的大堂里,聊起了大学时期的人和事,畅谈了各自的家庭和工作学习情况。"我正在准备博士论文,毕业后还想争取留校工作。"浪子一心想搞学问,能留在学校当然是个不错的选择。

五天的调研工作结束后,他们返回了省城。夜晚的教学大楼显得有些宁静,何平一个人在办公室里认真整理考察和调研材料。他按照教学业务管理的工作需求,对所考察和调研的各个公司的产品进行了对比分析,结合各个高校的应用情况,终于完成了教务管理系统购置调研分析报告初稿。

大楼的熄灯铃声响起,何平整理好打印的调研报告,舒展了一下略感僵硬的腿脚,心想:这项工作任务总算是完成了,我得回家好好休息一下。

"曹老师,我已经整理好了调研报告,电子稿已经发送到您的邮箱。"第二天一大早,何平及时向曹庆余汇报工作进展情况。

"好的。这段时间辛苦你了。调研报告我先看一看,回头我向主管校领导汇报一下,看看能不能早点儿启动这个项目。"曹庆余对何平的工作给予了肯定,表示尽快争取学校立项建设,推动学校教学管理工作的信息化进程。

树上的知了在大声地叫着,似乎在抱怨着难熬的酷暑。暑假的校园显得有些安静,浓荫大道上行人稀少,偌大的教学大楼里难得见到几个人。何平和小韩在青苹果公司技术人员的指导下,忙着教务管理系统的安装调试。

省城这个"大火炉"的称谓果然是名副其实。一大早,何平刚一打开办公室的门,就感到一股热流从房间里向外涌出。房间里的电风扇开到最大挡位,出来还是热风,刚忙活了一会儿的工夫,他就感到身上有些黏糊糊的。

"领导,能不能歇一会儿,咱们去机房里凉快一下?"小韩也有些忍受不了酷暑的折磨。机房里几台服务器正在运行着,散热风扇不断地发出嗡嗡的嘈杂声,窗式空调机吹出的凉风让他俩暂时有了一丝难得的享受。

何平和小韩按照工作进度安排,对整个系统的各项功能进行逐项调试,完成各个数据库的代码编制。基础数据录入是一项工作量很大的任务,各项数据必须符合相应的规范和标准,每一个功能的测试必须有数据支撑才能实现,并能实现数据的完整导入和导出,便于数据的上报和交换。

两个星期后,教务管理系统的安装和调试工作基本上完成,何平及时向曹庆余汇报了情况。

"你们辛苦了。省厅下周在青海西宁召开教学工作年度会议,我安排徐处带着你们几个一块儿去参加。听说西宁很凉快,你们也可以去那里避避暑。"虽然暑假是难得的休息时间,曹庆余还是给何平布置了一些工作。

何平陪着徐学军、胥元方离开了酷暑中的省城,踏上了西去的列车。列车在北莽塬脚下一路西行,经过了一个晚上的颠簸,终于到达了号称中国夏都的西宁市。一行三人出了火车站,何平发现这里的人们还大多身着长衣长裤,看着自己身上的短袖和短裤,他马上感到身上一阵凉意。

负责接待的工作人员听说他们第一次来西宁,便热情地介绍说:"这里离塔尔寺只有二十多公里,你们可以抽时间去看看。"

下午还有一段空闲时间,他们一行三人打车前往塔尔寺,找了一位当地导游讲解塔尔寺的概况。

"塔尔寺在藏语里意为十万佛像弥勒洲。"导游介绍说。塔尔寺是西北地区佛教活动中心,也是喇嘛教六大寺院之一,在全国享有盛名。

整个寺院是由众多的殿宇、经堂、佛塔、僧舍组成的一个汉藏艺术相结合的辉煌壮丽的建筑群,占地面积六百余亩,其中以八宝塔、大金瓦殿、小金瓦寺、花寺、大经堂、九间殿等最为著名。

何平走进了寺院,看见院子里有一棵高大的菩提树,树上挂有许多信徒敬献的哈达。"这难道就是传说中的塔尔寺圣树?"他忍不住自言自语道。

"是的,这就是我们这里有名的菩提树。宗喀巴大师诞生时,他的母亲在剪脐带滴血处生出这棵菩提树。菩提树的树根向四方延伸,如同身体的四肢展开,预示着藏传佛教的渊源。"

在菩提塔前,何平惊奇地发现有很多信徒在磕长头。一位身着藏族服饰的妇女带着自己的孩子前来磕头,这位小姑娘身着民族服饰,也学着大人的样子五体投地,非常虔诚。

导游说:"他们有的人要用一生来朝拜。有些人从家里出来就一路磕着头来到这里朝拜,有些人已经花很长时间在塔尔寺的外面磕了数不清的头,还有些人在寺里一直要磕下去。"

何平看到,由于众多人磕长头,长年累月,廊檐下的石板已经磨得发亮,几乎可以照出人影。前来朝拜的人们白天磕头,晚上就睡在简陋的小店里,有些人夜晚就睡在寺院的廊檐下。

在这棵神奇的菩提树下,何平看到有人把菩提树的落叶一片一片地拾起来珍藏。"菩提树叶是佛的信物、佛的佑护和祝福。"导游的话解开了何平心中的疑问,"即使在落叶最多的时候,游人在地上也找不到一片菩提树叶。"

这长在树上的菩提树叶,是不能动它的。菩提树是佛门弟子的圣树,佛祖释迦牟尼就是在菩提树下悟道成佛,又在菩提树下得道升天。菩提塔前的菩提树,当然是要重点保护的。

听了导游的介绍,何平对眼前这棵枝繁叶茂、郁郁葱葱的菩提树更是肃然起敬,想着那神奇的传说,一种神圣的情感油然而生。"身是菩提树,心如明镜台。时时勤拂拭,勿使惹尘埃。"何平不禁念起曾经读过的几句偈语。

北卷山　我在高原

他在沉思：这也许就是佛家所谓的禅。人生在世，在何时何地，都要有善心、爱心、责任心，为他人多做好事善事，为老百姓多谋福祉，人生就会像这菩提树一样宝贵而神圣。有些人即便把头磕破，没有悟性，没有善心，没有义举和善行，也难达到更高的思想境界。

参观完毕，他们一路上谈论各自的感受。拉卜楞寺留给何平的印象是一座藏传佛教的文化宝库，而塔尔寺则是藏传佛教的艺术宝库。

"咱们也出去活动活动，去一趟青海湖，咋样？"徐学军提议说。会议之后一般是自由活动，他们决定去青海湖转转。

青海湖地处青藏高原东北部，是我国最大的内陆湖泊，也是最大的咸水湖，面积达四千多平方公里，比太湖还要大一倍多。青海湖环湖周长三百六十多公里，已经修建了环湖公路，每年七八月都会在这里举行环湖自行车国际赛事。

车子爬上了日月山，导游小李介绍说："这里是文成公主进藏的地方，大家有兴趣可以下车参观一下，我们稍事停留，给大家留出时间拍照留念。"

车子沿着京藏公路继续西行，远处的湖光山色渐入何平的眼帘。山坡上金黄色油菜花开得正艳，北莽塬上的油菜早已在六月初收割完毕，这里的油菜才刚刚开花，两处的气候差异实在是大。

过了好一会儿，车子在金银滩草原上的一座帐篷前停下来，离开饭还有些时间，何平便在周边溜达，尽情领略着神奇草原上的迷人风光。这个时节牧草长势正好，一阵凉风吹过，像绿色的波浪般此起彼伏，草丛中偶然可见几处露出半截的残破水泥房子。

"草原上还曾经修建了碉堡？"何平有些迷惑不解。

"那不是什么碉堡，是当年在这里开展武器试验的研究人员的工作生活场所。为了躲避敌国的空中侦察，因此修建得如同地堡一样，现在早已废弃不用了。"小李介绍说，这里在二十世纪五六十年代曾是武器试验基地，许多科研人员就在条件简陋的地堡里为国家奉献了自己的青春，甚至宝贵的生命。听到这里，何平对那些英雄肃然起敬。

午饭后，他们来到青海湖边的一处码头。小李又抽空给大家讲解青海湖的水、鱼、鸟。青海湖水位每年平均以十二厘米的速度下降，年平均减少湖水四亿多立方米,正在从单一的高原大湖泊分裂为"一大数小"的湖泊群。造成青海湖不断缩减的因素主要有气候变暖、人类活动加剧以及降雨量减少等,特别是在青海湖周边盲目开荒,破坏了注入青海湖河流的水源。

"目前,青海湖几乎一半的注水河流已经干涸。若干年后,你们可能就看不到这里的美景了。"小李也流露出对于青海湖的担忧。

"青海湖中心有一个鸟岛,生活在湖区的鸟禽有一百多种,有斑头雁、棕头鸥、鱼鸥、鸬鹚等数量较多的鸟禽。此外,还有凤头潜鸭、赤麻鸭、普通秋沙鸭、鹊鸭、白眼鸭、斑嘴鸭、针尾鸭、大天鹅、蓑羽鹤、黑颈鹤等数量较少的鸟禽。"随着小李的指点,何平看到了湖面上翩翩飞翔的鸟禽,时而掠过水面觅食,时而飞过游人的头顶嬉闹。

"青海湖中盛产全国五大名鱼之一的青海湟鱼。"小李的话语中充满自豪。一九六四年,国家将青海湖列为保护对象,青海湟鱼也列为国家重要名贵水生经济动物。湟鱼的生长非常缓慢,平均年产量只有五千多吨,由于人们的过度捕捞,湟鱼产量呈逐年下降的趋势,青海湖的渔业资源也急剧衰退。

"现在,政府已经限制捕捞野生湟鱼,我们晌午在饭桌上吃的湟鱼全部是当地人工养殖的。"小李的话打消了大家吃野生青海湟鱼的念头。

青海湖,高原上的神奇之湖,现在也在受到不断的伤害,何平的心中不禁有了一丝悲凉。

北芬山 我在高原

第三十八章

秋天是一个丰收的季节,校园里又迎来了新一批学生,为这个宁静了许久的校园增添了不少活力。

何平在办公室里整理新生数据,柱子打来电话:"何平,晚上我们一起吃个饭,大家好好聚一下。"好长时间没在一起聚了,这是个不错的提议。

柱子和海平已经完成学业,并且顺利地回到学校,这的确是件值得庆祝的事情。

"欢迎海平和柱子回到咱们学校,咱们干一个。"这是一个气氛热烈的聚会,大家在一起谈论了这几年的变化,每个人都在定位各自的发展方向。海平还是回原单位,柱子因为所学专业被调到了财务部门工作。大闯、小严、小光等人也顺利完成学业,何平和浩男还在学业的道路上继续努力。

下班后,何平正在厨房里准备晚饭,莉莉回到家里后,神秘地对他说:"告诉你一个好消息,我有情况了,你快要升级了。"这的确是一个好消息,期待了许久的事即将实现。

"太好了!莉莉,从现在开始,你就是家里的重点保护对象,家里的粗活、重活、脏活,我全包了。"何平未免有些激动。

"又在夸口。你以为我是大熊猫?还不至于娇贵到啥都不能干的地步。"莉莉并不是个娇生惯养的人,每天早上天麻麻亮就起床,做好早饭、收拾好房间后,便急匆匆步行到公交车站赶早班车。

何平有些放心不下,毕竟莉莉的年龄不小了,按照妇产科医生的说法,她已经算是高龄孕妇,可不能有丝毫的马虎。

早上起床后,何平打开窗户向外一望,天空还是黑漆漆一片,丝毫看不到黎明的样子,迎面而来的冷风中夹杂着小雪粒。

"糟糕,怎么又下雪了?"何平抓紧时间洗漱、吃早饭,换上厚衣服下楼,他用自行车推着莉莉去公交车站。

大门口,几位晨练回来的老师看见这个场景,笑着说:"何平,这段时间可要好好表现,可不能让媳妇一个人去车站。"听到这话,何平不禁有些汗颜。原先的各种保证和承诺在日复一日的生活中慢慢消退,反而是莉莉经常宽慰他:"我又不是小孩子,有什么可担心的呢?"

北莽塬上的冬天是寂静的,万物生灵都在悄悄地积蓄着力量,一切都为了在即将到来的春天里迸发出新的勃勃生机。春姑娘终于忍不住漫长冬季的沉默,迈着欢快的脚步来到省城。校园里教学楼广场周边的垂柳,率先露出几丝新绿,将春天的气息慢慢弥散开来。

莉莉算是高龄孕妇,她打算向单位请假在家里好好休养一段时间。吃过晚饭,何平陪着莉莉在校园里散步,不时引来大家关注的目光,几句赞许的话语令他有些脸红。

"我对莉莉的照顾还是不够多。"何平在内心进行着检讨。

何平站在家属院大门口,等了好长一阵子,终于挡了一辆出租车。何平陪着莉莉去妇幼保健院做检查,顺便也去听一些专题讲座,感觉好像是在参加一项重大的工程。想到这些,何平未免有了一些疑问,原本是个平常不过的事情,现在却被看得非常之重。这到底是社会的不断发展改变了人们的观念,还是现在的人都变得娇贵了呢?

"何平,媳妇生孩子的事情准备得咋样? 得提前找人联系医院,现在好一点的医院床位都很紧张。"对于大家的提醒和建议,何平不得不重视起来。

莉莉的预产期快要到了,何平提前一个星期到妇幼保健院联系床位。他安排好办公室的事务,向曹庆余请了假。

北莽山

我在高原

"这是大事情。这段时间要照顾好媳妇,有啥事情给我来个电话,办公室的事情不用你操心。"何平很是感念曹庆余对下属的关爱。

张海旺、张淑兰每天都要来医院陪护。考虑到两位老人的年纪都比较大,何平一再劝说他们:"这里有我在就行了,您二老就不要每天来回奔波了。"

何平陪着张海旺、张淑兰在产房外焦急地等待,过了许久,听到里面传来婴儿的啼哭声,他悬着的一颗心终于放了下来。

护士抱着一个裹得严严实实的婴儿走了出来,她看了何平几眼,说道:"你是孩子的父亲吧?快来看看你家闺女,眉眼长得和你像极了。大人和孩子一切都好,你们放心好了。"

一个孕育已久的小生命诞生了,何平的眼角有几滴泪水在悄悄滑落。

新生命的到来,打破了家里多年来一直是二人世界的格局,孩子的啼哭声也给宁静的家中平添了几分热闹。晚上,何平和莉莉手忙脚乱,给孩子喂奶粉、换尿布、哄着睡觉。安顿好了小家伙,他俩终于有了休息时间。莉莉拿起一本育儿方面的书认真研读起来,何平则坐在写字台前,打开电脑开始和群里的好友探讨,向他们请教。

这时,一个请求加为好友的消息提示在屏幕右下角不断闪烁,何平回复了一句:报上名来,否则不予通过。

一个调皮的头像发了过来:我是小芳,这个可以通过吗?

这个曾经在校园里流行的名字突然勾起了何平纯真年代的几多回忆。

晚上,忙完了家务事,何平又上线找小芳聊天。他假装认真地向小芳讨教起育儿方面的经验,没承想一下子拉近了两个人的距离,话题从程式化的寒暄慢慢转到各自的生活和家庭。

不知不觉到了深夜,莉莉催促何平早点儿休息:"咋还在电脑跟前忙活呢?是不是有舍不下的人,还是啥放不下的事情?明天还要上班呢!"何平和小芳道了晚安,恋恋不舍地下了线。

星期天,张海旺、张淑兰来到家里看莉莉和孩子。张海旺一进家门,就坐在沙发上喘气,他抱怨地说:"原先在单身楼住六层,现在搬到家属楼也不挑低一点儿的楼层,上下一趟你们这六层楼也太费劲了。"

何平笑着解释说："分配家属楼也是论资排队，排到后面的只能住高一点儿的楼层，低一点儿的楼层不是想调就能调的。这六楼虽说是顶楼，可是住着安静。"

这顶层住着虽然是安静，可是夏季的闷热令人无法忍受。夏季的雨水也时常来添乱，几场大雨过后，多年失修的屋顶又开始渗水。一阵轰隆隆的雷声响过，不一会儿的工夫，一场大雨又落了下来。何平赶紧爬上房顶，检查排水管是否通畅，原有的排水点是否积水。

"何平，在办公室吗？我一会儿去学校找你。"何平正在办公室里处理事务，接到了发仔打来的电话，他有些激动。同一个宿舍的好兄弟已经有好多年没有联系，他怎么就突然冒出来了？何平约上星星一块儿陪发仔吃午饭，顺便也聊一聊各自的近况。

"何平，咱们去吃羊肉泡馍吧，好多年都忘不了这个美食。有一次，好不容易在深圳看到一家牛羊肉泡馍馆，可是总感觉不是记忆中的那个味道。"离开学校七八年了，发仔还留存着学生时代对美味的回忆。

"好。我带你去老孙家，这是一家有名的老字号泡馍馆。"三人来到电子一条街上的老孙家分店，发仔拿起桌上的菜单看了看，说道："羊肉泡馍不是小吃吗？好几年没有回来吃，价钱咋还涨了不少？"

何平笑着说："这是名店，价钱当然要比其他店贵一些。我们平常不到这里来，街头巷尾的泡馍馆多的是，味道也不比这里差，价钱还合适。今天你是远客，老兄我也不能怠慢。"三个人哈哈大笑起来，引来旁边桌子旁的人们诧异的目光。

发仔这几年也不容易。在原单位干了没几年，便有些不安生，于是南下深圳去闯荡，现在在昆山一家日资工厂上班，担任生产主管，也算是小有成就。

"兄弟，折腾得还算有成果，啥时候发达了，别忘了提携一下老兄我。"星星听了发仔这几年的闯荡经历，心中也有些按捺不住。

"快不要取笑我了。你老兄虽说还在当学生，等毕业后就会上升到另一个发展平台，前途是大大的。哪像我，整天要看日本人的脸色。你还以为我很风光？"发仔的言语中流露出对闯荡生活艰辛的感叹和内心的苦闷。

"我这次来是准备招聘一些模具和数控方面的中专生。去了几所学校，发现好一点儿的学生早已被别人签约，明天还要去周边几个县的中专学校看看，你们也帮我留心一下这方面的信息。我们厂子需要大量的中专学生担任技术工人，本科学生反而需要得少。"发仔的这个信息，何平听了以后沉思了好久，他认为：人才的培养和用人单位的实际需求，存在很大的不对称性，这个问题很值得深入研究。

下午快要下班时，发仔打来电话让何平去学校东门口。"这是我给嫂子买的一些营养品，给孩子买的奶粉也不知道品牌是否合适。我也不方便去家里，代我向嫂子问好。"何平紧紧地握着发仔的手，许久没有松开。

省城的夏天酷热难耐。吃了晚饭后，何平收拾完毕，便对莉莉说："这天气也太闷了，我帮你把空调打开凉快一下。"莉莉这段时间一直坚持老传统，再热的天气也不肯开空调。按照她的理解，月子里不能落下病根，这可是一辈子的事情。

"没事，我能忍受。开空调容易凉着孩子。"莉莉轻轻地摇着大扇子为孩子扇凉，额头上的细汗珠子不断滑落，脸上却洋溢着幸福的母爱。

夜晚的院子里却是一番热闹的景象。大人们三五成堆围坐在石桌子旁、广场两边的长条石凳上闲聊。孩子们有的在练习滑旱冰，有的在玩滑板车，有的在练习骑自行车，也有三五个相互追逐嬉闹的。何平来到办公室，打开空调享受了一下难得的安静和凉爽，又开始处理新学期的教学安排事务。

曹庆余打来电话："何平，这段时间你们都辛苦了，把手头的工作暂时放一放。我和徐老师他们商量了一下，准备后天带大家去洽川湿地，好好放松休息一下。明天，你就不要去办公室加班了，把家里的事情安排一下。"

回到家里，何平和莉莉商议："我要出去几天，你能不能回家暂住一段时间？"

莉莉却不同意："我爸妈的年纪都大了，孩子去了也会给他们添麻烦。家里的事情我能应付，你不用操心，我会照顾好自己。"何平思前想后，还是给张淑兰打了电话，托付她老人家过来照顾莉莉。

盛夏时节的洽川湿地，映入眼帘的却是另一番奇特的自然风光。广袤的草滩，葱郁的树林，连片的鱼塘里荷花正在盛开，天鹅、丹顶鹤等珍禽不时在芦苇荡里出入嬉戏。

景区工作人员介绍说:洽川历史悠久,早在公元前二十一世纪,夏启封支子于此地,称为"有莘国",简称"莘国"。这里拥有黄河流域最大的芦苇荡,大约占地十万亩,并且还是黄河流域最大的湿地保护区,大约有十五万亩。在这里生活着白天鹅、丹顶鹤、黑鹳、大鸨等百余种国家一二级保护动物。景区里还有七处地热喷泉,是天下独有,其中"处女泉"最为神奇。

"我用几句话概括一下咱这景区。"工作人员给大家做了简要总结。

"万亩芦荡,千眼神泉,百种珍禽,十里荷塘,一条黄河,秦晋相望。"这段言简意赅的话语,就是洽川的真实写照。

何平听到这里,不由得联想到自己所讲授的"人与环境"课程。这里的素材完全可以补充到教学内容中,开拓一下同学们的知识视野。

"大家顺着我手指的方向看一下,那些长长的管道就是号称国内扬程最高、流量最大的抽黄工程的输水管线。"

何平不禁有些感叹:在这里,自然景观与人文景观交融,历史遗迹和现代工程呼应,互为映衬、浑然一体。

晚上回到宾馆,何平躺在床上很快就进入梦乡,他仿佛置身于美丽的景色之中。

"快起床了,抓紧时间准备出发。"东方刚刚露出鱼肚白,浩男就开始在楼道里叫大家。

车子沿着黄河岸边一路北上,他们出发前往司马故里,探求"风追司马"的历史踪迹。

"司马迁祠,在我们这里俗称司马庙,是为纪念我国著名史学家司马迁而建的祠墓。"管理人员为他们介绍祠墓的概况。

司马迁祠墓建筑自坡下至顶端,依山崖就势修建,气势也是非常宏伟。何平沿着砖石砌成的九十九层台阶拾级而上,登到坡顶放眼向四周眺望:向东望去,滔滔黄河奔涌而过;向西远眺,巍巍梁山庄严肃穆;向南俯瞰,古代魏国的长城遗迹依稀可见;向北观望,涓涓之水长流不息。

"听说这里有一个风俗,当地冯、同两姓不许通婚?"何平向管理人员提出了一个道听途说的话题。

司马迁因言获罪，后人为了避祸，遂改姓氏，一支改姓同，就是在"司"字左边加上一竖；另一支改姓冯，就是在"马"字左边加上两笔，巧妙地蕴含"司马"姓氏，既能缅怀祖先，又能保全子孙。

听管理人员讲到这里，何平有些悲戚之感，更加对这位史圣产生了崇敬之意。司马迁留给后人的鸿篇巨作《史记》永远值得珍惜，"史家之绝唱，无韵之离骚"，这是世人最高的评价。

这里山环水抱，气象万千，壮观的建筑和秀丽的风光，映衬出司马迁的高尚人格和伟大的历史贡献。

回到家，何平吃完晚饭坐在客厅看电视，莉莉走过来神情严肃地对他说："何平，有个事情给你说一下，我准备辞职了，过几天去单位办手续。"

何平一听立马站了起来："你该不是说胡话吧！好好的工作怎么能随便说辞就辞了？"

"这件事情我也考虑了好几天。我的产假已经到期了，单位催着回去上班。可是孩子怎么办？就算请个保姆照看，家里没有人陪着也不行，我父母的年纪都大了，我不能拖累他们。如果他们出了事情，那我们岂不是两头都顾不上？"莉莉的话不是没有道理，何平突然感到自己陷入了无助的境地。

何平一个人在院子里溜达着，心里却有一股说不出的难受滋味。莉莉做出这样的决定，也是迫不得已。她为了孩子、家庭，主动放弃了自己的美好前程，这样的付出令何平有些承受不起，他何以回报？

秋天的北莽塬上，呈现着硕果累累的丰收景象。公路两边分布着连片的苹果园、桃园和梨园，玉米、大豆等秋庄稼反而成了点缀。金灿灿的酥梨挂满枝头，压低了枝条，只好用木棍支撑着；红彤彤的秦王桃悄悄地隐藏在厚实的绿叶背后；树枝上的红富士苹果，也忍不住露出粉红色的娇羞笑脸。

果园里正在采摘的人们谈论着今年的好收成，每个人的脸上都掩不住丰收的喜悦，公路上不时驶过几辆满载果品的大货车，沿着县道驶向不远处的高速公路入口。

有两年多没有回村子，何平发现村子周边有了很大的变化。村子里的两个砖厂全部关闭了,周边其他村子的砖厂也没有了踪迹,利用黏土烧制红砖占用了大量农田,这样的生产方式已经被明令禁止。一些有门道的人想着法子把设备转移到半塬上的荒坡地里,继续开办着传统砖厂。随着城市拆迁改造和房地产事业的大发展,红砖这个最普通的建材还是有很大的市场。留下的大壕沟已经被平整为土地重新种上了庄稼,或者栽种上了果树苗子。

村子南边的白灰窑也不再冒白烟、散发臭鸡蛋般的气味。造纸厂变成了养殖场,冒着黑烟的锅炉房改建成了澡堂子。三个村子交会的十字路口两边又增加了许多门店:超市、果品收购站、粮食收购点、汽车维修店,甚至还有一家小旅店。

村子的街道上围着一堆人,大家在相互打听着果品的收购行情和客商信息,都希望自己家的果子能卖上一个好价钱。

何平正准备进家门,德文老汉拦住他问道:"何平娃,我听说国家要取消农业税,这是不是真事?"

"五爷,这是真的。报纸、电视、广播、网络都有这方面的信息。国家不但要全部取消农业税费,而且还给咱种地农民发一定的补贴。"何平笑着给德文老汉解释。

"你看我真是老了,一天只想着秦腔咧,这些国家大事反而关心得少咧。"德文老汉嘴上叼着黑卷烟,接过何平敬上的一根香烟,别在耳朵上。他沉默了一会儿,喃喃自语道:"这世道变得真快,缴了千年的皇粮国税说免就免了,还给咱农民发补贴,政府还是关心咱农民啊!"

北秦山

我在高原

第三十九章

"孩子睡着了吗？你也早点儿休息。"何平轻轻推开卧室的房门，帮着莉莉安顿好孩子,准备好奶粉、凉开水、尿不湿等必备物品。

"终于可以腾出手来忙自己的事情了。"他打开电脑,刚一上线就看见小芳发过来的几条信息:"何平大哥,这几天忙啥呢?晚上怎么老看不见你上线?"

"丫头,实在抱歉,这段时间忙着准备我的论文,现在还没有完全理清思路,这件事还真有些头痛,六月份就要答辩,真是急煞人也。你一切都还好吧?"工作之余和小芳聊聊天已经成了何平的一个习惯,若是几天没有上网聊会儿天,他还真有些想念。

两个星期前,何平终于将自己的论文提纲交给导师刘仁和审阅。刘仁和看了看,对他说:"何平,你的方向是信息系统管理的研究与实现,目前这个系统框架基本算是合理,可就是高度不够,建议改为分布式多数据库的信息系统。你到图书馆查阅一下这方面的参考书和论文,重新好好组织一下。时间不多了,要抓紧啊!"

刘仁和的要求对于计算机专业的学生来说,一点儿也不算高。可是对于何平这个非计算机专业的学生来说,还是有些难度。何平只好利用晚上的休息时间,花大力气啃书本和参考资料。

"何平,赶紧起床,再晚了就该迟到了。"莉莉的催促声把他从睡梦中叫醒。何平抓紧时间到教工食堂吃完早饭，收拾好讲义、授课计划、讲稿、课件光盘等急匆匆赶到上课的教室，他调试好投影、话筒、音响等设备，浏览了一遍PPT，等待着上课铃声的响起。

何平一直坚持为全校学生讲授"人与环境"公共选修课，这门课程与他的本科所学专业还有一定的联系，这也算是从事本专业教学工作。课程大纲经过了好几次修订，讲义也不断进行更新，现在已经整合为七个专题讲座，授课方式也在不断改进，目前经过几轮的尝试，也取得了不少收获。

"同学们，今天我们进行第六个专题的讨论：资源和能源。在这一讲我们主要学习资源的一些基本知识，了解我国一些主要资源的分布概况以及在世界上的占比情况；了解传统能源的分布和应用情况，重点探讨新型清洁能源的开发与利用，以及未来能源的发展前景分析。"何平的开场白显得有些老套，这毕竟是一门专业知识比较多的环境类素质教育课程，他不能把它演绎成讲故事或者讨论会。

"同学们，在谈论我国的资源时，常常会让大家想起一个词：地大物博。地大当然是指我国的疆土辽阔。到底有多大？有没有人举手回答一下？"

"老师，这个问题也太小儿科了吧？答案不就是九百六十万平方公里吗？"坐在第二排一个戴着眼镜的男生不屑一顾地回答道。

"我非常感谢这位同学有勇气回答这个简单的问题。可惜的是，答案不完全正确。"何平有意卖个关子，却听到底下一阵议论声："不会吧！这个知识在小学时都已经掌握了，怎么会是不正确的呢？"

"好了，大家不要议论了。请看投影屏幕上的地图，我给大家详细讲一讲。我们国家的陆地国土面积是九百六十万平方公里，这个数字大家都知道。另外，我们国家还有三百多万平方公里的海域管辖权，也就是说我们国家还拥有三百多万平方公里的海洋国土，这也是一个基本常识，可是在日常的谈论中经常被忽略。今天一个重要内容就是探讨海洋资源和海洋能源，下面我给大家详细讲述。"

教室里的议论声渐渐消失，大家的目光都聚焦在大幕布上，对于新知识的渴望写在每个人洋溢着青春气息的脸上。

北寿山 我在高原

何平从传统的海洋渔业资源、旅游资源、盐业资源入手,讲述了海洋中蕴藏丰富的海流能、盐差能、潮汐能、温差能以及海面上的风力能,同时他也和同学们探讨了海底下所埋藏的大量石油天然气资源及开发前景。在何平讲述南海的资源开发以及周边国家与我国所产生的纷争时,引起了同学们的热烈讨论。

"同学们,我们国家在南海还没有自主建设一个海上油气钻探平台,这个问题值得我们大家好好思考。今天给大家留一道课外作业题,主要是关于我国海洋能源发展的前景分析,下课后查找一些这方面的资料,完成一篇像样的论文,下次上课时我要检查。"

硕士论文答辩终于结束,当答辩委员会主席宣布最终的结果后,何平紧张的心终于放松下来。这一页总算是翻过去了,虽然何平也是费了九牛二虎之力,但合格的结果对于他来说已是很满足。

星星约何平聚一下,庆祝他俩顺利毕业。"何平,我要回原单位了,不过是去油田研究院,大部分的工作时间还在靖边。"星星经过一番折腾,最终还是选择回到油田单位,这也许是命运一个不经意的安排。有时候,每个人都会有一段割舍不掉的牵挂,转了一圈后有可能重新回到起点。

"莉莉,今天天气不错,我带孩子下楼玩一会儿。"何平带着女儿童一来到教学楼前的广场上玩耍。

秋天的校园里又是另一番景象。秋风习习,吹起几片落叶上下翻飞,童一迈着蹒跚的脚步追逐着黄色的银杏叶,手中抓了几片叶子仔细看着。不一会儿,几片红色的枫叶又吸引了童一的目光,她把手中扇子形状的银杏叶子塞在上衣口袋里,又去追逐五角形的红枫叶。她一不小心跌了一跤,坐在地上手捏着树叶子还在呵呵地笑。在她那明亮的眼睛里,何平读懂了童年的天真快乐。

"何平,这儿有一份去海南开会的通知。我和曹老师商量过了,你去参加一下,记着带上录音笔和硬盘,把研讨会的会议内容带回来。"虽说年底的各项工作任务比较多,徐学军还是鼓励工作人员有机会多外出学习交流。

夜幕降临时分,何平走出了海口美兰机场,迎面一股热气扑了上来。北莽塬上已是冰天雪地,这里却是夏季的感受,厚厚的冬衣裹在身上,他甚至有些迈不开步子。何平用力揉了揉疼痛的左耳，张大嘴巴狠劲地咀嚼了几下，平生第一次长时间地坐飞机，也算是让他"享受"了一回煎熬。

来自全国各高校的教学管理人员和教育研究机构的专家学者齐聚在美丽的海南岛上，大家畅谈着高等教育的研究发展方向，探讨本科人才培养质量评价工作，何平用录音笔记录了几名专家学者的发言，移动硬盘里也拷贝了不少汇报材料和讲稿。这次会议虽然时间很短，他却有了不少收获。

会议结束后，何平来到美丽的三亚，因为大部分的参会人员要从凤凰机场坐飞机回去。富有南国风情的亚龙湾海滩上游人如织，操着南腔北调的游人述说着冬日里对温暖的追求。许多人在导游的鼓动下玩起了潜水，何平则一个人在沙滩上漫步，他看着黑乎乎的珊瑚礁，心中若有所思。

工作人员介绍说："我们这里的珊瑚礁差不多快要消失了，这个脆弱的生态系统已经承受不起人们的折腾了。"

何平望着远处茫茫天际，漫步在柔软的沙滩上，任凭海风吹散自己的头发，他心想：什么时候，我才能看到南海上一个个钻井平台竖立起来？

何平正在办公室检查核对下学期的教学安排，大吕打来电话说："何平，这会儿有空吗？我有事情找你聊。"大吕马上就要博士毕业，这段时间正在为工作单位的事情而头痛。

"何平，你帮我想想办法。上周，我去了外地一家研究所看了看，虽然待遇各方面还算不错，可就是地方有些偏。我待了一个星期，实在有些失落。"

"大吕，不要着急。如果现在的单位不满意，那就赶紧想别的路子吧。我知道，你在省城待的时间也不短了，已经离不开这里熟悉的环境。学校这段时间正在加大力度引进人才，我觉得这是个好机会。院系的领导和老师你也熟悉，自己主动去找他们谈谈。需要帮忙的话，也可以找郭老师说一下。眼看着就要放寒假了，还是抓紧点儿。"

何平简单为大吕分析了目前的有利时机，劝说他还是回到学校来，毕竟这里的环境他已经很熟悉，而且学校对于教师的管理相对要宽松一些，这些有利的因素是研究所或者企业所不能比的。如果在收入方面没有过高的期望值，回到学校当教师应该是个不错的选择。

何平知道，对于大吕来说还有一个难题摆在面前，按照学校目前的人才引进政策，大吕即便能顺利进来，可还是没有办法解决爱人的工作问题，这的确也是一个棘手的难题啊。

早已过了立春，可是春天的脚步还没有走到省城。晚上，二雄打来电话说："大哥，大婆今天殁了，你明天抽空回家一趟吧。"这个消息有些意外，前几天才听说家族里为大婆举办了九十岁大寿，十里八乡前来祝贺的人站满了整条街道，村里人谁不羡慕。

大婆虽说年轻时受过不少苦，可后来也享了不少的福。能活到九十岁高龄，已经令好多人羡慕不已，而且还是四世同堂，应该说是人生比较圆满，也没有什么遗憾的了。

第二天，何平早早赶到玉祥门长途车站，乘坐第一趟班车回到村里。何平来到义克孝家里奔丧，按照传统的仪式，也穿上了孙子辈的孝服，可他却奇怪地看见下一辈男孝子的孝帽上都有一个红点。

全家上下并没有太多悲伤的表情，每一个人都表现得非常平静，何平感到有些奇怪。"何平娃，你是不知道，像你大婆能活到这个年纪，在咱们村子也是少有的。按照老一辈人的说法，应该办个喜丧，这不值得大惊小怪。"德文老汉对于何平的疑惑进行了一番解答。

在人群中，何平看见了义诚意的身影，他发现老人家明显苍老了许多，他赶紧走过去打招呼，并敬上一根香烟。义诚意右手手指夹着香烟，吸了几口说道："难得我娃孝心，只是这烟味道有些淡，比不上卷烟好。"何平这才想起，义诚意一直喜欢抽工字牌卷烟，可是这个牌子的卷烟在城里很少能见到。义诚意和他闲聊了一会儿，何平发现义诚意说话有些不利索，头还时不时要摇动几下，而且右手颤抖个不停，他的心里不禁一沉。

义克荣告诉何平一些有关义诚意的近况："你十爷这个病已经好几年了，只是这一年来情况有些加重，前后也去医院看了好几回，总是不见好，说是得了什么老年人的综合征。去年冬天还到县城的医院住了一段时间，原本说要转到省城的大医院看病，可是没有人出头拿主意。"

义克荣的话语中透着几分无奈。义诚意没有儿子，虽说有五个女儿，可是女儿终究有些事情做不了主。

小时候,何平隐约听义克让说起,义诚意一直想把义克荣过继给自己,可是他的这个愿望因为各种事情没有实现。在北莽塬这片土地上,一个家如果没有男儿来顶立门户,终究是一件遗憾事。

春天的脚步悄悄地来到了校园,教学楼广场两边的垂柳也在一天天变绿,从南方归来的燕子成双结对在广场上飞来飞去。今天的天气不错,何平和莉莉带着女儿童一回去看望岳父岳母,两位老人家有些想念孩子了。

到了省委家属南院大门口,何平看见张海旺正在和几个人闲聊,他一看见孩子就立即走了过来:"童童,快让姥爷看看。有些日子没来了,姥爷姥姥都想你了。看,姥爷今天又去给你买了好多好吃的东西,走,回家去。"张海旺和院子里的熟人打着招呼,脸上洋溢着幸福的笑容。

在家属楼下的健身小广场,童一看见一帮小孩子在玩,便想过去凑热闹。"好吧!姥爷先陪你玩一会儿再上楼,姥姥还在家里等着你呢。"张海旺带着童一在小广场上嬉闹,在这春日温暖的阳光下,他老人家惬意地享受着天伦之乐。

在郭云鹏的细心开导和帮助下,大吕的工作终于落定。经过面试、试讲等一系列环节,他回到学校当上了一名专业教师,并且分配到一套三居室的福利房,虽然房子有些老旧,但是大吕却比较满意:"这回终于有了自己的窝。何平,帮我看一看,我想把这房子装修一下。"

何平劝大吕:"别太折腾了,这房子只是个过渡,不值得花大力气。说不定过不了多久你就会住上新房子,好歹你也算是学校引进的人才嘛。"

清明时节,何平回去给父母扫墓。二雄告诉他说:"大哥,十爷这段时间又住院了,前些日子我们去医院看他,发现他的情况很不好。唉!"听了二雄的一番述说,何平的心中难免有些悲凉的感觉。

原本以为过了清明天气就会慢慢暖和起来,谁承想,这几天突然刮起了大风,吹在身上还有些冷冷的感觉。听到义诚意去世的消息,何平又赶回家奔丧了。

义诚意的丧事按照传统仪式进行,义克选和义克荣每天都要过去帮忙料

北莽山　我在高原

337

理。发丧的前一个夜晚，何平和孟德、二雄、三强等男孝子跪坐在灵堂前为义诚意守灵，大风吹得祭台上的火烛时明时灭。由洋鼓洋号组成的乐队在演奏着流行歌曲，义诚意的几个女儿轮流奠酒，并且点唱了歌曲，以寄托各自的哀思。悠长的曲调伴随着哭灵声，在北莽塬的夜空中传到很远。明天，村北头的公墓地里又将迎来一个回归的魂灵，何平的眼角有些湿润。

"算黄算割，算黄算割。"院子里的大树上几只鸟儿在欢快地歌唱，北莽塬上的麦子熟了，鸟儿也忍不住催促人们抓紧时间收割。

何平在办公室里忙着整理评估材料，二雄打来电话："大哥，告诉你一件事，二妈昨儿个殁了。我在工地上忙得走不开，已经给二伯他们说了回不去，你能不能抽空回去一趟？"

这个消息太突然了，在何平的印象中，二妈魏淑琴的身体一直很好，怎么说殁就殁了？

魏淑琴是个典型的农村家庭妇女，一直恪守着侍奉婆母的妇道，从来没有听说过她和大婆有过什么不愉快的事情，在家里甚至不敢和大婆高声说话，对于下一辈人也很是平和。许多人认为这是大婆的家法严，把魏淑琴管教得非常好，许多人家还以魏淑琴为榜样教育自家的媳妇。就是这样一个人，她还没有享受几天当婆婆的滋味，就这样不声不响地走了。

何平放下手头的活计，来到楼道的拐角处默默地抽了一根烟。魏淑琴留给他的印象过于平淡，何平甚至想不起她那平静的容颜。这段时间又临近学期末，何平的手头也积压了不少工作：新学期的教学安排，毕业生的资格审核，毕业生学籍档案、成绩单等各类资料的整理。何平实在抽不开身，只好委托三强代为奉上一份孝心。

眼看着就要放暑假，大家都在悄悄筹划这个假期的出游计划。曹庆余召集各科室负责人开会，传达学校有关评估工作的最新安排："学校昨天开了会，决定暑假期间机关单位和院系管理人员全部不放假，周六、周日可以照常休息。要求大家抓紧时间进行整改。从这次自查的情况来看，我们的许多工作还不到位，这个暑假我们每个科室都要认真完成整改任务，还要积极配合评建办公室完成相应的工作任务。"

学校将在十月份迎接本科教学工作评估,这也是全校上下的一件大事情,虽说评估准备早在两年前就已启动,可是有些工作还是进展缓慢,在许多方面还与评估指标存在较大差距。眼看着专家组进校的时间越来越近,他们必须克服一切困难完成这项艰巨的工作任务。

七月的省城如火般炙烤,暑假的校园里却是一番忙碌的景象,各部门、各院系的工作人员都在忙碌着评估材料的整改。

大吕来到办公室,找何平商议毕业十周年聚会的事宜:"何平,其他几个班在五一期间已经组织了毕业十周年聚会,我们两个班是不是也办一下?我已经联系了几个同学,大家建议放在十一长假期间,你看咋样?"

可是何平的手头还有许多工作,实在腾不出精力来筹划这件事情。"这样吧,你来当我们班的联系人咋样?你和厂1班的大车联系一下,咱们先发布一个十周年聚会的消息,具体的细节咱们几个商量好了再告诉大家。"

何平向曹庆余请了假,准备回家去看望义克孝。前几天,他得到一个消息:义克孝摔倒了,躺在床上起不来。

何平给在工地上忙碌的二雄打了电话,约好时间一同去看义克孝。走在村里熟悉的街道上,何平热情地和街坊四邻打着招呼,二雄在一旁告诉他一些有关义克孝的情况。

原来办理完魏淑琴的丧事,义克孝就突然病倒了,家里人要送他去医院看病,可是他坚决不去。家里人只好让他给自己开几个药方子,可是他不肯动笔,这可愁坏了全家上下。

前一阵子,义克孝不小心摔了一下,没承想摔断了腰椎,现在躺在床上动弹不得,吃喝拉撒全要人照管。

何平走进义克孝的房间,一股难闻的气味扑鼻而来。义克孝看到何平,想要抬起身子,何平赶紧上前搀扶他。

"何平娃,二伯老了,眼看着不中用了,想起个身子都不行。"义克孝紧紧地拉着何平的手,一会儿说起自己的病情,一会儿又说起家族的往事,"何平娃,我和你爸都是受苦的命。你爸是苦没少吃,福却没有享过一天。我好歹还享了几天福,不过这回是迈不过这个坎了。"

"二伯,实在不行咱去县城看病吧！毕竟医院的条件要比家里强多了。"何平劝义克孝去县城的医院治疗。

义克孝苦笑着说:"县城医院的大夫水平就高？何平娃,不是你二伯夸口,医院里的医生都是我的学生辈,他们还经常邀请我去帮他们会诊。前几年,我的一位同学不断鼓动我去美国讲学,可是我丢舍不下咱这十里八乡的人。只可惜我这一身医术没有传给儿孙,到时候可咋向祖宗交代?"说到这里,义克孝已是泪流满面。

义克孝是家族的医术传人,他总想把医术传给两个儿子,可是天不遂人愿,反倒是一直给他当助手的小女儿,从中学到了一些真传。可是医术传子不传女是老先人定下的规矩,不能改,义克孝也得坚守祖训。

义克孝把满腔的希望寄托在孙子身上,准备花大力气好好培养,可现在看来,他的希望又要再一次落空。按照现在这个境况,家族的医术可能要被义克孝永远地带走了,留下的只是几本泛黄的医书和药方子集成。想到这里,何平感到一阵悲凉。

九月的一天,义克孝带着无限的遗憾走了,可是何平实在腾不出时间回家为他守灵、送丧,只好委托二雄代为表达自己的一份孝心。

第四十章

十月的校园里充满了欢声笑语,许多专业班的毕业生陆续回到校园聚会。何平和大车筹划的十年聚会还算不错,两个班共有四十多位同学返校。老鹤、老三回来了,曾经住在一个宿舍下的八个弟兄只聚到四人,何平感到有些遗憾。大家聚在一起回忆上学时期的美好时光,畅谈着毕业十年各自的发展情况,邀请学院领导和老师开了一次座谈会。喜爱热闹的同学又约在一起打了一场够级,也算是对难忘岁月的一份回顾。

"这次十年聚会还算圆满,六十三位同学都还在,下次十年聚会可不能少一个。"大家相互开着玩笑,徜徉在人流如织的北院门步行街上,排着队吃了一回贾三灌汤包子,在华丽灯光装扮下的钟楼前分拨合影留念。

在五彩灯光的照射下,何平发现长风的脑袋闪闪发亮,便想问个究竟。"何平,你是不知道,咱们这位现在是大领导,已经是带'总'的人物了,整天忙着操心国家大事,脑袋上的头发能不变少吗?"有同学在取笑长风,引得大家一阵哄笑。

大车在一旁悄悄告诉何平:"长风去年就提拔了,现在是单位最年轻的中层干部,也是我们学校同一年级中出类拔萃的同学之一。"

"何平,你不要听这几个人瞎咧咧。我只是单位销售部门的一个副手,哪里算是成功人士。这两年,我总是感觉头疼,头发也掉得厉害,有时候见客户,总是被人尊敬地称为老总,搞得我很不好意思。"听了长风的解释,何平劝他抽时间去医院检查一下:"兄弟,干事业当然重要,但咱总不能为了工作而忽视了自己的身体。"

一个星期的评估检查工作总算结束,何平心中紧绷的弦也慢慢松了下来,从各个层面反馈回的信息来看,学校这次评估的成绩还算不错。学校的目标是争取优秀,如果评估的结果是良好,那就是不合格了,因为前面已经评估的院校基本上都是优秀。

确切的消息传了回来,评估专家组给出的最终结论是优秀,这个结论先要上报教育部,经过审核以后才能正式对外公布。

终于可以睡个踏实的觉了。何平洗漱完毕后早早上床休息,不一会儿就进入甜美的梦乡,脑袋里原本塞满的各类报表、数据及材料也消失了,一直睡到日上三竿才起床,他感到困扰了多日的头晕好像减轻了许多。

正月初一,何平很晚才起床,透过窗户向外一望,鹅毛般的雪花在纷纷扬扬地飘落,校园里银装素裹。他陪着莉莉和女儿童一去给岳父岳母拜年。

大街上是厚厚的积雪,行人也比平日稀少,等了好久才拦到一辆出租车。何平和司机聊了起来:"今天的出租车真是难等,往年可不是这个情况。"

"你不知道,今年的雪下得过于频繁,而且气温比往年低了不少,路上到处是冰,开车太操心了,一不小心不是剐蹭就是追尾。大过年的,遇着这天气,没有几个人愿意出车。"司机一边小心翼翼地开车,一边抱怨这恶劣的天气。

从各类媒体中何平也了解到,这个冬季南方的许多省份受长时间低温雨雪天气影响,受灾的范围也超出了他的想象,联想到自己所讲授的"人与环境"课程内容,何平分析认为这是受拉尼娜现象的影响。

"快进来吧,下雪天不方便就不要来了。好宝贝,快让姥姥姥爷看看,今年的新衣服可真漂亮。有些日子没来了,姥姥怪想你的。"张淑兰热情地招呼他们,关注的目光一直落在孩子身上。何平让童一给二老磕头拜年,并送上新春的祝福,逗得两位老人哈哈大笑。

这是亲人相聚幸福祥和的温馨场景,看着两位老人沉浸在天伦之乐的喜悦中,何平感觉眼角潮潮的。

看着张海旺的气色有些不太好，何平便关切地询问情况。"是这样的。你爸这段时间老是说胸闷，有时候还咳得厉害，可能跟这多变的天气有关。"张淑兰在一旁给他解释说。

何平劝说张海旺还是到医院检查一下。"我没啥毛病去医院干吗？上半年单位组织老干部去体检，我也去检查了，大夫说一切都好着。"张海旺对自己的身体很自信，年轻时的从军经历使他认为自己的身体很硬朗，总是不肯去医院检查。

两天前，何平给小芳发了信息："丫头，我过两天去无锡出差，到时候去看你。"

小芳很快回了信息："何平大哥，欢迎，欢迎。到了以后别忘了及时给我发个信息。"

何平收拾好行李，拿出一箱红富士苹果进行挑选后，把果品箱子认真包装起来。莉莉看着他的举动很是奇怪："出差带一箱苹果干吗？"何平笑着说："是给一位朋友带的。"

莉莉笑着说："不会吧，我咋没听你说过无锡有什么朋友，只是知道你有一个同学在吴江。是给你的小芳带的吧？还想瞒着我。"

这没有什么值得遮遮掩掩的，何平和小芳的日常交往在莉莉看来就是闹着玩，这回却是奔波千里去看她，莉莉的心中难免有个问号。

"不要大惊小怪，我是出差办正事，又不是千里去相会，还怕我丢了不成？"何平有意和莉莉开玩笑。

"丢了才好。像你这样的人才，丢在大街上也没有几个人稀罕，小心你的小芳妹妹把你留住了。"

何平一行四人走出了无锡火车站，他却没有感觉到江南的温暖气息，身上的呢子外套根本抵挡不住迎面而来的冷风。火车站周边的建筑物顶上残留着厚厚的积雪，冬天的脚步还停留在这里不肯离开。

火车站广场上是一派热闹的景象。许多公司、企业在广场周边搭起了帐篷，设立了务工人员接待站，迎接本单位的员工返厂，同时也挂出了招聘广告牌，列出了本单位的招聘岗位和各项待遇，这样的情形令何平想起了每年秋季开学时的迎新场面。有些不同的是，各个单位在进行着务工人员招聘的竞争，许多工作人员在卖力地宣传，希望能招到更好的员工。

安排好住宿，何平及时和杨校长通了电话，并告诉杨校长这段时间的工作安排。杨校长说："那好，你们先在宾馆休息，明天早上到学校后我们再谈一些具体的细节。"

听说发仔的工厂已经搬到了吴江，何平拿起桌上的住宿指南翻看交通旅游图，发现吴江离这里不太远，于是翻着手机通信录，查找到发仔的号码先给他发了一条信息。不一会儿的工夫，发仔就回了电话："何平，你到无锡了吗？怎么也不提前来个信？你住在哪家宾馆？等下班后我过去看你。"发仔在电话里掩不住高兴。三年多没有见面了，何平也有些想念这位小兄弟。

何平说道："老发，不着急。我们过来办事情，要待上四五天。再说路程有些远，晚上开车也不方便。"

"没事，走高速不到一个小时就能到无锡。你把宾馆的地点发给我，一会儿我就过去。"

何平和发仔坐在宾馆的房间，聊起了这几年各自的情况。"何平，我们这里的工作也不好干。我们厂子主要是外包加工业务，这几年的用工成本上涨太快了，老板准备在越南建一家新工厂，过一段时间就带着我一块儿去考察。"

听发仔这么一说，何平才明白为何各个厂家要在火车站广场展开务工人员的争夺战。依靠廉价劳动力的劳动密集型企业，已经在这个经济发达地区没有竞争优势，这也是经济发展转型的必然选择。

"何平，你先忙吧。过几天我带你们到周边转转，感受一下这里的环境。"看着时间有些晚了，何平送发仔下楼，叮嘱他说："晚上开车一路上要当心。"

下午，何平还在学校里忙碌着考生报名的事情，小芳发来了信息："何平大哥，你们忙完了吗？我一会儿去学校接你们，晚上一块儿吃饭，我请你们吃我们这里有名的太湖三白。"

两个经常聊天、无话不谈仿佛相识多年的老朋友，见了面反而感到有些拘谨。何平和小芳沿着小河一边漫步，一边找着话题天南海北闲聊。何平近距离地看着小芳那娇小的身姿，一个江南美丽女子的形象映入他的脑海。

"大哥,我把原先在酒店的工作辞了,现在开着一家儿童服饰店,时间比较自由。等你们的事情忙完了,我带你们到处看看,这里好玩的地方也很多。"有一段时间没有和小芳联系了,没想到她会辞职自己重新闯路子。

"那好啊！恭喜恭喜。丫头,现在你也当了老板,一定要好好努力。等你发达了,也好照顾照顾大哥。"何平还像往常一样,和小芳开着玩笑。

当何平把一箱红富士苹果交给小芳时,她高兴地说:"谢谢大哥,这礼物太珍贵了。"

"不用客气。这是我家果园里产的苹果,带回家给家人尝个鲜。"北莽塬上产的红富士苹果,吮吸了黄土地的营养,也凝结着何平的一片深情在里面。

中午快要下班时,何平接到长风手机发来的一条信息,打开一看却是晓云发来的:"何平,我有个事情请你帮忙。长风病了,现在情况很严重,我想把他转到省城治疗。"

何平赶紧打电话过去:"晓云,告诉我,长风到底是怎么了？去年十一聚会时他不是还好好的？省城的四军大附属医院和交大一附院都不错,如果确定要转回来,我可以帮你联系。"

晓云简单述说了长风的病情:"去年十一月开始,长风就感到头疼得厉害,先后去了武汉的几家医院看病,一直没有找到病因。春节期间突然病情恶化,出现了昏迷不醒的症状,最后转到武汉协和医院后确诊为脑部肿瘤,可惜已经错过了最佳的治疗时期。"现在长风已经在协和医院的重症监护室躺了一个多月,医院也拿不出很好的治疗方案,难怪要着急转回西安治疗。

这个消息让何平感到非常震惊,他几乎不敢相信这是事实。何平鼓励晓云一定要挺住,如果需要转回来治疗,他会尽最大努力帮着联系西安的大医院。

清明节之后,几场淅淅沥沥的小雨滋润着这座古城,天气就像变戏法似的一天天热了起来,上身还没几天的春装又得脱下。何平有些奇怪:今年的天气是咋回事？变化也太快了吧！春天还没停留几天,夏天就紧跟着追了过来。

何平抬头看了看墙上的时钟,离下午下班还有十几分钟,他收拾好办公桌,开始上网浏览信息。这时候,莉莉打来电话,语气很是急促地说:"何平,咱们赶紧回我家一趟,我爸在卫生间里摔倒了。我在幼儿园门口等着接孩子,你赶紧下楼吧!"何平赶紧关了电脑,顾不上等电梯,顺着楼梯快速下去,快步赶到幼儿园。

何平和莉莉在东门口焦急地等待出租车,可是这个时间正好是下班高峰期,来往的出租车上总有人。

"算了,还是挤公交吧!"何平抱着女儿童一,拉着莉莉硬是挤上了一辆公交车。大街上车流如水缓慢流动,公交车、私家车、摩托车、自行车交会在一起,相互紧跟着一路慢行,何平盼着公交车能快点儿开过去。

到了省委的院子里,何平看到救护车已经停在了莉莉家的楼下。家里也挤满了左邻右舍,医护人员正在张海旺急救:"找几个人帮忙吧,老爷子可能是骨折了,我们的人手不够。"

这个老旧的家属楼里大多是退休人员,要找几个帮手还真不容易。张淑兰只好给经常来家里维修的管工打了电话,不一会儿总算凑了几个帮手。何平一看这个情形,赶紧拿出手机给柱子打电话:"柱子,莉莉的父亲摔骨折了,我们马上就送他去一附院,你找几个人到医院帮忙。"

急诊室的值班医生简单询问了张海旺的情况,对何平说道:"先带老人去拍个片子,我给你们联系一下骨外科,看看还有没有床位。"

何平知道,一附院的床位一直很紧张,他拿出手机给所有能够帮上忙的人打电话。一会儿的工夫,眼科的宋大夫回了电话:"何平,床位已经联系好了,我已经给骨外科的张教授打了招呼,让他收治你岳父,联系电话我回头发给你。"何平一再感谢宋大夫,说:"实在不好意思,大晚上的又给你添麻烦了。"

何平和柱子等人推着张海旺去做检查,老人一路上不住地喊疼。何平想着:这回可能是情况很严重,依着老人家的秉性,他不会轻易有这样的反应。

何平在放射科的走廊上来回踱步,焦急地等待检查结果。他一拿到X光片和检查报告单,便急匆匆来到住院部的骨外科。张教授已经赶了过来,他详细地询问了张海旺的既往病史,安排几名一线大夫一起看X光片和检查报告单:"你们仔细看一下,病人大腿骨的断裂口呈现蜂窝状,这不是简单的外伤造成的。"

何平忍不住插上一句："张教授,您的意思是不是怀疑这是病灶转移造成的断裂?"

张教授看了何平一眼,然后说道:"你说得没错,这是骨转移,老人家的病情不太好,具体情况等其他各项检查结果出来后再下结论。一会儿我就开检查单,明天一上班先去做CT检查,等结果出来后及时送到我的办公室。"

何平劝说其他人回家休息,他留在病房里陪着张海旺。这注定是一个难眠之夜,从张教授的语气中,何平明白了岳父这次有可能迈不过这个坎。想到这里,他的眼泪忍不住悄悄流出来。

下午,何平将各类检查报告单送到张教授的办公室。张教授看了一会儿,说道:"何平,你去把莉莉和她姐姐叫过来,你留在门外就不要进来了,好吧?"张教授的话语无疑是最终的判决,何平的心顿时沉了下来。

莉莉和媛媛红着眼睛从张教授的办公室出来,何平劝慰她们说:"快把眼泪擦一下,小心让妈看见了。"家里的大小事情一直是张海旺操持,这个突如其来的打击张淑兰如何承受得住? 真不知道莉莉和媛媛该如何向自己的母亲述说实情。

来医院探望张海旺的人是络绎不绝,除了楼上楼下的邻居,一个院子里住着的熟人,常来常往的老朋友,还有单位的老领导,甚至现任领导也来探望。

张海旺的心情却一天天烦躁起来:"咋住了好几天医院了光给我打吊针? 我不就是骨折了吗? 啥时候给我做手术? 是不是我的病没法治了?"

夜晚的住院部大楼非常安静。何平和姐夫连宝商量,轮流在晚上陪护张海旺。今晚轮到何平在病房里陪护,上了一天班,他也实在有些顶不住了,刚想在沙发椅上打个盹休息一会儿,隐约看见张海旺一把扯掉右手上的输液针头,他赶紧扑上去摁住。

可是为时已晚,张海旺的左手紧紧抓着针头,眼睛瞪着天花板不说一句话,鲜血从针眼处慢慢渗了出来,沾染在雪白的床单上。值班的医护人员听到动静赶过来为张海旺换上留置针,不住地劝说道:"老爷子,您的病情不要紧,可不敢胡思乱想。您一定要配合我们治疗,千万不要着急,等大夫确定了治疗方案就给您做手术。"

张海旺开始拒绝吃饭,时不时就发脾气,请来照顾他的护工也忍受不了,拍屁股走人了,惹得张淑兰在一旁悄悄地落泪。这个景况令何平感到有些心焦。

张教授确定了手术方案:"老人家已经是肺癌晚期,而且发生了严重的骨转移。这样吧,先给老人做骨折的手术,暂时打消他的念头。后续的治疗方案待我们和其他几个科室会诊后再定。"

张海旺的手术很顺利,一周后就可以自己翻身了,老人家的心情也转好了许多。白天,他也主动和家里人说话聊天,晚上则和何平谈起自己年轻时的从军经历,以及参加工作后的各种经历。

何平有些懊恨:平时对岳父的关心还是不够多,在他老人家所剩无几的日子里,许多关爱无疑都迟了。

清晨,何平窝在沙发椅上,忽然听到手机有响声,打开一看,是晓云发来的信息:"何平,长风凌晨走了。谢谢你这段时间的关心。"

何平的脑袋嗡的一下,一个人来到楼道的拐角处,忍不住点上一根烟,烟雾中泪水模糊了他的双眼。

虽然他时不时和晓云通信息,可还是没想到长风这么快就走了。晓云说:"本来准备转到北京协和医院治疗,可是大夫说长风已经动不了了,既不能乘飞机,也不能坐火车。单位的领导只好联系北京协和医院的大夫过来会诊,可还是没能留住长风。"

何平一时想不出合适的话语安慰晓云受伤的心。可爱的小婷婷永远地失去了父亲,瘦弱的晓云将如何担负起这份重担? 他的心中渐渐涌起一阵酸楚。

"忆往昔,同学少年,四年求学的身影依稀在校园。回想去年,十年聚会,谈笑风生,令人唏嘘不已。叹今日,兄已离我们而去,留下深深的怀念。"何平在心中凭吊逝去的长风。

暮春时节的阳光热度越来越强,住院部高高的大楼也挡不住它的热情。窗外的大街上,每个人都迈着急匆匆的步子,新的一天又将开始。

第四十一章

张教授建议将张海旺转到老干部病区治疗,他对何平说:"咱们这里是骨外科,许多治疗无法做,还是转过去吧,那边我已经联系好了侯大夫。这段时间你们就好好陪着老人家吧,有什么愿望就尽量满足他,剩余的时间不多了。"

虽然做了几次化疗,张海旺的病情还是恶化得很厉害。张淑兰终于知道了张海旺的病情真相,一个劲地埋怨何平和莉莉不告诉她实情。

连着两天,张淑兰因为过于难过没有来医院看望,张海旺一下子就明白了。夜深人静,何平时不时听到张海旺在念叨张淑兰的名字,他的心情难受到了极点。

张海旺的呼吸越来越困难,已经离不开呼吸机。何平和莉莉商议抓紧时间为张海旺准备一下后事,免得到时候手忙脚乱。

下午是医院规定的探视时间,张淑兰来到监护室看张海旺。张海旺拉着她的手说:"这两天咋没来医院陪我,是不是心脏又不舒服了?我在这里不要紧,就是想和你说说话。"

张淑兰安慰张海旺说:"她爸,我前两天有些心慌,吃了药已经没事了。你在这里好好配合治疗,我明天再来看你。"

何平发现张海旺拉着张淑兰的手一直不肯松开,他扭过头去悄悄擦了擦自己的眼角。

夜晚，何平和连宝轮流着照看张海旺，时间久了他的身体也有些吃不消，有时候他正和张海旺说着话，不知不觉中便进入了梦乡。

黎明时分，何平突然听到张海旺叫自己的名字："何平，早上去叫人来给我理个发，顺便也把胡子剃一下，这段时间一直顾不上收拾。"

尽管张海旺的语气很平静，可是何平还是感到了他的喘息声。何平给莉莉打了电话："莉莉，我看爸爸的情形不太好。你给姐姐说一声，叫孩子从上海回来看一下他姥爷，回来晚了怕是见不上了。"

忙完了办公室的事务，何平又来到监护室陪护。张海旺问他："何平，这段时间是不是耽误了工作？我这里有你姐夫他们陪着就行了，办公室有事情就不要天天过来了，单位的事情还是要紧。童童在幼儿园还好吗？有日子没看见孩子了，我还真有些想念。"何平的心中隐隐作痛。孩子太小了，医院的重症监护室是不会允许她进来的。

小鹏从上海乘飞机赶了回来。张海旺一见到自己的外孙，心情也顿时好了起来。爷孙俩在一起聊起了许多快乐的往事，何平发现老人家的脸上露出了久违的笑容。

凌晨时分，张海旺的呼吸越来越急促，何平和连宝赶紧过去查看。"不好了，赶紧叫医生。"值班的侯大夫闻声赶到监护室，他拿着小手电照了照张海旺的双眼，摇着头说："实在是抱歉，我们已经尽力了。老爷子要走了，抓紧时间给他换衣服吧。"

在医护人员的帮助下，何平和连宝抓紧时间给张海旺换好了衣服。何平听到，张海旺的呼吸渐渐停止。他用手一摸，发觉张海旺的手脚也开始慢慢变凉。医护人员拔掉了张海旺手臂上的针头，取掉了脸上的呼吸面罩，关闭了所有的监护仪器，然后集体向张海旺的遗体行了告别礼，默默地退出了监护室。

老人家终于摆脱了病痛的折磨，平静的脸上两行泪水在悄悄地滑落。何平忍不住痛哭起来。

尽管张淑兰希望张海旺的丧事一切从简，她不想给单位添麻烦。可是，单位组织部门也得按照规矩来，在一帮老同志的帮助下，单位还是为张海旺举办了一个体面的告别仪式,省上的一位常委担任仪式主持人,代表组织为张海旺送上了人生的最终评价。鲜红的党旗盖在张海旺的身上,陪伴着他老人家进入崇高的精神殿堂。

这个夜晚静悄悄的。何平陪着莉莉坐在客厅里,两个人谁也没有心情说一句话,女儿童一悄悄走到莉莉的身边,拉着她的手问道:"妈妈,你说姥爷去了很远的地方,他啥时候才能回来? 他是不是永远都不会回来了? 那以后,姥爷是不是就不能给我买好吃的了?"

莉莉的泪水一下子涌了出来,抱着女儿大声哭了起来。何平把女儿童一抱在怀里,用手搂着莉莉颤抖的肩膀,泪水完全模糊了他的双眼。

省城的五月份天气已经有些燥热,何平起床后准备去上班,却感到头有些发晕。"可能是这段时间事情太多了,有些休息不好。"他在内心安慰自己。

何平来到教学楼一层的电梯口,突然感到一阵天旋地转,他愣了一会儿,突然大声喊道:"地震了,大家快跑!"等电梯的人群立刻拥向大门口。

何平对着楼道里还在等着上课的学生大声喊:"同学们,快到外面的广场上去,地震了!"他帮着值班人员打开所有的通道门,招呼大家赶快到大楼外的广场上、草坪上躲避。

铁人广场小喷泉池里的水还在不住地摇晃,池子边的地面上也溅上了一大摊水。教学楼里的人快速分流到广场上、草坪上、小树林里,每个人看上去都是惊魂未定,相互喊着熟识人的名字。

何平赶紧给办公室打了电话,看看是否还有人留在里面,可是手机里一直是嘟嘟的占线声音。

"坏了,童童还在幼儿园里。"何平赶到幼儿园的栅栏边,发现孩子们正在室外活动,他们在享受着快乐的时光,对于刚才的生死一瞬间毫无察觉。

家属楼里的人们都拥到院子里,马路上挤满了人,何平努力寻找到莉莉的身影。"和家里联系上了吗? 妈一切都还好吧?"他急切地问莉莉。莉莉说:"已经联系上了,家里一切都好,座机还能打通,手机虽然有信号,可是打不出去。"

大家都在相互打听消息:"啥地方地震了,感觉咋这么强烈?"何平突然想到手机里的收音机功能,他开始转换不同的频道,试图收听确切的消息。

北寿山

我在高原

中央广播电台第一个发布了消息：据国家地震台网测定，今天十四时二十八分，在我国四川省西部的汶川县，发生了里氏8.0级地震。

"这可是大地震，破坏力一定非常大。"在"人与环境"的课堂上，何平给学生们播放过地震的影像资料。结合有关地震的一些知识，他分析认为，这样等级的地震一旦发生了，造成的破坏将是毁灭性的，受灾的情形也是无法想象的。

"汶川在四川的哪一块？这个地方咋从来没有听说过，老家是不是也受到了地震的影响？"何平在心里胡乱想着，试着给彩伦表哥打电话询问舅舅家的情况。手机还是打不通，座机也没有人接听。

吃完晚饭后，何平在家里收看电视新闻，有关大地震的消息进一步明确。经过数据校核，这次大地震的震级被修正为里氏7.8级，震中位于四川省西部的阿坝藏族羌族自治州汶川县境内，受灾情况正在统计之中。新闻报道中也发布了预防余震的警示信息，提醒大家做好预防地震的工作。

何平拿出电话号码簿，找到彩伦表哥曾经留给自己的一个军线号码，试着打了过去。彩伦接了电话："何平啊，我也是刚才和家里的人联系上，舅舅他们都在成都，一切都好。老家也没有受多大影响，只是房子上的瓦片掉了不少。你们没事吧，家里一切还好吗？晚上睡觉当心点儿，听说还有余震。"

夜晚的操场上、广场上、草坪上挤满了大人小孩。宿舍楼的学生全部集中到大操场，由学校派人统一管理。教职工和家属则自发集中到广场上和草坪上，保安人员也加强了学校大门口、各个家属区的安全检查。

想着张淑兰一个人在家里，何平便让莉莉回家去照看一下。莉莉说："我给家里打过电话了，妈说她能照顾好自己，坚持要睡在家里，她不愿离开自己的家。"

何平在小广场上找了一块平地，铺上防潮垫子，一家人挤在一起度过了这个难眠之夜。

中午快要下班时，曹庆余对何平说："刚才接到通知，今天十四时二十八分，学校在大操场举行纪念汶川地震遇难者的悼念活动。你们科室留一个人值班，其他人员按时到场，你也给其他科室通知一下。"

在火辣辣的大太阳底下，全校师生静立在操场上，五星红旗降半旗。随着警报声的响起，人们低下头，默默地为地震中遇难的同胞致哀，何平隐约听到有人在抽泣。

秋天的北莽塬上又一次迎来了丰收，何平走在村子边的小路上，他要把这硕果累累的美景录到手机之中。

何平和三强聊起了今年秋季的收成，三强那黝黑的脸庞上掩不住丰收的喜悦，他对何平说："大哥，我想把咱家的房子全部翻盖一下。你看，这几间房子时间也长了，上面也有了许多裂缝，这次大地震也受了些影响，下雨的时候漏得厉害。"

何平在院子里转了转，看着父母留下的这三间平房的破败景象，他心中不免有了几丝悲凉："那好吧。把大门前的一排房子拆了重盖，后院的这两间房子留着，好歹也给咱们留个念想。有啥困难，只管对我说。"

何平和二雄、英子商议，每个人都为三强伸一把援手。盖房子是北莽塬上农村人家的一件大事情，用老一辈人的话来说：房子就是一个家的招牌。

两个月后，具有关中平原特有风格的新房子盖起来了，水磨石的地面厚实耐脏，外墙上贴着灰色的瓷片，高大的双开大铁门严实耐用，两个大卧室，一个大客厅，一间厨房，一个小卫生间。"不错了，就是父母在世，也未必有能力盖起这样的房子。"街坊邻居的赞叹声，令何平心中感到了一些欣慰。

正月初二，何平开着车，带着莉莉和童一回到村子。这天也是出嫁姑娘回娘家的日子，英子一家也从北京赶回来过年，今天是兄弟姊妹四家人团聚的好日子。

何平知道，英子这十多年一直在北京艰苦打拼，也很不容易，回家过年的次数也比较少，如果每年都回来一趟，来回的各项花费肯定是一大笔开销。这次，英子能回来过年，也是为了祝贺三强盖起了新房子。

兄弟姊妹四人在一起回忆着曾经苦难的岁月，感叹着如今的幸福美好生活，孩子们在院子里相互追逐嬉闹，欢声笑语又一次充盈了这个熟悉的农家小院。

"来吧，咱们一起照个合影。记录下手足情深的幸福一刻。"

北寿山　我在高原

早上起床后，何平拉开窗帘向外一看，大片的雪花在空中纷纷飘落。"奇怪，今天是二月二，天气应该暖和起来，怎么突然下起了雪？"他翻看墙上的挂历，心中有些不解。

何平走进了办公室，和大家议论起这突如其来的大雪。这时候手机铃声响起，是义克选打来的电话："何平，你三大今天凌晨殁了，你能不能回来一趟？"

何平愣住了，这个消息太令他震惊了。虽说义克荣的身体一直不是很好，也不至于这么快就走了。过年回家时，何平去看望义克荣，发现他的气色还是不错的。

何平给莉莉打了电话，安排好办公室的事情，向曹庆余请了假。他开着车带着莉莉，沿着机场大道缓缓向北莽塬上行驶。风裹着大片的雪花直扑向挡风玻璃，雨刮器的有力摆动也扫不掉它们的身影。

何平的眼前仿佛出现了义克荣那瘦削的脸庞，一幕幕的往事像过电影一样在他脑海中浮现。

义克荣幼年失怙，年轻时也吃过不少苦，成家立业也不容易，好不容易把儿女养大了，却没有享几天福。眼看着这几年日子也过得顺心了，可就是儿子的婚事让义克荣劳神，可能在这件事上心里吃了力。

想到这些，何平的泪水忍不住流淌下来。莉莉赶紧给他擦拭眼角，说道："别再胡思乱想分了神，小心开车。"

远处的北莽山隐在大雪之中，帝王将相的墓冢顶上已经覆盖上了厚厚的积雪，唯独唐王陵的尖顶在冰天雪地里露出挺立的身姿。

北莽塬上的又一个魂灵，将要回归生他养他的这片热土。

尾　声

清明时节,天空阴沉沉的,暗黑色的云朵在天空中弥散开来,春风一改昨日的温暖,吹在身上竟有一丝寒意。何平带上莉莉和童一回老家给父母扫墓。

车子沿着三环路平缓地驶向城郊,上了二道塬以后视野豁然开阔,天空却是越发阴沉,挡风玻璃上渐渐落满了雨滴。烟雨蒙蒙中,如诗如画的田园风光渐渐映入眼帘。绿油油的麦田如波浪般起伏,金黄色的油菜地里散发着阵阵清香,果园里各色花朵在竞相绽放,阵阵花香沁人心脾。

小雨淅淅沥沥一直下着,北莽塬在春雨中,焕发出勃勃生机,远处北莽山上分布的唐朝帝王陵墓庄严肃穆。他们下车后沿着乡间小道缓步行走,道路两边不时有扫墓的人走过,每个人的脸上尽是凝重的神情。

何平来到母亲的墓前,摆上鲜花和祭品,燃起一些纸钱。坟墓上长满了迎春花和青草,可惜迎春花已经开败,金黄色的花瓣随着风雨四处飘落。坟墓周围的田地里,蒲公英在悄悄绽开,金黄色的花朵在春雨的滋润下焕发出生命的光彩。

何平看着墓碑上母亲的照片,默默无语。童一突然问他:"爸爸,我们给奶奶带来这么多好吃的,她怎么不高兴啊?"何平的泪水顿时流下来,泪眼蒙眬中,依稀可见母亲苦楚的脸上经岁月留下的痕迹。

北莽山 我在高原

致　谢

在北莽塬这块神奇的土地上，有我深深热爱着的父老乡亲。在那曾经苦难的岁月里，是亲人们的关怀与照顾，帮我迈过一道又一道坎。

感谢那些曾经共同学习和生活的同学们，他们的纯真友爱，使我更加珍惜同窗之谊。感谢敬爱的老师们，他们把希望的种子播种在我的心田里，用辛勤的汗水浇灌我这棵希望之苗，用无私奉献的火烛指引我前进的方向。感谢那些亲爱的朋友，是他们的鼓励与援手，帮助我树立起与苦难命运做斗争的坚定信心。感谢我的兄弟姐妹，他们的无私付出令我永生难忘，相扶相助一路走过，使我更加珍惜手足情深。感谢与我相濡以沫的妻子，是她给予了我家庭的温暖。

感谢责任编辑林兰女士为本书的出版所付出的努力。感谢李丹女士和刘宇女士倾心提出的宝贵修改建议。感谢王莺女士、曹瑾女士、刘军权先生、牛琦先生的支持和鼓励。

在作品创作的过程中，为了故事情节的需要，引用了一些文献资料和网络博文，对于各位朋友的辛勤劳动，一并表示感谢。

一九九二年八月萌芽于咸阳

二〇〇九年四月构思于西安

二〇一三年四月完成初稿于西安

二〇一三年六月修改于中国石油大学（华东）

二〇一七年十二月再次修改于西安石油大学毓园

二〇一九年四月完成定稿于西安石油大学毓园